湯けむり行脚
池内紀の温泉全書

山川出版社

湯けむり行脚

池内紀の温泉全書

目次

はしがき

——温泉熱中時代の手帳から

机の引き出しのいちばん奥に、手ずれでボコボコになった手帳がつまっている。温泉熱中時代の置き土産である。わりとこまめに記録をとっていた。表紙に、中身が見出しのようにメモしてある。

「オンネトーの湯滝、藤七温泉、大平温泉、高峰温泉、霧積温泉、高天原《たかまがはら》温泉……」

山の湯でも、いたって不便なところの温泉である。手帳がボコボコなのは、手ずれ以上に行き着くまでの汗のせいかもしれない。多少は湯気のせいもある。脱衣所なんてないところでは、源泉のすぐわきで服をぬぐ。服とリュックが、ひとしきり湯煙につつまれていた。

オンネトーの湯滝は北海道の東端、雌阿寒《めあかん》岳の近くにあって、三十メートルの高みから湯水が湯煙を上げながら落ちていた。斜面につくられた露天風呂の眺めがいい。目の下は一面の緑、しきりにカッコウが鳴いていた。なだれるような崖の中腹にあって危険なためか、それとも心がけの悪いのが不始末をしたのか、私が訪れてしばらくしたあと、入浴禁止になったらしい。

藤七温泉は岩手から秋田に抜ける見返峠の南にあって、標高一四〇〇メートル。夏でも肌寒い。大平温泉は吾妻連峰の北麓にあたる。最上川源流の碑が立っていた。猛烈な水量で、夜は終日、轟々とひびく水音につつまれていた。

高峰温泉は浅間連山のなかの高峰山の山頂に近い。佐久平からバスが走り上がるが、反対側の地蔵峠から篭ノ登山《かごのとやま》、水ノ塔山《みずのとやま》を経由して行ったんだから、酔狂な話である。手帳にはただ「雨」とあって、ほかにはなにも書いていない。雨のなかを、ひたすら歩いていたのだろう。

高天原《たかまがはら》温泉は北アルプス、水晶岳北東の高天原に湧いている。本文にあるとおり富山県のどんづまり、折立口から登り始め、太郎平小屋で一泊、黒部源流の「奥の廊下」を抜け、ついで八〇〇メートルを急登。時間にすると計十四時間かけて湯元にたどり着いた。とびきり手のかかった温泉行脚というものだった。

どこも高所にあって、下界よりも天界にひらけている。晴れていると、星がピンポン球ほどの大きさに見える。その数ときたら、まさしく「天を覆って」いるごとし。霧が湧くとアッという間に消えて、風が吹き渡ると、やおら、しずしずとあらわれた。

満天の星の下の露天風呂。この身はあたたかく、やわらかな湯につつまれている。頭上には豪勢な天の川。まわりは深い樹林、足下に湯の海。世界広しといえども、これほどの天地はまたとないだろう。

仲間と信州の地蔵峠から高峰温泉をめざしたときは雨ずくめだったが、北へ下って鹿沢《かざわ》温泉へのひとり旅は、澄んだ秋の好天にめぐまれた。広い道のわきに、昔ながらの湯宿が一軒。障子に黒い柱の旧館には、軒に玉ねぎがズラリとつるしてあった。

前の道は、めったに車が来ない。星をながめるにはちょうどいいのだが、ずっと振り仰いでいると首が疲れる。道ばたの草地に腰をおろしていたら、心配したのか、宿の主人がやってきた。それがきっかけで、珍しい話を聞いた。

以前は峠近くに「やまね」という二十日《はつか》ネズミほどの動物がいたそうだ。哺乳類であって冬眠する。そんな変わり種だった。

「すっかり見かけなくなりました」

新しく道路ができると、変わり種がまっ先にいなくなる。変化に対応できなくなるせいらしい。

宿から山の鼻にのぼりつめると、とりわけ展望がいい。冬が近づくと「みつぼし」があらわれる。はじめは縦一文字だが、やがて斜めに傾き、さらに横向きになると春の前ぶれだそうだ。主人は「みつぼし」といったが、オリオン座のことだろう。凍りついたような冬の空に、ガラスの切片のようなオリオンの輝きは神々しい。いずれ冬にお邪魔して、この目で見たいというと、主人はあいまいにうなずいた。

「バブル経済」と呼ばれた時期の到来の前である。昔ながらの湯治宿に似た宿がそこ、ここにあった。見つける目さえもっていれば、そして多少の不便をいとわなければ、簡単に行きあえた。そして時間がとまったような何日かを過ごすことができた。

一九九〇年をはさんだ十年あまりで、日本の温泉は大きく変わった。足の便のいいところは急激に観光地化して、旅館が巨大化し、料金もグンと高くなった。大型バスが団体客を送り込み、見る間に中小の宿を蹴ちらしていく。秘湯と呼ばれていた山奥にまで道路が通じ、これまで見なかったタイプが車でやってきて、大騒ぎして、湯もそこそこに引き上げていく。

温泉通いが間遠《まどお》になりだしたころ、好んで上州国境の山の宿を訪れた。この辺りは山地が錯綜していて、適当に不便なので、人が押しかけてくる恐れがない、鳥居峠、吾妻川、嬬恋村、四阿山《あずまやま》、……。やさしげな地名がつづく。神話によると、ヤマトタケルノミコトが東征のみぎり、鳥居峠に立って東を振り返り、オトタチバナヒメをしのんで、「吾妻はや」と嘆いたという。そこから名づけがなされたそうだ。

上信国境は日本列島のほぼ中央にあたり、ドイツ語でいう「ミテルゲビルゲ（中央山系）」である。国土の中のそんな象徴的な位置が、一組の男女をめぐる意味深い神話を生み出したのかもしれない。

天気がいいと風が強く、空がガラスのように澄んでいる。私はそんな風土が好きなのだ。

◉目次

春

夏

秋

冬

※エッセイ中の地名については市町村合併などにより現在と異なるが、そのままとした。
見出しや巻末の温泉一覧については、現在の住所表記にあわせた。

春

名犬ウィンキーにつれられて

倉真《くらみ》温泉　静岡県掛川市

湯上がりで体がホコホコしている。時計を見ると、まだ三時を少しまわったばかり、夕食までタップリ時間がある。なんにもすることがない。こんなときは、なぜかやたらにアクビが出るものだ。二度三度、つづいて四度五度とアクビがとまらない。春たけなわ、辺りはかすんだようにポーとしている。おだやかな午後の陽ざしが射し落ちている。きっと自然界も、しきりにアクビをしているのだろう。

ゆかた姿で玄関に出てくると、茶色っぽい犬がいた。みるからに老犬で、目が垂れている。耳も垂れている。毛並みも垂れている。ボンヤリとこちらをながめて大アクビをした。犬の口は耳まで裂ける。それにつられたように、またアクビが出た。もの静かな宿の玄関先で、犬と人間が代わるがわるアクビをしている。

遠州掛川、五万石のお城下である。東海道でいうと、二十六番目の宿場町。地理に弱い人のために書いておくと、静岡と浜松の中間にあり、ちゃんと新幹線がとまる。当地は木材の産地で、駅は重厚な木造り。駅前に二宮金次郎の像があって、たきぎを背負い、本を読んでいる。

お湯につかっているあいだ、あれこれ考えた。どうして掛川規模の町に新幹線がとまるのだろう？なぜ駅前に二宮金次郎が立っているのか？

先の件は、よくわからない。たぶん地元の努力と至誠が通じたのだ。あとの方は、くる途中に解決した。再建された掛川城を見たあと、ブラブラお城の裏手を歩いていると、奇妙なものが目にとまった。豪壮な石の門に深々と文字が刻まれている。

道徳門
経済門

奥に木造の古く大きな建物がある。講堂らしく正面に演台が置かれ、かたわらに金色をした二宮金次郎が控えていた。

はじめて知ったのだが、掛川は二宮尊徳を奉じる人々の本拠地なのだ。説明板に沿革がしるされていた。尊徳の思想を要約して「報徳」、これを実践するのが報徳社。「……全国各地にある報徳社を統括するのがこの大日本報徳社です」。

正面の文字に見るように、人々は経済活動にあたり、たえずモラルを重んじた。自然の摂理を尊重した。わが国最初のエコロジー運動であって、当地では、そこから美しい山林が生まれ、それがまわりまわって木造りの駅舎になり、だからして金次郎少年が駅前に立っている……。

耳元に熱っぽい息づかいを感じて目がさめた。宿の戸口に畳表《おもて》のついた縁台があったのでゴロリと横になっていたら、うたた寝したらしい。耳の垂れた犬が顔をまじまじと寄せてくる。ぐいぐい鼻で押してくる。縁台の下が犬の安息場であって、そこを占拠されたのが気にくわないらしい。犬の鼻が乾いている。ドイツの古い言い廻しに「眉と眉を寄せ合う」とある。キスのことを遠まわしに、そんなふうに言った。老犬と眉を寄せ合っても、べつに何てこともないのである。気がつくと、陽が西の山に傾いている。中腹から炭焼きのけむりが立ちのぼり、ゆっくりと横になびいていく。律儀な尊徳流エコロジストは、まだ、この里に健在のようだ。

倉真《くらみ》は、以前は「くらま」と読んだそうだ。「まっくら」といった意味で、それほどくろぐろと木が繁っていた。しかし、里は明るい。山にはさまれた地形がしだいに狭まって、細長い三角状になったところを倉真字真砂《まさご》といって、明治の昔から温泉が湧いている。澄明《ちょうめい》でツルツルしたいいお湯である。

翌日、老犬の案内で真砂百観音を訪れた。垂れ目の犬はウィンキーといって、土地で知られた名犬だそうだ。里の奥山にある観音道を、いつのまにか覚えこんで、人を案内する。まえは日に何度となく往復したが、現在十九歳。人間でいうと九十歳にあたり、このところは一日一度。

渓流沿いをトコトコと走っていく。ときおり立ちどまって、こちらを待っていてくれる。目はあいかわらず垂れているが、耳はピンと立っている。坂の途中で、老犬と並んでひと息入れた。眼下に遠州の山里がひろがっている。吹く風がやさしい。

（『ＡＭＵＳＥ』一九九五年五月一〇日号）

千人風呂のここちよさ

蓮台寺温泉・河内温泉

静岡県下田市

名前が豪勢である。いわく、温泉山蓮台寺《ゆぜんさん》。大日如来をいただく小さなお堂があるが、これは近年のもので、かつては壮大な甍《いらか》を誇っていた。石段の上の大木と、「温泉山蓮台寺跡」の標識が、かつてのよすがをつたえている。

伊豆・下田からほんのひと足だが、蓮台寺温泉の界隈は雰囲気がまるきりちがう。古風な二階屋の壁に黒ずんだコテ絵があって、いかなる商いだったものか、「井戸屋」の屋号がレリーフになっている。大正時代の貸本屋のような書棚をのこした本屋、つづいて小意気な理髪店「東京軒」。足の便が悪く東京がずっと遠かったころ、地元のシャレ者はここで東京風に髪型をととのえてウサを晴らしていたのではあるまいか。

金谷旅館は蓮台寺の旅館の並びから、一つポツンと離れており、そのため区別して旧来の河内温泉を名のっている。正面に石灯籠があって、左右から老松が大屋根にとどくほどのびている。寺の入口のような玄関の小屋根、左手に「千人風呂」の石柱、「一銭湯」ともよばれていた。一銭にぎってくると、お湯につかれたからだ。いまもそうである。入浴・休憩組大歓迎。ふつう旅館で入浴だけというとシブイ顔をされ、こちらもつい卑屈になったりするものだが、ここでは大手を振って入っていける。通りすがりにチョットひと風呂といった人間を、これほどやさしく、ぜいたくに迎えてくれるところはめったにない。

手はじめは千人風呂。千人はムリとしても百人ほどはゆうに入れる。湯けむりが半円筒状の天井をつつんでいる。丸太で仕切ってあるのは、湯の海で行方不明にならないためだ。あちこちに灯台守りのように小さなブロンズ像が据えてある。温泉宿に珍しいことだが、まことにそのブロンズ像の品がいい。選んだ人の趣味があってのことだろう。

仕切りごとに湯の温度が微妙にちがう。じっとしていればいいものを、こんなとき人間はなぜか勤勉になるらしく、こぜわしく移動する。全身を温度計にして湯のぐあいを監査している。

「そちらは熱いが、あちらはぬるいです」

問いかけたわけではないのに、顔が合ったとたん、手で指して教えてくださる。

「この辺が、ちょうどいい」

そのちょうどいいところに、一分としてじっとしていないのだ。ガバと立っと泳ぐように湯をかきわけて露天風呂へと突進する。

どこも木造り。新しい女風呂は、とびきりの檜がつかってあって、大きさも並外れている。男はただ指をくわえているだけ。これを造った人の女性観がうかがえる。

行基菩薩の発見というから、蓮台寺の湯は日本の歴史と同じほど古い。金谷旅館も初代から数えると二十何代かにあたるらしい。さぞかしデップリとした大旦那と思いきや、痩せた小柄な若い人で、ジャンパーを着ていると大学生のように見える。若い奥さまは女学生そっくり。こういう若夫婦が入浴組大歓迎の宿をやっているのがうれしいではないか。その高邁な志がたのしい。

「べつに、まあ、それほどのことも――」

ジャンパー姿がホーキをかかえて下におりた。玄関をはいているところはさながらアルバイト学生である。

「女風呂もご自分の考えで？」

「これからは女性の時代ですから」

経営の才はちゃんとある。電話の声にあわてて奥へいくと、やがてヘルメットをかぶり、バイクに乗って出ていった。またもやアルバイト学生に早変わり。

休憩室はゆったりした畳の間で、庄屋さんのお屋敷のシャレた客間にいるかのようだ。ゴロリと寝ころぶと、さながら大旦那の気分で、重厚に腕組みしたくなる。しかし、そう簡単に人間は大旦那になれないようで、横になったとたんに、すぐまた起きなおり、パンフレットをひろげたりする。かたわらのおじさんは、どういう事情を思い出したのか、やにわに財布を引っぱり出して、中身の勘定をはじめた。初老の夫婦が道路のこみぐあいを案じている。ミカンを食べながら、せわしなく時刻表と腕時計を見比べている人。

またもや千人風呂につかっていると、金髪の親子が入ってきた。この風呂のここちよさは外国の人にもよく知られているらしく、数年前、立派な女風呂のできる前のことだが、ブロンドの美人と湯の中でいっしょになったことがある。下田港はわが国で初めて異国に門戸をひらいたところであって、温泉に青い眼の人がいて不思議はない。ひげづらのお父さんがあぐらを組んでシャボンの泡を立て、金髪の女の子がその背中にお湯をかける。こういうときの姿勢は国籍も人種にもかかわりがない。お父さんはここちよさそうに首を垂れて、まるで菩薩さまのような安らかな顔をしていた。

北側の山の手一帯が源泉地で、大量の湯が湧いている。一分間に三十石、五四〇〇リットル。いくらなんでも多すぎる気がするが、少なくとも下田市観光課の標示には、そんなふうにかいてある。大旅館の並ぶ下田温泉も、そもそも蓮台寺から湯を引いている。

「名湯蓮台寺温泉と熱帯魚——全国唯一の自然繁殖地」

ふしぎな取り合わせである。名湯と熱帯魚がいかにして結びつくのか。読みすすむとわかったが、昭和三十三年（一九五八）の狩野川台風のとき、旅館の池にいた熱帯魚が逃げ出して、以来、蓮台寺の小川に棲みついた。テラピア、グッピー、ソードテールといった品種だそうだ。「……現在数百万匹と言いますが、無我に遊泳しております」。

名湯とのかかわりは、いぜんとして謎である。首をひねりながら何度か読み返して、やっとわかった。池を逃げ出した熱帯魚が棲みついて、無我に遊泳して繁殖するほど川の水があたたかい。なぜか？　惜しげもなくお湯が川にながれこんでいるからだ。それほど蓮台寺は湯量が豊富であって、だからこそ名湯の名に恥じないのである——。

「一夜のお泊まりに温かければ温泉とお考えですが、ほんとうに名湯と称される温泉地は数すくないので御座います」

謙虚さと誇りをたして二で割ったような語り口が絶妙である。熱帯魚のように真っ赤にうだったニワカ大旦那は熟読のあげく、大きくそのとおりとうなずいた。


（『ＡＭＵＳＥ』一九九七年一月八日号）

水の音に暮れる夢殿

修善寺温泉

静岡県伊豆市

玄関を入ると広いフロアがあって、左手に庭が見える。かなりの広さの池に、せせらぎが音をたてて流れこんでいる。屋根つきの渡り廊下が優雅なそりを打っている。あまりお宿ができすぎていると、客のほうがたじろぐものだが、正面の壁に横長の額がかかっていて救われる。上手なのか下手なのかわからない字で「腰忘帯」とある。ふつう名筆といわれる人の字は、さっぱり読めない。ハネやトメやカスレぐあいが絶妙だといったことはわかるが、ただそれだけで、ひとしきり腕組みしたあと、うかぬ顔をして前から立ちさる。

「腰忘帯」は、そうではないのだ。ちゃんと読める。腰・忘・帯と一字一字、小学生が習字のおさらいをしたような字で書いてある。実際、小学生の字のようでもある。しかし、世に聞こえた宿が正面の壁に小学生の書を掲げているはずがない。近よってよく見ると、「為相原大人嘱大観」とあった。画家横山大観が当家の主人に贈ったらしい。そうとわかって見直すと、なかなか立派な字に見えるが、いぜんとして小学生のようでもある。

番頭さんに聞いてわかったのだが、お宿の三代前が画家を援助して専用のアトリエを建てた。そのお礼に大観が書いたそうだ。意味をたずねると、番頭さんもあやふやなようすだった。風呂のここちよさに陶然《とうぜん》として、湯上がりの帯を締め忘れる——。

「そんなふうにつごうよく私どもは解釈しております」

大観先生は明治の男児として、パンツなどではなく、キリリとふんどしを締めておられたのではあるまいか。とするとこの「帯」は下帯のことかもしれない。

なるほど、いい湯である。巨大な岩がドンと据えてあって、まわりにゆったりと湯船がひらけている。見上げるような大天井で、これを支える柱の雄大なこと。やわらかなふくらみをもち、がっしりとした木組をとって、すこぶる美しい。名づけて「天平大浴堂」。大観との縁らしいが、画家安田靫彦が設計したという。そういえば靫彦の名作「夢殿」のつくりと似ている。

夢みるようにつかっていた。窓の外は池で、どういう仕掛けか、泳いでいる鯉が湯の中からよく見える。まっ裸で水中にいる点では人間も鯉も同じである。鯉もそんなふうに思うらしく、水中にとまったまま、しげしげと人間を見つめている。いかにも中高年といった鯉だった。

「……伊豆の修善寺温泉に浴し、養気館の新井方にとどまる。所作為《しょざい》のないままに、毎日こんなことを書く」

『修禅寺物語』の作者岡本綺堂は、当家で劇の想をねった。早朝に起きて、しばらく煙草《たばこ》をくゆらしている。朝湯のくだりだが、「なにさま、外は晴れて水は澄んでいる。硝子《がらす》戸越しに水中の魚の遊ぶのがあざやかにみえた」。

もしかすると、そのころからの鯉かもしれない。

本家の修禅寺にお参りした。石段を上がったところの高台にあって、境内が明るく、ひろびろしている。さほど大きな寺ではないが、うしろに山を控えていて、そのせいか何倍にも大きく感じる。軒の彫りものが荘厳のおもむきをおびている。

名物ポンせんべいを食べながら、名物のしいたけ屋をのぞいていたら、店の並びに射的屋があった。昔ながらのテッポーで昔ながらの人形を射ち落とす、この昔ながらのシステムは永遠に変わらない。なぜか昔から射的とくると血が騒ぐ。

「はしっこネ、上のはしっこを狙うの。するとピッタし真中に命中するのネ」

店のばあさんがコーチしてくれた。不思議なアドバイスだが、引き金をひく反動で、たしかにそんなふうになるのだそうだ。いとも寛大に、おしげもなく企業秘密を披露してくださる。そしてたしかに少し上を狙うと、ちゃんと命中する。小モノはコロリと落ちるが、大物はなかなか落ちない。ちょっと位置がずれるだけである。

「なんたってそうヨ。汚職をしても、つかまるのは下っピだけネ」

射的をしながら人の世のしくみをおそわるとは思わなかった。

外に出ると、いつのまにか日が暮れかけていた。修禅寺は山の中にあるので、日暮れも早いのだろう。

「桂川の水にも鼠色の霞が流れて薄暗くなる。河原に遊んでいる家鴨《あひる》の群れの白い羽もおぼろになる」

綺堂が「春の修禅寺」に書いているのと同じである。散歩から帰るにいい時刻だ。町に明かりが一度について、昼間とはまるで別の顔になる。玄関を入ると、あいかわらずノンビリと「腰忘帯」が迎えてくれる。

「主人はきょうも来て、いろいろの面白い話をしてくれた」

綺堂の日記風のエッセイのほうには、おりおり宿の主人が登場する。大観専用のアトリエを建てたのもこの人だろう。現在はギャラリーになっているが、木造二階の雄渾なつくりだ。一人の画家にポンとくれてやるのだから、昔の人は豪儀なものだ。「きょうも水の音に暮れてしまったので、電燈の下で夕飯を済ませ、散歩がてら理髪店へゆく」。

客のほうも悠然としていた。今のようにせかせかやってきて、小ぜわしく湯につかり、せかせか食事をして、あわただしく発っていったりしない。

「かりそめの旅といえど半月ひと月と居馴染《なじ》めば、これもまた一種の別れである」と、綺堂は玄関の出発風景を書いている。涙もろい女客は、朝夕なじんだ宿の人と手をとり合って、涙ぐみながら別れを惜しんでいたらしい。

古い宿を古風のままに年を経た人が維持しているのだろうと思って、食事のときにたずねると、「若女将《おかみ》」が差配しているのだそうだ。旅館用語の若女将は、しばしば五十をこえているが、当家はいまだ二十代。

「宿の主人が来て語る。主人は頗る劇通である」

『修禅寺物語』の作者にあやかりたいこころもちで、いつまでもぐずぐずお酒を飲んでいた。そのうち、ふと鐘の音を聞いたような気がした。

「修禅寺では夜の九時頃にも鐘を撞く」

そんなくだりを思い出して、あわてて腰を上げた。

（『AMUSE』一九九七年三月二六日号）

旧漁師町そぞろ歩き

やいづ黒潮温泉

静岡県焼津市

　焼津の地名はヤマトタケルノミコトの伝説にちなんでいる。東征の際、火攻めを防ぐために草を薙《な》いだ。そのため古くは「焼道」と書いた。

　勇壮なイメージである。景色もまた雄大だ。東は切り立った崖のつづく大崩《おおくずれ》海岸、西は羽衣伝説で知られる三保松原、あいだに青い海がひらける。二十年ばかり前、ここに温泉が湧いた。名づけて「やいづ黒潮温泉」。名前にすでにフンプンと黒潮の香りがする。

　古い世代は焼津と聞くと、すぐさま第五福竜丸を思い出すだろう。昭和二十九年、ビキニ海域で操業中のハエナワ漁船第五福竜丸が原爆実験の灰をあびた。その結果、久保山愛吉さんが死亡した。政治問題となったが、当時のアメリカと日本の力関係ではどうにもならない。ナミダ金ほどの補償で押し切られた。そのころ小学生だった私たちは、学校の行き帰りに声をひそめて「死の灰」のことを語り合った。雨に放射能が含まれていて、うっかりあびるとハゲになる。そんな噂がひろまった。雨が降ってくると、あわてて野球帽をかぶった。

　マグロがいっせいに値崩れした。魚屋の店先には、「これは原爆マグロではありません」と書いた紙が貼ってあった――。

　そんなことを思い出しながら、ブラブラと港まで来た。昼間の魚市場は閑散としている。写生にきた小学生が、岸壁にすわって写生をしている。写生板を放り出して、ピンポン球のようなものを投げっこしているのもいる。彼らも野球帽をかぶっているが、べつにハゲを恐れてのことではないだろう。代わってかつての野球帽組が、めだって頭がうすくなってきた。

海面がモヤをおびたようにかすんでいる。釣りをしている人がいる。うしろに立って眺めている人。大崩から花沢の里につづくミカン山が、ハケではいたような薄緑をおびている。駿河路はひと足、春が早い。

浴場は最上階にあって、名づけて眺望風呂。まったく、これ以上の眺望はないだろう。眼下は駿河湾で、灯台がまたたきはじめた。夕焼け雲の下に黒くのびているのが御前崎。焼津の町が夕闇に沈んでいる。国道一五〇号線を、ひきもきらずライトがつらなってすべっていく。

ともあれ人間は、広大な眺望を前にしたからといって、さして気宇壮大にもならないようだ。いかにも管理職といった感じの腹のつき出た人と痩せた人とが、眺めに背を向けて、しきりに「さかなセンター」のことを話している。東名高速の入口近くに卸売市場があって、一般にも開放している。鮮魚の大半が冷凍ではないのかと、ホテイ腹が疑問を呈したのに対して、痩せたのが「今日びはシャアない」となだめている。口調からして大阪方面の方らしい。やはり安いから買うだけは買ったが、ガソリン代のことを考えると、まあトントンといったところ。話はそれからイカナゴ、チリメンジャコに移って、あまり大魚は出てこない。

湯はナトリウム質で、ほんの少し塩っぽい。海がみるまに夕焼けの朱色から濃い紫に変わっていく。

昼間、町の漁業資料館で仕入れたばかりの知識だが、焼津の海はもともと遠浅で、漁業には不向きだった。船が帰ってくると、家中総出で網をひく。手間がかかるぶん、鮮度が落ちるので買いたたかれる。焼津の漁師たちは、天然の良港にめぐまれた伊豆や尾張の衆を横に見て歯がみしてくやしがった。そんなところからハエナワ漁法を工夫した。遠洋漁場へと乗り出した。海を掘って港をつくりかえた。悪条件をバネにして日本一の水揚高を記録してきた。「さかなセンター」といった発想も並外れて早い。

家中総出で漁にかかわり合った伝統によるのかもしれない、町を歩くと、いたるところに「おかず屋」があって、刺身や煮魚だけでなく、カマボコ、チクワ、半ぺんなどを調味して皿盛りで売っている。食事の手がかからず、いますぐにでも、ひとりずまいができる。

旧漁師町の裏手には水路が走っていて、古い石橋がかかっていた。土塀や、白壁や、柳の並木を水に映している。どこかで見た風景だと思ったら、松江とそっくりなのだ。軒の低い家の土間には、キチンと下駄がそろえてある。上がりかまちにタバコ盆、暗い屋隈に神棚がまつってある。

小泉八雲は松江とのかかわりで知られているが、島根にいたのは来日したての二年ばかりである。その後はむしろ焼津にいた。何度もここに来て、長々と滞在した。ウナギが好きで、毎日、海岸通りの虚空蔵尊に近いウナギ屋へいく。晩年の八雲は、必ずしも日本を愛していなかった。しゃにむに近代化へとつっぱしる国情に、絶望に似たものを抱いていた。そんな八雲には、焼津の町が唯一の慰めだった。ウナギ屋を出ると、漁師町にもどってくる。そして質朴な漁師たちの話を黙って聞いている。

ホテイ腹と痩せ組は、あいかわらず「さかなセンター」の話をしている。買ったのを宅急便で送る方法もあるそうで、その値段を考慮に入れると、「けっこう、たこつく」らしい。どす黒くゴルフ焼けした顔が、前方のガラスに映っている。外はすっかり闇にのまれて、無数の明かりだけが地上の星のように光っていた。

（『ＡＭＵＳＥ』一九九六年四月一〇日号）

虚空のヘソに沸いた湯

梅ケ島温泉

静岡県静岡市

バスは最後尾の席が好きだ。一段高くて車内がヘイゲイできる。腕組みしてすわっていると、運転手つきの自家用車にいるかのようだ。前の方があいているので、うぞうむぞうを乗せてやっているこころもち。

その最後尾にすわって、どれくらいになるだろう？　腕組みしていた腕がしびれてきて、だらしなく窓がわによっかかった。足の下で単調なエンジンの音がひびいている。ギアが切りかわるたびに音が一段と高まるのは、坂の傾斜がましていくからだ。左に見えていた川が、いつのまにか右に移っている。地番は静岡市梅ケ島というから、たしかに静岡市にちがいないが、駿河湾に望む街から安倍川の源流まで同じ一つの市だというのが、どうもうなずけない。

途中の「渡《と》」という辺りでまた川を渡り、川筋がふたたび左に移った。停留所の「梅ヶ島」が最後の集落で、そこから急速に左右の山が迫ってきた。流れが二つに分かれて、左は支流の大谷《おおや》川。本流の安倍川が細まって渓流にかわり、ついでひとつ跳びでとびこせるようなせせらぎになったところが終点の梅ヶ島温泉。立ち上がったとたん、足が棒のようにつっぱらかって、あやうくうしろに倒れかけた。

海抜千メートル、大気が冷蔵庫のようにひんやりしている。静岡の街では若葉が萌え出ていたのに、こちらはまだつぼみがふくらみかけ。昔から湯治場として知られていたというが、バスのなかったころ、いったいどうやって来たものか。近くても二日がかり、北からだと、はるばる身延山地の安倍峠をこえなくてはならない。目的はただ一つ湯につかること。他人には酔興としか思えない無償の行為には、人間はなぜか大いなる情熱を発揮するものである。

先に市営の共同浴場をのぞいてみた。週日の午後だというのに「無償の行為」組がけっこういる。釣りスタイルがぬぎすててあったからヤマメ狙いのグループのようだ。お湯は表示によると含硫化水素単純泉、こころもちトロリとしている。美容にも効果があって、別名「美人の湯」。そのなかに色あくまでドス黒く、陽焼けの肌にしみついたのがザブザブと顔を洗っている。胃腸病、婦人病、神経症、打撲症、皮膚病、神経衰弱に効くそうだが、幸か不幸か、この身はどれにもあてはまらない。しいていえば二時間ちかくバスにゆられていたので、臀部が軽度の打撲症状を呈しているぐらい。岩風呂風の露天につかり、お尻を入念にあたためることにした。

幸田文さんの『崩れ』の冒頭に出てくる。

「その夜の宿は梅ケ島温泉だった。峠をおりてなお暫く下った。山間の静かな湯宿で、宿の前を渓流が走っている」

安倍峠に上ったもどりに、一夜を過して、翌日、文さんは支流の大谷川をさかのぼり、山菜摘みに行ったという。車を降りたときの印象が繊細な筆づかいで報告されている。

「車から足をおろそうとして、変な地面だと思った。そして、あたりをぐるっと見て、一度にはっとしてしまった。巨大な崩壊が、正面の山嶺から麓へかけてずっとなだれひろがっていた。なんともショッキングな光景で、あとで思えばそのときの気持は、気を呑まれた、というそれだったと思う」

緑一色の世界の只中に、突如、「ギクっとしたもの」があらわれた。世にいう「大谷崩《おおやくず》れ」である。山梨県と静岡県の県境にあたる山嶺が一八〇ヘクタールにわたって崩壊している。梅ケ島村誌によれば、一五二六年の大洪水で崩れはじめ、その後の地震や大雨ごとにひろがった。南に口をあけ、すり鉢状をしていた。最大比高差七百メートル。

宿の人の話によると、もともとは梅薫楼が一つきりだった。

「甲斐の国の人が村をひらいたといいますね」

安倍川源流で金がとれた。西の大井川上流でも砂金がとれた。地図を見ると一目瞭然だが、すぐ裏手が甲州で、尾根づたいに入ることができる。大日岳、勘行峰、天狗石山などと、峰々に意味ありげな名前がついているのは、山の行者の姿をかりて金鉱探しをしたせいかもしれない。湯が湧き出ているのも、かつての鉱山のあとのようだ。人々は国に帰るに際して梅の木を植えていったので「梅ケ島」の名がついた。本家梅ケ島のお宿には昔のよすがをとどめるように「穴風呂」がのこされている。

「いまも砂金がとれますよ」

思わず膝をのり出したが、川底の一点がキラリと光る程度で、たとえすくっても、とても採算に合わないそうだ。

中空にとまったような奇妙な地形である。たえず川音がする。かみ手の山は「八紘嶺」といった不思議な名前をもっている。「嶺」は中国でいう峠であって、そこから北に雨畑川が流れ出る。温泉はたいてい地形のヘソのようなところに湧いているものだが、まさしくここは虚空に浮いたヘソである。夜ふけに目がさめたので、こっそりヘソに沈みこんでうたた寝をした。

翌朝、一面に霧がたちこめていた。番頭さんの「そのうち晴れます」の声を励みに、旧道をつたって安倍峠をめざしたが一向に晴れてくれない。逆にますます深まる感じで、五メートル先がボンヤリしている。おりおり足をとめて息をととのえた。カッコーが鳴いていた。

峠の手前で晴れ間がのぞいて、みるまに青空がひろがった。やにわに富士山がドーンといったふうにあらわれた。巨大な大地のかたまりが、天を突き刺す勢いでのびている。前山が天子ケ岳。そのあいだの富士川沿いには富沢や福士といった縁起のいい地名がつづいている。人間は、しょせんは自分の尺度でしか考えられない生きものらしい。

「あちらでも金がとれたのかもしれないな」

峠道にしゃがんで荘厳なお山をながめながら、しきりにそんなことを考えていた。

（『AMUSE』一九九七年五月一四日号）

「酸の湯」に一夜ひたりてかなしみにけり

蔵王温泉　山形県山形市

山形はごく地味な県である。面積だって東北で二番目に小さい。家族のなかのおとなしい三男坊といった感じで、つい見すごされる。山形新幹線ができた今も、どこか遠い所といったイメージがある。

その山形の人が、つねづね誇りにするものが二つある。最上川と齋藤茂吉。むろん、誇らかに語ってかまわないのだ。最上川はいたってリチギな川であって、あれだけの大河でありながら水源から河口まで一歩も県外へ出ない。まるで自分で「山形の川」と、心にかたく決めたようだ。

飯豊《いいで》・吾妻山系にはじまって米沢盆地をうるおし、県都山形市の西を迂回、大石田から舟形あたりで北西に転じ、峡谷をつくったあと庄内平野に出るやいなや、一路西へ向かって酒田の海にそそぐ。山形四郡の置賜《おきたま》、村山、最上、庄内をきちんと一巡するところが、なんとなくおかしい。

そして歌人茂吉は、たえずこの川にもどっていった。

彼岸《かのきし》に何をもとむるよひ闇の最上川のうへのひとつ螢《ほたる》は

敗戦直後の二年ちかく、まるでわが身を責めさいなむようにして大石田に逼塞《ひっそく》していたとき、このおそろしく生まじめな人を生につなぎとめたのは、何よりも目の前の水の流れだったようだ。

きさらぎの日いづるときに紅色《こうしょく》の靄《もや》こそうごけ最上川より

実をいうと山形にはもう一つ誇っていいものがあ

る。ここは全国きっての温泉県であって、全四十四市町村どこもが一つ、またそれ以上の温泉をもっている。茂吉自身、温泉町上山《かみのやま》の生まれである。家の庭からいつも蔵王の山が見えた。

たましひを育《はぐく》みますと聳《そび》え立つ蔵王の山の朝雪げむり

近代スキーで名を売るまでは、それはもっぱら湯の山だった。ついては茂吉がちゃんとうたっている。

わが父も母もなかりし頃よりぞ湯殿のやまに湯は湧きたまふ

絶唱「死にたまふ母」連作のうち、母に添寝の夜々や、野辺の送りの道に見たすかんぽの花、また灰のなかに骨を拾うくだりは有名だが、そのあと茂吉が湯につかって悲しみをこらえていたことは、あまり知られていない。

火の山の麓にいづる酸《さん》の温泉《ゆ》に一夜《ひとよ》ひたりてかなしみにけり

同じ連作中のすかんぽの一首からもわかるとおり、時は五月、山里はようやく春である。骨壺に入れた骨を「蕗《ふき》の葉に丁寧にあつめし」とあるように、蕗が青々と萠え出している。薊、ドクダミが初々しい茎をのばしていた。山並みに雪はまだのこっているが、すでに間の抜けた斑《まだら》模様をえがいている。まさに「うらうらと天に雲雀《ひばり》は啼きのぼり」であって、万物がよみがえる季節を迎えた只中に、地上より滅んだ人がいた。その母なる人をいま葬ってきた。

最上川と同じように、どこまでもリチギな孝行息子は、すべてを終えたあとで湯の里に一晩すごしたことも、歌に託して語っている。

湯どころに二夜《ふたよ》ねむりて蓴菜《じゅんさい》を食へばさらさらに悲しみにけり

蔵王温泉は標高九百メートルあまりのところにある。そのためかつては「蔵王高湯」などと呼ばれていた。日本武尊《やまとたけるのみこと》の東征についてきた武将による開湯伝説があるから、とにかく古い湯場である。源泉が自噴だけで三十三を数え、湧出量毎分一万五千リットル。巨大な湯釜の上にいるようなものだ。

　茂吉の歌にあるとおり「酸の湯」で、専門的にいうと強酸性高温明礬《みょうばん》緑礬泉質硫黄泉。温泉街に入ると、特有の硫黄のにおいがする。皮膚病、慢性消化器病、創傷、動脈硬化、糖尿病に効く。むろん、茂吉の場合のように心の悲しみにもいい。硫黄のにおいは生命の元素といったものを活発にするらしく、嗅ぐとなぜか元気がわいてくる。

　すぐうしろに大きな山が控えているので山菜が豊富だ。茂吉が口にした蓴菜も、きっと取りたてだったのだろう。あざやかなみどりが透明な袋につつまれていて、なんとも不思議な食べものである。のどをこすとき、小さないのちのかたまりを呑むような、えもいえぬやわらかさがあって、そのやわらかさに、つい死んだ母を思い出して「さらさらに悲しみ」をあらたにしたのではあるまいか。

　春から初夏にかけて、食膳にはきっとネマガリダケがお目見えする。笹竹ともいって、小指ほどの太さ、全体が白っぽく、節ちかくにうっすらと青みをのこしている。ふつう酢をつけて食べるようだが、とりたては葉をむしって、そのまま齧ってもいい。苦みと酸っぱさのまじりあった爽やかな味が口いっぱいにひろがってくる。茂吉の膳にも蓴菜にくわえて笹竹が出たようだ。

山ゆゑに笹竹の子を食ひにけりははそはの母よ
ははそはの母よ

竹の子が竹になる、その竹から竹の子ができ、またその子が母になる。まったく「ははそはの母」にちがいない。

　いまはどうかわからないが、かつて温泉街では日ごとに朝市が立った。通りも宿もまだ靄につつまれているなかに、水にぬれた野菜や果物が道ばたに並んでいた。昔ながらの背負子《しょいこ》や竹籠が使われていて、人々がよっかかっておしゃべりをしていた。土地のことばは独特の口調と強弱とイントネーションをもち、またとない耳のごちそうだ。

　ひげづらのじいさんがタバコをうまそうにくゆらせていた。籠に山盛りのネマガリダケ。一日がかりで採集したそうだ。旅館に納めると、いい実入りになる。金額を訊いて、その安さにおどろいた。竹籠に山盛りするほど集めるのに、いったいどれだけ腰をかがめて山を歩いたものか。

　しかし、じいさんはむしろその収入に大満足のようだった。やおらひとつかみ引き出すと、持っていけという。自分でも一本を口に含み、ポキリと音をたてて噛みきった。ゴマ塩のあたまと、いかつい顎が、老いた茂吉とそっくりだった。

（『湯めぐり歌めぐり』二〇〇〇年）

南仏プロバンスのヨイヤサノウ

温海温泉　山形県鶴岡市

たかだか新潟から山形県に入ったところなのに、ずいぶん遠くへきたような気がするのは、鼠ケ関《ねずせき》という駅を通るからだろう。むかし、「念珠関」という関所がおかれていた。古代の日本人は地の果のように思ったらしく、ここを過ぎると蝦夷《えぞ》地だった。

黒々とした岩が海から突き出している。名前は弁天島だが、砂州でつながっていて、地理学では「陸繋島」というらしい。旧国境の海はこころなしか波が荒く、岩にあたってさかんに水しぶきをあげている。港の側に白い灯台があり、片方はビーチセンター、色とりどりのパラソルが風にゆれていた。北の海というと落莫《らくばく》とした風景を思いがちだが、夏の日本海は明るく、さわやかだ。カモメが円を描いて海面をとびまわっている。

あつみ温泉駅にはタクシーが三台ばかりのんびりと待機していた。名前のイメージとはおよそちがっていて、簡素な駅舎のすぐ前が海で、テトラポッドが巨大なヒトデのような腕をのばしている。まだ宿を決めていないというと、女性の運転手は思案するように宙をにらんだ。

「テキトーなところにつけてください」

「テキトーなところというと……」

こういう客がいちばん厄介なのだ。思いついて「朝市の立つところ」というと、納得したように走り出した。駅は温海川の河口にあたり、およそ二キロほどさかのぼる。海辺の温泉ではあるが、左右から山が迫ってきて雰囲気は山の湯である。

「朝市の元祖」について真偽のほどはさだかでないが、海の幸と山の幸がひとしく手ぢかにあるところからすると、温海からはじまったのかもしれない。やけど、切り傷に特効がある。この種の療養はひまがかかるので長逗留組には朝ごとの市が何よりのたのしみだ。

朝市の広場に行く前に、遠まわりして川沿いを走ってもらった。二十年ちかく前になるが、一度きたことがある。庄内三薬湯の一つといわれる名湯だが、昭和二十六（一九五一）年に大きな火事があって、宿のおおかたが焼けた。私が訪れたのはそれから二十年あまりのちのことで、落ち着いた旅館町ができていた。当時の「あつみ温泉要覧」によると、「復興の意欲に燃えて、都市計画法による区画整理を実施し、各旅館とも近代的設備をと誇る宏《こう》壮な建築によって面目を一新」と誇らかに語られている。現在なら「ビューティフルＡＴＳＵＭＩ」などというところを、かつてはリチギに要覧で説明した。

「アレ、レ……ッ」

まるきり記憶とちがっている。たちばなや、萬国屋、さくらや、ことぶきや……。名前はかすかに覚えているとおりだが、ふたたび面目を一新したらしく、まさしく「近代的設備を誇る宏壮な建築」がそびえている。グランドホテルもできた。立派になったのはめでたいが、温泉場の規模にくらべ宿のつくりが少し大きすぎるのではあるまいか。

「ええ、まあ、バブルのころに――」

女性運転手は口をにごした。銀行出資の計画だけがひとり歩きした。あれよあれよというまに建物が巨大になった。ひとごとながら、あとのツケをどこが払うのか気にかかる。

月見橋のたもとで降ろしてもらった。桜並木があって、いかにも名前にふさわしい。更にこんもりした山が温海岳で、日本海が眼下に見える。パラボラアンテナの立つ殺風景な山だが展望はいい。
熊野神社の前は広々とした道で、並木が濃い影を落としている。大火のあと区画整理がされたせいで、すっきりとした大通り、どこか南仏プロバンスあたりのスパか何かにいるようだ。遊歩道に飲泉場が設けてあって、ベンチでひと休みできる。向かいに文房具店、化粧品屋、雑貨屋。ごく日常的な生活の匂いがうれしい。川沿いとちがって大通り側には旧のままの旅館が並び、たたずまいがおだやかである。
古いほうのお宿は番頭さんも古びていて、スリッパも風呂のノレンもなかなかの年代物だ。澄んだ、やわらかな、いいお湯で、「温海」の名があてられた理由がよくわかる。ノレンに「あつみ小唄」が染めぬいてあった。
〽アア、温海岳から温海をみれば
　ヨイヤサ
花の湯の街、花の湯の街灯がともる
サラリ、サラサラ、ヨイヤサノウ
湯の澄みぐあいから、一名「七色の湯」。それもちゃんと二番に「なさけ温海の七色かわる、ヨイヤサ」と歌いこんである。どこのノンキ者が作ったのか、ノレンをひろげてたしかめたら「作詞白鳥省吾先生」とあった。
戦前、左翼系の民衆詩人として知られた人である。なるほど民衆向きではあろうが、サラリ、サラサラ、ヨイヤサなどと歌詞をつくって詩人は小遣いかせぎをしていたのだろうか。

「いいお宿ですね」

夕べの散歩に出るすがら、番頭さんに声をかけたら、うれしそうにうなずいた。

「うちはまあ、甲斐性がありませんから」

それで古いまま。甲斐性のないのは今日では美徳である。時代に乗り遅れると、そのまま先頭と同じ位置だ。最後のゴールは神さまにゆだねて、さしあたりはあくせくしないのがいい。横目でよそをうかがうなどはまっぴらだ。

通りに涼しい風が吹いていた。夕もやが紫色をしている。

調理場でにぎやかな声がして、焼き魚の匂いがただよってきた。とたんに南仏プロバンスが、なつかしい東北の湯宿になった。


（『AMUSE』一九九七年八月一三日号）

「ニコニコ共和国」の朝風呂にウットリ

岳温泉　福島県二本松市

少し勝手が違う。岳《だけ》に初めてきた人は、とまどうにちがいない。辺りをキョロキョロ見廻したりする。

「エート、温泉街はどこかナ？」

まさにそこなのだ。いま立っているところ。広い通りがまっすぐに走っていて、まん中に水が流れている。川であるが、これも定規をあてたようにまっすぐで、水の直線だ。遊歩道といったふうに歩道がのびていて、その左右に二列に整列した小学生さながら、それぞれ意匠をこらした旅館が並んでいる。

よく見ると、あいだにお土産屋があれば饅頭屋もある。つきあたりの左手が温泉神社だ。目には届かないが、さらにかみ手に安達太良山がどっしりと控えている。

多少ともヨーロッパの湯治町を思わせる。実際、参考にしたところもあったのだろう。わが国の温泉に珍しく開放的なスタイルで、整然とした広いつくりになっている。

それでいて温泉の起源というとグッと古い。坂上田村麻呂が東征のみぎりに発見したというから、半ば神代にちかい。安達太良山に登ったことのある人は、くろがね小屋をごぞんじだろう。山頂ちかくの肩のところにあって、温泉つきの山小屋として知られている。

そのくろがね小屋の前に太い木の樋がわたしてあって、すきまから白い湯気が立ちのぼっている。これが源泉で、たぎるように熱いのが、えんえんと数キロ引いてある。人間はこの種のことには非常な情熱を発揮するらしく、すでに江戸のころ、十文字岳というところまで樋を引いて湯小屋をつくった。ご当地二本松藩の殿さまが直々に湯あみにきた。明治になってしも手まで引いたのが、いまの岳温泉だ。

「ハイ、そのままで。どうぞどうぞ」

靴をぬいだがスリッパがない。部屋に入ってわかったが、洋風のタビといったのがそなえてあって、ハダシがいやな向きはこれをはく。むろん、素足がここちいい。とりわけ湯上がりは最高だ。

ごく理にかなったサービスなのだ。そもそも旅館のスリッパというのは奇妙な習慣であって、それはつい先ほどまで、どこの誰がはいていたのかもわからない。なかには随分くたびれたしろものもまじっている。それを平然と玄関に並べ立てて客を迎える神経がおかしいのだ。風呂からあがってくると、しばしば自分のはいてきたのがなくなっている。他人のぬくみの残ったはきものに足を入れるときの不快さ。

素足を重んじるのは掃除に自信があるからだろう。なるほど、廊下がピカピカしている。要所に敷物がしいてあって、足が変化を微妙に感じとる。ふだんは冷たい底にペタリとくっついているだけの足の裏が、にわかに生き返ったぐあいだ。ぶこつな男の足でこれだから、白いやわらかい女性の足なら、なおのこと敏感なのではあるまいか。

内湯は機能的なタイルだが、すぐ外の半露天風呂は木造り。中で洗って、外で憩ってもらうふくみのようだ。そのためのメッセージのように酒樽と木升が置いてある。お好きな向きはご存分にどうぞ。

正々堂々と据えられていると、かえって飲みにくいものである。それに酒樽には風格というか貫禄というか、おのずから酒の精というものがたちのぼってきて、眺めているだけで酔ったようなここちになってきた。酒精と湯気とまじり合って、からだのしこりがとけるように消えていく。

「何もないところですから、ほんの心ばかりのことを……」

宿の人はいたって謙虚だが、しっかりサービスのシンが通っている。岳温泉はひところ「ニコニコ共和国」で話題になった。その後、全国あちこちにミニ共和国が誕生したが、元祖は岳である。温泉町の人々が知恵をしぼって別天地のイメージを考えた。

つかる・食べる・飲む・やすむ。温泉の四大たのしみというものだが、これをどう工夫するか。洗い場と憩う場をべつにしたように、飲食の場とやすむ場をべつにする。人の好みはさまざまだから何ともいえないが、私はべつが好きだ。膳を片づけたあとに寝床をとり、またフトンをあげたあとに食器を並べるのは、下宿時代にさんざんやった。お宿にきてまで下宿の作法を踏襲したくない。それにべつにしてあれば、好きなときにやすめるし、朝もゆっくりしていられる。朝の床のなかで、寝るでもなく起きるでもなくグズグズしているのは旅先のダイゴ味なのだ。

酒を飲みながら、そんなことを力んでしゃべっていた。宿の人はニコニコして聞いている。できてが、順に運ばれてくる。メニューがついているので、自分がいまどのあたりを食べているのかよくわかる。ついては、お銚子をもう一本。

部屋にもどってくると、きちんとフトンが敷いてあった。とりわけきちんとしていると感じたのは、目を射るようなシーツのせいだ。敷きブトンや枕はむろんのこと、毛布、掛けブトンすべてがまっ白な洗いたてでつつまれている。

「ウー、しあわせ、しあわせ！」

鼻息あらくもぐりこんだ。

おもえばフシギなことなのだ。一流旅館と称するところでも、敷きブトンと枕カバーはとりかえてあるが、毛布と上ブトンのシーツは縫いつけ式になっていて、四つにたたんであったのが、そのままそっくりひろげられる。すでに何人もの寝息と寝汗をすったのか、よく見ると少し黄ばんでいたりする。それがわが顔にのっかるわけだ。いい宿だとよろこんでいたのに、やすむ段になってガッカリする。

部屋がきちんと掃除がしてあって、清潔な寝具が用意してあり、また朝の食事時間を前夜から指定しない。おもえば、当然のことなのに、全国ゴマンとある温泉宿のおおかたは、この逆である。それでいて、サービス業と称しているのだから、わけがわからない。

朝風呂のあと、玄関先でうっとりと腕組みしていると、うしろから珈琲のいい匂いが流れてきた。

「いかがですか？」

見ると朝の珈琲用の椅子とテーブルが据えてある。腕組みした上に足を組むと、なおのこと豪快である。豪傑のような手つきでいただいた。飲みおえてから、ニコニコ共和国は客がニコニコして帰っていくところだと気がついた。

（『ＡＭＵＳＥ』一九九八年四月八日号）

なめらかな卵の湯にユラユラと

高湯温泉

福島県福島市

軽いケガをした。おおかた癒えたが、まだ少しハレがあって傷口がヒリつく。三日ほど温泉にいれば治るだろう。

ケガというのは家の飼犬に咬まれたのだ。むろん、こちらが悪い。相手が食事中に手出しをした。やにわに「ウウーッ」とひと声あげて、ガブリときた。二の腕の歯形とともに、礼儀知らずをたしなめられた。

厚生省の温泉効能分類によると、単純硫化水素がいいらしい。創傷に効く。リューマチや糖尿にもいい。あるいは、こちらには関係ないが、女性性器慢性炎症。それにしてもお役人というのは、なんと奇妙な言い方をする人種であろう。「女性性器慢性炎症」とはね。「しものやまい」でいいではないか。

単純硫化水素→腐った玉子の匂い→玉子湯。そんな連想が走って福島にきた。バスは磐梯吾妻スカイラインを走り上がり、みるみる街が眼下に消えた。左手に赤茶けた山並みがチラチラする。吾妻火山帯だ。手前にとび出した山は、小さいながらも端麗な三角錐をしていて、その名も吾妻小富士。

バスを降りると、プーンと硫黄の匂いがした。部屋の窓をあけると、匂いが一段と強まった。さっそく二の腕を抱くようにして玉子湯へいった。ほんとうはカスリ傷程度なのだが、大層に言い立てて家を出てきた手前、養生にはげまなくてはならない。

茅葺《かやぶ》きの湯小屋は江戸のころの形をとどめていて、木の湯船も、壁も、天井も、仕切りのヨシズも、いかにも古色をおびている。そのなかでお湯だけが新しい。こんこんと湧き出たばかり、白々とした玉子色。窓ごしに明かりがさし落ちてきて、卵のようになめらかな湯の表面に、淡いシマ模様をつくっている。その模様がユラユラゆれる。湯小屋全体がユラユラゆれているかのようだ。

部屋にもどった。傷口がピンクに染まっている。むしろかえって大きくなったみたいだ。枕を出して、ゴロリと横になった。薄ぐもりの空が見える。山気たっぷりの風がここちいい。なにしろ養生という大目的があるので、大手を振って怠けていられる。床に軸が掛かっている。やや色のはげた山水画で、上に詩のようなものがついている。

「深山日暮宿無家」

風来坊が山をさまよっているのだろうか。多少ともわが身と似ていなくもない。

「千山万嶽一碧中」

磐梯朝日は千山をあつめたような雄大な土と岩のかたまりだ。枕の下で沢音がする。たしか不動沢といったはずだ。裏手は天狗の庭。滝があって、その上は賽《さい》の河原。これをのぼりつめると大日岳。命名ひとつにも、昔の人がもっていた日ごろの生活信条がすけて見える。

「暁鳥一声天正斎」

さて、これはどういう意味だろう？

暁に鳥がひと声あげた。つぎの「天正斎」とは何ものか。手品師みたいな名前だが……。そのうちウトウトと眠くなって寝てしまった。

電話一声、目がさめた。夕食の前に、こんどは内湯へいった。いびつな円形をしていて、名前は仙気の湯。効能に変わりはなかろうに、疝気を連想させて、腕の傷を治しにきた者には、お門違いのような気がしてならない。ホテイ腹と痩せたのと、中年二人が湯船のふちに尻をのっけてしゃべっている。西の人らしく、ことばが関西風。コイ料理を別注なさったようで、ホテイ腹が料理法を説明している。

「コイの頭をナ、コツンとやんねン、コツンと」

「包丁でか?」

「ああ、包丁で、コツンとナ。そいでしまいや。あとは三枚におろすだけ」

人間とちがって、コイはよほど、いさぎいい生きものらしい。

山菜にヤマメの塩焼き、べつに別注したわけではないのにコイのあらいがついている。頭をコツンとやられ、三枚におろされたのが、アクセサリーとともに小鉢に盛りつけてある。心で回向をして、いそいそと口に入れた。浴衣の袖をまくった拍子に、傷口が目についた。愛犬の牙の跡が、小さな赤黒い筋になっている。おさえると、こころもち、固いしこりのようなものがある。これでは当分、ペンを握るなどしないほうがいいのではあるまいか。原稿が多少おくれても仕方がない。そんなことを思いながら寝そべってテレビを見ていたら、いつのまにか寝てしまった。

夜中に目が覚めたので野天風呂へいった。岩が、モクモクとせり上がった雲のように積み上げてある。小さな明かりがともっていて、お湯の中から見上げると、まさしくそそり立つ雲のようだ。その上に夜空がはりついている。星は見えない。ひやっこい風があって、白い湯気が幻のように横に流れていく。

二日目。まず湯小屋、野天、内湯とひと巡りした。四種の新聞を熟読。こんどは内湯、野天、湯小屋の順で一巡。朝がた、霧雨がみまったが、それが上がって薄明かりがさしこめている。傷は格段に小さくなった。しこりがあるにはあるが、べつに痛くもなんともない。ちいさいとき、ナイフの切り傷に赤チンをつけ、包帯をぐるぐる巻いていた。むずがゆい感じとともに傷が治るのが残念でならなかった。もう包帯はやめろといわれてガッカリした。ちょっとあのときの気持ちと似ている。

沢沿いに女性専用の露天風呂がある。湯小屋からもどる途中、何の気なしに近くをウロウロした。腕のほうはなんともないが、湯疲れしたのか体がだるい。

(『AMUSE』一九九五年九月一三日号)

「ナワすがり」の白湯山へ

板室温泉　栃木県那須塩原市

つい見落とされる。目にとまらない。なにしろ那須・塩原という世に知られた温泉の中間にあって、しかもずいぶん奥まっている。三人兄弟のうちのおとなしい二男坊のようだ。「エート、そこにいたっけ」といった感じなのだ。

雄大な那須山地へ南から入っていく。板室街道沿いに点々とバス停はあるのだが、人が乗りこむことはまずもってない。青木一区とか青木四区とか名がついているのは、ほかに名づけようがなかったせいだろう。おりおり森がきれて牧場があらわれる。

斜面にかかる手前に近年、日帰り専門の「大正村幸乃湯《さきのゆ》温泉」というのができた。その前を通りこして、那珂川にかかる橋を渡ると、不思議な空間が待っている。かなりの広さをもつ袋の中へ入っていくようだ。街道のどんづまり、東から入る山麓道路も板室が終点で、あとは那珂川の源流に行きつくばかり。

後冷泉天皇の御世、康平二年（一〇五九）の開湯というから、おそろしく古い。それにしてもニッポン人は古来、なんと熱心に温泉を見つけ出してきたことだろう。お湯のためとあれば深山幽谷もいとわない。車も鉄道もなかったころ、ひたすら二本足でテクテク歩いてやってきた。川の向こうにほのかな湯煙が立つのを見て、さぞかしホッとしただろう。

ここはぬるい湯にながながとつかっている。以前は柱に何本ものナワが巻きつけてあって、湯の中で疲れると、そのナワにつかまって休憩した。それを板室の「ナワすがり」といったそうだ。

袋の先っぽがすぼんだ辺りに古風な宿がのこっている。新しい旅館ときわだって対蹠的なのは、火事があって古い建物が焼けたせいだ。ひっそりとした隠れ里にふさわしく、どの新館も品よく工夫してつくってある。露天風呂からながめると、前方は山、下は川、上にポッカリと空がひらいていて、まるで異次元の世界に遊泳しているぐあいである。

かつて会津中街道というのがあった。会津と関東を結ぶ道であって、会津藩主が参勤交代で通ったこともある。会津から松川を経て、大峠をこえて北から板室に至る。それから奥州街道の氏家に出る。全長百二十五キロ。

現在、その道はない。煙のように消え失せた。いまも述べたように板室には南から入る。あるいは東からの有料道路を使う。北から至る街道など地図には記されていない。

しかし、地図をよく見ると、ヒゲのようにのびた道のなごりがある。上は会津若松から湯野上、松川ときて、大峠の手前でとだえる。下は氏家から矢坂を通り、板室からやや北へのびたところでプツンと切れる。双方のはしっこをのばすと一本道ができる。奥州街道と会津西街道のまん中を通るので会津中街道だ。元禄七年（一六九四）、大峠ごえで板室までの道が開通、翌九年、会津藩主・松平正容はこの中街道を通って江戸表へ向かった。さらにつぎの年には越後村松藩主・堀右京亮がこれを利用して参勤交代をした。

その街道が、どうしてあとかたもなく消えてしまったのか？　だれもが首をひねるだろう。数年前のことだが、私も首をひねった。それから会津へ出かけ、とだえた道を復元するようにして大峠から幻の街道を板室へ向かった。二日がかりで歩いて原因をつきとめた。つまり――ひどい道だったからである。一五〇〇メートルあまりの大峠にはじまって、渓流をわたり、急坂を登り、峠をいくつもこえなくてはならない。もともと当時、下野《しもつけ》一帯に地震があって道路が崩れ、さらに大雨で寸断されて会津西街道が使えなくなった。そのため急遽、中街道がひらかれた。板室のお宿に古い文書がのこされていた。昔の駄賃表で、板室より三斗小屋新宿まで三里弐町五拾四間に対して、馬一匹につき百四拾文とある。「軽尻壱疋ニ付、八拾五文」。軽尻とは旅人を乗せる馬のこと。荷物用の馬の約半値が相場だったようだ。これに添え書きがついている。

「此所坂峠有ノ難所ニ御座候ニ付、外ノ宿駄賃銭ニ五割増」

道がひどいので五割の割増金をとるというのだ。いかに馬子にイヤがられた悪路だったかがわかる。

「ヘェ、中街道を通ってですか。ホホウ、それはそれは――」

番頭さんが絶句した。よほどあきれたらしかった。

西街道が復旧するとともに、中街道はしだいにさびれていったのだろう。三斗小屋新宿には、一時は五十軒ほどの集落があったが、一軒、二軒とクシの歯が欠けるようになって、昭和三十二年（一九五七）、最後の一家が立ちのき廃村になった。私が歩いたとき、古い常夜灯と、分校跡の碑だけがのこっていた。

「ひところは銅でうるおったのですよ」

番頭さんの話によると、大正のはじめ、三斗小屋新宿の奥山に銅山が見つかって、ちょっとした鉱山町ができた。休日には鉱山の人々が山を下りてきて温泉で疲れを癒した。第一次世界大戦の好景気もあって、そのころ板室は那須温泉をしのぐ賑わいぶりだった。なるほど、古い絵葉書には「ナワすがり」にギッシリ鈴なりになった人々が写っている。

大正年間に鉱山を掘りつくして、ヤマは閉山、板室は元どおりの静かな湯場にもどった。番頭さんがいった。

「宿《しゅく》がさびれてからも、中街道はそれなりに使われていたようですよ」

クルマ社会になる前のことだが、さびしい峠道を行きかいする人がいた。うるし職人や、この地方で「かやで」といわれる萱屋根をつくる職人たち、それに行者さん。

「ギョージャさん？」

那須の茶臼岳の西側に白濁した湯がふき出していた。そこを白湯山《はくとうさん》といった。ここにツキヨミノミコトを祀る白湯山信仰が生まれ、山開きには行者に引率されて、那須一円からお参りの人がやってきた。

「いまは？」

「すっかり、すたれました」

白湯山のお湯はどうなったのだろう？

古くは「お宝前の湯」ともいって、那須や板室の湯のそもそもの源泉だとされていた。白濁した湯というから、那須の北温泉と同じである。もしかすると、そちらとはつながっているのかもしれない。

この夏、「お宝前の湯」を探しに行こうかとふと思ったが、番頭さんにはいわなかった。なおのことあきれられるにちがいないからだ。


（『AMUSE』一九九七年三月一二日号）

湯の海に豆電球ポチリかな

奥那須・北温泉　栃木県那須郡那須町

那須の北温泉は、昔はいろんなふうに書いた。江戸のころの記録には「北の湯」とある。古い案内記には「喜多温泉」と書いた。帳場のノレンには「野州那須郡岐多温泉」と染め抜いてある。「北の湯」といったのは、霊山であった茶臼岳、別名月山より見て北の方角にあたるからだといわれている。

「でも、北ではなくて東ではありませんか」

当主の熊谷さんに異議を申し立てた。五万分の一をひらくとすぐにわかるが、茶臼岳からだと、ほぼ真東にあたる。同じことなら、「東の湯」というべきではあるまいか。熊谷さんは帳場にすわって、しきりに懐中電燈をいじくっていた。スイッチを入れると、つくにはつくが、すぐに心細げに消えていく。

「そうですネ、茶臼岳はまちがいで、湯本の温泉神社から見て北にあるということでしょうね」

あっさりと非を認めた。電池を取り出すと、手にのせて、しげしげと見つめている。当主によると「喜多」はあきらかにアテ字であって、昔の人はよくこのようにお目出たい字を使った。

「たぶん、岐多がそもそもの名前でしょうナ」

源泉がたくさんある。あちこちの穴から湯がふき出していて、そこから名がおこったのではあるまいか。

ヨッコラショッと立ち上がり、帳場から半身をのり出すと、手にもった電池をポトリと落とした。小屋根つき手製の貯金箱のようなものが置いてあって、「使用ずみ電池入れ」の紙が貼ってある。小屋根に豆電球がポチリと灯っている。

湯穴だけではない。北温泉には古いものがどっさりある。先代、先々代のコレクションらしいが、廊下に「日露戦争記念」のアルバムが額入りでかかっていた。「奉天會戰」が図解で示されている。竹で作った兜《かぶと》などの珍品もある。太平洋戦争末期に資材に窮して作ったらしい。

そのとなりに等身大の「パッケージ式消火設備」がそなえてある。緊急用の白い電話がとりつけてある。四代前の当主の似顔絵のかたわらに、オーディオ装置がデンと据えられている。ここには日露戦争とハイテクとが同居している。七代目の現当主にいわせると、「古いものは古くてヨロシイが、機械は最新モノがいちばんいい」。

天狗の湯には、三方に大きな天狗のお面がかかっている。天井にランプ型の明かり。すぐ上の急な斜面に源泉があって、湯が噴き出している。瀧のように流れ落ちるのを木の樋で導いたのが、音をたてて流れこんでくる。

窓の外は緑一色。山気がヒンヤリしていて、ここちいい。古色蒼然とした天井や壁を眺めるともなく眺めていて、ふと気がついた。柱や窓ワクに真鍮の手すりがついている。目で追っていくと、外の脱衣場へつづいている。ためしに手にもって歩いてみた。これを考えた人も自分でたしかめながらとりつけたのだろう、手を添えるのに、ほどのいい位置にあって、足の不自由な人だって安んじて歩いていける。さらに安心の念を押すように、脱衣棚の前の黒い板壁に、さりげなく白い電話がかかっていた。

宿の裏手に巨大な堰堤がそびえている。昭和九（一九三四）年九月一日、鉄砲水が走り、建物の半分と外湯とを押し流した。集中豪雨に加えて、戦時増強の名のもとに山を丸裸にしたのがいけなかった。写真が残っているが、なんとも優雅な外湯だったようだ。コンクリートの長いすべり台がついていて、上からすべっていける。まわりには大理石の手すり、上にシャレた角灯が並んでいた。掘り出して再現したいのだが、厖大《ぼうだい》な土砂の捨て場がない。涙をのんで、いまの温水プールで我慢している――。

当主は無念そうにそういったが、そのプールにしてからが堂々たるものであって、まるで湯の海のように広い。注ぎ口からはなれるにつれて、やわらかなぬくみが微妙に変化していく。外光のなかにハダカでいるのは不思議だ。自分がこの世界のほんの小さな一つぶであることが身にしみてよくわかる。日ごろの「世界は自分」式のトラワれた頭が、みるみる解放されていく。体がこんなにも軽い。渓谷から霧が起こり、白い層をつくって流れていく。

「建前として水着等の着用は無用なるべし」

廊下に「泳ぎ場（千人風呂）」の注意書きが貼ってあった。石けんなどは使わないでほしい。夜闇に乗じて「不埒なる心得」をもつことなかれ。月が出ていたら、月光をお伴に入浴なさるのをおすすめしよう。「さすれば霊験必ず現われるべし」。亭主の朱印が捺してある。

朝、発ちがけに熊谷さんから小さなお菓子をいただいた。フランス風で、名刺は「トラピスト・ガレット」。広大な那須山麓の一角にシトー派の尼僧院があり、厳しい修行のあいまにお菓子を焼いている。シトー派の修道院といえば函館の聖トラピストが有名だが、那須にもあるとは知らなかった。

口に入れると香ばしい匂いがして、ほのかな甘味がある。あるいは甘味のおさえぐあいが絶妙だ。

朝の空気が冷えびえしている。夏でも炭火がおこしてある。自在カギに鉄ビンが下がっている。ハッピ姿のじいさんが玄関を磨いている。

ガレットの残り香を口にとどめて、トットと歩き出した。ほとんど世に出ない品らしい。

それにしても温泉宿の亭主が、どうして尼僧院の台所にいきついたのだろう？　朝霧と温水プールの湯けむりがまじりあって、やさしく顔を撫でにきた。


（『AMUSE』一九九五年八月九日号）

王侯の祝宴

湯河原温泉

神奈川県足柄下郡湯河原町

信頼する女友達が湯河原に住んでいる。老いた母親と二人住まいに犬一匹。家には温泉のパイプが入っていて、お風呂にいつもお湯があふれている。そのせいか、いつまでも若々しく、美しい。ちょっとした祝いの会をする必要があって、彼女に相談した。

「どこがいいかなァ」

「湯河原にしたら」

「手ごろなお値段の宿があるかしら」

少し思案してから、おすすめを教えてくれた。そして自分も、早めに仕事をきりあげてやってきた。

「いい湯だったネ」

湯上がりは同じユカタ姿なので、つい彼女が同じご近所の住人であることを失念する。

「湯河原はいいねェ」

来る途中、民家の庭にアンズの花が咲いていた。淡い紫色の花も見かけた。椿がこぼれ落ちそうな真紅をつけていた。太い湯脈をかかえたせいか、気候がよそとちがうようだ。神社の庭にソテツがニョッキリとはえていた。ガジュマルなんて木が、うねうねとのびている。コブ状に盛り上がった山の感じは、さながら亜熱帯を思わせる。

地形がいい。川をはさみ帯のようにつづいていて、いかにも温泉町の雰囲気がある。その帯がところどころで帯締めのようにくびれる。あるいはおタイコのように幅広になる。橋を渡って何げなくすんでいくと、人ひとりがやっとのような小路に入りこんだりする。どうかすると塀ごしに私語が聞こえたりして、まるで女性の下帯にふれているかのようだ。

老舗の旅館は玉砂利の前庭に老松をいただき、みるからに風格がある。日本旅館の面目はわがもとにありといった気概と貫禄をそなえている。応じてお値段もずいぶん高そうだ。その一方で、昔ながらの砂風呂をもった湯治宿もある。

「湯河原って、おもしろいところでネ……」

女友達の話によると、こういう土地には、人でも自然でも無限に吸収する力があって、何だって同化してしまうそうだ。大資本がつくったホテルも、露地の奥の木造二階建ても、何年かすると、いつのまにか、いかにも「湯河原の宿」という感じのものに落ち着いてくる。

「なにしろ万葉の昔から湯が湧き出ているところだもンね」

そういえば万葉公園があって、湯河原をたたえた歌が刻んであった。さして広くないがみごとな大木が枝をのばしている。小さな山全体が散歩道になっていて、そこから眺めると、湯の町の特異さがよくわかる。細長く、何重にももつれ合い、からまり合ったハチの巣のごとくなのだ。

夕食前の運動をかねて、服に着換えて外に出た。温泉会館のあたりには、いつも何となく人がいる。所在なげにたむろしている。温泉にくると、たしかに所在ないもので、用もないのにウロウロしたり、べつに見たくもないのに名所の滝とかをのぞきに出かける。私の女友達は顔見知りと出くわして、しばらく立ち話をしていた。小学校のときの同級生で、老舗のマンジュウ屋のお嬢さま。

「ヘェー、マンジュウ屋ねェ」

福々しい顔立ちだった。温泉町の小学校は、きっと親の職種がかなりちがうのだろう。いずれは十何代目かの宿を継ぐものもいれば、芸妓置き屋の一人息子もいる。

川上に向かって歩きだした。梅が咲いている。白梅と紅梅が枝をさしかわして、これにウグイスがとまれば、さながら花札である。

複雑な傾斜に対応して、どの宿も三層になったり、棟づたいに高まったり、さまざまに変化している。傾きに応じつつピタリと地形を生かすのが棟梁の腕だったのだろう。小さな建物を大きく見せる。かといって、大きすぎて重苦しいのはいけない。前後に並び立っても、うしろがちゃんとわかるようにつくってある。ハデやかではあれ、けばけばしいのはダメ。寸詰まりのあたりは坪庭のような空地にして、そこに松を植える。あるいは梅一輪。旅館ごとに工夫がこらしてあって、日本の宿の陳列窓を見るかのようだ。

トップリと日が暮れた。湯河原は、その名のとおり河原の底にちかいところにあるので、暮れると闇《やみ》が深い。女友達は手を振りながら帰っていった。といっても、ほんの二丁ばかり先の角を折れたところで、すぐまた犬の散歩に出かけるそうだ。

部屋にお膳《ぜん》が並びはじめた。湯船には、なじみの顔が浮かんでいた。お湯のなかで、あらためて友人や知人をしげしげとながめると、思わぬ発見をするものだ。糖尿持ちは、こころなしか肌がドス黒い。肥《ふと》りすぎて腰を痛めたことのある人は、減量につとめていると聞いていたが、あまり効果が上がっていないようである。予期せぬ人の背中にオキュウのあとを見つけて首をひねった。いったい彼は人生観のなかの何に変化をきたして、おキュウをすえることにしたのだろう？

澄んだ、やわらかな、いいお湯である。庭に自前の源泉があって、そこから、こんこんと湧いて出る。糖尿が大きなため息をついた。デザイン事務所を経営しており、いろいろと気苦労があるのだろう。減量未達成がお腹《なか》を撫でている。やはりせり出しぐあいが気になるようだ。おキュウの人は、何くわぬ顔で目を閉じている。横顔がややさびしげだ。おキュウのことは強いて問わないことにしよう。

「さて、ビール、ビール」

からだが気持ちよくあたたまると、語彙《ごい》が極端に少なくなる。

「うまいぞ」

一語で充分、心の高まりがつたわるものだ。なかには「ウー」とうめいただけの人もいる。顔を見合わせた。いずれ劣らず祝宴に向かう王侯のような満足げな面もちで、なんとなくうなずき合った。

（『AMUSE』一九九七年二月二六日号）

人形芝居、あとは檜の湯船

白久《しろく》温泉　埼玉県秩父市

座長と公会堂の前で落ち合うことになった。副座長もくるという。役者にオベベを着せておこう。場所は郵便局長宅。

のんびり湯につかりにいくはずがたいそうなことになった。なにしろ――お役人言葉では――「文化庁選択記録保存重要無形文化財」と対面する。ひらたくいえば里の人形芝居だが、しかし無形文化財となれば、あだやおろそかにできないだろう。買いたてのリュックサックを背負い、いいほうの靴をはいて家を出た。空はスッキリとした五月《さつき》晴れ。

秩父のシンボルである武甲山が悠然とそびえている。そのはずであるが、全山が良質の石灰岩でできている悲しさ、せっせと削り取られて見るかげもない。峰の一つが消え失せて山頂がいびつに尖っている。片側の山裾はザックリと切り取られて、奇怪なピラミッドのように見える。その武甲山に代わって三峰山があらわれたころ、白久《しろく》に着いた。

荒川と谷津川が合わさるあたりを豆早原《づさばら》区という。明治の初め、この辺りの芝居好きが人形を買いこんで一座を組んだ。白久串人形座の誕生である。二人で操作して、前を主使い、うしろを手使いといい、ぴったり息が合わないとうまくいかない。

〽トトさんは阿波の十郎兵衛……。

目をむいて怒ったり、小首をかしげて悲しんだり、指先ひとつで串人形が、いとも巧妙によみがえる。座員は総勢二十名。座長は戦後三代目で、元アイススケート所所長。副座長は大工さん、会計は郵便局長、小学校の校長先生もいれば、材木屋さんもいる。みなさん、有形文化財にしたいほど、渋くて、いいお顔をしていらっしゃる。「平均年齢はどれくらいですか?」。

座長と副座長が顔を見合わせた。

「ニエカワのヤッさんがいちばん若い。四十代だんべ」

「いや、五十をこえておるゾ」

何ごとにも後継者づくりがむずかしい。

〽いまごろは半七ッツァン、どこでどうしてござろうぞ。

口三味線を合いの手に、デタラメをうなりながら谷津川沿いの坂道をのぼっていった。荒川が深い渓谷をつくっている。足下に秩父盆地がひらけてくる。昔風にいうと東西十一里、南北八里、九割ちかくが山林で、田畑はのこり一割のうち六〇パーセント、さらに残りの四〇パーセントが桑畑だそうだ。その桑でカイコを飼って、美しい生糸を産した。秩父夜祭として有名な秩父神社の大祭も、もとは絹市《いち》の最後の大市であったそうだ。

養蚕技術が未熟だったころ、繭玉は半ば神だのみ。そのせいか、神社・仏閣がどっさりある。秩父全体で神社が百にあまり、札所巡りの三十四カ所を含む寺々が四、五百にのぼる。それぞれに祭礼や縁日がつきものだ。白久地区の入口に、地図と並んで歳時記が掲げてあったが、神名社の神楽にはじまって、串人形、法雲寺縁日、山開き、甘酒祭り、獅子舞、てんごう祭り、十三仏巡り、などと月送りに並んでいる。ここには暦よりもたしかな季節の変化がある。

檜の湯船は、ここちいい。妙に心がやすまる。ガラスで仕切って外は野天風呂。目の下はV字型の谷。杉林がかぶさるようにしてせり上がっている。そこからサワサワと涼しい風が吹いてくる。

「オヤ?……」

ロビーでひと休みしていて、見覚えのある顔に気がついた。ふだん着に断髪で、クルクルとよく働く人。レッキとした若おかみである。宿を選ぶにあたり、私は案内所やムックに掲載のお風呂の写真を、虫メガネでじっくり検討することにしているのだが、旅シリーズの一冊にたしか出ていた。タオルで前は隠してあれ、やさしい肩とふくらはぎとが、かいま見えた。

「あのときは若かったですから」

ハズかしそうにおっしゃる。今だってお若いじゃありませんか。

「もう一所懸命で――」

いい宿にはどこか凜とした雰囲気がある。さりげなく気配りがしてあって、そのさりげなさに気合いがこもっている。一日の一大イベントである夕食時には、全館に緊張感がみなぎるものだ。ひとしきり廊下に足音がして、それがピタリとやんだころ、どの部屋でも、とりわけたのしいひと時が訪れる。

黒いのは岩茸、白いのはまいたけ、ウド、ソバまんじゅう、あゆのささ巻、コイの洗い……。はやくも半ばがた食べ終わった。のどの当たりがしごくいい。改めて箸袋を眺めたところ、カタクリの花の絵に添えてある小さな説明が目にとまった。「新鮮な材料に必要以上に飾りつけはいりません」。

――手を加えるのはおさえてある。なるたけ奥秩父の「旬の味」を味わってもらいたい。

この点、当地はすこぶるめぐまれている。山からは四季おりおりの山菜がとれる。わらび、たらの芽、やまうど。また鹿や猪がいる。鹿さし、猪鍋がいただける。川にはアユがいる、ヤマメがいる。餅、手打ちうどん、ハヤの甘露煮。

ひと息ついたのでペースを落とした。日がトップリと暮れて、杉林が闇に沈んでいる。川音ともつれ合って夜風が流れてくる。もうすぐ河鹿が鳴きだすそうだ。

〽さなきだに重きがうえのさよ衣

白久一座の得意の出し物は「朝顔日記」に「傾城阿波之鳴戸」ということだったが、なぜか「仮名手本忠臣蔵」のひとふしが浮かんできた。「……わが妻ならぬつまなかさぬそ」。いたってつまらぬことをつぶやきながら、グズグズといつまでも、おいしい地酒を飲んでいた。

（『AMUSE』一九九五年六月一四日号）

#「終の栖」の共同湯

田沢温泉　長野県小県郡青木村

信越線の上田から青木行のバスに乗る。終点で村営バスに乗り換える。接続がなければ歩いても大してかからない。ゆるやかな坂道を上っていく。三方は山、途中に神社がある。延喜式にも出ている古いお社《やしろ》だ。少し荒廃ぎみなのがいい。さらに上っていくと道が狭まって、両側にがっしりした木組の古めかしい宿が数軒。数も名前も昭和初年発行の『温泉案内』にみるのとまったく同じである。以来、まるで変わっていないのだろう。共同湯を通りこすと家並みが切れる。その先のちょっとした高台に小ぢんまりした薬師堂が立っている。

長野県小県《ちいさがた》郡青木村田沢。遠からずわが「終の栖」となるはずのところである。

「なるはず」というのは、ほかにもいくつか意中の温泉があって、もしかすると気が変わるかもしれないからだ。しかし十中八九、変わらないだろう。それというのもこの田沢温泉は、自分がひそかに「終の栖」用に考えている条件を、ぴったり満たしている。欲深いと笑われるおそれもなさそうなので書いておこう。

一、共同湯があって、いつでも入れる。
一、湯量が豊富でドンドン湯舟にあふれている。
一、近くに渓流があって、たえず水音がひびいている。
一、山を背にしていて東にひらけている。
一、バスの便で町へ出られる適当の遠さ。

以上である。食べものは問わない。おいしいものは、たまに食べてこそうまいのだ。

ただこれだけの条件であって、この点、別に田沢温泉にかぎらないだろう。だが少なくとも信州のこの小さな湯治場は、条件の満たし具合がすこぶるいい。共同湯には「有乳《うち》の湯」の名前がある。昔、山《やま》姥《うば》がお湯につかって坂田金時を身ごもったという伝説があり、別名子宝の湯。乳の出ない母親に霊験あらたかだそうだ。当方にはかかわりのないことながら、効能著しいのはお乳の出具合だけではあるまい。現に土地の男性だが、「日頃の感謝をこめて」脱衣所に手製の脱衣箱をかつぎこんだ。

その立派な脱衣箱の前で裸になる。窓から朝陽が斜めに差しこんでいる。澄んだお湯が湧くようにして流れこむ。誰もいない。遠くで笑い声がする。いや、水音だ。川の音がもつれあって、にぎやかなさんざめきの声のようにひびいている。宿のすぐそばを下手の田沢川にそそぐ渓流が走っている。一晩中、水音を聞いていた。夢うつつのなかで雨かと思った。雨戸をあけたとたん、痛いような陽光がとびこんできた。視覚の反応に意識がとり残されて、まっ白い紙のような空白の一瞬がある。あの一瞬がまたいいのだ。とみるまにクルリと世界が転換して位置が定まる。

目の下に塩田平《しおだだいら》がひろがっている。北へ行くと修《しょ》那羅《なら》峠、奥まった山肌に稚拙なつくりの数百の石仏がひっそりと並んでいる。さらに行くと旧善光寺道の宿場町麻績《おみ》の里。南に向いて山道をこえると沓掛《くつかけ》温泉、さらに行くと別所温泉。「信州の鎌倉」といった名称はともかく、風格のある寺々がいくらもある。バスに乗って上田へ出れば映画館がある。本も買える。おいしい珈琲《コーヒー》ものめる。城址《じょうし》公園のベンチで昼寝ができる。――といったわけで、つい先だっても田沢温泉へ行ってきた。下見のつもりがなくもない。青木村は長らく、無投票多選日本一の村長で有名だった。その村長サマがせっせと村づくりに励んだせいか、なるほど、福祉や厚生施設の立派なこと、東京などの比ではない。

春のさなかの日曜日だった。村で総出の勤労奉仕の日でもあるのか、麦わら帽をかぶり、腰に縄を巻きつけ、鎌をもった人がつれだってのんびりと歩いていく。そういえば中学生のころ、病気で寝たきりの父のかわりに何度かそんな作業に出た。中間テストのことを気にしながら、仏頂づらで鎌をもって家を出た——。お堂のそばにしゃがんで、ボンヤリとそんなことを考えていた。撫でるような風が吹いてくる。新緑がまぶしい。話し声がゆっくりと遠ざかる。とたんに再び、はじけるような川音がもどってきた。

（『温泉旅日記』一九八八年）

トロリとねばる美人の湯

別所温泉

長野県上田市

電車が急停車した。

「あッれ、まァ、たいへんだ」

人々がいっせいにのぞきこんだ。ホームから墜落、そのまま線路に横たわっている。一メートル手前で電車が止まった。

運転手がとび下りて――ひろいあげた。ホームのはしで待っていたおばあさんが傘を落としたのだ。ご当人がパチパチと拍手をしてから、うやうやしく受け取った。電車は再びゆっくりと動いてホームへ入った。折り返しで別所温泉へ行く。

城下、三好町、赤坂上……。しだいにまわりがひらけていく。下之郷、中塩田、塩田町。左にノコギリ状の山並みが見えてきた。正面の山は、うって変わって端正なピラミッド型をしている。新緑が眩しい。緑一色の広大な盆地が塩田平《だいら》だ。うっとりと見とれていると、みるまに正面の山が迫ってきて、そのふところへ走りこんだ。上田からの所要時間二十五分。

別所温泉を「信州の鎌倉」というのは史実に即してのことらしい。鎌倉三代の執権北条泰時は九一のときにそなえて、この塩田郷に第二の鎌倉をつくろうとした。塩田城を建て、伊豆と結ぶ道路を整備、町づくりにのり出した。いかにもいいところに目をつけた。三方を山に囲まれ、肥沃な平野を抱きこんでいる。入口には信濃の国分寺がおわします。北へのぼれば善光寺さま。背後の山をこえると「塩の道」に至る。

「ただ一つ頭痛のタネだったのは水でございましょうね」

柏屋別荘のご主人斎藤三雄さんは郷土史にくわしい。当地につたわる雨乞いの行事を、くわしく説明してくださる。あちこちに池があるが、日照りの年は底が干上がる。ピラミッド型の山は、地図では夫神《おがみ》岳だが、地元では「岳の山」という。山頂に雨の神様、九頭龍権現を祀っている。里の人は毎年七月、このお山へ色とりどりの旗を押し立ててお参りにいく。獅子舞やササラ踊を奉納、岳の幟《のぼり》をかついで帰る。

「その布で着物やフトンをつくると、無病息災まちがいなしといわれております」

大半の旅館が今風のビルに建てかわったなかで、斎藤さんは木造四階建てのお宿を律儀に守っている。風呂も湧出分だけ、つまり湯のマゼものをしないので湯船が小さい。トロリとしたねばりのあるお湯で、あったまりぐあいが尋常でない。からだのシンをつつみとられるようだ。

「しも手の方がご本家ですか？」

柏屋本店といって新築の旅館がある。まるきり別だそうだ。もともと本店と別荘をもっていたのだが、半世紀以上も前に「本店」を人手にわたした。そのとき改名するはずのところが、そのままつづいて、今となっては、もはや何ともしがたい。

「お泊りいただいて違いを知っていただくしかありません」

不運をバネに、いい宿をこしらえた。湯の町には何げないところに人間模様のドラマがある。

別所温泉はゆるやかな斜面にあって、柏屋別荘はいちばん奥にあたる。山裾の一方に安楽寺と常楽寺、向かいの山裾に薬師堂、小さな川をはさみ、ほぼ中央の見晴らしのいい出っぱりに北向観音が控えている。昔の人は塔が好きだったようで、山腹の危うげなところに美しい八角の塔や多宝塔をとまらせた。

湯上がりの散歩がわりに一廻りして北向観音にもどってきた。欄間の暗いところに大きな絵馬がかかっている。紅蓮の炎と、逃げまどう人々。赤と白の彩色があざやかにのこっている。弘化四（一八四七）年、信濃一円は大地震にみまわれた。世にいう善光寺地震である。死者・行方不明一万五千人。尾張の人で市之助という者が善光寺詣に来ていて大地震に遭遇、同行の十五人が全員、行方不明になったなかで、彼ひとり、かすり疵ひとつ受けなかった。懐中をあらためると、別所の北向観音でいただいた厄除のお守りがまっ二つにちぎれている。

「これまさしく大悲尊御身代わりに立ち給いしと、随喜渇仰のあまり、お礼参りとともにこの額面を奉納いたしました」

古人は何ごとにつけ神意を見た。きっとそれだけ自然と親しみ合っていたからだろう。山頂には九頭龍権現、道のべには可愛い道祖神が寄りそっている。

旅館組合の掲示板にハリ紙がしてあった。共同湯の管理人を募集中。年齢不問、むろん出身校も問われない。パートも可、希望者は面接に応じるという。石湯、大師湯、大湯の三カ所があって、入口で百円也の料金を徴収する。あとは、さあ、何をするのか。掃除そのほか仕事はなくもないのだろうが、ありていにいうと、ぼんやりすわっていて、ウツラウツラしていればいいようだ。石湯のじいさんにたしかめると、「まあ、そんなとこだナ」。徴収ぶりもいたっておおまかで、財布を宿に置いてきたというと、「ああ、いいよ」とニコニコしている。泉質がちがうから、三つ全部をまわるといい。

「なにしろ美人の湯だッからナ」

「ハア、美人ねェ」

当方にはかかわりのない特性だが、管理人のじいさんには確固とした根拠があるらしく、しきりに三つ全部をすすめてくれる。このとき女湯のドアが開いて、元美人のテラテラ顔がのぞいた。ほっぺたが蒸しリンゴのように赤く、おでこが威厳をもって光っている。束ねた髪が腰までのびて、能の舞台にみる女房のようだ。じいさんが渋茶をすすめる。元美人がおしゃべりしながら目を細めて飲んでいる。桃色の胸元からユラユラと湯気が立ちのぼり、お乳のような甘い匂いがただよってくる。


（『AMUSE』一九九六年六月一二日号）

「とくとくの清水」

吉野温泉元湯　奈良県吉野郡吉野町

出かける前に学問をしようと思った。そこで町の図書館で吉野関係の本をどっさり借りてきた。お風呂に入るだけなのに、どうして学問が必要なのか？　その点は自分でも曖昧《あいまい》だったが、ただ何となく、このたびはボンヤリとお湯につかっているわけにはいかないような気がしたからだ。なにしろ花の吉野へ行く。春は桜で埋まる。下千本、中千本、奥千本。一目千本なんてゴーセイな所もある。花ばかりではない。かつては吉野朝の在所だった。皇居が置かれ、悲運の天皇がいた。『神皇正統記』といった本によると、こちらの系譜のほうが正統らしい。

もっと昔にさかのぼると、奈良時代に役小角《えんのおづぬ》という不思議な人物がいて、吉野の山で修行をつみ修験道をひらいた。山伏の元祖で、呪術師《じゅじつ》ともいわれたから、なにか超人的な能力をもっていたのだろう。

西行法師がやってきた。その西行の跡をたずねて芭蕉がやってきた。町の図書館から借りてきた本によると、頼山陽もきたし、その漢詩をたしかめに画人鉄斎がきた。わが国の俳人、歌人、漢詩人、画人のおおかたは、一度は吉野を訪れて句をつくり、歌を詠み、吟じ、また絵筆を走らせたらしいのだ。

なんだかへんなことになった。手拭い一本ぶら下げて温泉にいくはずが、奈良時代にさかのぼり、修験道をしらべ、南朝悲史をひもとき、西行や芭蕉といった旅人たちの足跡をたどるハメになった。

にわか勉強の史書や歌書にあたっているうちに吉野の花が散ってしまった。

近鉄吉野線吉野駅。電車はモダンだし、駅舎は超近代的で、みよしのの奥山に着いたとはとても思えない。週末のせいもあってそれに駅前広場いっぱいに、人と車とバスとタクシーと土産物売場とがごった返している。親子づれ、団体客、ハイキング姿の若い二人。俳句仲間の吟行らしい集団が、めいめい手にメモ用紙をもって、お師匠さんの話を聞いている。とおもうと、まだ午前十時だというのに、すでにまっ赤な顔でデキあがった人がいる。

道案内の拡声器、団体バスのマイク、土産店のマイク。いま着いたばかりだというのに駅員がマイクで帰りのキップの購入をすすめている。まわりの人のおしゃべりがまたとめどない。関西の人は話し好きだ。口を閉じていると、きっとムズムズしてくるのだろう。西行法師は北面の武士、つまり京都御所の警備員だった。芭蕉は伊賀上野の下級武士、いわば小さな町の小役人あがり、ともに関西生まれであって、あんがいおしゃべりな人だったのかもしれない。

「西行上人の草の庵の跡は、奥の院より右の方二町ばかり分け入るほど……」

芭蕉の「野ざらし紀行」によると、谷あいの一角に清水があった。そのしたたりぐあいから、西行が「とくとくの清水」と名づけたもの。庵の跡はもう何もなかったが、ただとくとくの清水だけは昔にかわらず、しずくを落としていた。そこで生まれた芭蕉の一句。

露とくとく　こころみに浮世すすがばや

ごく変哲もない谷の水を「とくとくの清水」などと名づけ、日ごとに話しかけるなど、おしゃべりなタイプがあみだした日常の作法というものではなかろうか。

温泉は山裾《やますそ》の奥まった一角にあって、元湯の一軒きり。石段を上がったところに桜の古木が枝をのばしている。花のけはいがないので訊いてみると、「えろう遅《お》そ咲きはる」そうだ。陽当たりのかげんというより、むしろ桜に個性があって、早咲きは毎年早いが、しかし全部が全部、早いというわけではなく、なかに一、二本、ほかがとっくに散ったころ、おもむろに咲き出す。人の世と同じように変わり者がいるらしい。酒をふりかけると勢いづくというのもいる。

田舎の旧家のような建物で、お風呂へは薄暗い階段を下りていく。鴨居に「霊泉」と、古ぼけた看板がのっていた。吉野杉の本場であれば木づくりの浴室に木の湯船。小振りのつくりが、いかにも隠れ里の湯屋にこもった感じ。さきほどの喧騒がウソのようだ。位置でいうと中千本の下あたりか。吉野山には有名な水分神社があるが、水神さまのお裾分けの霊泉がとくとくとにじみ出る。

座敷で湯上がりにビールを飲んだ。キジ鍋なんてのもある。前は縁側で、庭石にうららかな陽ざしが落ちている。旧家の当主が悠然とわが庭をながめているぐあいだ。だれもが同じ思いであるらしく、キジ鍋の三人づれも、老歌人風も、ストローでコーラを飲んでいるＯＬも、黙って庭の方を見つめている。

これはこれはとばかり花の吉野山

おなじみの俳人貞室の句。花に酔ったのか、それとも花見酒に酔ったのか、あるいは花の吉野に苦吟したあげく、自作の月並みにあきれはてたのか。はたしてどうなのか、正確にはわからないが、湯上がりにビールの身をひとことにしていえば、「これはこれはとばかり花の吉野山」というしかない気がするのだから、やはり名句というものだろう。

ビールのお代わりをした。ついでにお酒も注文した。おとなりの鍋が煮立って、うまそうな匂いが流れてくる。しこたま学問を仕入れてきたせいか、歌の切れはしが泡のようにわいてくる。

「吉野山こぞのしをりの道かえて——」

西行だ。

「吉野山雲をはかりにたずね入り——」

これも西行。

「吉野にて桜見せうぞ檜笠」

これは芭蕉。

「み吉野の　みみがの嶺に　時なくぞ——」

これは天智天皇。

「吉野の国の　花散らふ　秋津の野辺に　みやばしら——」

柿本人麿呂の長歌である。あとは忘れたが、たしか終わりは「見れどあかぬかも」だった。縁側でゴロリと横になった。風雅な庭が鼻先にあって、いかにも見れどあかぬもの眺めである。

「願はくは花の下にて春死なん——」なのだ。吉野の山陰の湯宿には、花の下に倒れ伏した姿がよく似合う。

(『AMUSE』一九九七年五月二八日号)

夏

シンの強い一徹者の宿

弁天鉱泉　千葉県南房総市

うっかりすると見逃す。小浦《こうら》の隧道《ずいどう》を出ると、すぐ右にバス停があって、さらに右手の竹やぶの奥に、ひっそりと一軒宿が隠れている。エンジン音を置き土産に、バスがみるみる遠ざかる。行先の標示は「館山航空隊」。まるで頬っぺたの赤い少年が一人旅をして、あこがれの航空隊にやってきたかのようだ。

玄関を入ると広いフロアがとってあって、磨きこんだ板がピカピカ光っている。階段を上がって部屋に入ると、すぐ前に海が見えた。黒い岩礁が点々とちらばっていて、その向こうに三浦半島がボンヤリとかすんでいる。

「当弁天鉱泉の元湯は古くから言い伝えの有ります当地、弁財天のほこらに湧き出づる泉脈と同じくするものであります」

脱衣室に説明板が掲げてあった。ゴホンと咳払いして、背中をスックとのばしたような書き方に、これを作った人の人柄がうかがわれる。ホウ酸、硫黄など数種の成分を含んでいて、朝、昼、夕と一日五色に変化する。低温でもよくあったまって、湯ざめがしない。そういったお湯だから「飲酒の上での御入浴は固くお断り」。

湯船の前に四角い湯口が切ってあって、元湯がこんこんと湧いている。白濁していて、ぬるい。これを沸かす。現在の温泉法では成分が条件をみたしていさえすれば、少々の低温でも「温泉」と称していい。それを昔ながらに、いぜんとして「鉱泉」と名のっている。ご亭主にきっと何か考えがあってのことだろう。それともガンとしてわが道をいく一徹者か。

部屋に落ち着いて気がついた。どこかで音楽が鳴っている。聞こえるとも聞こえぬともつかぬ音量だが、たしかに鳴っている。窓をあけると外の音にまぎれてかき消える。窓をしめると、耳の底にピアノ曲がかすかに聞こえる。

ゴロリと横になった。湯上がりのほてったからだを浴衣につつんで、ヒンヤリした畳に横たえる。この一瞬は至福の時といっていい。そんなふうにして、からだを休める。それというのも、からだは心と同じように、傷ついて疲れているからだ。自分のものであって使い勝手がいいものだから、つい酷使してきた。息を切らせて階段を駆け上がったし、むやみにアルコールを流し込んだ。他人の妬《ねた》みや、憎しみや、さげすみの目にさらしてきた。たまにはゆっくり休ませてやるがいい。横臥して、掌をお腹の上にのせると、ちょうど祈る人のかたちになる。内房線の外れ、こんこんと湧く泉の上で、しずかなピアノ曲につつまれてうたた寝ができるとは、誰だって思うまい。

昼間、鋸山《のこぎり》を越えてきた。房州の名山であって、その名のとおり、ノコギリの歯のように尖った峰がずらりとつづいている。ロープウエーの山上駅から少し行ったところに、竹細工をつくっているおじいさんがいる。二十年前もいて、今もいるから、きっと未来永劫にいるだろう。顔の古びぐあいが小屋の古びぐあいと同様に風格がある。

目の下の美しい山と海を見つめ、竹を削って暮らしてきた。生きるのには元来、ほんのわずかで足りる。雀の食べ物のように、ほんの少しのものでいい。あれこれ欲望をつのらせるよりも、手を動かしながら山と海を見つめているほうがいい。風の立つ日は海面がまっ白になり、木々は倒れるようによじれるが、風がやむと、海は元の青にもどり、木々は何ごともなかったように立っている。じいさんもまた、何もなかったように竹を削っている。

お寺を廻って南側に下りてくると、一面の菜の花畑だった。山ふもとの里を歩いて駅に出た。それからバスに乗り継いで宿に来た。

テーブルの上にコピー機の手作りによる案内が一枚置いてあった。表は本日のテレビ番組、裏は近くの地図と、ＪＲ・バス・フェリーの時刻表。花つみと、いちご狩りのご案内。ここまではおなじみだが、あとのところが少しちがう。房総名産ひもの類のおみやげを買いたい人に、宿のおすすめ店が一軒あげてある。商売ずくでないことは、ひと目でわかる。「最近ではめずらしい天日干しで手作りのおいしいひものを売ってくれます」。さらに子供づれの客に、つたえごとが書いてある。「お子様から、目をお放しにならない様にお願い致します」。みなさん、覚えがあるだろう。狭っくるしいわが家から広いところに出てくると、子供は全身でよろこびをあらわして走ったり、跳んだりする。それはよろしい。しかし、ころんでケガをされると困る。その点、ご注意いただきたい――「病院の数が少ない地域です」。

食事は下の階に、客それぞれに一室をあてて用意してあった。食べたあとの匂いのこもったところで寝るのはイヤという人がいて、数年前からこの方式にしたという。部屋数がせいぜい十あまりの宿が、なんと無謀なことをするものだ。

「これは何ですか？」

ガラスの小鉢に盛ったねりものが絶妙である。クルミをつぶしてこさえてあって、あとは「おばあちゃんの工夫」によるもので、若奥さんにはよくわからない。

「聞いても教えてくれないんですよ」

食事のあと、またもや白い湯にながながとつかった。もどりぎわに、そっと台所をのぞいたら、白髪の老婦人と若奥さんがあと片づけをしていた。そのそばで、痩せた、小柄な、色の黒い男が黙然と新聞を読んでいる。どうやら、この人がご亭主らしい。しずかにピアノ曲が鳴っていた。出どころは、やはりここである。小柄で、痩せていて、気が弱そうでいて、実はシンの強い一徹者が、地の塩のようにしているものである。

（『AMUSE』一九九五年五月二四日号）

湯の湧く岩をじっと抱いて

地鉈《じなた》温泉　東京都新島村式根島

坂の切り通しに四角い穴がポッカリと口をあけている。おもわず足をとめて首をひねった。

「湯加減の穴？」

わざわざ字が刻んであるからには、そのとおりなのだろうが、なんとも不思議である。島の高みにあって、まわりはただ黒々と椿の繁みがつづいているばかり。

よく見ると穴からうっすらと湯気が立ち昇っていて、まわりがシミのようにしめっている。ためしに手を入れると、ほんのりとあたたかい。地鉈《じなた》温泉は高台から一気に下った海辺にあり、潮の満ち引きで湯の温度が変わる。崖を下りるのが面倒な無精者が目をつけたらしい。地中に細い湯の道が走っていて台地上と通じている。そこの湯気の出ぐあいで湯加減がわかる——。

高台のはしに出た。「地鉈」とはあざやかに名づけたもので、まさしく大地を鉈でたち割ったように二つに裂けている。見ようによれば、女体が股をひろげたようでもある。湯の湧出口は、どこも多少ともエロチックな形態をしているが、ここはまさにあけっぴろげで、秘部のあたりが赤味をおびていて、すこぶるナマめかしい。

おずおずと急坂を下って秘部に近づいた。かつてはなだれ落ちる岩と砂だったのを、明治の末、築港のため島にきた静岡の石工三人が、みずから買って出て石段をこしらえたそうだ。

「大いに義気あり、工費を自弁、巌石を砕き、通路を開き……」

下りきったところの隘路の大岩に「彰功誌」が刻まれている。なぜ自前で難工事を買って出たのかわからないが、きっと島に滞在中、ひとかたならぬ親切を受けたのだ。報恩の気持からノミを振ったにちがいない。

そこへいくと温泉客はノンキなものである。まわりにもいろいろ文字が刻まれているが、芸もなく名前と日付を彫りつけている。

「1939・8・1　恵の泉」

日本陸軍が中国大陸へ攻めこんでいたころ、のんびりといのちの泉をたのしんでいた人のようだ。

「全快記念」

「赤心報国」

人の思いはさまざまだ。狭い通路を海風が音をたてて吹き抜けていく。

式根島はもともと新島と地つづきだった。元禄十六年（一七〇三）、南関東に大地震があり、その際の陥没で島になった。あちこちに「開島百年」の碑が見られるのは、明治二十二年（一八八九）、新島から四世帯八人が移ってきて島を開いたからだ。水に苦労した。いまも「まいまいず井戸」がのこされている。移住の翌年から三年がかりで大きな井戸を掘りあてた。「まいまいず」はかたつむりのこと。井戸に降りる通路がかたつむりのような形をしていて、その底に深さ六メートルにある掘井戸がある。

島の暮らしが落ち着いたころだろう。南の崖の突端に湯が湧き出ているのに気がついた。塩泉で鉄分が強く、神経痛、リューマチ、胃腸病に効く。それはいいのだが、むやみに熱い。そのままでは八十度をこえ、うめるにもまわりに水がない。たとえ雨が降っても雨水は崖を走り下ってとどめるすべがない。

そのうち人々は気がついた。夜ふけの潮のぐあいで海水が入りこみ、手ごろな湯壺ができる。湯加減はままならないが、潮の干満に応じて湯壺をとりかえていけばいい。これを島の人々は「夜潮」とよんだ。潮騒を聞き、月を見ながら夜ふけの湯ごもりである。

そこへぶしつけにも、まっ昼間にやってきた。高みから見下ろしていたとき、石段の検分にきた役場の人から「入るのですか」と目を丸くされたから、よほど人のこない時間帯なのだろう。たしかに熱湯がたぎっていて、地獄の釜のように赤茶けた底からプクプクと泡つぶが上がっている。海の水は、かなり手前で折り返して、とてもここまではとどかない。

見上げると左右に岩の壁が天を刺すようにしてそびえている。下は白っぽく、上にいくほど黒ずんで、岩の先端に大きなカラスがとまり、じっとこちらを見つめている。ときならぬ人間の出現を興味深く見守っているといった感じである。カラスに見つめられた下でまっ裸になるのは、人間の尊厳に反するような気がして、どうにも決断がつかないのだ。

小さな出っぱりに腰を下ろして、しばらくボンヤリとながめていた。前方には尖った大岩が点々と海面から顔を出していて、V字形の入江になっている。それでもさすが太平洋の波で、「ドーン」と腹を突き上げるような音をたてて打ち寄せてくる。何げなく海水の動きを追っていてわかったのだが、打ち寄せる勢いの余波で、多少の水が岩場を走り上がる。とすれば湧出口から流れ出る熱湯と合わさるところがあるはずだ。その一点を探せばいい。はやる心をおさえながら目で追っていって、やがて見つけた。人ひとりがやっとのほどの小さいものだが、せり出した岩の下が湯壺状に窪んでいる。下からは波がなだれこみ、上からは湯気を立てたのが落ちていく。走り寄って手をつけると、まさにぴったりの湯加減である。カラスなどには及びもつかぬ人間の英知にちがいない。

服をぬいでそっと入った。表面は熱く、その下はほどほどで、足元は冷たい。両手でかきまわしながら首まで沈んだ。女体の秘部の、そのまた微妙なところにもぐりこんだぐあいである。岩の上のカラスが、あいかわらず首をかしげて見つめている。初夏のような陽ざしが眩しい。俳人井泉水が訪れたとき、「湯の湧く岩をじっと抱いて」いる人を見かけたそうだが、むしろやさしい凹凸をもった岩に抱きとめられた感じなのだ。波の音がことばにならない呟きのように高まり、また引いていく。夢みるようなここちのままに、つい思わず母胎に浮かぶ胎児のような姿勢をとった。

（『AMUSE』一九九七年四月二三日号）

湯豆腐のあったまりかげん

松が下　雅湯
東京都新島村式根島

民宿の食事はすぐにわかる。下から声がきこえてくる。

「アキちゃん、お客さんに夕食ですヨっていってきて」「あたし、イヤ」「ボクいく」「じゃあタカちゃん、たのむネ」

つづいて階段をトコトコと上がってくる足音。ボランティアの使命感にこたえるためにも、ここはひとつ「待ちかねた」といったふぜいでいたいものだ。

「アリガト、アリガト、フー、腹へったなァ」

実際、そのとおりなのだ。午後の昼寝のあと、海べりの温泉へ行って二時間あまり湯につかっていた。しばらくはアゴまで沈んで波の音を聞いている。ついで這《は》い出して、目の下の海につかる。冷えてくると、また湯にもどる。お豆腐はこんなぐあいに、あたためたり冷やしたりして作るそうだが、多少ともそれに似て、十回ばかりくり返すと全身が白くふやけてきた。これはこれでけっこうエネルギーを要するらしく、もどり道はオカラのように中身をしぼりとられた感じだった。

壁ぎわに民宿のジイさんが片肘《ひじ》ついて寝ころんでいた。昨日とまったく同じ姿勢である。当人の言い分によると、人間にとってこれが一番ラクな姿勢で、若いころからこんなふうにしてきた。夜はいつも寝そべっている。酒もこのままチビチビやる。そういえば鼻先にお盆があって、コップ酒がのっている。おトシのほどは定かでないが、人生の半分をゴロリと横になったまま過してきたというのは、なかなか豪勢な生き方ではあるまいか。

アワビ、サザエ、イカ刺し、シマアジ。タカちゃんがお手伝いして運んでくる。夏のあいだ島の了供たちは貴重な戦力だ。夏が終わると、ゴホービに飛行機でディズニーランドへつれてってもらえる。

そんな話を聞きながらビールから酒にうつった。ジイさんは寝そべっていても、ちゃんと見ている。膳《ぜん》があらかたカラになった。

「くさやはどうだネ」

やがてあのおなじみの匂いとともに、あぶり立てが登場する。

「これ、酒に合うんだよネ」

「女はイヤがるなア」

噛《か》みしめると、プーンと磯の香りがする。

「つっこしはどうだ」

正確には〝つっこし汁〟、あるいは〝じっこ汁〟ともいうそうだ。伊豆の島々の名物で、ブダイのぶつ切りやアシタバなどを、野菜といっしょにミソ仕立てで煮こんだもの。フーフーいって汗を流しながらすすりこむ。ブダイの味が汁にしみこんでいて独特のコクがある。いわば液体のおサカナであって、右手に椀をもってひと口すすり、左手のコップ酒をぐびりとやると、気が遠くなるほどうまいのだ。

「そろそろいくカナ」

片肘が立ち上がった。こちらもフラフラと腰をあげた。暗い道を五分ばかり歩くと、足付湾に出る。

岩かげに露天風呂が三つあって、その名もミヤビやかに「松が下雅湯(みやび)」。式根島の西の台地をボーリングして湯脈を掘りあてた。そこから引いてきて平成五年六月にオープン。ちょうど皇太子さまと雅子さまのご成婚の日で、これにちなみ「雅湯」と名づける。お先に名前をいただくところがちゃっかりしている。

火山島のせいで湯は塩っぽく、鉄分をおびていて赤茶けた色。昼間はパンツをつけて入るが、夜は天下御免で、真っ裸だ。後ろは黒々とした椿の茂みで、海ぎわの大岩に松が一本、これも命名にとりこまれた。

だれもいないと思っていたら、闇の中から声がして世間話がはじまった。目が慣れると磯の岩も、岩に当たって崩れる波も、頭上の星も、はっきりと見える。飛行機のコースらしく、ときおり赤い灯が点滅しながら横切っていく。

うだってくるとコンクリートの仕切りに這い上がる。さすがに太平洋で、ドーンと腹にひびく音をたてて寄せてくる。夜の海はおっかないので、ナマ身の豆腐を冷やすのはやめにした。

ドボリと湯に逆もどり。土地の人は首までつかったきりで、ピクリとも動かない。うだらないのかとたずねると、ジイさんがいった。

「からだがこんなふうになっちまったようだナ」

明快な答えである。

すぐ隣りに昔ながらの足付《あしつき》温泉があって、そちらは澄んだお湯だが、源泉が涸《か》れぎみなのか、出ぐあいがすこぶる悪い。岩場からほんのかすかな、おぼつかない湯けむりが上がっていた。昼間、試しに入って、水のようにぬるい中で膝を抱いていた。もどりに散歩していたら、道に迷った。島の道路は地形に応じられてつくられているので、しばらくすると方向がわからなくなる。ジイさんのいうところでは、一週間もすれば「おいおい足が覚える」とのこと。

「このまま、ずっと居つくかなァ」

「そうすりゃいいが」

片肘ついて寝そべって過すのは、思えば理想の後半生というものではなかろうか。

「つっこしはまだあるかねェ」

もどって寝る前に一杯やりたい。台所をちゃんと偵察しておいたので、酒瓶のありかはこころえている。岩かげからアーともウーともつかぬ返事が返ってきた。

（『AMUSE』一九九七年七月九日号）

ベートーヴェンの無口

登別カルルス温泉　北海道登別市

北海道には、あちこちに本州の町がある。広島町は広島県人が引きうつって開いた。伊達市は旧伊達支藩の殿さまが、家臣とともに入殖したのが始まり。新十津川町は、土砂崩れで家を失った奈良県十津川町の人々が集団で移住してきた。

チェコの地名もある。カルルス温泉はチェコの名湯カルルスバート（現カルロビ・ヴァリ）にちなんでいる。チェコ人が見つけて開湯したから——というのではない。しかしチェコ人が日本に来たら、きっとここに来たがるだろうと思う。そしてカルルス温泉が気に入るにちがいない。

川にそったゆるやかな渓谷にある。明治十九（一八八六）年、当地の測量にやってきた開拓庁技官・日野愛憙が発見、明治三十二（一八九九）年、宮城県人日野久橘が開湯。無色透明、無味無臭の単純泉で、泉質はラジウム。その泉質がチェコの名湯とそっくりなのでカルルス温泉と命名。噴出量毎分一二〇〇リットル。神経痛、脊髄・筋肉・関節リューマチ、胃腸病、自律神経失調症、ノイローゼ、更年期障害、肩こり、痔、外科疾患に効能がある。効能の点でもチェコのお湯とぴったり同じ。

数年前になるが、私はチェコの温泉を訪ねていった。カルルスバートは古代ローマ時代に発見され、ヨーロッパで一、二をあらそう有名な湯治町である。ゲーテも来た。メッテルニッヒ公爵も、ナポレオンも来た。色男カサノヴァは、むろん女性同伴でやって来た。渓谷一帯に美しいホテルが並んでいる。お湯につかる以上に飲むことに主眼がおかれていて、人々は飲み口のついた飲泉カップでチューチュー吸ったあと、川沿いの遊歩道をのんびりと散歩する。

ニッポンのカルルスバートは、もっぱらつかるためにある。なにしろ湯量が豊富なので、どの宿も大きく湯殿がとってあって、そこに川のようにお湯が流れている。私は「かめやカルルス館」というのに泊ったのだが、名前がなんとも絶妙だ。カメヤ・カルルス・カンと「カ」の音が三点に配置してあって、はぎれがいい。ゲーテをはじめとする西洋の大詩人は、このように頭韻を踏んで流麗な詩をつくった。そんな配慮があってのことかと思ってたずねたが、べつにそうではないそうだ。亀屋さんがカルルス温泉につくったので、かめやカルルス館。赤いよだれ掛けをつけた亀の剥製がロビーに祀られていて、お供えがそなえてあった。

湯上がりに散歩に出た。ほてったからだを、しみるように冷たい風がなぶりにくる。川の名前が千歳川、当地は北海道老人クラブ連合会指定温泉地、それに万年亀のお守り。雄大な樹海のただなかにあって、新鮮なオゾンが一杯。すべてが長命向きにできている。神経をイラ立たせるようなものは何もない。要するに何もないのである。「よくぞ来し今青嵐《せいらん》に包まれて」と刻んだ高浜虚子の句碑が川っぷちにあるが、しいてあげるとすると、これ一つ。そのかわり深い静けさがある。辺りは静まり返っている。ひとうねりした道にそって、ポツリポツリと宿がある。目を上げるとオロフレ岳へとつづくラクダの背のような大きな山並み。赤白ダンダラ模様の床屋さんの標識が目についたので近よって、なかをのぞきこんだが、ごくふつうの家だった。どうしてわざわざダンダラ標識を玄関に立てたのかわからない。たぶん、家の人がよほど退屈していたのだろう。

川沿いの小径がどこまでもつづいている。落ち葉がかさなって、足をのせるとフワリと沈みこむ。世にもぜいたくな絨毯である。川音が高まったり消えたりする。小さな沢といき合った。澄んだ水が小径を横切って流れている。しばらく石に腰をのっけていた。立ち上がって、もどりかけると、四輪駆動車が乗りこんできた。年輩のご夫婦の顔が見える。しばらく立ち話をした。停年でリタイアののち、車でのんびりと旅行中。

「この奥は何ですか？」

「さあ、何でしょう。何もないと思いますよ」

お二人は落胆したふうもなく、ではもう少し入ってみようといって車を走らせた。黒い車体が奇妙な獣のように跳びはねながら沢水をけちらしていく。

川をはなれると、高台を巻くように道がのびていた。チェコのカルルスバートでもそうだった。坂道をのぼっていくと、気が遠くなるほど美しい展望がひらけた。

「いろんな客がやってくる。もう七十三組が名簿にのっている。ずいぶん賑やかなことになりそうだ」

カルルスバート滞在中に、ゲーテが書いた手紙の一節である。そんなある日、ベートーヴェンが文豪を訪ねてやってきた。以前、同じチェコの温泉町テプリツェで会ったとき、再会を約束していたからである。律義者のベートーヴェンは、約束を果たすためにやってきたのだが、不機嫌に押し黙ったままのベートーヴェンにゲーテは手を焼いた。

「彼は耳がダメになっており、たいそう気の毒だ。もともと無口な男が、このため倍ものをいわなくなってしまった」

うかつに約束などするものでないと後悔したそうである。

まだ午後の四時だというのに、はやくも暗くなってきた。ロビーの明かりがあたたかい。冷えたところから、暖房のきいたお宿に入ったとたん、ドッとはな水が垂れてきた。なぜか涙がしみ出してくる。やたらに人恋しくてたまらない。いかにも人の好さそうな番頭さんがストーブに手をかざしている。亀がキョトンと目を剥いている。土産物売り場のおばさんがコックリコックリいねむりしている。同じカルルスでも、ニッポンのカルルスのほうが、やはりいい。

（『ＡＭＵＳＥ』一九九五年一二月一三日号）

兎追うこともなかりき銭湯

恐山温泉　青森県むつ市

寺山修司は二十二歳のとき、最初の歌集『空には本』を刊行した。あとがき風につけた「僕のノオト」に定型詩との出会いをつづっているが、はじめは俳句だった。郷里青森で高校二年のとき「やまびこ俳句会」というグループを結成、週ごとに作品を交換してディスカッションをしていた。会誌「青い森」をプリントして配付する。

やがて全国の仲間によびかけて、全国学生俳句会議を組織したというから、意気込みのほどがみてとれる。組織の機関誌「牧羊神」を創刊して十号つづけた。

「縄目なしには自由の恩恵はわかりがたいように、定型という枷《かせ》が僕に言語の自由をもたらした」

昭和二十九年（一九五四）三月、青森高校を卒業して上京。早稲田の教育学部に入学。短歌をはじめるのは、この前後からだ。

「僕のノオト」では述べていないが、歌人中城ふみ子の短歌に刺激を受けてのことらしい。せっせと作って、短歌雑誌に投稿した。そのころ中井英夫編集の「短歌研究」が新人賞を出していて、五十首の連作「チェホフ祭」で第二回短歌研究新人賞を受賞。短歌世界の目をみはらせた一首。

向日葵《ひまわり》は枯れつつ花を捧げおり父の墓標はわれより低し

十八歳の天才歌人には、短歌というジャンルが「小市民の信仰的な日常の呟き」に終始しているのが歯がゆくてならなかった。それはもっと社会性をもった文学表現でなくてはならず、そのためにはモチーフとスタイルを改めて認識し直さなくてはならないだろう。どんなイデオロギーであれ、それに奉仕した短歌ほど忌むべきものはない。

「われわれが興味があるのは思想ではなくて思想をもった人間なのであるから」

歌という型で、はてしなく、また恥らいもなく自分を語りたがる歌人とは何ものか。だから自分は意固地なまでに「告白癖」を戒めるとしよう――。

そのためここではひとことも触れられていないが、入院は四年に及んだ。所は東京・新宿の社会保険中央病院、生活保護法を受けての患者である。かぎりなく死に接近して、ひところは絶対安静がつづいた。そんなベッドの上で「砒素とブルース」「祖国喪失」「記憶する生」などと題した一連の短歌が生まれた。つぎは「祖国喪失」シリーズのうちのとりわけ知られた一つ。

マッチ擦るつかのまの海に霧ふかし身捨つるほどの祖国はありや

中井英夫や谷川俊太郎の尽力で歌集にまとめられたとき、さまざまな論議をまき起こしたが、当人の「ノオト」が簡明かつ的確に作歌法を要約している。

「ロマンとしての短歌、歌われるものとしての短歌の二様な方法で僕はつくりつづけてきた」

もしさらに新しい方法があるとすれば、この二つのものの「和合」だけ。そのときは歌は歌にとどまらず、五七で構成した「交声曲」といったものになるのではあるまいか。

寺山修司はそんなふうに述べ、自分が述べたとおり実践した。この点、彼はおそろしくリチギで、一途で、みずからに忠実だった。

寺山修司というと、いつも私には一つの顔が浮かんでくる。新宿の花園神社の裏手に軒をつらねた小さな飲み屋の一軒で、ギシギシ音をたてる階段を上がったところを、ドアを押して中に入ると、カウンターの向かいの棚に顔写真がピンでとめてあった。店のマスターが大の寺山ファンであったからだ。

もっとも元気だったころの写真だろう。目が大きくて丸顔。ただ顔のどこかがほんの少し引きつったぐあいで、何かしらいびつな感じがした。テレたように唇をななめに引きしめているせいかもしれなかった。首から下をつつむようにして、おなじみの黒のトックリのセーター。

その店のカウンターにすわり、顔写真をチラチラながめながら酒を飲んでいると、そのうち酔いがまわってきて、へんに涙もろくなってくるのだった。あるとき、そのことをマスターに話したところ、次にきたら写真がなくなっていた。棚のうしろの壁のシミが見えるだけ。壁のシミをながめながら飲んでいると、例の顔が、なおのことまざまざと浮かんできて、やはり涙が出そうになり、あわてて腰を上げるのだった。

若い寺山修司を、はらはらして見守っていた谷川俊太郎が、数行であざやかにこの異端児を描いている。要するに「いろんなもの」をもっているというのだ。「東北なまりをもっている。四年間の病歴をもっている。六個のサイコロと三組のトランプをもっている……」

ネルソン・オルグレンの小説、ラングストン・ヒューズの詩集、女についての無限の好奇心、人生についての無数の観念、そして野心と、人一倍旺盛な嫉妬心。

さらにもう一つ、生へのおびえを加えてもよかったはずだが、ネフローゼという死の病をかかえた身であってみれば、ことさらいうまでもないと考えたのではあるまいか。

「いろいろなもの」をもった男は、いつもおびえていた。外見的には昂然《こうぜん》として小説、劇作、詩、評論など、あらゆる分野に手を出して、どれであれ、いともあざやかにやってのけた。童話、シナリオ、放送劇、ルポルタージュ、競馬エッセイ……。多芸多才の見本のような人物だった。

だが、いつもひそかにふるえていた。小鳥のようにふるえていた。ひとりぼっちの意識。当人は『家出のすすめ』を書いたが、いわば家出少年の不安。ふつうならオトナになると卒業してしまうものだが、寺山修司はついぞ完全な子供ではなかったように、完全な大人にもならなかった。いつも半身に家出少年をもち、大きな目をみひらいて世間を見ていた。自分の劇団をつくり、結婚し、ちゃんとした居場所を得たのちも、内面的にはのべつ、「家出」をくり返し、見知らぬよそ者として生きていた。その神経は詩人のそれというより、宗教家の感覚と似ていたのではあるまいか。他人の苦痛にも敏感に反応して、自分のなかに当の苦痛を再生しないではいられない。

第二歌集が二十六歳のときの『血と麦』。三年後、『田園に死す』を出した際、終わりに「跋《ばつ》」をつけ、自註をつけるようにして述べている。この歌集は私的な「記録」であって、「自分の原体験を、立ちどまって反芻してみること」に努力がそそがれている。そんな反芻を通して、自分が一体どこから来て、どこへ行こうとしているのかを考えてみるのは、意味のないことではないからだ。

「もしかしたら、私は憎むほど故郷を愛していたのかも知れない」

家出少年が人目をさけて、そっと故里に寄ったぐあいだ。つかのまの滞在のしるしのようにして、冒頭に「わが一家族の歴史『恐山和讃』」を置いた。

これはこの世のことならず、死出の山路のすそ野なる、さいの河原の物語、十にも足らぬ幼児が、さいの河原に集まりて、峯の嵐の音すれば、父かと思ひよぢのぼり、谷の流れをきくときは、母かと思ひはせ下り……

恐山は「おそれざん」と読み、別名が宇曾利《うそり》山。下北半島の北端にある円錐形をした山である。元は火山で小さいながら外輪山をもっている。ただし世に知られているのは山としてではなく、山号としてであって、慈覚大師の開基という霊場恐山円通寺。昔の宗教者は特異な土地を好んだが、恐山の山麓は火山脈による噴気のために植物が育たず、荒涼とした硫黄の台地がひろがっている。そんな山容と向かい合って、前方が鏡面のような宇曾利湖。

さながら死者が棲まう地上の黄泉国《よみのくに》に打ってつけだ。秋の大祭には東北一円からイタコたちがやってきて死者の口寄《くちよ》せをする。言霊《ことだま》によって魂をよびもどす。文字に書きとめられたのが、いうところの「恐山和讃」である。

川原の石をとり集め、これにて回向の塔をつむ、
一つつんでは父のため、二つつんでは母のため
……

当時、恐山はまださほど一般には知られていなかった。しかし、青森県人・寺山修司には親しいところであって、ごく身近に恐山参りをしてきたという人もいただろう。火山脈から豊富な熱湯が湧いていて、円通寺の宿坊は簡便な温泉宿でもある。宗教者は善男善女の悲しみのいやし方をよくこころえているものだ。

寺山修司がわざわざ冒頭に「わが一家族の歴史」と称して「恐山和讃」を引用したのは、一つには典雅にとりすました歌人の世界に、これみよがしに土俗的な、おどろおどろしい地獄絵さながらの歌づくしを示してみせたかったせいだろう。多少とも才あふれた人の客気といったものがあずかっていた。

だが、それ以上に、ここに自分の歌の原型を見たからにちがいない。無意識のうちに習いおぼえた七五調三十一音律。それは自分の「原体験」であるとともに歌の故里でもあるはずだ。少なくとも和讃調の呪縛《じゅばく》をもたない歌は、たかだか定型による言葉の黄金律にすぎないのではあるまいか。作者自身は反語的に述べている。

「これは言わば私の質問の書である」

より正確には解答の書というべきものだ。

大工町寺町米町仏町老母買ふ町あらずやつばめよ

兎追ふこともなかりき故里の銭湯地獄の壁の絵の山

売りにゆく柱時計がふいに鳴る横抱きにして枯

野ゆくとき

新人賞をとり、歌集をまとめたが、寺山修司は歌壇の人にはならなかったし、とりたてて短歌界とはかかわらなかった。当然のことながら、作歌法が歌人のそれとは、あきらかにちがう。ここでは意味とかかわりなく、こころよくうたうことができる。二度三度くり返すと、はやくも記憶にしみついていつのまにか誦《そら》んじている。つぎのような異風の作歌でも同じこと。

大正二年刊行津軽刑吏人買人桃太はわが父

歌を呪文に還元したぐあいだ。タイトルの『田園に死す』は、田園に託して、わが国の魂の風土、歌のはじまりを指したものにちがいない。七五調の節《ふし》、その呪文性であって、まさしく田園に死んで、毒のある歌本来の呪縛力をよみがえらせた。この大胆な言語実験者は、長歌と銘打って一家の歴史を、こんなふうにもつづっている。

……かなしき父の　手中淫　その一滴にありつけぬ　われの離郷の日を思へ　ふたたび帰ることのなき　わが漂泊の　顔を切る　つばくらめさへ　九二五一四《くにこひし》　されど九二なき家もなきわれは唄好き　念仏嫌ひ……

幼い子供が覚えたての言葉を、意味にかまわず調子をつけて口ずさむのを、昔の人は「星が語る」といったそうだが、寺山修司の短歌には、それと似たところがある。べつの一つは「長歌、修羅、わが愛」と題されて、「いつも背中に　紋のある　四人の長子あつまりて」と歌い出されている。その四人のはじめたのが「姥捨《うばすて》遊び」、親を捨て、とりわけ母を捨てる。ところがどっこい、母はしぶとく生きのびる。

されば　眠る母見れば　白髪の細道　夜の闇
むかし五銭で　鳥買うて　とばせてくれた　顔

のまま　仏壇抱いて高いびき……

つづいては呪文のようなくり返し。

一年たてど　母死なず　二年たてども　母死な
ぬ　三年たてども　母死なず　四年たてども
母死なぬ

千年たっても、万年たっても死なぬ母であれば、
あとは子守り唄にすがるしかない。寝かしつけ、永
遠に寝かしつければ死と同じ。

ねんねんころり　ねんころり　ねんねんころこ
ろ　みな殺し

恐山菩提寺の境内には四つの源泉がある。それぞ
れ湯小屋に引いてあって、古滝の湯、新滝の湯、薬
師の湯などの名がついている。八大地獄の霊場をま
わったあとの熱い湯は格別だ。宿坊の夜ふけ、へっ
ぴり腰で湯小屋を訪れると、白い浴衣を着たおばあ
さんが、何やらしきりに呟きながら頭に熱湯をぶっ
かけていた。寺山修司が好んだ「山姥《やまうば》」を思い出し
た。

とんびの子なけよとやまのかねたたき姥捨以前
の母眠らしむ

競馬エッセイの一つで彼は「ロンググッドバイ」
という名の馬のことを書いている。四歳馬、九頭立
ての九番人気ながら追い込みで勝ち、単勝の大穴を
あけたことがある。前のめりになって跳ぶような、
へんな走り方をする馬だったとか。

当人の夢の分身に相違ない。ロンググッドバイ、
つまり「永《なが》のお別れ」。ついでながら寺山修司の絶
筆は「墓場まで何マイル？」。

片手の指で数え終わって、この世からさっさとお
さらばした。四十七歳だった。

（『湯めぐり歌めぐり』二〇〇〇年）

峩々たる山脈の底のイスパニア

峩々温泉

宮城県柴田郡川崎町

おもえばヘンなぐあいである。温泉へ行くのに温泉で待っていて、温泉を通って温泉へ行く。具体的にいうと、峩々《がが》温泉へは遠刈田温泉までバスで行って、そこで峩々温泉からの送迎バスに乗り換えるのだが、その名のとおり遠刈田温泉がレッキとした温泉であって、迎えのバスを待っている目の前に湯煙りがあがっている。さらに峩々温泉へ行く途中に青根温泉を通っていくが、ここだってちゃんとした温泉で、旅館の並びにきれいな共同湯が二つもある。

湯につかるだけであれば、もっとも手近なところでことたりる。なぜまた、はるばると最奥まで行くのであろう？

難問であって、ひと口には答えられない。要するに人間はこういったフシギなことによろこびを見出す生きものとしかいいようがない。遠刈田の待ち合いベンチにすわっていると、黒白ブチの犬がやってきた。かなりの老犬で両耳、両目が垂れている。尻尾も垂れている。やがてもう一匹、茶色の犬がやってきた。なんとなくしょぼくれたやつである。しばらくたがいに匂いを嗅ぎ合っていたが、プイと右左にわかれ、とことこと走っていった。

挨拶《あいさつ》を交わしたのか、それとも偶然の出会いなのか。偶然にしては意味ありげだが、いかにも淡い邂逅《かいこう》である。犬はたぶん、温泉で待って温泉を通って温泉へ行く人間の行動と心理を理解しないだろう。

遠刈田、青根もいいが、峩々はとりわけいい名前である。うしろに峨々とした山並みを控えているので命名されたものか。地図をみてもらえばおわかりだろうが、山形との県境近くにあって蔵王山につづいている。そのため遠刈田からずっとのぼりづめで、標高八〇〇メートルにちかい。ただ最後のところでガクンと下るせいか、高所にありながら谷底にいる感じだ。

大きな一軒宿で、建物が横に長くのびている。高くしないのは足弱な人への配慮からだ。湯上がりに自分の足でゆっくり歩いて、わが部屋へいく。窓から蔵王の景観がとびこんでくる。谷あいを流れるのは濁川《にごりがわ》だ。白濁しているのは蔵王におなじみの硫化水素のせいだろう。湯もまた同質で、とりわけ胃腸病に効能がある。

湯殿に飲泉場がしつらえてある。それもデコボコのひしゃくとか、ワンカップの空き瓶を置いているといったしろものとはまるきりちがう。宿の主人はドイツのバーデン・バーデンなどで勉強してこられたのではあるまいか。飲泉の効能を究め、定量をおいしく飲むためのつくりを考えた。以前は定期的に医者を招いていたというから本格的だ。ドイツの温泉には「温泉医」がいて人々の相談にのる。温泉医療のシステムがきちんと確立されている。

まあ、それはそれとして、木のお風呂にまっ裸でドブンとつかる日本式はこよなくうれしい。ましてや湯船が大きく、湯がとめどなくあふれているとなると、なおさらだ。心がほのぼのとしてストレスによる胃潰瘍など、つかっているだけで癒《い》えていくのではあるまいか。

「――ガキが三人もいるからなァ」

外が半露天風呂になっていて、先ほどから二人組が何やらボソボソしゃべっていた。三十代とおぼしいが、会社にいろいろと不満があって、よそに移りたいのに家庭の事情でままならない。

「三人もなァ……」

みさかいなく子供をつくったのを悔いる口ぶりである。せっかく胃腸病の名湯にいても、お腹の潰瘍がすすまないか、ひとごとながら心配だ。

湯上がりにロビーで涼んでいた。「峩々」と染めぬいたノレンがかかっている。文字のかたちから何かを連想しているのに、それが何なのかわからない。腕組みして考えていると、「西班牙」であることに気がついた。イスパニアの漢字表記である。峩々と西班牙と何の関係もないが、なぜか似ているように思えてならない。「牙」の尖りが峨々とした山並みの先端にかさなってくる。

ドン・キホーテはサンチョ・パンサをお伴にして、イスパニア中を遍歴した。イスパニアの砂漠には、ところどころに岩山があるというが、その岩は砂嵐にあううちに「西班牙」の文字のようなトゲトゲの形になっていたのだろうか……。

湯上がりの思考は胃潰瘍をひきおこす気づかいがないから安心だ。いつのまにか陽が沈んで、外はとっぷりと暮れていた。食堂もドイツ風で、木づくりの部屋に厚板のテーブルがどっしりと据えてある。給仕の女性がかいがいしい。いい地酒がどっさりある土地柄なのに、ブドウ酒が飲みたくなった。

となりのテーブルの老夫婦はこれで三日目とか。毎晩ちがった料理でもてなされ、長逗《とう》留組のための用意がちゃんとされている。旅館やホテル業には当然のことながら、その当然が数少ない例外というのがわが国の実情なのだ。糖尿体質の人には塩分を抑えて調理したのが運ばれてくる。

「三人のガキ」を悔やんでいた人が、もりもり頬ばって食べていた。いかにも仕事盛りの食欲であって、この分なら家庭のほうも大丈夫だろう。禿げ頭の人がタオルをあたまにのっけている。たたんだ先っぽが尖っていて、イスパニアの三角帽子と似ていなくもない。（『AMUSE』一九九七年一〇月八日号）

「馬の国」の湯本街

白鳥温泉　福島県いわき市

馬の温泉がある。馬も温泉に入る。むろん、馬が温泉に入って悪いわけはない。なんともサッソーとした生きものだ。人間が飼いならした動物のなかで、もっとも走るのが速い。たくましい官能の持主であることは、「馬のような」がそのスジの形容に使われることからもあきらかだ。かつては軍馬が戦線を左右した。勇敢で、敵に向かうと砂を蹴立ててたけり立つ。いたって恩義に厚いことは、馬の報恩伝説や、「アオ」をめぐる浪曲にもおなじみだ。

それほど人間とかかわりの深い動物なのだ。ましてや当節、まるでわが子の駆けくらべのようにして、レース結果に一喜一憂している人が数知れない。そんなおウマさんがくたびれたり、ケガをしたとき、温泉に入って不思議はない。

ゆるやかな丘の上に馬の温泉がある。正式には「日本中央競馬会競走馬総合研究所常磐支所」。丘を下ったところの谷あいに人間の温泉がある。「白鳥温泉」と美しい名前だが、正直な話、建物、施設、景観等々、あらゆる点で馬用のほうが立派である。だからといって不平をいってはならないだろう。お客にしても人品骨柄、その他なにをとっても、丘の上のほうが上等のようなのだ。

磐城地方はかつて石炭で栄えた。そのころ鉱脈からあふれ出る湯水は厄介ものだった。「黒いダイヤ」が石油にとって代わられてから、厄介ものが孝行娘になった。「常磐ハワイアン」は不況にあえぐ石炭の町を再生させた。それは「スパリゾート・ハワイアンズ」と名を改めて、いまもハナやかに賑わっている。

白鳥温泉も、旧常磐炭鉱の源泉から湯を引いており、湯量たっぷりで、広々とした庭に望んで、ゆったりした露天風呂がしつらえてある。それ自体、なかなか結構なのだが、丘の上を見てきた目には、その残像がしみついている。なにしろ天下の中央競馬会がつくった事務棟、宿舎、リハビリ施設、休憩所、遊歩道、大運動場……。広大な丘陵全体をひとり占めにして、整然と並んでいる。

のみならずそこには、栗毛の筋肉が躍動している。いったい、どこが悪くてここに送られてきたのか不可解なほど、どの馬も元気はつらつとしている。精力をもてあましているのだろう、高々といななき、やにわに四つ足をそろえて跳ね上がったり、鼻いき荒く、うしろの壁を蹴とばしたりする。ひと風呂あびたのが全身からもうもうと湯気をたぎらせて引かれていく。午後のお散歩なのだろう、はてしもないグラウンドをカッカッと蹄《ひづめ》を鳴らして走っていた。

いっぽう丘の下は、おとなしいものである。ひっそりと湯につかっている。下腹のつき出た人が、地のすけた頭にシャンプーをふりかけていた。痩せっぽちの青年が背中を丸めて前を洗っている。精力あふれた年ごろなのに、いななくけはいは少しもない。むろん、やにわに空中に跳ね上がったりしない。湯上がりの老夫婦が庭を散歩している。たとえ湯上がりでも、シワシワのからだから湯気は立ちのぼらない。階段を上がるのにもヨロめいて、手すりにつかまったりするのだもの、壁を蹴《け》り上げたりする気づかいは毛頭ない。

江戸のころに「燃える石」が見つかって、土地の人が不思議がりながら煮炊きにつかっていたらしい。明治とともに、当地の石炭が一躍、注目をあびた。京浜工業地帯へのエネルギー供給地として急速に発展する。丘といわず谷といわず「炭住」とよばれる建物がひしめいていた。長屋形式で、壁も屋根も紙を貼り合わせた上にコールタールを塗ってつくられていた。いわば紙でできた家である。高台には木造、さらに上はセメント造り。会社内の地位に応じて社宅の構え、つくり、大きさが歴然と違っていた。

鉱山跡が博物館になっていて、炭住が模型で再現してある。平成の子どもたちが火星人の住居を見るようにして眺めている。エレベーターで鉱区へ下りていく。

「これなァに?」

手掘りのころ、男たちは腰にふんどしをつけていた。作業衣はそれだけ。若い女の先生がふんどしの説明にヘドモドしている。小学生はきっと先生をからかうためにたずねたのだ。

駅前を湯本といい、古風な温泉街の雰囲気をとどめている。その町すじからはなれて、どうして閑静な谷あいに湯が引かれたのか、またそれがなぜ「白鳥」などと優雅に名づけられたのか、理由は聞きもらしたが、巧みに地形が生かしてある。左右の大きな丘が二つの羽に見えなくもない。ドンチャン騒ぎではなく、静養のための温泉を考えた人が、辺り一帯を歩きまわったあげく、ここに定めたそうにちがいない。ゆるやかな坂道づたいに丘陵に入っていく。静養者には打ってつけの散歩コースだ、そのはずだった。そこに中央競馬会がやってきた。つくりを見ればわかるが温泉のほうがひとと昔ぶん古い。ある日、人と馬の軍団が怒濤《どとう》のように押し入ってきた。

スウィフトの『ガリバー旅行記』に「馬の国」が語られている。大人国や小人国に流れついたガリバーはおなじみだが、「馬の国」にいきつく最後の章は、めったに聞かれない。あまりたのしい話ではないからだ。というのはそこには、高級な生き物である馬と、低級なケモノである人間とが、めんめんと語られている。

資質、倫理観、友愛、生きるにあたっての考え方——いずれの点でも馬のほうがすぐれている。馬の国では戦争をやらかしたりしない。もめごとは知性をつくして解決するならわしだ。金儲けに狂奔したりしない。満ち足りた以上には欲しがらないから。夫婦は子どもをつくり終わると、つつしみ深く愛し合う。よその異性にすりよったりしない。日常のこまごましたことにおける規律ときたら！

これに対して人間のだらしなさはどうだろう。

スウィフトが、どうしてこんな意地の悪いおはなしを書いたのかはわからない。たぶん、永いこと生きていて人間がイヤになっていたのだ。晩年のある日、枯れ木を見上げて、「オレも頭から枯れていく」といったそうだが、ちっともボケてなどいなかったわけだ。

テレビをつけたまま、ふとんの上に寝転んでいると、夜のニュースが流れていた。住専、オウム、事故、殺人……。ガラスごしに庭が見える。闇《やみ》の中に赤い灯が点々と浮いている。ニュースのおしまいに競馬のシーンが入った。

栗色の筋肉の集団が矢のようにとび出すと、つづいて一本の美しい帯になって画面から走り出た。

（『AMUSE』一九九六年七月二四日号）

ぬるゆの極楽

斉藤の湯　福島県田村郡三春町

古い城下町によくあることだが、JRの駅からすこしはなれている。一緒に降りて、ノンビリ話しながら歩いていく人のうしろについていたら、いつのまにか家並みの中に入っていった。右に馬頭観音堂の標識。三春の町は三春駒で知られており、江戸のころは馬を産した。あつい信仰をあつめてきたのだろう、お堂に無数の絵馬がかかっている。正面に墨跡あざやかな板が掲げてあって、寛政三年九月の日付。人見流園部兵助、馬術修業のため行程六里を騎乗してきた。ついては木馬を奉納、弱冠二十歳。凛々しい若武者の馬上姿が幻のように浮かんでくる。

坂を下った先のお菓子屋の店先に、あまり凛々しくない高校生がたむろしてアイスクリームを食べていた。それはいいのだが、表にうたわれた「ビスまん」とは何だろう？　「第十七回全国菓子博覧会金賞受賞」とある。並んで「五萬石饅頭」、こちらは旧三春藩五万石にちなんでいる。

「ハイ、ビスケットと饅頭を一つにいたしました」

研究熱心そうな白衣の店主から、ためしに一ついただいた。たしかにビスケットのようでもあれば、饅頭のようでもある。食べ終わったあと、しばらく、多少とも中途半端な味が舌にのこっていた。

三春町は三春駒のほか、三春人形や三春張子でも知られている。ねばり強くつたえられてきた職人気質は、ビスまんの今日も健在なのだ。農具刃物の店に立ち寄った。重厚な土壁の家が、やや右に傾いたまま悠然と立っている。左が鍛冶場、裸電球の下に、いかにもトンテンカンと打ち出されたばかりの包丁や鋤、鍬が、手から生み出されたモノの威厳をおび居並んでいる。戸口には標札にそえて「納税組合員」「三春商工会員」「三春町社会福祉協議員特別会員」「戦没遺族の家」のプレートが釘でとめてある。昔かたぎの当主がホーフツとするではないか。

町を流れるのが桜川。三春の町名に劣らず美しい。点々と倉があって、江戸のころにもどったかのようだ。

「オヤ、何ごとでござる?」

つい口調まで、さむらい言葉になる。赤レンガに煙突がのっていた。入口に「ぬるゆ」の看板。首を差し入れてのぞきこんでいると、うしろから声がした。あわてて振り向くと、ちぢみのシャツに作業ズボンのじいさんが、目を三角にしてにらんでいる。

「銭湯かと思いまして……」

いかにも銭湯だが、入りたければ、ちゃんと男湯に入れ。そこは女湯――ワレ知らず、心ならずも女湯をのぞきこんでいたわけだ。

すりガラスにのこる「薬湯」の文字が優雅である。明治四十二年の創業。タイルが鏡のように磨いてある。同じ福島県の西部、吾妻山の山麓に微温湯《ぬるゆ》温泉があって、そこの湯の花をわけてもらっていたので「ぬるゆ」の名がついた。

「あちらはホンモノだから漢字なの。こちらはそうじゃないからヒラがな」

おばあさんが謝るようにいった。じいさんが、さようさようというふうにうなずいた。

「いいお湯でしたよ」

出がけに声を掛けると、二人そろって顔をくしゃくしゃにして、うれしそうに笑った。

斉藤の湯は南の郊外、大滝根川のほとりにある。上流の一軒が上の湯、下流が下の湯。明治三十四年に浦山亀太郎という人が発見、それで「亀太郎の湯」ともいった。川の淵にあるので「淵の湯」ともよばれていた。斉藤の湯などというと、斉藤さんちのお風呂に入れてもらう感じだが、土地が大字斉藤で、それをりちぎに名のっている。

「おめェ、さきに入ってこねェとダミなァ」

ワンカップを求めてうろうろしているおじさんに、おばさんがさとしている。

「湯にへェりにきたァに」

大広間があって、湯につかったあとも一日中、寝そべっていられる。飲食、おしゃべり、うたた寝、すべて可。当地のサロンというものだ。

ロビーに洋服屋が店を開いていた。値札が二つ下がっているので混乱をきたした。主人は入浴中とのこと。「赤札のほうがほんとうだァに」と伝言がきて、ケリがついた。

廊下に手書きの紙が貼ってある。サロンのおしゃべりのなかから生まれた傑作集だ。

「老《おい》へたばれば入るものなし出るばかり

涙　ハナ水

グチとひげ　セキ」

啄木ばりに三行の分かち書き。

「告《つげる》」と太い墨字で呼びかけてある。

ワンカップ族のていたらくに業を煮やしたのだろう。酒の飲み方で人柄がわかるから、ほどほどにしろ。「酒は極楽、呑みすぎ地獄」。

長寿の心得をまとめた人がいる。人生は六十歳から——しかし、七十でお迎えがきたらどうするか？　留守だといえばよろしい。

「八十にしてお迎えがきたら、まだ早いといえ

九十にしてお迎えがきたら、さよう急がずともよいといえ

百歳にしてお迎えがきたら、良い時期をみて、こちらからぽつぽつ行くといえ」

風呂場をのぞいたら、「さよう急がずともよい」タイプの人が八人ばかり、ひしめくようにして湯につかっている。なるほど、ちっともお急ぎでない。この調子では、当分お迎えもこないだろう。

開け放した窓から湯気が白い帯になって流れていく。ニワトリがけたたましく、時ならぬトキをつくっていた。あとで見にいったら、赤いトサカのレグホン種が、金網のなかを、さも得意げに胸をふくらませて歩いていた。

（『ＡＭＵＳＥ』一九九六年六月二六日号）

温泉寺の湯の湖

日光湯元温泉

栃木県日光市

あたまに「日光」とついているが、まるっきり別世界だ。バスを降りて、しばらくぼんやりとしていた。それからキョロキョロ辺りを見廻した。

「えエと、ここは、たしか……」

キツネにつままれたぐあいである。

日光の町並みを抜けてきた。日曜日ということもあって、通りには切れ目なく人がいた。東照宮前では団体バスから蟻の子のように這い出てくる。いろは坂は車の列だ。中禅寺湖に駆け上がって一息ついた。戦場ヶ原に入ると、しだいに雰囲気が変わってきた。終点が日光湯元。

足元に湖がある。中禅寺湖を見てきた目には、おもちゃのように小さい。へんに平べたい感じで、水深というものがない。にもかかわらずまわりの木々が重たげに枝を水面にさし出している。名前が「湯ノ湖」。波がまったくないというのも不気味である。

温泉寺があって、うしろに湿原がひろがっている。石畳の先に石垣を積んで屋根だけのせた建物がある。軒からもうもうと湯煙りが立ちのぼっている。家が地面にめりこんでいて、頭から煙りを出しているぐあいだ。源泉である。寂滅とした湿原の一角で、ふつふつと熱湯が沸き返っているというのも不思議でならない。おそろしく湯量が多いことは、三十軒にちかい湯元のホテルや旅館はもとより、中禅寺温泉や光徳温泉、はては日光温泉と称しているところすべてを一手にまかなっていることからもあきらかだ。

くる途中のバスの中で聞いたところによると、以前は源泉から湯があふれていて、湯ノ湖は文字どおり「湯の湖」だった。年輩のご夫婦は、一つ一つ数え立てて「ワケのわからん店」が多すぎるのをガイタンしていた。戦場ヶ原も公園みたいになってしまった。猫も杓子も車でくるのがそもそもイケナイ。いたるところが俗化のきわみ――。

大正初めだから、八十年ちかく前、田山花袋が日光一帯を歩きまわって紀行記を書いているが、そのなかで「電車が通じ、涼傘が日に照り、都会の人々をのせた籠や車が絶えず通って行くので、頗《すこぶ》る俗化されて了った」と嘆いている。人間はこんなふうに、たえず昔をしのんで現在をガイタンする生きものらしい。ちなみに「涼傘」はパラソル、「籠」は人力車のこと。

温泉寺のまわりは、いたって日本的な風景だが、宿にくるとガラリ洋風になる。広い芝生があって、色あざやかなパラソルが立っている。並木が涼しい。夏の陽が輝いている。急に風が起こって、木の葉がザワザワと音をたてた。

湯量が多いせいか、湯船がプールのように大きく、湯気が立ちこめていて巨大な蒸し風呂に入ったぐあいだ。窓を開けると、緑一色の芝生である。シャレたベンチに浴衣がけが毛ずねを出してすわっている。不調和のようでもあれば、これはこれで調和がとれているようにも見える。

ヒンヤリとした畳がここちいい。ゴロリと横になって、麓の本屋で見つけた日光についての本を開いた。はじめて知ったのだが、日光は元来、「二荒」と書いた。お山は男体山ではなくて二荒山。そういえば中禅寺湖畔に祀られているのは二荒山《ふたらさん》神社という。「二荒」を音読みするとニコウである。

これに美しい「日光」の文字をあてた。

開山は勝道《しょうどう》上人といって、神護から延暦のころというから、遠く八世紀の人、弘法大師の先輩にあたる。その上人が十数年かかって、華の日光を世に紹介した。

今日の観光業界が守護神ともすべき人物ではあるまいか。宗教者にはよくあることだが、土地に関する超人的な感覚をそなえていたのだろう、航空写真を見たわけでもないのに、山あり谷あり瀧あり湖ありの一大秘境に目をとめた。男体山はすっきりとした三角にそびえ、谷は大谷《だいや》といって深い峡谷をつくっている。瀧はいわずと知れた華厳瀧、かてて加えて中腹に湖をいただき、温泉までもがふき出ている。

地理のセンスだけではなく、二荒に日光をあてたように、言語感覚もすぐれていた。

とにかく命名があざやかだ。天地をつなぐような大瀧は、深遠な華厳経にちなんでいる。中腹の湖が中禅寺、浜が「歌ヶ浜」、頭上の峯を「女峯」といって、それは「剣ヶ峯」をもっている。峠の一つが富士見越、大坂が千鳥返し。ありがたいお経にちなむ一方で、少なからず遊びごころもそなえていた。

歌ヶ浜の観音堂には、上人手刻という観音像があって、これがまた見事である。造形の才もあったとみえる。弘法大師が上人を讃える文をのこしているが、二荒《ふたら》を普陀落《ふだら》の浄土にみたて、それで観音を刻んだそうだ。道なき道をよじ登って男体山をひらいた。

アルピニズムの元祖といっていい。

絵や書もよくできたはずだから、万能の天才だったにちがいない。

本には弘法さんの文章がほんの少し引用してあるだけだが、原文には勝道上人が山をひらいた経過がくわしく書いてあるらしい。登山の文献のなかでも、世界でもっとも古い記録なのではなかろうか。一度ちゃんと読んでみたいので、手帳にメモをとった。温泉にきて、うつらうつらしているだけのようだが、これでなかなか勉強家なのである。人間は何もすることがないと、いたって勤勉になるものだ。

湯元は一見、日光のどんづまり。しかしここから刈込湖経由で金田峠、さらに鬼怒川へ出る道がある。金精峠をこえて菅沼に抜けるコースもある。戦場ヶ原を通れば、大真名子、小真名子の裾をかすめて志津の行者小屋。

翌朝、コースを決めかねて庭先に佇んでいると、作業ズボンに地下たびのじいさんが掃除にきた。お上人のように頭をきれいに剃りあげている。竹の籠をかかえて落ち葉をひろいながら、「もう秋だ」といった。湯元は標高が高い。夏の盛りに秋がくる。そして冬は雪に埋もれる。

（『AMUSE』一九九六年八月二八日号）

牧水をたどる──みなかみ紀行

沢渡《さわたり》温泉

群馬県吾妻郡中之条町

ふつう「みなかみ」といえば川の上手だが、地理学でいう場合、群馬県北東部、利根川の上流に限られる。さすが「坂東太郎」の異名をもつ大河であって、ことばまで、そっくりまるごと家督相続したぐあいだ。

この水上地方には水上温泉をはじめとして、湯檜曽《ゆびそ》、湯宿、法師、四万《しま》、沢渡など、温泉がどっさりある。かつて歌人若山牧水が当地を旅した。信州・佐久で歌会がひらかれたのに出て、そのあと足を運んだ。秋がかなりふけたころだったようで、旅行記「みなかみ紀行」によると、草津を皮きりに花敷→沢渡→四万→法師→湯宿→老神と、温泉を廻《まわ》ったあげく、山深くわけ入って丸沼から金精峠をこえ、日光の湯元へ抜けた。

「私は河の水上というものに不思議な愛着を感ずる癖をもっている」

これが唯一、この長旅の理由であったようだ。「一つの流れに沿うて次第にそのつめまで登る。水の尽きるところが峠で、峠をこすとまた新しい水源があって、小さな瀬をつくりながら流れ出ている。そんなところに出くわすと「胸の苦しくなる様な歓び」を覚えるという。いかにも天性の漂泊者らしい。

たいていのところはワラジばきでテクテク歩いた。「登るともない登りを七時間ばかり登り続けた頃」などと、こともなげに書いている。

草鞋よ
お前もいよいよ切れるか

風雅な旅人は足のワラジに呼びかけた。今日、昨日、おとといと三日間はきづめ。同じワラジを三日もはくのは「履上手《はきじょうず》」といわれたらしい。

履上手の私と
出来のいいお前と
二人して越えてきた

そんな気の好い相棒であって、紐が切れたからといって、どうして気安くすてられよう。
牧水のあとを訪ねてみようと思い立った。あらためて「みなかみ紀行」を読み通し、コースをこまかに書き出して、その上で自分の旅程を検討した。悲しいかな、そう多くは廻れない。思案しているうちに、つぎつぎと予定が入って、とどのつまりはこうなった。

東京→沢渡→東京

広大な「みなかみ」がたった一カ所に縮小したのは、現代人が時間に追われているせいなのか。それとも単に私という人間のスケールがちっぽけなだけなのだろうか。

上野《かみつけ》の草津の湯より
沢渡の湯に越ゆる路
名も寂し暮坂峠

牧水は草津より下ってきた。むろん、これが正しい。沢渡は昔から「仕上げの湯」といって、草津の強烈な硫黄泉で荒れた肌をここで癒《い》やす。北から草津道をたどってくる。せわしない現代人は、そんな大廻りはできない。南の中之条からバスで走り上がった。

「ここは珍しくも双方に窪地を持った様な、小高い峠に湯が湧いているのであった」

牧水の書いているとおりである。ゆるやかな坂道をのぼりつめたところにバス停があり、旅館が並んでいる。道がやや左に曲がった角が共同湯。その先は一気に下って、吾妻川の支流沿いに西へ行く。流れの尽きるところが暮坂峠だ。

「無味無臭、温泉もよく、いい湯であった」

これも牧水の述べているとおり。やわらかいお湯が総檜《ひのき》のおおきな湯船にあふれている。壁も檜、天井も檜、階段も檜。木づくりのマジック・ボックスに入ったぐあいだ。甘いような匂《にお》いがする。

混浴だが、木肌と人の肌の見分けがつかない。年輪というように、木は年ごとに輪を刻み、色つやを変える。まさしく人体と同じである。赤らんだもの、褐色のもの、抜けるように白いもの。浅黒いのをよく見ると、あぐらを組んだじいさんだった。流しの壁と思ったのがムクムクと動いて湯船にすべりこんだ。木肌に人肌が守られて安心なせいか、女性たちがつぎつぎとご入来。胸毛やスネ毛組は隅で小さくなっている。

朝ごとに
つまみとりて
いただきつ

食べものについて牧水は、ただ梅干しをうたったきりだ。まっ赤な、酸っぱい梅干し一つぶ。

これ食えば
水にあたらず
濃き霧に巻かれずという

この点、現代人はめぐまれている。とりわけ、まるほん旅館のやり方がいい。ア・ラ・カルト式に自分で選べる。腹ぐあいによって軽め、重めが自由だ。ふところと相談して安くあげ、かわりに長くいることもできる。長逗留《とうりゅう》には、日ごとのメニューに工夫がこらされている。人に応じて塩分を少なくしたり、お汁が薄味になっていたりする。ヨーロッパ性の合理主義と温泉の効用が、山の湯宿にきちんと実用としてとりこまれている。

沢渡は古い宿駅だったのだろう。ほぼ中央に沢渡神社がまつられている。宿の並びの切れたところが小さな丘状に盛り上がっていて、コケむした墓石が草に埋もれていた。

手押し車がゆっくりとやってくる。トレパンに運動靴でリハビリに励む人。坂の手前に、群馬県立温泉病院がある。沢渡の湯と近代医学とがドッキングをした。これも放浪の歌人の知らなかったところであって「水あたり」の用心のために梅干し一つにすがることもない。

枯草に腰をおろして
取り出す参謀本部
五万分の一の地図

牧水はこのあともながながと旅をした。取り出してひらいたのは地図であって、時刻表などというセチ辛いものではなかった。

「そうですね、朝一番の特急と申しますと……」

番頭さんが壁の時刻表をながめながら、紙片にメモしてくださった。バスの接続もちょうどいい。昼前に東京にもどれるだろう。とんぼ返りの紀行家は安心したようで、もう一度手拭いをぶら下げてお湯に向かった。

(『AMUSE』一九九六年八月一四日号)

わが箱根の別荘

宮城野温泉

神奈川県足柄下郡箱根町

箱根に別荘がほしい。

別荘であるから、やはり昔ながらの日本家屋がいい。ログハウスだのコンクリート造りだのは落ち着かない。広い畳の部屋で、まわりは障子で、外まわりにゆったりとした縁側がついていて、外は深い森。すぐ近くに渓流が走っていて、縁側でゴロリと横になると、耳の下に川音がひびいてくる。着いたとたん、大わらわになって掃除にかかるなんては好まない。ちゃんと管理人——それも美しい女管理人——がいて、ノリのきいた浴衣をはじめ、一切がきちんと用意してあって、部屋には専用の温泉が引いてあって、いつでもお湯に入れるのがいい。湯上がりのからだに、ひんやりとした籐椅子がほしいものだ。そのうち夕食になり、常駐のコックが腕を振ったステキな料理が運ばれてくる……。

そんな別荘暮らしである。なろうことなら、あまり金をかけずにやりたい。ウン千万円などはごめんである。そもそもこちらの財政能力をこえている。せいぜい一万円台。同じ箱根でも、はるばると金時山を越えていくのは少し遠すぎる。強羅《ごうら》か塔の沢、少し下っても小涌谷あたりまで——。と以上、思いつく条件を並べてみた。サテお立ち会い、そんな別荘があるだろうか？

ちゃんとある。それが証拠に、つい先日も、身一つでフラリと出かけていった。新幹線とタクシーを使えば一時間あまり。小田急と登山電車でノンビリと行っても三時間たらず。部屋は書院づくりだ。外まわりにピシッと畳が敷いてあって、そこに籐椅子。専用のお風呂は古風な渡り廊下をわたっていく。湯上がりのほてったからだを縁側の椅子に沈めていると、深い緑を風が吹き抜けてきた。うとうとしかけたころ、美しき女管理人が顔をのぞかせ、さてもうれしい夕食になった。

宮城野は強羅のすぐ下、早川の渓流沿いにひろがっていて、右手は明神ケ岳、明星ケ岳へとつづいている。「箱根七湯」に入っていないぶん、もの静かでいい。観光客がウロチョロしない。海抜六〇〇メートル。大気はオゾンいっぱいの高原の匂いがする。

早川にかかる橋の一つで昏《く》れかけた夏空をながめていると、白髪を五分刈りにした小柄なじいさんがやってきた。はち巻きにハンテンでもつけさせると、いなせな植木屋といったところだ。

「山に登るのか？」

「ええ。でも明日の天気が心配です」

「大丈夫だわサ」

自信ありげに断言した。雲の動きでわかるという。夕方の雲が明神ケ岳のところを、「あんなぐあいに」西へ動いていくときは、きっと晴れる。住み慣れると、夕焼けのぐあいで翌日の天気がわかる。なにしろ毎日、明神と明星、また向かいの駒ヶ岳や早雲山をながめ暮らしている。

「箱根で何年になりますか」

六十年だとじいさんはいった。しかもこの三年ばかり、一度も町へ下ったことがない。

「町というと小田原？」

「いや、湯本だ」

つい目と鼻の先だが、その湯本の町とも縁のない山里暮らし。

「あっというまの六十年だナ」

そんなことをいうとスタスタと行ってしまった。

箱根は雄大な山系である。巨大な山塊が相模湾の西に盛り上がってできた。風が海から雨気を運んでくる。その雨を地中の熱があたためて、いたるところに熱湯をほとばせる。何万もの家々と、何千もの保養所と、何百ものホテルや旅館に湯を送ってビクともしない。湯の国のフシギをいうなら、まさしく箱根がその第一にあたる。

別荘暮らしのつれづれに高みへのぼると、相模湾から湧いてくる水蒸気の動きが見えるはずだ。白い雲のようにして小田原口に湧き立ち、早川の渓《たに》めざして押し寄せ、湯本で二手に分かれる。一つは早川沿いに明星ケ岳、明神ケ岳の峯を這って西北にすすみ、しだいに宮城野の里を霧に沈め、さらに金時山から足柄峠へとひろがっていく。もう一つは双子山に登るとよくわかる。白いモヤは意外なほどの早さで走るものだ。旧東海道をすすんで聖ケ岳と鷹の巣山の中腹をおおい、駒ケ岳神社の方へと突進する。そこに夕陽があたるときの神々しさときたら！　はじめはしずかに白光が漏れる感じだが、やがてサッと無数の金粉をふりまいたように、辺り一面が黄色い光につつまれる。よく見るとそのなかにも濃淡があり、水蒸気が渦を巻いているあちこちで、三角錐の形のダンダラ模様をつくっている。気がつくと足元が煙のような霧につつまれており、ずんぐりした駒ケ岳が巨人の頭にのったヘルメットのようにモヤの上から突き出ている。

散歩はさながら、わが領土の視察である。実際、別荘暮らしをはじめると、まわりが全部、自分の土地のような気がするものだ。

「おっ、道に穴ボコができてるぞ。さっそく明日にも直させよう」

見晴らしのいい所から望遠鏡でながめる。

「よしよし、ものども、一生懸命に働けよ」

すでにして領主様の心境である。もどってくると、「お帰りなさい」のやさしい声がかかる。ひと風呂あびて、本でも読むとするかナ。

わが別荘暮らしに面倒な手続きは一切不要。留守中は人にお貸ししていると思えばいい。土地を買ってバンガローを建てたり、税金をとられたりする人の気がしれない。


（『AMUSE』一九九五年七月二六日号）

「五温の湯」でふやけよう

駒の湯温泉

静岡県伊豆の国市

小田原をすぎると、あたりの雰囲気がめだってローカルになる。早川、根府川、真鶴と、すぐ海のわきを通る。駅にとまるたびにサワサワと海風が吹きあげてくる。降りていく人の足音、呼びかわす声。

熱海のトンネルを出ると函南、これで「かんなみ」と読む。つぎの三島まで、すぐまた長いトンネルに入るから、ここだけポコリと地上に顔を出しているわけだ。小さな駅舎の前が小さな丸い広場になっていて、所在なげにバスが待っていた。

熱海、伊豆長岡、三島を線でむすぶと、少しいびつな三角形ができる。この中に竹島、畑毛、奈古屋、駒の湯といった温泉が点在している。そのなかでも駒の湯はいちばん不便だ。バス停から二十分ちかく歩かなくてはならない。

忘れられたような一角である。すぐ南は長岡から修善寺、天下にとどろいた温泉町だ。その手前、のんびりとした田園地帯を抜けて、ゆるやかな丘陵をのぼっていく。タクシーで乗りつけるのはモッタイない。というのは温泉行には、この種のムダがいいのである。久しぶりに、まっすぐ二本足で歩いている気がしないだろうか。毎日の満員電車では、たいてい斜めにかしいで立っている。オフィスでは体をコの字にまげている。たまにはバランスを取りもどすのが必要だ。

まわりはしんとしていて自分の足音しかしない。用水路を澄んだ水が流れている。風が耳の奥をくすぐりにくる。たまには耳の奥をくすぐらせるのも必要だ。日ごろはのべつ、ひしめき合った騒音の中にいる。車、電話、モーター、人声、機械音、街のざわめき。それを騒音と感じないのは、聴覚がマヒしているだけであって、もし録音して、あらためて聞かされたとしたら、とても耐えられないほどの音だろう。それが気になるのが異常なのではなく、もはやその音が気にならなくなっていることこそ異常なのだ。

歩いていると少し汗ばんできた。吹いてくる風がここちいい。自然に顔がほころんでくる。ときおり顔をほころばせるのはいいことだ。毎日、しかめっつらや怒り顔や渋面にとり囲まれている。仏頂づら、お愛想笑い、つくり笑い、思案顔……。知らずしらずのうちに自分の顔も、そんなふうにひんまがっている。

「駒の湯」の名のついた温泉は全国にいくつもある。伊豆の駒の湯はもっとも小さくて宿は一軒きり、しかし十軒あるのにひとしいだろう。というのは、おそろしく風呂《ふろ》数が多い。順に数えていくと十八。露天風呂だけで十ばかりある。若葉の下にひろがっていて、幼稚園の教室のように木に名札がついている。

木洩《も》れ陽《び》を映して、お湯がさみどりに見えた。そのなかにヒゲづらや、赤ら顔や、丸顔、角ばったのが浮いていた。みんな幸せそうな、いい顔をしている。欲得をはなれると、人間はけっこう立派な顔だちの生きものなのだ。感情が安らぐと、目鼻立ちもほどよく安定するらしい。

男女の別が、ごく大ざっぱにヨシズで仕切ってあるが、超熟年組はもはや性別も超越していて、なごやかに肩をくっつけ合っている。この点でも幼稚園児と同じである。聞くともなしにおしゃべりを聞いていた。たいていは元女性が話し手で、元男性が聞き役。なかには話が佳境にはいったさなかに、大あくびしているじいさんもいる。

駒の湯は畑毛とともに厚生省指定の国民保養温泉だそうだ。国民が保養するのに、どうしてお役人が指定したりするのか、その点は不明だが、保養のための施設はよくととのっている。気泡や超音波風呂などもある。「五温の湯」は、三十七度からはじまって、湯船ごとに一度ずつ温度があがっていく。ぬるめ、熱めを自分で調節できる。欲ばりはのこらず全部に入ってみる。

内湯は円型をしていて、お湯のドームに入ったぐあいだ。薬石風呂、日替わりの薬草風呂、それに打たせ湯。冷え性やリューマチにいい。まったく体のしんまでホコホコとぬくもってくる。神経痛、胃腸痛、高血圧。生きものは古びてくると部品が錆《さ》びつき、いろいろ故障をおこすものだ。だから潤滑油を絶やしてはならないだろう。湯びたりで全身がほどけてくる。こんなにどっさりあると、さすがに多少ともフヤケぎみだが、これもたまにはいいのではあるまいか。ふだんは書類のようにひからびている。それをアルコールでもみほぐして、もたせてきた。

窓の外は林で、光と影が、気が遠くなるほど微妙に交叉《こうさ》している。どんなモダン・アーチストだって、こんなタブローはつくれまい。タイルの上にあぐらを組み、窓辺に寄っかかって自然の芸術品を眺めていた。しかつめらしい額ぶちがないので、見ていると体ごと絵のなかへと吸われていく。

夜の食堂で、保養五日目という人と同席した。ながらく痔に悩まされてきたが、駒の湯にきて「グン」とよくなったとか。お説によると、痔も半分はストレスによる。心がくさくさしていると尻も痛む。

「そんなものですか」

「ああ、そんなもんだナ」

長逗留《とうりゅう》組のために食事が工夫してある。おかずの品数がほどほどで、値段は格安。大手の会社をリタイヤーして、いまは小会社勤め。実際は、いてもいなくてもいい立場だそうだ。

「おうちでもそうですか？」

「まあ、そんだもんだ」

いてもいなくてもいい人は、そんなふうにいいながらドッカとすわり、源泉で割ったという水割りをうまそうに飲んでいた。くさくさしていないので、きっとお尻《しり》も痛まないのだろう。

（『AMUSE』一九九六年七月一〇日号）

時がとまるやすらぎがある

寸又峡温泉

静岡県榛原郡川根本町

大井川に水はない。白い広大なジャリ道があるばかりだ。ところどころに大岩がころがっている。よく見ると河原にエンピツで引いたような細い線が走っている。わずかにこれが「越すに越されぬ大井川」として恐れられた大河の名ごりらしい。

三千メートルクラスの山々がつらなる南アルプスに源を発している。水がないわけがない。雨の季節には途方もなくふくれあがった水の帯が渦を巻いていた。川止めをくらった旅人は何日間も宿場で待機しなくてはならない。

井川ダムをはじめとするいくつものダムがせきとめた。近代土木と資本主義が川水をひっさらった。川根、本川根、奥泉、接岨峡など、川にゆかりの土地だったところに、だだっぴろいジャリ場や人工の湖がひろがっている。その横を軽快にエンジンの音をひびかせてスイス鉄道が走っていく。まっ赤な車体で、お伽《とぎ》列車のように可愛らしい。山国スイスから運ばれてきた。急坂の軌道でもビクともしない。車体が小さいぶん座席も小さく、膝が触れあって——お相手しだいだが——なかなか快適だ。

以前は「接岨峡」とだけいったところが「接岨峡温泉駅」と名を変えていた。泉源を掘りあてて日帰りの温泉館ができたそうだ。このあと鉄道は巨大な堰堤のそびえ立つ井川まで、急峻なV字谷へと入っていく。

寸又峡温泉は大井川と分かれ、寸又川にそってバスで上がる。この道がタダモノではない。急斜面をへつるようにつくられていて、目の下のはるか遠いところに峡谷がのぞいている。カーブのかげんで、どうかすると車体の半分が宙に浮いた格好だ。

しかし、人間は何ごとにせよ慣れる生きものであるらしく、バスの運転手はなんとも無造作にハンドルを切っている。いかなる構造になっているのやら、両手をはなすとクルクルとハンドルが自転して元にもどった。とたんにまたもや急カーブして、わが身が谷の上に舞い上がった。

さんざん肝を冷やしたあとなので、温泉場のたたずまいがひとしおうれしい。聖地の巡礼者のように大地にひざまずいて無事たどり着いたのを祝福したいぐらいのものだ。赤いトンガリ屋根と、丸い時計と、小さな広場と、木の匂い。まるでスイスの高原にきたようだ。

湯が出ることは江戸のころから知られていた。大井川上流は良質の桧《ひのき》をもっている。紀伊国屋、天満屋、信濃屋といった材木商が大量の木材を伐り出した。厳しい山仕事の人を「湯山の湯」が癒《いや》してくれた。その湯山からパイプで引いて昭和三十七年（一九六二）、開湯。比較的あたらしい温泉だが、もうすっかり谷間に根づいて、いい雰囲気をもっている。長滞留組が腕組みして佇んでいるそばを、ハイキング組がリュックサックをゆすり上げて歩いていく。

澄んだお湯で、掌にすくうとサラサラと落ちていく。半開きの窓から湯気が白い筋になって流れ出ていく。夏の陽ざしは眩しいが、風が高地特有の冷やっこさをもっていて肩のあたりがくすぐったい。窓辺に尻をのっけていた人がザブリと湯船に沈みこんだ。白髪まじりで痩せた肩。昨年、会社をリタイアして、只今は二度目のおつとめ。ただし、「いてもいなくてもいい」ような職分らしい。何か事情ありげだが、あとは沈黙。湯の里には、ほどのいいいつつしみがある。

「お土産にメンパを売ってますネ」

木づくりの弁当箱。底板に焼印があるのは、いまも作っている人がいるからだろう。うすい板をどのようにして曲げるのか、丸型のかたちがなにかやさしい。

「われわれはアルミでした」

「そうでしたネ。梅干しをいれたところが変色して溶けたりして」

「アルミは酢に弱いのでしょうか」

そんなやりとりをした。アルミの弁当箱世代が、いま、いてもいなくてもいい第二の職場へやられていく。

「昨日、コオロギが鳴いていました。このあたりは秋が早いでしょうナ」

事情ありげな人は、そんなことをいいのこして湯から出た。あとはひとり。宿全体がしんとしている。客の出入りのない午後のひとときが、お湯好きにはいちばんいい。地球の自転がとまり、時計の針が停止したかのようで、フシギなやすらぎがある。こぜわしい世界の外にこぼれ出たぐあい。

奥山が黒法師岳に大無間山。イワクありげな名前である。あとで知ったのだが、あるとき伊勢の宗《そう》法《ほう》という行者が当地にきて、メンパなどの曲物《まげもの》作りの技術をつたえたのだそうだ。はじめはなかなか教えてくれなかったが、「ヒヨンドリ」という行事を村でやるならという条件つきで教えてくれた。だから今も最奥の小河内では、毎年正月にヒヨンドリとよばれる火伏せの行事がおこなわれている。伊勢の宗法が何ものだったかわからないが、こんなふうにして信仰を伝えていったにちがいない。ハイテクを伝授するのに芸能や神事つきというところが味わい深いのだ。

あくる朝、バス停で時間待ちをしていると、黒い乗用車がわきでとまった。小窓から湯船の相客がのぞいている。「お帰りですか」とたずねると、「家のものが心配しますから」といってニッコリした。事情にそれなりの結着がついたらしく、はればれとした顔でこころなしか髪も黒々としている。

「お気をつけて」

車が広場から走り出るのを、手を振って見送った。朝の太陽がちょうど谷間にとどいたところで、大きくのびた手の影が伊勢の宗法が呪文を切るようにユラユラと動いた。

（『AMUSE』一九九七年九月一〇日号）

「たかまがはら」から落下して……

高天原温泉　富山県中新川郡立山町

タカマガハラは「高天原」と書く。名前からして雲にそびえる高みにある。神話によると、天《あま》つ神のおわします天上の国。アマテラスオオミカミがいて、根の国や葦原の中の国を治めている。

その高天原に温泉が湧いている。神々も風呂が好き、どうもそのようだ。少なくとも北アルプス・雲ノ平の北にひろがる高天原には、いくつか泉源があり、ほどのいいお湯があふれている。かみ手の沢が温泉沢、奥が夢ノ平、水晶岳にいだかれ、竜晶池もある。いかにも神のおわしますところにふさわしい。

その天上の国をめざして歩きだした。出発は富山県側の折立《おりたて》口。雨もやんで、雲が流れて薄日がさしたと思うと、また急に小雨がパラつく。へんなお天気だ。雨と日焼けの両用をこころがけたので重装備の奇妙ないでたちになった。誰が見ても温泉行とは思うまい。

樹林帯を抜けて、二時間たらずで三角点に出た。たっぷり汗をかいたぶん、からだが軽くなった。

「太郎平まで4・2キロ　ガンバレ！」

よほどこの道を歩き慣れた人が道標を立てたのだろう、「ガンバレ」の一語が適切である。自分にいいきかせるように登っていくと、道がゆるやかになって草地があらわれた。薬師岳の雄大な山容がチラリとのぞいたが、すぐに隠れる。池塘に霧が流れていく。

日暮れ前に太郎平小屋に着いた。標高二三〇〇メートル。雨が上がったらしく、足下を雲が流れていく。右は大地の塊のような北ノ俣と黒部五郎、左は薬師をへて五色ガ原。根の国から葦原をとびこして、一挙に天上国に来たかのようだ。もっとも、雲の上がつねに天国とはかぎらない。私たちには太郎平は、昭和三十八（一九六三）年の愛知大生大量遭難で記憶にしみついている。十三人が地獄をみた。おりからの豪雪をついて朝日新聞記者、本多勝一がヘリコプターで小屋に降りた。

「来た、見た、いなかった――太郎小屋に人影なし」

そのころは太郎小屋といった。昭和四十年、太郎平小屋と改名、田部重治筆の看板がかかった。その板が風化して、いい色合いをみせている。小屋の主人《あるじ》の五十嶋博文さんの日焼けした顔も、いい色を呈している。天上のたのもしいお守り役だ。笑うと童子のようだ。

翌日は快晴、早朝に小屋を出た。太郎山の手前で一心不乱に東をにらんだが、高天原は杳《よう》として望めない。湯の道は、はるかに遠い。薬師沢に下り、黒部源流の一つをたどって、さらに峠越えをしなくてはならない。

ワタスゲがやさしい。ニッコウキスゲが咲いていている。なまじこの二つは識別がつくので、クマザサのほかはもっぱらワタスゲとニッコウキスゲしか目に入らない。知識が視野をせばめる見本のようなケースである。

ゆるやかな池塘に出た。地図には「カベッケが原」とある。意味は不明だが、いかにもそんな感じのある草地である。薬師沢小屋でお茶をいただいた。夏の陽ざしに水分をしぼりとられたあとなので、文字どおり五臓六腑にしみわたる。

元気をとりもどして黒部本流の右岸に下りた。どこまでも白い石がつづいている。人よんで「奥ノ廊下」。水は澄み返り、勢いの激しいところは小さな渦をつくっている。自分の影を追いかけるようにして下っていった。何度か梯子で高巻きをした。歩行が一定のリズムをとると、全身が二本の脚になったぐあいで、ただひたすら前へ前へとすすんでいく。水と同じく心も澄み返り、無我の境地といった感じだ。すでにこの身は天上の人である。岩場が峻立していて、その横をジグザグに八〇〇メートルちかく這いのぼる。いいかげんアゴの出る箇所であるが、天上の人は無心にとりついて、大汗とともに高天原峠にたどり着いた。

とたんに目をみはった。若い女性が三人、気持ちよさそうに木陰で涼んでいる。小娘といった年ごろで、高尾山にきたような軽装、お下げ髪の娘は胸元をはだけている。前夜は薬師沢小屋で泊まって、雲ノ平経由できたそうだ。行先は同じ高天原山荘。

「お風呂でいっしょになるかもしンないナ」

天上の人は、にわかに地上に落下して、あらぬことを考えた。お下げ髪が胸元のボタンをとめると、あわてたように立ち上がった。


高天原温泉は、富山地方を襲った豪雨で湯船を流されたばかりだった。

「まにあわせのお風呂なんですよ」

高天原山荘のスタッフが申しわけなさそうにいった。土砂をとりのけ、泉源を掘り出し、新しく湯船を据えるのは、なみ大抵のことではなかったろうに、苦労話は一つも出ない。

川原の湯は赤茶けた鉄泉だった。大石に衣服をのっけて沈みこんだ。少々ぬるめで、底に砂がたまっている。天上界の川っぺりで、まっぱだかでいると思うと、むずがゆいようなへんな気分だ。渓流が眩しい。至福の時にちがいない。ボンヤリと水音を聞きながら、心ゆくまで単純なしあわせにひたっていられる。

少し斜面をのぼったところに簡素な囲いがほどこしてある。女性専用だが、せっかくだから入らせていただいた。禁断の園に侵入したようで、なんてことのない脱衣棚が、気のせいかなまめかしい。泉質がちがうらしく、こちらは硫黄泉で、やや白っぽい。太いパイプから音をたてて落ちてくる。

いまひとたびのしあわせにひたっていると、外で声がした。前を隠して首をのばしたところ、峠の三人娘がタオルを手にもって立っている。目を三角にしてにらんでいる。

「エー……その……湯かげんをみようと思って……ごめん、ごめん、すぐにあがる」

もごもごと呟いて、こそこそと服を着た。禁断の園は、やはり神秘につつまれたのを遠望するのがいい。

大風呂は温泉沢を少し入ったところの窪地にしつらえてあった。これも新しく運びこんだらしい白い巨大なポリの浴槽で、湯が招くようにキラキラと波うっている。脱衣場は少しはなれていて、その間は素裸でいく。足元があやういので靴をつけた。全裸に登山靴というのは、世にも珍しいスタイルであって、人間というよりも、もはや神仙に近づいている。浴槽のふちに頭をのせてボンヤリしていた。頭上は暗いような樹林、まわりは湯の海。こんな温泉は、世界広しといえども二つとないだろう。さながらフシギの国に迷いこんだかのようだ。ウトウトしかけたとたん、額に、ピシリと固いものが当たった。虫の伝令が起こしにきた。

山荘のテラスでビールを飲んだ。湯あがりの上に景観が途方もない。真向かいの赤牛岳は、その名のとおり赤味をおびていて、牛の背のようにモッコリとした丸味をもっている。しも手の水晶岳が一名、黒岳とよばれるのは、東から見ると黒く、西からだと水晶のように白々と光っているせいだろう。その赤牛と水晶が夕焼けのなかでカッと燃え立っている。湿原に西の山の影が落ち、その黒い影がみるみる領界をひろげていく。深いしずけさ、しずまりの吐息が聞こえるようだ。やがてランプがともった。気がつくと高天原は、とっぷりと闇にのまれている。

三日目も快晴。高天原峠にもどり、雲ノ平に出た。右が祖母《ばば》岳、左が祖父《じい》岳、あいだをスイス庭園というのは、ぴったりのようであれば、支離めつれつのようでもある。要するに空間のスケールが人間の尺度をこえると、命名の作法など、どうでもよくなるらしい。

急坂を下って、黒部源流を横切った。広大な斜面に水がしみ出して薄い膜をつくり、サラサラと、ただサラサラと流れている。そのただなかに建設省名義の「黒部川水源地標」なるものが立っている。はてもなくひろびろとした原初の風景に、わざわざ御影石を運びこんで押っ立てるなんて、どういう神経の持主だろう。

お昼すぎに赤い屋根の三俣山荘に着いた。槍ガ岳のトンガリが雲の上につき出ている。前方は赤むけのように荒れはてた硫黄尾根。目を転じると鷲羽岳の山の背が雪をのせたように白い。

先客が口のまわりにアワつぶをつけて振り向いた。

〈つめたーい生ビール　¥１０００〉

しかしこちらはまだ最後の長丁場がある。涙をのんで珈琲で我慢した。

「鷲羽岳ですか？」

「いえ、お湯のもどりです」

「これから三俣蓮華？」

「いえ、もう一つお風呂に——」

正直を心がけたばかりに、トンチンカンなやりとりになった。今夜は双六《すごろく》小屋で一泊、鏡平経由で駆け下りて、新穂高温泉に寄っていこうという腹づもり。

「お天気が崩れそうですね」

先客はそういいながら、またもやビールのお代わり。

三俣蓮華岳にさしかかったとき、急に空がかき曇った。双六岳をかすめるころ、ポトリと一滴、頬に落ちた。雨足が近づいている。笑いはじめた膝を抱くようにして急坂を下った。とたんにしのつく雨になった。木の香の匂う軒下でノンビリと空を見上げている人がいる。双六小屋の当主の小池潜さんにちがいない。湯上がりでもないのに頬が赤い。少年のような顔がニコニコと笑っている。私は目をつぶるようにして、そのふところにとびこんだ。


（『山の朝霧　里の湯煙』一九九八年）

雲海の湯にひたる

高峰温泉　長野県小諸市

小諸というと、すぐに「小諸なる古城のほとり」を思い出す。たしか中学のときの国語の教科書に出ていた。「島崎藤村」という姓が二つくっついたような名前が珍しかった。

雲白く　遊子悲しむ

「遊子」というのが何のことだかはわからなかったが、文字づらからして働いている人でないことはわかった。用もないのにそこら中をほっつき歩いて、白い雲を眺めたり、からまつを見上げたりしている人らしい。

緑なすハコベは萌えず
若草も藉《し》くによしなし

たしかに草でもなければ腰を下ろしにくいものである。地べたにペタリとすわるわけにいかない――。そんなことを思いながら小諸城址公園のはしに佇んで浅間山を眺めていた。ドーナツ形の大きな雲がすっぽりと山頂を覆っている。赤茶けた山肌が濃い緑にうつるところから形のいい稜線がのびている。色紙を貼りつけたような安っぽい緑は、いわずと知れたゴルフ場だ。風は涼しいが午後の陽ざしが強い。両手で陰をつくってグルリと顔を移したとたん、茶店の時計が目に入った。午後のバスは一便きり。遊子悲しむひまもなく、あわてて公園から駆け出した。

高峰温泉は標高二千メートルの高地にある。曲がりくねった急坂をのぼりつめたところにポッカリと小さな台地があって、小振りの宿が一つ。バスでそのまま玄関に乗りつける感じで、はじめての人はキツネにつままれたような気がするのではあるまいか。足元を雲が流れていく。お天気しだいでは、つい鼻先に雲の片われが漂っていたりする。

玄関を入ると暖炉が仕切ってあって、木の香りがここちいい。窓ぎわに丸太が立てかけてある。

「九月にはもう火を入れるのですヨ」

高地の夏は短い。暖炉は飾りモノではないのである。暖房と乾燥用に欠かせない必需品だ。

親子の家族でやっていて、すべて木造り。来るたびに少しずつ様子がちがうのは、家族のだれかが名案を思いつくと、すぐに実行に移されるからだ。大旅館のようにオーナーや古参番頭の顔色をうかがう必要がない。

お風呂の壁にランプが灯《とも》っている。これまたお飾りではないのであって、高峰温泉はながらくランプの宿として知られていた。湯けむりがまといついて、だいだい色の玉が宙にポカリと浮いたように見える。

「やはり風情がありますからネ」

手間ひまかけてやってきた人には、ながらく世話になった明かりだもの、そう簡単に捨てられない。浅間山は登山禁止だが、すぐ西は水ノ塔山、籠ノ登山へつづいている。中高年に手ごろなコースなので、山くだりのグループが多い。どの人もきっと湯船に入ったとたんにのびをして、大きなため息のようなものをつく。

「アー疲れた、アー疲れた」

「お湯はいいねえ」

「オ、雲海だ」

めいめいがてんでに自分の関心事を口にして、まるで脈絡がない。シリメツレツなのだ。やがてお湯がつつみこむ。あとは大あくびと瞑目あるのみ。

食事の合図の鈴が鳴って、一同が食堂に勢揃い。長椅子をまたいで厚板の長テーブルにつくと、まるで幼いときの臨海学校の夕食のようだ。人の思いはだいたい似ているもののようで、山菜をサカナに酒を呑みながら海の話をしている人がいる。

「イヤ、失敬、失敬」

ビールをついでいた人がつぎすぎた。泡がなだれるように落ちていく。「失敬」といったことばづかいにおトシと経歴が推察できる。

「雲海につい見とれていた」

窓の外は雄大な雲の大平原だ。陽は落ちてもわずかな残光があるらしく、盛り上がった雲の先端部が雪のように輝いている。

「イヤー、絶景、絶景」

この世代の語彙は単純だが、思いのほどはよくわかる。あとの経過もだいたい同じで、軍隊時代の思い出、庭木の手入れのコツ、同窓会のメンバーが年々少なくなっていくこと、コレステロールは気にすべきか否か……。

棚にワインの瓶が並んでいた。すぐり、山ぶどう、みんな手造りだ。いろんな漬物があって、これも手造り。彫り物も手造り。たしか宿の新しい建物も親子の手造りと聞いた。縫いとりのあるエプロンをつけたおばさんと若奥さんがテキパキと食堂を差配している。年若い客は手ばやく食べて出ていくが、中高年はいつまでもグズグズいすわっている。

「これが何よりのたのしみだねェ」

一人が聞こえよがしにいいわけをして、またお銚子のおかわり。

なるたけアタフタしないことにしよう。息せき切ってしなくてはならないなんてことは、実のところ世の中にそんなに多くはないのである。「効率」なんてことばに欺されないようにしよう。あげくのはては言い出しっぺの当人がリストラされる。せかせか生きるのは願い下げにして、歩く速度を半分がたにへらし、食べたり、飲んだり、愛したりする時間を倍にしよう。さもないとこのニッポンは、あまりに殺ばつとしすぎている。

しらしら明けに玄関から忍び出た。西の山並みが全山露をおびたようにしっとりしている。林道がのびているが、鎖で通せんぼをして車は入れない。ほんの少しの散歩のつもりが、足がトコトコと歩いていって稜線のはしまできた。深い谷をへだてて宿の建物が見えた。斜面のはしに行儀よくのっている。煙突からけむりが立ちのぼっていた。朝食の支度がはじまったらしい。遊子は少し気どって口笛を吹きながら、煙突のけむりが朝空に吸われていくのを眺めていた。

（『AMUSE』一九九七年八月二七日号）

温泉会三人組がゆく
越後湯沢

赤湯温泉　新潟県魚沼郡湯沢町
小赤沢温泉　長野県下水内郡栄村

越後湯沢からタクシーに乗った。青いクレヨンを塗りつけたような青空で、雲一つない。

「いいお天気で、よかったネ」

「ああ、いい天気だね」

「ありがたい、ありがたい」

空を見上げて三人三様、そんなことを呟いた。三泊四日の温泉旅のしょっぱな、思いはこれ以上ないほど高まっている。それがことばにならないところが、いかにも中年である。

塩沢まで五キロの標識が目にとまった。

「越後の塩沢というと、鈴木牧之《ぼくし》の生まれたところだが――」

明和から天保にかけての人で、『北越雪譜』の著者である。当地に住み、雪深い越後の暮らしをこまかに書きとめた。もともと縮問屋《ちぢみ》「鈴木屋」の当主で、腕こきの番頭をつれ、毎年のように江戸に出て縮を売りさばいた。

「縮問屋といえば、水戸黄門もそうだったナ」

気持ちが高揚していると、いろんなことを連想するらしい。テレビの「水戸黄門」では、天下の副将軍が越後のちりめん問屋の隠居光右衛門《みつえもん》として登場する。誰が思いついたのかは知らないが、知恵者がいたものだ。高価なお召しを運ぶのである。助さん格さんといった屈強なお伴をつれていて不思議はない。

「とすると、われら湯泉《ゆぜん》会三人組は、さしずめ黄門さまに助さん格さんってところかな……」

そういえば、まん中の温泉会会長はヒゲをはやしている。近年、めだって白くなった。その向こうの幹事長は、眉太く、鼻すじ秀でて、まさしく渥美格之進といった風情がある。そしてこのたびの旅には、JTBの可愛い「香織」さまがお伴くださる。こぞのときにはカメラを隠しもった「かげろうお銀」が立ちあらわれる。そっとかたわらに目をやると、天下の副将軍がコックリコックリ舟をこいでいた。昨夜、遠足に出かける前の小学生のようにコーフンして、よく眠れなかったらしいのだ。

小日橋《こひなた》で車を降りた。目の下は清津川、涼しい風が吹き上げてくる。まっ赤なペンキで「→赤♨」の案内が見える。赤湯までここから山道を二時間あまり。

「ゆっくりといこうネ、まだお昼前だもの」

「そうとも、あわてることはない」

「ノンビリいこうぜ」

何を警戒してのことかは不明ながら、全員がゆっくりを強調する。そのくせ気がせくせいか、リュックサックを背負い直すなりセカセカと歩きだした。

みるまに谷が深まっていく。斜面の木々が風にそよいで雄大な葉波をつくっていた。葉紋があちこちにおこって、奇妙な象形文字のように見える。今年はきっと見事な紅葉になる、とタクシーの運ちゃんが受けおった。冷夏に泣いた昨年とちがい、葉がひらいている。葉がひらいていると、全山が一夜にして紅葉する。

途中の鷹の巣峠は標高千百八十四メートル。弁当を食べながらおしゃべりをしていたら、一人で二つのリュックを背負ったヘンな青年がやってきた。昨夜、渓流のそばでキャンプを張って酒盛りをしたところ、仲間の一人が二日酔、足が立たないので代わりにしょって帰るのだという。

「ハシャギすぎたんだ」

「わかるナー」

「われわれも用心しなきゃあ、なにせ明日は苗場山だもの」

それぞれが自分にいいきかせるようにして立ち上がった。

赤湯温泉山口館は清津川の源流にある一軒宿だ。近年、自家発電の設備もできたが、それはよほどこみ合う日だけで、ふだんはランプの宿。夜は古風なボンボリを下げて渓流のそばの露天風呂に通う。手前が玉子の湯、右が薬師湯、奥が女性専用の青湯。玉子の湯は大岩のわきからフツフツと湧いていて、色が赤い。

V字型の谷底にあるので、空が細く限られている。赤茶けたコンクリートの湯船に首をのせて、お湯の中から空を見上げていた。雲母のような白い模様がうっすらとひろがっている。

「いいねえ」

「きてよかったネ」

「アー、極楽、極楽」

念願叶って胸がいっぱいで、いぜんとしてことばが出てこない。

そのうち、しも手からチラホラ、花びらのようなものが流れてくるのに気がついた。顔をおこして目をやると、谷が九十度ちかく曲がった辺りの木々が、しきりに波打っていて、そこから葉っぱがとんでくる。

「あそこは風があるのかしら？」

木々のゆれが大きくなった。はげしく上下動をしたかとおもうと、谷筋から両の斜面がナダレをおこしたようにザワザワと蠕動しはじめた。

「………？」

三人で顔を見合わせた。ワケがわからない。それとも、もしかすると大地震の前ぶれで、天地がゆらぎはじめたのか？

渓流の音がハタと消えた。かわりに轟々とエンジンの音がして、谷をふさぐようにヌッと巨大なヘリコプターが現われた。

「………?!」

もう一度、顔を見合わせた。だらしなくゆるんでいた天下の副将軍の顔がひきしまる。格之進の目がキラリと光った。

「――ソレ！」

三人ともどもタオルで前を押さえ、しも手の橋めざして駆け出した――

あとでわかったのだが、キャンプで騒ぎすぎた青年は、ただの二日酔ではなさそうなので赤湯の御主人が無線を入れ、新潟県警救助ヘリの出動とあいなった。なにしろ狭い谷である。救助隊は難儀した。二度ばかりやり直して、最後は急病人を袋詰めにしてヘリコプターに収容した。その一部始終を三人のまっ裸の男が橋の上につっ立って、いつまでものんびりと眺めていた。

ランプが灯って、たのしい夕食になった。御飯はマキでたいたコシヒカリ。おかずは水菜、ウドブキ、ウドの葉、キューリ、ネマガリタケ。たいていが「庭」でとれる。

「庭が広いからねえ」

小柄な山口ヒサノさんが精一杯、両手をひろげた。近くの赤湯山、赤倉山、苗場山は当山口館の庭である。あんまり広すぎて、何十年歩いても、まだ行ってないところがどっさりある。

居間兼食堂は天井が吹き抜けで、縦横に交叉した梁《ハリ》がみごとだ。四年前に山口英二さんと息子の肇さん、それに妹婿の三人でこれを建てた。設計、基礎のコンクリート打ちから屋根ふきまでの一切を三人でやってのけた。下から見上げると、しっかり組み合わさった木組みが祈っている両手のように見える。

若主人の肇さんは三代目、週三日ないし四日、鷹の巣峠をこえて四十キロの荷をかついでくる。ときには午前と午後の二回、あの道を往復する。

「ヒェー、四十キロ……」

五キロたらずのリュックサックに大汗かいた三人は、感嘆の声を放った。一見、きゃしゃなヤサ男風なのだ。背広に着換えて、金ブチの眼鏡でもかければ、粋な商社マンに早変わりする。

「オヤジは六十キロ運びましたよ」

そのオヤジさんも小柄で、痩せがた。さすがに近年は重いのは息子にゆずり、軽め、軽めになった。

「一生ぶん、しょったからねエ」

ヒサノさんが、いとおしげにいった。

ビールがうまい。ビールにまして水がうまい。

「うちのオヤジはおもしろいことを思いつく人でしてね」

肇さんの話によると、ある日、おやじさんが水道をひくといいだした。上流一キロのところに湧き水を見つけたという。そして目の前に澄んだ渓流があるというのに、大金かけて水を引いた。十五年前のことである。以来、日照り、渇水にかかわりなく、蛇口をひねると玲瓏たる水がほとばしり出る。

「あれは？」

「トウちゃんがチョイチョイと描いたのヨ」

とヒサノさんがいった。丸太づくりの壁に、お土産用の手拭いがピンでとめてある。山口館と赤く染め抜いた左手に太い線で川と山がみえ、清津川、サゴイ沢、ふくべ平、苗場山の文字が添えてある。その線と配置が絶妙だ。素朴で、ハッとするほど美しい。トウちゃんはなかなかどうして、的確な美的センスをそなえたアーチストではなかろうか。

「風呂行きはコレね、使ったら、あとはもどしとく」

ハゲ頭がのぞいて、当のアーチストがランニングにステテコ姿であらわれ、手づくりのボンボリを置いていった。

寝る前、そのボンボリをぶらさげて露天に出かけた。頭の真上に月が出ていた。赤茶けたお湯が金波銀波に光っている。目をつぶっていると、渓流の音が高まったり低まったりする。

やまはあかるきつきよにて
ことりもいまはねむるらし

誰の作とも思い出せない詩の切れはしが頭をかすめた。

はかなきよとはおもへども
とぼしくわれはいきてあり

月が山影に隠れて、すごいような銀河が流れた。宿にもどると、食堂の梁に芯を細くした釣ランプが一つともっていた。黄門さまの頭にのった手拭いが白い湯気をたてている。階段を上がるとき、下の明かりを受けてイカの頭のように大きくのびた。

早朝五時半、赤湯を出発、苗場山めざして登っていった。サゴイ沢をわたり、うっそうとしたブナ林のつづくふくべ平を抜けていく。地図には「昌次新道」とある。赤湯初代の山口昌次さんがこれをひらいた。できてまもなくのころだったのかもしれない。大正十四年（一九二五）、深田久弥がこの道を登っている。『日本百名山』のうちの「苗場山」によると、当時、まだ上越線が沼田までしか通じていなかったころで、三国峠越えで清津川をさかのぼって赤湯へ入った。

「無人の赤湯で一晩泊って、翌日熊ノ沢から登ろうとしたがどうしても道が分らず、断念して清津川を引返す途中、温泉宿の人の上ってくるのに出あった。再び赤湯に戻り、翌日宿の人から聞いた道で、難なく頂上に登った」

曇っていて眺めがきかず、五月の半ばというのに吹雪にあったそうだ。

越後きっての名山である。ふつう山は頂きに近づくにつれて山稜が狭まっていくものだが、苗場山はそうではない。肩の辺りで横に切ったように上が平らで、一里四方もの池塘をつくっている。それが苗田に見えるところから「苗場山」の名がついたのだろう。百名山の著者は「難なく」登ったというが、われわれにはそんなにナマやさしい山ではない。息を切らして深穴の大岩を抜けるとシラビソの樹林に入り、やがて這うような急登になった。山がはじめてという「香織」さんは、若さの力だろう、軽快に登っていく。「かげろうお銀」さんはカメラを胸元にジャケットで固定して、職業柄とはいえ、人の倍も汗をかくいでたちながら弱音一つ吐かない。雪渓をかなたに見ながら三人のオジさんたちは、あえぎあえぎ岩場を登りつめた。

広大な空の下に大きな図体の獣がうずくまり、グイと張った背骨の上に、途方もない背中がある――そんな感じだ。青々とした湿地帯いちめんに白いワタスゲが花をつけている。標高二千百四十五メートル。七時間の汗と疲労がウソのようだ。だが、目の前にあるのは水車がまわっていてもおかしくない風景である。足元にセリの花が咲いていていて、いまにもツバメが飛来してくるような気がしてならない。

昼すぎに早々と、今夜のお宿である山小屋「遊仙閣」に着いた。ハナひげをはやし、大きなトンボ眼鏡をかけた人が、戸口にしゃがんでネマガリタケの皮をとっている。寺の小僧さんのような上衣にモンペ、白タビにセッタばき。なかなかおシャレな男である。噺家の橘家圓蔵とよく似ている。声を聞いてわかったが、やたらに大声で、その声が少しワレぎみのところも圓蔵とそっくり。

高波菊男、通称キクちゃん、生まれも育ちも山だった。父親は谷川岳・土樽《つちたる》小屋のあるじ高波吾策さん。谷川岳に吾策新道をひらいた人である。その五男坊は長じて山小屋の管理人になった。

「オレ、山が性に合ってるもん」

夕食のあと、ランプの下でお酒を飲んだ。二階からハミ出して、入口わきで寝るはずの青年が仲間入り。キクちゃんの奥さんの恵子さんが台所からやってきた。元をただせば東京・渋谷の生まれ。山が好きで結婚したが、つぎつぎに子供ができて、子育てに追われていた。ようやくおバアちゃんにたのめるまでになったので、今年はじめて手伝いに登ってきた。

「もう、ここにこうしていられるだけで幸せ！」

なんともいい笑顔である。

「つぎつぎに子供ができたって、全部で何人？」

「五人」

夫婦が同時に、うれしそうに五本の指を突き出した。

「オイ、青年――」

黄門さまがおっしゃった。

「イイカネ、青年、男と女がたまに会って、深く愛し合うと、子供ができるものなのジャヨ」

二階からノッソリ、毛深い男が降りてきた。松原幸雄、通称マッちゃん、クマさんともいう。山の世界のフーテンの寅さんは、昨秋フラリと苗場にやってきた。以来、膝を痛めているキクちゃんの力強い助っ人だ。毎日、食料その他を背にのせて運びあげる。昼間いただいた缶ビールがあんなにおいしく冷えていたのは、マッちゃんが毎朝、雪渓から雪の塊を運んでくるせいである。

「ボクも山小屋暮らしがしたいなァ」

「コラ、青年」

格之進がギョロリと目を剝いた。

「ことばでいうとロマンチックだが、現実はそうじゃない。とてもきつい労働なんだぞ。キミは四十キロが背負えるかネ。マッちゃんは毎日なんだろ？」

「ええ、まあ――」

彼は柘植《つげ》の飛猿《とびざる》である。目が少年のように澄んでいる。頑丈な肩をすくめて、気はずかしそうにうなずいた。それから遠慮がちに冷酒をゴクリと飲んだ。

三日目、秋山郷の小赤沢口《こあかざわ》に下りてくると、福原洋一さんの、丸い、柔和な顔が待っていた。栄村役場商工観光課におつとめ、日曜日だというのに車でご案内くださるという。ご承知のとおり黄門一行は匿名が原則だが、ありがたく厚意を受けることにした。なにせ不便なところである。終点の切明《きりあけ》まで、バスは一日に二便きり。歩くとなると、さて、何日かかるか。文政十一年（一八二八）九月、鈴木牧之がここを歩いている。

「信濃と越後の国境《くにさかひ》に秋山という處あり、大秋山村といふを根元として十五ケ村をなべて秋山とよぶなり」

旧二国にまたがっていたので、かつては境村《さかい》といった。合併をしおに栄村と改名。「ちっとも栄えていませんよ」

ケンソンである。それが証拠に明るい、屈託のない声だった。ゆたかに湧き出るお湯をテコにして着々と村おこしがすすんでいる。小赤沢温泉楽養館もそんな一つだ。赤湯とそっくりの赤茶けた湯が音をたててふき出してくる。ガラス窓の外はゆるやかな斜面になっていて、山国特有の透明な大気のなかを、金色の光が降りそそいでいる。青い世界地図のような雲が浮かんでいる。

きれいな休憩室ではのんびりと、おしゃべりの花が咲いていた。東京がゆたかな所だなどと誰がいった？　人と車がひしめき、ただいそがしく、ただあわただしいだけではないか。

「此地の人すべて篤実温厚にして人と争ふことなく、色欲に薄く、博奕《ばつえき》をしらず、酒屋なければ酒のむ人なし。むかしよりわら一すぢにてもぬすみしたる人なしといへり。実に肉食の仙境なり」

だが鈴木牧之はまた、天明の大飢饉で大秋山村の人々がのこらず死に絶えたことにもふれている。人里はなれた仙境は、一朝ことあると地獄になった。

「栃《とち》の実を乾かして粉にして、ひと冬食べつづけたこともあるそうですよ」

福原さんは平家の残党が住みついたといわれるこの里の生まれだ。どんなに苛酷な話も、その口から聞くと、おっとりした夜ばなしにきこえる。急な斜面に旧家がチラホラ残っていた。どっしりした重厚な木組みにワラ屋根をのせて、生活の経験を煮つめたような威厳をもっている。

切明の河原で文字どおりの川湯につかったあと、たそがれどきに「のよさの里」まで送っていただいた。旧家のつくりの離れが点在していて、長い渡り廊下が結んでいる。

「うら家《うち》の衆はく嫁をとること　ノヨサ忘れたか」ではじまる秋山のよさ節にちなんでおり、なかに牧之の宿がある。この夜は老公一行、なかむつまじく一つ屋根ですごす手はずになっていた。それにしても露天風呂がすばらしい。谷をへだてて鳥甲山《とりかぶと》が秀麗な姿をスックと空につきあげている。

しんみりと地酒をいただき、旅の余韻をたのしんでいたところ、ドヤドヤと男女八人がやってきた。先刻、東京ナンバーの車で乗りつけた二人づれ四組である。それぞれが離れをおとりらしい。大声、大笑いを通して、いやでも勤め先、地位、男女の関係、さらには年収と教養の程度までもが聞きとれる。そのけたたましさはタダごとではないのである。

葵の印籠を振りまわすのもおとなげないので、ここはおとなしく退散することにした。長い渡り廊下を歩きながら、誰からともなく呟いたのを覚えている。

「いっぱいの星だね」

「きれいな夜空だね」

「あのほそい明かりのチラチラしているのが、ぼくらのところかしら」

　助さんが、さらに声を落としていった。

「あんなに酔っぱらっていたら、せっかく離れで二人になっても、そのままグーグー寝てしまうしかないと思うよ。いいキミだ」

　予測が外れた。八人衆はさらにそのあと、露天風呂で、にぎやかにさわいでいたそうだ。敵は予想以上にしたたかであったわけだ。

　夜ふけにそっと窓をあけて軒先をのぞいたら、暗い夜空に星が葡萄のようにかたまっていた。


（『雲は旅人のように　湯の花紀行』一九九五年）

温泉会　湯に沈むからだの裏返し

西山温泉・奈良田温泉

山梨県南巨摩郡早川町

身延線の身延駅に着いたのが午後の二時すぎ。のびをした拍子に、またもやアクビがでた。かたわらの相棒も顎が外れるほどの大アクビ。

「あんがい早く着きましたね」

「いやァ、よく寝た。腹がへった」

「ラーメンでも食べていくかナ」

頭がまだボーとしていて、ロクすっぽ会話にならない。本能の命じるままを口にしている。

駅前の大看板に日蓮上人のおことばが掲げてあった。〝孝と申すは高なり。天高けれども孝よりは高からず。また孝は厚なり。地厚けれども孝よりは厚からず……〟。ありがたい教えを述べたものなのだろうが、寝ぼけまなこにはダジャレのようにしか読みとれない。

「ファ・ファ・ファーイ――」

またもやアクビがでる。大のオトナが二人、リュックサックをせおったまま駅前につっ立ち、かわるがわるアクビをしている。

おもえば新宿駅で落ち合ったときからすでにそうだった。友人は眠そうに目をしばたいていた。徹夜で仕事をしたとか、明け方にちょっぴりウトウトした。

「――で、仕事は終わったの？」

「ウン、まあ、なんとか」

立川あたりで、はやくもコックリコックリしはじめた。口元のひげに白いものがめだってきた。いたって古いつき合いである。温泉好きがこうじて、仲間三人で「温泉会《ゆぜんかい》」なるものを結成した次第はすでに述べた。自前の木桶を背中にしょって温泉にいくのを習いとしている。にもかかわらず、このたび会長みずからその桶を忘れてきたのだから、よほど仕事がせっぱつまっていたのだろう。彼は糖尿のけがある。私は胃カイヨウ、幹事長は腰痛。そんなからだをいたわりつつ、かつは酷使して、いまや五十代に立ちいたった。

「幹事長はダメなの？」

「明日、なんとかやりくりして駆けつけるって」

半眠りのなかで、そんなやりとりをしたのを覚えている。一度、勝沼の手前で目がさめた。車内放送が何やら述べていた。駅の名前が変わったらしい。以前の初鹿野が甲斐大和、勝沼が勝沼ぶどう郷、石和が石和温泉とか。時うつり星かわってなじみの駅名までもが消えていく。そういえば以前は「山梨市駅」などとはいわなかった。ずっと優雅に「日下部《くさかべ》駅」といった。日下部の駅前宿で木枕を借りて昼寝をした詩人がうたっている。

たゆき目に見つつ眠りし
水いつか枕をぬけて
耳の根をちょろちょろ流る

身延線に乗り換えたとたん、われらが「たゆき目」が、またふたたびふさがった。

「でもね、ホラ、可愛い娘がいたでしょう」

「いたいた、となりの席ね」

通路をへだてた四人がけの席に少女がひとりですわっていた。すきとおるように色が白い。端正な鼻。黒髪がつややかに光っている。イヤホーンで音楽を聴きながら外の景色をながめていた。膝には「ニューズウィーク」。

「帰国子女ってところかな。英語ペラペラね」

「たぶん、そうでしょう。背中がピンとのびていた。あれは外国でしつけられたにちがいない」

背中丸めの中年組は、それでもちゃんと観察していたわけだ。

「チラリとこちらを見ましたよ」

「へえ、知らなかった」

「でも、すぐ目をそらしたナ」

きっとあの少女の目には、へんな二個の物体程度にしか映らなかったのではあるまいか。

奈良田行のバスがきた。乗りこんでしばらくして、またもや二人とも寝てしまった。

ここは甲州・西山温泉。南アルプスの東の山麓。甲州では下部温泉と並んで古い湯場として知られている。湯治棟の玄関先の説明によると、人皇第四十二代文武天皇の御世、藤原真人なる者の息子が猟をしていて見つけたというのだから由緒のほどが知られる。早川と湯川の合わさる狭い三角の地形に、新旧とりまぜて十あまりの建物が肩をよせあっている。

内湯の一つは松、もう一つは檜づくり。松のほうは混浴でさっそく二人して入っていると、しわだらけのおばあさんがやってきた。明治三十五年生まれで、オン年九十一歳。近くで嫁と食堂を営んでいて、いまだ現役。夕刻前のアキのころに、湯をいただきにくる。長寿、健康、これすべて西山のお湯のおかげ。

「ありがたいねぇ」

おばあさんは入れ歯を外すなり、湯口でゴシゴシ洗って、またスポリと口に収めた。

「こんどきた板前さんか？」

ひげの友人が頭に手拭いを巻いていたのでまちがえられた。

「すると大工さんかネ」

おばあさんの頭には、ハチマキ・イコール・板前、大工が固定しているらしい。ブックデザイナーなどといっても、とうていわかってもらえまいと思ったのだろう。友人は、あいまいにうなずいた。ここでは近所の人も、出入りの業者も、こころおきなく湯につかれる。

「百まで生きられます」

「西山のキンさん、ギンさんだ」

おばあさんはワハハと笑って立ちあがった。シワシワの乳房の先端から、お湯が光りながらしたたっていた。

「もうすぐ食事ですね」

「そう、ゴチソウ！」

「はやく食べたいなァ」

湯に知性をとろけつくしたぐあいで、暮れなずむ窓の外をながめながら、幼稚園児のような会話をかわしていた。早川の渓谷にかぶさるようにして山々がつらなっている。さながら壮麗な額ぶちつきのフレスコ画である。星がキラリとまたたきはじめた。時計をみると、やっと六時すぎ。

「幹事長はまだ仕事かしら」

「そりゃあそうでしょう。明日の午後に発って、甲府からタクシーをとばすといった」

「温泉旅行の特攻隊だ」

やがて御馳走が並びはじめた。クワの実の果実酒がアペリチーフ。鹿刺し、ツクシ、新筍、イワナの卵、ヤマメのほおば焼、シシ鍋、ソバの実のおつゆ……。

ともあれ、大欲は無欲に似たりである。宴途中で猛烈な睡魔におそわれ、床の間の前にゴロリと横になるなり、そのまま寝てしまった。ひとりさびしく酒を飲んでいた会長の話によると、よべど叫べどピクリとも動かず、ゴーゴーと大いびきをかいていたそうだ。

カラス、カアで目がさめた。熟睡したせいか気分壮快、しらしら明けの空を見あげながら、ながながと露天風呂につかっていた。対岸の山の斜面がなだれ落ちるように落ちていて、頭の上にかぶさってくる。

どうしてお湯がこんなにいいのだろう。湯に沈んだまま目をつむっていると、ゆるやかに空間が変化していくような気がしてならない。古代ギリシア人は彼岸を考えるとき、この世からあの世への旅というものを連想した。それは古代ギリシア人には、静かな水の中をすすむ船旅であったようだ。こちらとあちらの境界がなく、ただすべるようにしてすすんでいく。あるのはただ水ばかり。やがてあたりの光がうすれていく。その先を人々は「冥府《ハデイス》」とよんだ。そこはみたところ、この世とちっとも変わらない。ただ誰もがじっと動かずにいる。ある者はたたずみ、ある者はうずくまり、動かない。影の中にいるかのようだ。少なくとも、この世とは別の光のもとにある。淡い、おぼろげな明るみ。地上の時間と因果律とが、すっぽりと脱落したような世界。

朝食のあと、私は着換えをして奈良田に向かって歩きだした。ながらく「陸の孤島」とよばれていた村である。「奈良王」の伝説がある。奈良朝の女帝、第四十六代の孝謙天皇がこの地に八年にわたって滞在したという。『甲斐国史』にいわく、「昔時其帝此ノ所ニ遷宮アリ是レヲ奈良王ト称ス」。天皇は仏教に深く帰依しており、奈良法皇ともいった。北にそびえる鳳凰山は、かつては法皇山と書き、天皇の登ったことに由来する——。

山の鼻を巻くようにして道路が走っている。その山の鼻をつらぬいてトンネル工事が進行中。ここは歩いてもせいぜい五分ばかりのところなのだ。立派な道があるというのに、何のためのトンネルなのか不可解である。車で一分のところを十秒にちぢめるため、つまりは五十秒の短縮のために数十億円が投じられた。これもまた山梨のドンとして知られた人の置き土産であるらしい。現代の法皇サマは、とかく山を動かしたがる。

奈良田湖が見えてきた。湖畔に立てられている標識が風変わりだ。「あぶない」と赤字で呼びかけたあと、このダムで禁じられていることが列挙してある。

「遊泳、ヨット遊び、車の乗り入れ」

どうして、湖に車を乗り入れたりできるのか。これが湖とはいっても、大半が砂利の原っぱであるからだ。完成してまもなしの昭和三十四年(一九五九)、あの伊勢湾台風にみまわれ、一夜にして土砂に埋まった。

郷土史家、深沢正志氏の『秘境・奈良田』によると、奈良王伝説にまつわる「七不思議」がある。その一つが「塩の池」で、塩の不便を感じた奈良王が八幡神社に祈願したところ、手洗い池から塩水が湧くようになった。まんざらデタラメというのでもない。現に明治の半ば、近くの町の商人が塩の池の水を濃縮、蒸留して良質の塩をつくり、当地産の「けぐら」とよばれる曲物に入れて、西山温泉の温泉土産に売り出した。

「七不思議」の別の一つが洗濯池。厳寒時の洗濯に苦労した奈良王が八幡さまに祈ったところ、あたたかい水が湧いた。これもやはりデタラメではなかった。戦後、この地で泉源がみつかり、温泉がひらかれた。高台に町営の共同湯がある。昼の日中に、ひとりのんびりとつかっていると、白髪を五分刈りにした老人が入ってきた。頭のふけぐあいのわりに筋肉がたくましい。いかにも労働で鍛えた人の均斉のとれたからだである。静岡で農業をしつつ茶を作っている。自家製をお得意先に行商してまわる。十人の孫のいる隠居稼業。

「オーイ」

おやじさんが壁ごしに声をかけた。

「そちらはどうだ?」

「ひとり。そちらは?」

「ふたり」

ややぬるめで、いつまでもつかっていられる。とわず語りのおしゃべりのついでに、土地の情報通から新しい温泉情報をいただくのはたのしいものだ。しも手の草塩にも温泉会館がある。そこは岩風呂で、やや熱い。硯石で知られる雨畑にもいいのができた。温泉めぐりをしながら商いができるのだから、うらやましいかぎりである。

〽この指をはなしたらァー
突然、となりから歌声がひびいてきた。ひとり湯のつれづれに、おつれ合いが得意のノドをひろうくださる。

「八代亜紀だワナ。まだへたっぴヨ」

おじさんが解説した。

パチパチパチパチ(これは私の拍手)。

「奥飛騨慕情」「アンコ椿は恋の花」「浪花恋しぐれ」おばさんはますます興にのって、つぎつぎと歌いつづける。もはやとまらない。

――そりゃ、わいはアホや、酒もあおるし、女も泣かす。せやかてそれも、みんな芸のためや――

ちゃんとセリフも入っている。

実をいうと、わざわざ奈良田まで足を運んだのは田中冬二の碑を見るためだった。郷愁の詩人田中冬二はとりわけ甲州が好きだった。「甲府にて」と題した夏の詩では、日かげから日かげを歩きながら、水晶を売る店やブドウを売る店をめぐり、「馭者座のカペラルのような／黄水晶を一つ買った」という。

昭和十一年（一九三六）、田中冬二は西山温泉にきた。

夕暮れは雨となり雨にまじり
山焼の灰が降って来た
父も母と兄と皆山仕事に出かけて
もう七日留守には嫗《ねえ》さまと幼いもの達だけ

そんな四行ではじまる美しい山里の詩をつくった。その碑が旧小学校跡の裏手にあると聞いている。さみしい詩情をしんみりと味わうはずのところが、思いもよらない事態になった。

――あんた遊びなはれ、酒をのみなはれ。あんたが日本一の噺家になるんやったら、うちはどんな苦労にも耐えてみせます。

おばさんはもう無我の境地である。仕切りの鏡を突きぬけるようにしてハリのある声が降ってくる。白い湯気がユラユラと立ちのぼっていく。

暮れ方、西山にもどってくると、なつかしい顔がそろっていた。タクシーをひた走りに走らせて、鼻息荒く駆けつけた幹事長は、もう内湯・露天とも一巡したとかで、血色のいいテラテラ顔だ。湯治棟も新館もお湯は同じ。宿の浴衣に自前のチャンチャンコをはおったわが家同然組もいれば、お尻の大きな、Gパンのよく似合う若い女性の一団もいる。三人そろったところで、あらためてもうひと風呂。しらしら明けのときのひとり湯も足すと、この日、私はすでに四時間ちかくお湯につかっていたことになる。温泉とは、からだの裏返し――、名誉会長年来の説である。表がイカれてくると、裏返す。畳の裏返しよりも保ちがいい。

「また三十年もちます」

「そんなにもつかしら？」

ひげをしごきながら会長がつぶやいた。

「もつよ、もつとも」

何の根拠もなしに幹事長が断言した。この人は役柄のせいか、自信にみちた断言癖がある。何はともあれ断乎としていわれると、そんな気になるから不思議である。

両手にポリタンクを下げた男が入ってきた。飲んでよし、ひたしてよし、何にもよく効くという。先年、爪をつぶしたが、ここのお湯につけていたら、もはやあとかたもない。

「ホレ、このとおり」

毛むくじゃらの手をさしだした。

「ほんにようきく」

そんなことをいいながら、いそいそと二十リットル入りを運んでいく。

湯あがりに三人並んで休憩室の籐椅子にすわっていた。もの憂いような、なつかしいような、遠い記憶がよび返されるような、湯あがりに特有の気持ち。自分がここにいて、しかしここにいないような、中空をただよっているような、とりとめない感じ。裏返すと三十年もつかどうかはともかくも、裏返されたぶん、半分がた自分にとっても見知らない自分なのだろう。どこに対するのでもなく、誰に対するものともつかないノスタルジアがある。いかにもとりとめのないものながら、この種のノスタルジアのない旅は、旅の名に値しないのではなかろうか。

久しぶりに三人そろって、ゆっくりとお酒をいただきながら、今後の会の運営につき熱心に協議をした。いろいろな案が出たが、その一つとして、新生ロシアとかかわりのある幹事長のお力でウラジオストックからハバロフスクに赴き、かの地の温泉めぐりをするというのがあった。明日にでも出かけるような口ぶりだったが、翌朝、きいてみると、誰ひとり確かなことは覚えていないのだった。

「ハバロフスク？　そんな話、したっけ？」

これはこれでよいのである。湯けむりとともに消えるようなつかのまの夢でかまわない。夢はこころの裏っ返し。打ち返し、打ち返ししていれば、まだ当分はもつだろう。

夜ふけ、寝入る前に、もう一度露天風呂にいった。夜の大気が澄んでいた。満天の星が見えた。黒い山が手のとどくほど近くに感じられる。川沿いの道をヘッドライトが赤い筋を引くように走っていく。それが一点となって消えたとたん、深山のけはいがしみるように迫ってきた。

（『雲は旅人のように　湯の花紀行』一九九五年）

旅は、ゆき当りばったり

湯沢温泉

茨城県久慈郡大子町

むかし、大町桂月というエライ先生がいた。文豪である。文豪にちがいない。というのは、あちこちに「文豪大町桂月先生ゆかりの宿」があるからだ。とりわけ東北地方に多い。十和田湖行のバスに乗ると、アナウンスのなかにしきりに出てくる。日光にも多い。華厳の滝や中禅寺湖といった名所には、きっとこの先生が先にきている。そして、たあいのない歌を詠んでいる。

ここもそうだ。大正の頃らしい。湯沢に泊り、男体山の見物に出かけた。標高七百メートルにみたない低い山だが、全山が一つの岩で出来たようにそそり立っていて、壮観である。そのときの歌が石に刻まれている。

「奥久慈の男体山を仰ぎみて
絵を学ばんと思ひけるかも」

オッ、これはスゴイ、と声を放った。しばらくうっとりと眺めていた。それから、絵ごころがあればなァと残念に思った。画家は絵筆一つでサラサラと写しとれる。この点、文人は不便である。「岩峰、鬱然として天を刺し」などと、レトリックをつらねなくてはならない。

「これは何と読むのですか？」

宿のロビーに黄ばんだ額がかかっていた。おしまいの「桂月」はわかるのだが、肝心の四文字が達筆すぎてさっぱり読めない。

「キョカシュウジツとお読みします」

のべつ問われるせいだろう、宿の人はいさい承知といったふうに字をなぞってくださった。〈去華就実〉、花は去り、実がつく。

「すると秋ですか」

「さあ、どうでしょう、桂月先生は夏に来られたように聞いとりますが」

目の下は湯沢川で、せせらぎが走っている。繁り合った木々の葉が窓をいちめんの緑に染めている。春の花が落ち、初夏の緑のなかで最初の実りがはじまるときをいうのかもしれない。

水郡線が全線開通したのは昭和九（一九三四）年である。大正の頃は常陸大宮止まりだった。そこからどのようにしてきたのだろう？　一部は馬車があったかもしれないが、おおかたは歩いてきた。「湯沢」と名のつく温泉は全国にいくつもあるが、奥久慈の湯沢は、とりわけへんぴで小さな湯治場である。実をいうと、私は文豪大町桂月先生の本を、これまで一行も読んだことがないのだが、しかし、文豪にちがいない。豪傑である。せかせかとやってきて、一泊し、またせかせかと帰っていくわれわれとはちがって、悠々とやってきて、長逗留のあげく、歌を詠み、書をかいた。あとで知ったのだが、桂月先生は紀行文の一つに述べている。

「旅は、ゆき当り、ばったり、銭ありて行き、銭つきて帰るまで也」

やはり豪傑である。

お風呂へいくとヤングが二人、湯上がりのからだを涼ませている。青々と刈りこんだ坊主頭で、胸板厚く、いかり肩。柔道か相撲の部員と思われる。脱衣箱にリュックサックがねじこんである。湯沢峡を歩いてきたのだそうだ。

「おや、珍しい！」

おもわず声を放った。一人がおもむろに越中フンドシをつけたからだ。

「クラシック・パンツです」

得意そうに胸をそらした。銀座のデパートで売っているらしい。ムレなくていいそうだ。青年はいろいろとムレるのである。腰下に、わけてもムレやすいものをかかえている。

「でも彼女とデイトのとき困らないかなァ」

ながらく愛用の品らしく、色が少々黄ばんでいる。

「そんときはとっかえていきます」

現代の豪傑はまじめ顔でいった。それからリュックをかかえてノッシノッシと出ていった。

木の湯船が八角形をしている。透明な単純泉。半開きの窓から湯気がモヤモヤと、もつれ合うようにして流れていく。せせらぎの音がする。どこかで蛙が鳴いている。蛙はゲロゲロとは鳴かない。キ・キ・リキと鳴く。それとも、あれは蛙でなくて河鹿だろうか。湯沢音頭によると、「主《ぬし》と二人で忍んで来たに／にくや河鹿が鳴きたてる」。

こちらはべつに忍んできたわけではないので、河鹿が鳴いても一向にかまわない。にくくともなんともない。若いときとはちがって、腰下がムレることもなくなった。気楽なような、さみしいような、これはこれでいいような、しかしやっぱりセツないような、複雑といえば複雑、単純といえばこれ以上の単純はないような、いつもながらの湯の中のこころもち。

ビールに、こんにゃくのお刺身。こんにゃくは上州とばかり思っていたが、久慈川沿いは、もう一つの大産地だそうだ。

「うらの窓からこんにゃく投げて
こんにゃ来いとのナゾかしら」

人間の頭脳というのは不思議な働きをするものである。ヒヤッとして腰のあるこんにゃくを口に入れたとたん、いつどこで覚えたともしれない都々逸が頭をかすめた。それにしても文豪大町桂月先生ゆかりの地にあって都々逸とは、いかにも軟弱である。いつだったか、足尾の奥の康申山へ登ったら、そこもとっくに桂月先生来駕ずみで、「幽にして奇、一山みな巖」といった名セリフを残されていた。岩の多い、男っぽい山が好みだったらしい。

「幽にして奇か、ナルホドねえ」

感心するだけで、こちらにはさっぱり名句が浮かんでこない。桂月先生は康申山へ二度出かけたそうだ。地元では「一度見ぬ馬鹿、二度見る馬鹿」などと、一度は訪れても、わざわざ二度来るところではないというのだが、「われはその二度見る馬鹿となりけるが、閒《ひま》と銭とあらば、なお三度見ることを辞せざる也」。

よほど旅が好きだったとみえる。それにセリフがきまっている。これだって、ちょっと変えるだけで、そのままコマーシャル・コピーに使えるのではなかろうか。

（『ＡＭＵＳＥ』一九九五年六月二八日号）

秋

マジックボックスに三味線の音が……

嶽《だけ》温泉

青森県弘前市

とにかく、地形がヘンなのだ。岩木山の中腹にあって、長方形の空間がひらけている。これを取り巻いて旅館や雑貨屋が計八軒ばかり。どこがヘンか？　たしかに、ちっともヘンじゃない。しかし、ヘンだ。

「あれれ……？」

部屋は三階だった。おっそろしくゆっくりと上がるエレベーターで案内された。部屋に入り、浴衣に着換え、風呂へ行った。そこは一階で、裏の窓からススキの白い穂がのぞいていた。

ひと風呂あびて、部屋へもどると、またもや三階の高みにいる。手すりのはるか下に地面がある。しかもこの間、階段を上り下りした記憶がない。

「いったい、どういうことだろう？」

狐につままれた思いで部屋を出た。エレベーターの前に、浴衣姿のおバアさんがいた。ドアが開いたので、いっしょに乗った。

「……」

顔を見つめ合って立っていた。なにしろ、ブザーが鳴っても、ドアがなかなかしまらない。かなり間を置いてから、ゆるゆると閉まった。いぜんとしておバアさんと向かい合って立っている。ハコが小さい上に、こんどはちっとも動かない。故障しているのではないかと思いかけたころ、ゆっくりと動きだした。

「ずいぶん、のんびりしていますね」

おバアさんがうなずいた。同じく風呂上がりで、シワだらけの顔がテカテカ光っている。下着その他を小脇にかかえている。多少とも古びすぎている点を除いて、見知らぬ女性と狭い一室に体をつけ合っているのは妙なぐあいだ。ホコホコあったかそうな下着が目の下にある。

なかなか二階にこない。少し不安になった。このまま閉じこめられたら、かなり苦痛だ。なにしろ相手は母親のような年まわりの方なのである。おバアさんがニコニコして何か言った。聞き返すと、また何か言った。津軽弁で、このエレベーターはおそいだろうという意味らしい。うなずくと、また言った。自分たちのような年寄りが多いから、わざとおそくしてある。ナルホド、そういう深い気配りをもったエレベーターなのか。

「どっから来たッかネ？」

東京からというと、目を丸くした。引きつづいてアップル道路で来たのかと尋問された。

「アップル道路！」

おバアさんは英語の発音練習のような大きな声で「アップル」といった。たしかにバスは広大なリンゴ園を縫うように走ってきた。東京との関連がわからないのでボンヤリしていると、あんなにいい道路は東京にもあるまいといった。

やっと二階に着いておバアさんが下りていく。母親の目から解放された少年のようなここちがした。

「オッ？……」

下駄をはいて、広場に一歩踏みだしたとたん、つんのめるようなかたちで体が前方へ移動しはじめた。南側の宿は入口が売店兼土産物売り場になっている。べつにそちらに用はないのに意思と関係なく、体だけがトットッと進んで、そのまま売店へころげこんだ。

要するに広場の傾斜が問題なのだ。嶽温泉は、全体がかなりの角度をとって南へ傾いている。ふつう人も建物も、地上に垂直に立つものだが、ここではまっすぐに立とうとすると、そのままバッタリ南へ倒れる。そのため、人も建物も、地面に対し一定の角度をとって直立しなければならない。頭では呑みこめたが、体がまだわかってくれない。横に移動するときは、北に寝るかっこうで進むべし。タテのときは前かがみ、あるいはそっくり返る。

自分に言い訳かせながら、長方形をひと廻りした。先ほどのおバアさんが、お仲間と売店をひやかしている。きっと嶽は来なれたところなのだ。にぎやかにおしゃべりしながら、スタスタと歩いていく。体が修得したのだろう、前かがみや、そっくり返りがお手のものだ。

店にもどって、もう一度、三階兼一階の風呂へ行った。地面に応じて、湯殿全体が微妙な傾斜をもつらしく、流しにお尻をつけて体をこすっていると、ゆっくりと下へすべっていく。もとの所にすわり直すと、またすべる。お湯が川のように流れてくる。

部屋にもどって手すりから見下ろしたら、広場も売店も消えていた。一面の濃霧で、何も見えない。街燈が淡い光の玉のように浮いている。数限りない水滴が漂ってくる。深い海の底にいるかのようだ。

階下で津軽三味線が「ベン」と鳴って、手拍子がはじまった。おバアさんたちのてのひらの合わせぐあいが絶妙で、実にいい音がする。その音に合わせるように霧が層をつくり、上下左右に舞いあそぶ。まるで広大なマジックボックスに迷いこんだぐあいである。

（『ＡＭＵＳＥ』一九九五年一〇月二五日号）

異次元湯船

鉛温泉《なまり》
岩手県花巻市

調理室でいい匂いがしている。甘いような、香ばしいような、えもいえぬ匂いである。のぞきこむと、浴衣にエプロンをつけたおばさんがガス代の前に佇んでいた。湯上がりらしくて、両の頬が完熟トマトのように赤い。目が合ったとたん、トウモロコシだといった。とりたてを買ってきたので、いまゆでている。

「ホラ、こんなに新しいのヨ」

笊《ざる》の中の一つをとると、ヒゲと皮をひきむしって見せてくれた。乳白色に淡い黄色をまぶしたようなトウモロコシが、つやつや光っている。湯治部には売店があって、近所の農家がとりたてを置いていく。

「ホラ、こうしてネ……」

外皮を全部とるのではなく、一枚だけのこしてゆでるのがコツだという。一つ食べていけといわれたので、お皿にのせていただいた。いつもは食べカスが歯にはさまるので食べないのだが、粒があまり立派なので、つい手が出た。やわらかいミルクの固まりを口に含むようで、じつにうまい。なぜか歯にちっともはさまらない。熱いのを皿の上でころがしながら、頬ばった。完熟トマトのおばさんは、ニコニコ顔でじっと見ている。

「十三列だから標準形よね」

「……？」

「二十五つぶ、これも標準だわ」

「ハア……？」

意味をとりかねてボンヤリしていた。話を聞いてわかったのだが、トウモロコシは十三列二十五粒がふつうで、粒が大きいと列がへって大味になる。小粒は食べにくい。

「うちのおトウさんが数えたの」

石巻から二週間の予定でやってきて、今日で十日目。お父さんはよほど暇をもてあましておられるらしい。

鉛温泉は一軒宿だが、これが実に大きい。川沿いの谷間を赤い屋根が埋めている。一般部・湯治部と二つあって、湯治部のほうがうんと大きい。

おばさんはゆでたてのトウモロコシを大皿に盛り上げると、うんしょと持ち上げた。これが午後のおやつ。夫婦でここに湯治にきはじめて十年になるそうだ。

「ほかにもイッパイ温泉があるけど、やはりココね」

調理室が大きくて、きれいだし、部屋にもガスがついていて、お茶がわかせる。誘われたので、しばらくいっしょについていった。廊下が広くとってある。からだの不自由な人用に手すりつき。どこも掃除がいきとどいていて、いかにもみんなのお宿といった感じだ。

「おととしまではこっちだったけど、昨年からあっちにしたの」

湯治部にも部屋のつくりによって違いがあるらしく、長逗留の人には、ちょっとした違いが大きいのだろう。部屋に寄っていけといわれたが、トウモロコシの粒々を数えているお父さんにとっつかまると、どんな長話を聞かされることにもなりかねない気がしたので、モゴモゴと礼をいって引き返した。

名物が「白猿の湯」。今を去ること五百年前、一匹の白い大猿が桂の大木の下から湧いているお湯で傷を癒していたのがはじまりだとか。そんな由来になんとなく納得がいくような風格がある。つかっている人々も男女を問わず、白猿のような貫禄の持主ばかり。

地の底のような不思議な位置にあって、階段を下りていくと、微妙に明暗が変化する。高い天井のどこともつかぬ辺りから、澄んだ光が降ってくる。異次元に降り立ったようで、ハラリと浴衣をぬぐと、そっくりからだが異星人になったぐあいだ。

湯壺は一枚岩をくりぬいたぐあいで、大人の首までくるほど深い。どこに注ぎ口があるとも知れないが、たえまなく湯があふれている。熱すぎもせず、ぬるすぎもせず、まさにちょうどの温度である。

「そんなふうに入るのですか?」

となりの人は湯船のへりに両手でつかまって、その手にゴマ塩あたまをのせている。べつに流儀があるわけではないが、こうするとラクだとおそわった。やってみると、なるほどラクちんで、両手と顎をくすぐりながら、お湯がサラサラと流れていく。

ゴマ塩あたまは元花巻郵便局勤務、三十八年にわたって郵便配達をやってきた。いまでも花巻北部の所番地と名前がソラでいえる。オートバイになる前は自転車で、さらにその前はスキーだった。

「スキー?」

「ああ、冬場だけど」

はなれたところはスキーで配達にいく。おかげで腕が上達して、国体にでたこともある。温泉にいると、いろいろ世の中のことを教えられる。黒革の大カバンを腰に下げて、坂道をすべっていく郵便配達夫など、北欧の映画にみるようなシーンではなかろうか。

大きなカメラをかかえた若い女性が階段に立って、何やら口ごもりながらたのんでいる。写真を撮ってもいいか、ということらしい。目をそらしながらいうものだから、よく聞こえない。いちばん年かさのじいさんが、長者風に重々しく東北弁で通訳をして、孫のたのみをきいてやってくれ、といった口調で了解をもとめた。一同、沈黙のうちに了承。乳房ダラリのおばさんがひとことはさんだ。

「ここにはワケありな人など、ひとりもいないからねェ」

しばらくシャッターの音が湯けむりのなかにひびいた。女性カメラマンはカン高い声で礼をいうと、トコトコと階段を上っていった。

両手に顔をのせていると、眠くなってきた。いぜんとして顎をくすぐって湯が流れていく。天井からの光を受けて、コンクリートの床の上に抽象画のような紋様をつくっている。からだがフワリと浮き上がって、虚空に吸われていくかのようだ。

話し声がする。土地の人同士だと、まるでわからない。宮沢賢治もこの鉛温泉へは、しばしばやってきた。やはりこんなふうに顎をのっけて、異次元の人の言葉を交わしていたのだろうか。

（『AMUSE』一九九六年九月一一日号）

魂の浮遊

松川温泉

岩手県八幡平市

盛岡を出たバスは雄大な岩手山の裾野にそって北へ走っていく。牧場入口、陸上自衛隊岩手駐とん地、自衛隊演習林、大川開拓地、国立青年の家……。そんな標識があらわれては消えていく。どれも何となく時代ばなれした感じで、どこか見知らぬ国に来たかのようだ。

方向が西に転じたとたん、みるみる岩手山の形が変わってきた。スッキリした三角錐であったものが、右の稜線がやにわに崩れてボコボコした凹凸を示し、さらに近づくにつれ崩壊や、ただれたような斜面があらわれた。うしろに黒ずんだ岩の壁が屏風のようにそそり立っている。写真でおなじみの端麗な山とは似ても似つかない。

川が二つにわかれ、一方が松川だ。川ぞいのゆるやかな坂道をどこまでも上がっていく。両側はうっそうとしたブナの森で、太い幹が威厳をもってつづいている。バスを降り、前の坂道を少し下ると宿の前に出た。松川のほとりにあるので松川温泉、これ以上ないほど素直な命名がうれしいではないか。

露天風呂はグンと大きく、湯が白濁していて底が見えない。首だけポカリと浮かしている。湯量たっぷりでどんどん流れ込むものだから、ややもすると足が浮きぎみになって、フワリと体が浮遊を始める。おもしろがってプカプカやっていると、ブトが羽音をたててとんできた。うるさく首や頭を狙ってくる。ぬらした手拭いを振りまわすと逃げていくが、すぐにまたやってくる。プカプカ浮かぶのと、手拭いを振り回すのと、けっこう忙しい。交互にやっていたら疲れてきた。ブトも疲れたようで、そのうちプイといなくなった。

松川温泉は三方を山に囲まれていて、細い窪地の底にある。地下に巨大な湯脈があって、これを利用してわが国初の松川地熱発電所がつくられた。三ツ石山をへだてた葛根田川のほとりにも葛根田地熱発電所があるから、よほど大きな地熱にちがいない。宿のしも手にも白い湯気がふき上がっていて、それが霧とまじって流れてくる。

浴衣をひっかけてもどりかけたら、女湯の入口に血色のいい娘がタオルを手にして立っていた。奥と何やらやりとりしている。母親の長風呂にじれているらしい。東北弁のやりとりが異国語のように聞こえる。独特のイントネーションがあって、ふしぎな歌を聞いている感じだ。

母親の返事に納得したらしく、おすまし顔で姿勢を正した。洗いたての髪が匂うようだ。おでこが光っている。頬がまっ赤で、首すじが抜けるように白い。イキモノの原形がやさしい女の形をとったぐあいだ。ふと八木重吉の詩を思い出した。

おんなには
こころはない
ことに若いおんなにはない
かれらの肉たいは
そのまんまでこころである

だから男よりは神にちかい

小さな神につい見とれていた。そこへ母親が浴衣の前をはだけてやってきた。こちらはかなり古びていて「そのまんまでこころ」というわけにはいかない。神にちかくもないのだろう、外までノッシノッシと渡り廊下を歩いていった。

三方から闇がしみ出るようで、たちまち暗くなった。夕食のあとの宿はしんとしている。わずかにテレビの音が洩れてくるだけ。窓をあけると「ゴー」という腹にひびくとどろきがつたわってきた。地熱発電所のタービンか排気孔の音かもしれない。空気はひんやりしていて、重いような湿りがある。天気予報では夜半すぎから雨。

夜中に目をさますと予報どおり雨が落ちていた。しずけさが一段と深まったようで、雨音がことのほか大きく耳を打った。ぬれタオルを手にとって部屋を出た。足音を忍ばせて湯に向かった。人々の眠りを気づかってという以上に、まわりの静けさを乱したくない気持からだ。

だれもいない露天風呂に小さな灯《ひ》がともっていた。白い湯に雨つぶが落ちて、無数の波紋ができている。それが弱い明かりを受けて幻の文様をつくっている。

前方は黒々とした山で、山もまた眠っている。ブナ、モミ、大ツガ、木々もまた眠っていた。ブトも眠っているらしく、姿を見せない。風がおこって雨つぶが斜めに流れ、湯けむりがあわてたように四方にちりぢりになった。

そんな中で、頭に手拭いをのせ、思いきり手足をのばしていた。まさしくうっとりしている状態で、体だけでなく魂も浮遊を始めたようだ。とすると、ここにあるのは文字どおりの抜けガラ、それがプカプカと流されていく。

　なんというわからぬやつらだろう
　にんげんはそんな家はいらないんだ
　そんなてかてかとむやみにおおきい
　歯のうくような住宅なんかよせばいいのに

八木重吉には、こんな詩もあった。つづいてたしか、「みんないちばんいいものをさがそう／そしてねうちのないものにあくせくしない工夫をしよう」というふうにつづく。

湯のなかにいると、起きているのに、まどろんでいるぐあいだ。ボンヤリしているようで、五感が奇妙にさえわたっている。雨つぶの一つ一つのひびきまではっきり聞き分けているかのようだ。脱衣場にスリッパの音がした。夜ふけの湯が好きな同好の士かもしれない。首だけ浮かせていてギョッとさせるのはお気の毒なので、二つ三つ咳払いをした。それから湯船のふちに膝を抱いてすわっていた。雨があたる。小さな雨つぶが、わが背中でふざけっこをしているようだ。

（『AMUSE』一九九七年一一月一二日号）

露天は月を仰ぎつつ

滑川温泉　山形県米沢市

おひる前は上野のアメ横にいた。

きっかり十二時発の新幹線、福島でのりかえて峠駅におり立ったのが二時半すぎ。迎えの車で十分ほど走ったころ、道路ぎわにヘンなものが立っている。動物図鑑のカモシカそっくり。

「カモシカだね」

運転のおじさんがこともなげに言った。親子づれ。なるほど、スラリと痩身《そうしん》の親カモシカにもつれるようにして、ドッジボールのように丸まったカモシカの赤ん坊が急坂をトコトコと下っていく。

上野の雑踏からカモシカのいる山の湯宿まで三時間たらず。いま聞こえるのは天地にこだまする水音ばかりだ。背後の吾妻山から走りくだった清流が、宿の横手で赤茶けた一枚板の滑石《なめいし》に何十、何百もの筋をひいて落ちている。

見あげても山、見まわしても山。ついさきほどまでアメ横見物、いせいのよい売り声のなかにいた中年紳士は、一足とびに種田山頭火《たねださんとうか》の世界へ迷いこんだ心境で、うろたえたあまり浴衣に着がえながら、わけもなくころんだりしたのである。

いいお宿だ。頑丈な木組みがうれしい。巨体を横たえた木造の戦艦風に悠然としている。窓ガラスに午後の陽ざしがうつっている。すぐにも露天風呂にいきたいのだが、まて、しばし。これに関してわが温泉道には、きびしい三カ条の掟《おきて》がある。

露天は霧と共に
露天は月を仰ぎつつ
露天は川音につつまれて

川音ならふんだんにある。夕方、陽が沈みかけると霧が立ちはじめた。渓流の水しぶきがもつれながら、ゆっくりと風に運ばれてくる。やがて月も出るだろう。

うす紅に染まった西の空をながめながら少し熱めの露天につかった。体がほてってくると川に下りる。こちらは身をきるような冷っこさ。

あたためたり、冷したり――お豆腐をつくる要領である。湯の里に美人が多いのは、こんなふうにしてお豆腐のように白くてやわらかい肌ができるからだろう。ただ時は無情で、いつしかそれがオカラになる。

全部をみたせとまではいわない。しかし、少なくとも二つはパスした上でつかりたいもの。日中の露天風呂とは何であるか。あれは単なるプールにすぎない。小さな温水プールに裸でひしめきあって酒を飲むなど、あさましいかぎりといわなくてはならない。

長逗留《とうりゅう》組はお豆腐よりもオカラが大半だった。彼女たちは、おそろしく朝が早い。四時前にもう湯舟にいる。しきりにカジカが鳴いていた。代わってひぐらしが鳴きはじめた。川石を枕《まくら》に沈んでいたら、空にダイダイが浮いていた。ポッとうるんで赤らんだお月さまだ。なんともイロっぽい月ではないか。

おみやげは「ずんだん饅頭《まんじゅう》」とごまっこ餅。わが露天＝お豆腐説を実証するかのように、宿の若奥さまは色白で美しい。玄関で並んで写真をとった。それからさらに奥の姥湯《うばゆ》温泉へ行って、三方ともに硫黄がむき出しの崖《がけ》の下で露天につかった。霧なし、月なし、川音なし。渓流が走っていたからには川音はしたのだろうが、なにしろカンカン照りの下で、地獄の釜うでにあっていたようなものである。掟を破ったむくいか、おでこをアブに刺された。


（『ガラメキ温泉探検記』一九九〇年）

湯滝にけむる源泉

白布《しらぶ》温泉　山形県米沢市

バス停の少ししも手、お土産屋の前に水飲み場がある。銅《あかがね》色の管から澄んだ水がほとばしっている。むかし、小学生のときにしたように、口をあけて顔ごと、下からもっていってゴクゴク飲んだ。

「ウメエナァー」

なぜか江戸っ子風の嘆声になる。鉄管ビールだ、とりわけ最初のひと口は気が遠くなるほど旨い。鼻にかかり、顎にたれるのを、いさいかまわずもうひと口。雄大な吾妻連峰からしみ出てきた地下水であって、どのような水脈が走っているのか、おあつらえ向きのところへこんこんとあふれ出る。

ひと息ついて、辺りを見まわした。重厚なカヤぶき屋根が左に一つ、まん中に一つ、右奥に一つ。順に東屋、中屋、西屋という。これ以上ないほど簡明な命名だ。軒の飾り屋号が美しい。背後は、こんもりとした小山、源泉はそのかみ手にある。西には地面をえぐりとったように大樽川が深々と流れている。その上に波状に山々がせりあがっている。

あらためてお宿に目をやると、ハッピ姿の番頭さんが門口で小手をかざしていた。片手に竹ぼうきとチリ取り。いかにも掃除中のなりだが、私はよく知っている。バスの時間を見はからった上のお出迎え。それが押しつけがましくならないように、掃除にかこつけるところが奥床しい。小手をかざした姿を見てはイケナイ。うつ向きかげんになって坂道をのぼっていく。あわてて番頭さんは竹ぼうきを動かしだした。近づくと、橋本龍太郎のような頭でコックリと会釈をした。
全国に温泉はゴマンとあるが、そのうちのかなりは、温泉のようなもの。宿のようなもの、お風呂のようなもの、お湯のようなもの。ホンモノは案外すくない。というよりも圧倒的多数派の「ようなもの」に押されてホンモノが立ちいかなくなる。そんななかで山形の白布は、なんたってホンモノ中のホンモノだ。平家の落人といわれる三人衆がガッチリとスクラムを組んで、小さな王国をつくっている。だれだって何度も来たくなるだろう。

靴をぬぐ。いつのまにか橋龍がニコニコ顔で立っている。「おひさしぶり」「少しごぶさたしました。今年の雪はどうですか」「測候所は、やや早めだというのですが――」。番頭さんは腰をかがめて空模様をながめた。形どおりの仕草にも年季が入っている。

スリッパがないのは、要するにスリッパが置いてないからだ。「ハイ、そのままで奥へどうぞ」。足の底が生き返ったようにいきいきと感じだす。おもえば当たり前のこと、どこの馬の骨が、つい今しがたまではいていたかもしれないスリッパをズラリと並べて、さあ、いらっしゃいというほうがヘンなのだ。スリッパを追放したぶん、廊下や階段を工夫して、やさしくつくらなくてはならない。ピシリと籐ゴザが敷きつめてあって、ピカピカに磨きあげてある。それをヒタヒタと踏んでいく。

湯船は石、壁も床も石、軒端から石の樋が三本、首を差し入れている。湯滝がたえまなく音をたてて落ちてくる。外のどこかで野の水と合わせてあって、一つは高温、一つは中温、もう一つは、ややぬるめ。はじきとばされそうになるのを、全身で受けとめる。何百、何千、何万もの水滴がひしめきあって水の帯をつくっている。湯水の生理といったものが全身につたわってくる。水煙がとびたって、軒からの明かりのなかで白々と光っていた。

辺りはしんとしている。ただ湯滝の音だけがとどろいている。その力に気押されたぐあいで、だれもしゃべらない。大きな石室のような湯殿をボンヤリとながめまわしている。平家の落人かどうかはわからないが、いかにも強力《ごうりき》の荒武者がつくったような石組みである。

吾妻連山は雪質がいい上に、展望が広い。天気がいいと、のびやかな山稜のはるか上に、安達太良山がのぞいている。スキー好きは血が躍って、片ときもじっとしていられないところだが、温泉派はその点、おちついたものだ。部屋にゴロリと横になって、天井を見つめている。ほてったからだが、ほんの少しずつ常温へもどっていく。湯水の音がかすかにつたわってくる。ここでこうして、こんなふうに一人でいるのが、こよなくたのしいのは、たぶん私が人ぎらいのせいだろう。私生活をかぎまわるような人間関係を好まないのだ。そのくせ淋しがり屋ときている。たのしく孤独でいるために、まわりに他人を必要とする。そんな人間には温泉はなんともありがたい。

夕食の前に、もう一度湯につかった。ふところ手して玄関に出てくると、いつのまにかトップリと日が暮れて、玄関に卵の黄味のような灯がともっている。雪深い土地に合わせて、建物は太い柱をもち、武骨なまでにしっかりとつくられている。その一方で、流れるような木組みの線があざやかで、武骨さ、重苦しさから救っている。壁の上のところに神棚が祀ってあった。もったいない話ながら、ふところ手したままお参りした。

番頭さんがゴロゴロと押し戸を閉めた。それから土間にしゃがみこんで、下駄を磨きはじめた。ハッピの背の屋号がピタリと決まっていて、いかにも湯守りといった感じである。丸めた背中の上にピカピカのポマード頭がのっている。

（『AMUSE』一九九五年一一月二二日号）

素裸に海風が柔らかく

湯野浜温泉　山形県鶴岡市

あるとき、桜井輝夫という人の本を読んだ。東北筋の旅館の番頭を三十余年、退職記念に体験記を綴ったという。

「昭和一ケタ。骨の髄まで耐乏、勤倹、滅私を叩きこまれ、青春時代は丸六年を闘病生活ですごし、失業苦も体験した」

そんなふうに書き出されていた。感心した。人の足を休めて、おアシをいただく。そんな宿屋稼業を、現場でつぶさに見てきた人の眼差しが爽快だった。ヨーロッパでも日本でも、旅する人が疲れきったとき、行き倒れる前に救いを求め、それに応えたことのたび重なりに目をつけた人がいて、それが宿の発祥だろうと桜井さんはいう。やがて専業化して、いまや大がかりな事業となった。しかし、原点は変わらない。休息を求める側と、それをいたわる行為があって成り立つ。

では、どんな場合にトラブルが起きたり、クレームがついたりするのか。桜井さんはケースを分類して対処の方法を述べていた。一、何はともあれ「申しわけありません」とおわびをする。お客さまの誤解、こちらにも言い分はあると思っても。二、相手の言い分を、すばやく、十分に聞くことに努める。はじめから感情的になっている人は少ない。三、すばやく、冷静に原因を考える。自分で処理できる範囲のことなら、すぐに実行する。四、判断に迷う場合、あるいは慎重を要すると考えた場合は、すぐ上司に報告する。人が代わり、わずかでも時間をおくことで、お客さまは、冷静さをとりもどすものだ……。

おかたいだけの人ではない。あるところに「！」マークつきで、こうある。「ピチピチタレント入浴シーンの撮影に立ち会うことは、立場上の役得だった！」

風の便りに、名番頭が現場にもどったことを知った。このたびは山形の湯野浜温泉。すぐ前が日本海、うしろに城下町・鶴岡をひかえている。

いただいた名刺の裏に、庄内浜の「日の入り」の時刻が月割りにして刷りこんである。見逃す手はないからだ。夕映えの直前、海が処女のような艶をおびる。つづいて燃える火の玉が沈んでいく。まっ赤に染まった海のかなたに、鳥海山が長い裾を引いている。

「おもてなしの窮極は出ず入らず」

桜井さんの本の一行だ。相手の期待を適確に察して、不足なく、過剰にならず、さりげなく、もてなすこと。これが鉄則。――そんな真剣勝負のくり返し。

いっぽう、お客さまはトロけたように湯船につかっていた。お湯は澄んでいて、やわらかい。冬は庄内名物の地吹雪がふきあれて海がゴーゴーと轟くそうだが、夏場はウソのようにおだやかである。砂浜が眩しいほど白い。目のとどくかぎり、ガラスを切ったような水平線。

それにしてもまっ裸で海を眺めているのは、何か忘れ物をしたようでヘンなものだ。どこへともつかない淡い郷愁がある。だれかのことを思い出しそうで思い出せない、そんな気持ち。話すのはおっくうだし、それにこの至福の時に、雑パクなことばを挟みたくない。ハゲ頭に手拭いをのせたじいさんのかたわらで、ひたすらボンヤリしている。

凝り性の番頭は鶴岡の郷土資料館をあさって、庄内藩主酒井侯入湯のときの献立を見つけ出した。読める字が数えるほどしかなかったので、丸ひと月、資料館通いをしたそうだ。天保九年（一八三八）のある夜、お殿さまは湯上がりに、おおよそつぎのものを召し上がった。

白煮鯛、井貝、ふり豆腐、木の免、香の物、松笠きす、小鯛の焼物、一夜鮓、金頭《きんてん》、汁はつみ入、煮物に鱈、葛すりわさび。

平成七年の殿さまは、根がいやしい人なので、お鉢のものをどれも少しずつ残して、いつまでもお酒を飲んでいる。長い夏の日もトップリ暮れて、海面が闇につつまれた。とたんに沖合いに白々とした明かりが一つ、また一つ。みるまに白光をつらねたように横に並んだ。イカ釣り船団である。窓をあけると風が涼しい。波音がする。窓を閉めると、風と波が掻き消えた。

湯野浜温泉は弓状に浜にそっている。うしろは山。浜がつきると荒磯になる。庄内藩主は釣りを「武芸」として奨励した。べつだん奇をてらったわけではなく、いたって合理的な考えによっている。一本づくりの竿の制作にはじまって、山越えの夜釣り、深く魚の生態を知り、竿を振るって勝負を挑む。棒を振りまわすだけのヤットー以上に人を鍛え、人間をつくるにちがいない。

春はタナゴ、アブラコ、シンジョウ。夏はキス、平目、スズキ。秋から冬にかけてが本命の黒鯛だ。旧藩以来の伝統で、鶴岡一円には釣り名人がどっさりいる。釣り大会が催されて、成績が毎日、新聞に出る。釣り日和には急性の頭痛や腹痛がはやる。そして磯で仮病人同士がハチ合わせをする。

朝、ひとまわりしてもどってくると、ロビーに香ばしい珈琲の匂いがしている。隅のコーナーに用意してあって、自由に飲める。桜井さんは「接遇サービスのポイント」の章で、見送りのときの作法を論じていた。心があればそれでよいとはならないというのだ。見送る側の人数、服装、姿勢、並び方もかかわってくる。つづいてこの番頭さんは断乎として述べている。

「最後のお辞儀は最敬礼がよい」

プロとはこういうものである。


（『ＡＭＵＳＥ』一九九五年八月二三日号）

辻まことと奥鬼怒まいり

日光澤温泉・手白澤温泉

栃木県日光市

奥鬼怒へは四つの入り方がある。一つは片品川にそって上がり、丸沼経由で入るコースである。一つは日光湯元から金精峠《こんせい》を経て根名草山《ねなくさ》越えで入る。一つは鬼怒川をさかのぼり川俣温泉から女夫淵《めおとぶち》を経て入る。いま一つ――これを私はまだ歩いたことがないのだが――尾瀬から黒金林道づたいに鬼怒沼山をまわって奥鬼怒の谷に下る。

群馬と栃木と福島の県境にあり、新潟にも近い。ということは、かつて越後や上州や会津や下野の人々にとって、どこからも遠いところだった。山のかなたの辺境、ひそかな異界というものだ。「鬼怒」などといったオソロシげな字があてられるのは、その辺鄙さが平地の人々にあらぬ想像をかきたてたせいかもしれない。ここはまた辻まことが愛したところだった。

はじめてこの谷間に行ったのは、ある秋のはじめの日で、尾瀬から黒金林道を通って日の暮れ方に鬼怒沼山からの急坂を下って日光沢温泉の裏手に降りた。

（「奥鬼怒の谷のはなし」）

二十代のはじめで、時は昭和初年のころ。当時、鬼怒沼からの下りは今のようなしっかりしたジグザグ道ではなく、針金でつるした丸太の桟道を何度も渡った。オロオソロシ滝の音を耳にしながら這うようにして下ってきた。その夜は手白沢小屋に泊まったという。

これが皮切り。その後、辻まことはまるで自分の隠れ家を見つけたようにして奥鬼怒へやってきた。ムササビ射ち、イワナ釣り、スキーで縦横に駆けめぐる。奥鬼怒一帯は多くの沼や湿原をもつことからもわかるように雨が多く、冬は雪に埋もれる。自然の生理が旺盛で、奥深い地形と景観を隠している。そこのところが気に入ったのだろう。彼は奥鬼怒篇とでもいうべき一連の美しい画文のなかに数々の体験をかきのこした。

雪が消えるのを待って、私はいつも女夫淵から入る。要するに、これがいちばん入りやすいからだ。「奥鬼怒自然研究路」などといった、いかにもお役所好みの名前がついていて、ちょっとしたハイキング、むしろ昼下がりの散歩ってものだ。途中に滝があり、いくつもの沢が落ちている。注意してみると、沢沿いが鋭くえぐれ、木々が薙いだように一方に倒れていて、かつてはけっこう難路であったことがうかがえるのだ。イノマタ沢とかウスクボ平といった命名には、ここを生活圏とした人々の暮らしの匂いが感じられる。

八丁の湯、加仁《かに》湯、日光沢温泉、手白沢小屋。まるで遠い親戚をひそかに訪ねてきたぐあいだ。年々、変化があって、八丁の湯と加仁湯の変わり方には呆然とするほどだ。お湯ばかりは変わらないので、そっとつからせていただく。

日光沢の昔ながらのたたずまいを目にすると、ホッとする。玄関先が、いつも思案のしどころであって、この日のうちに鬼怒沼山を往復して、明日はのんびり湯びたりとするか。それとも先に湯を楽しんで、お山は翌朝、汗をしぼるための苦行とするか。

記憶に一つの風景がしみついている。月の光に照らされた鬼怒沼山の湿原。

ほんの一刷毛雪をつけた月夜の池溏は、この世ともおもえぬ美しさだ。秋の空は澄みさって一筋の雲もない。風もまったく眠っている。沈黙した天地にはさまれて、二人ともただ茫然としばらく立ち止まっていた。

（「鬼怒沼山」）

辻まことはそのとき、ハロルド・ライト君というアメリカ人と丸沼経由で入った。夜中に銃をかついで手白沢を出発。鬼怒沼山の急斜面にとりついたとき、月が出た。辻まことの本業は画家だったから、多くのケモノたちを描いているが、絵の中のムササビは両眼に月光を映して、きれいな金色の輪をはめている。

初夏は根名草山経由ときめている。金精トンネルの入口で山にとりつき、急坂を登ると三十分たらずで峠に出る。やにわに視界がひらけるあの一瞬がいい。朝もやのなかに男体山《なんたい》の三角錐が天を指している。いつもつい、ながながと腰をすえて見とれている。

根名草山の道は、昔は富次郎新道と呼ばれていた。八丁の湯の主人富次郎がほとんど独力で開いたからだ。辻まことは懐かしそうに書いている。

……彼は一斗の米をかついで山にはいっても、十日しかもたない豪傑で、木の枝から枝へ飛移る名人。息子に「おらがトッチャンはまるでゴリラさ」と語らせる超人だった

（「根名草越え」）

若いころの辻まことは荷をかついでこの道を、一日に二往復したこともあるらしい。中年になって書いたエッセイによると、片道に四時間半もかかるようになってしまった。「自然の物差は誠に正確である」。

私はむろん、「自然の物差」派なので、ちっとも急がない。温泉ガ岳の肩をまわると念仏平だ。根曲がり竹がいちめんにしげっていて歩きにくい。どうして「念仏平」などの名がついたのか。地形が複雑で、見通しが悪い原生林である。さすがの富次郎もナタ目をつけながら念仏をとなえたそうだ。

根名草山の山頂に出るまでのあいだ、私は何度も何度も足をとめて東をうかがう。正面が高薙山、あいだに湯沢が急角度に落ちこんでいて、さらにいく

つもの小さな沢に分かれる。お目当てはその景観ではない。見えるはずのない道を求めて、である。かつて辻まことがその道を求めた。雪が消えると深い熊笹や繁みに覆われるので、彼はわざわざ雪の中を金精峠からやってきた。

その前年の三月に、私は温泉岳から念仏平に這入り、途中から右へ張出した高薙山へ続く尾根から、北に広がる真白な深く大きい圏谷を眺めた。

（「白い道」）

そして考えた。この谷からは、鬼怒川へ落ちこむ湯沢と手白沢の二筋の沢の源があるはずだ。いったん北にひろがった谷は両側からまた絞られて、北端で切れている。その東側に小さな白い三角があって、それが手白山だとすると、その切口は手白沢の滝の落口にちがいない。もし推察したとおりだとすると、かつてひと筋道が手白沢温泉をかすめていたのではあるまいか。

つまり辻まことは、鬼怒川源流の谷と日光湯元を結ぶ昔の道を考えていた。富次郎新道ができるずっと前、また西沢金山の採掘がはじまり、いまの噴塔の道が開かれる以前に、会津の檜枝岐《ひのえまた》から日光湯元へ出る道があったことを、彼は手白沢小屋の宮下老人から聞いていた。会津の人は鬼怒川の谷を越えて出稼ぎにやってきた。ずいぶん遠くからと思うのは現在の考え方で、当時は朝、檜枝岐を出て、その日のうちに湯元に着いた。会津は今とちがってずっと近かった。では、その古い道はどこにあったか。コザイケ沢の落口辺りで鬼怒川を渡ったらしいことはわかっているが、その前後は、まるでわからない。

「……私の頭の中には深い雪が、この荒々しい地形と乱茂する原生林を埋めたときに示す一本の真直ぐな白い道を感じることができた」

日光湯元から北へ登ると刈込湖に出る。さらに北が金田峠、東はオロクラ山。この山の東の裾を林道が走っていて、川俣温泉と結んでいる。途中にあるのが西沢金山跡だ。辻まことは金田峠からオロクラ山の山腹に出たとき、雪崩にあった。いのちは助かったが、リュックサックを失った。身一つで西沢金山の荒廃した鉱山事務所で過ごした夜は、まるで夢の風景を思わせる。

「……時々寒くなって眼をさまし薪をくべた。何度目かのとき窓を見ると晴れて月が出たらしく蒼々と光っていた」

煙でむせっぽくなったので、靴をはいて戸外に出たという。完全に沈黙している青い夜だった。そのとき、どこかから静かな鐘の音がした。耳を澄ませると、もはや聴こえない。火の前にもどり、無意識に緊張して耳を澄ませていると、また鐘の音がした。辻まことは立って、飯場の棟のほうに歩いていった。

「飯場を抜けたところに分教場があった。そこの軒につるされた鐘が、風がくるとその舌につけ下った縄を揺って冴えた音をたてるのだった」

根名草山の山頂は痩せ尾根づたいのコブのようなところで、展望がいい。尾瀬から燧《ひうち》ガ岳、鬼怒沼の湿原、帝釈《たいしゃく》の山並み。ひととおり見終わると、私はコブに尻をのせて、あいかわらず東の方をながめている。高薙山が邪魔をして、辻まことが往き迷った門森沢は目にとどかないが、それでもやはり、静かな鐘の音が聴こえるような気がするからだ。深い沢の右岸の広大な針葉樹林帯を風がゆっくりかすめていく。

結局、辻まことは翌朝、雪の団子のようになって川俣温泉にころげ出た。山宿の主人は彼を服のまま崖ぎわのぬるい湯につけた。朝陽のさしてきた対岸の景色が鮮やかで、これはきっと忘れられないと思ったが、あとになってみると景色以上に、そう思ったことのほうが忘れられないことに気がついたそうだ。凍傷の足に熊のあぶらをぬってもらって、彼はそこに一週間いた。

根名草山頂から奥鬼怒の谷まで高度差約千メートル。コメツガとトウヒの原生林を下っていく。ひときわ高いのは大嵐山で、こちらもまた展望がいい。

ただし猟師には「熊のアパート」として知られている辺りで、あまりのんびりもしていられない。倒木が多くて難儀する。

そのうち針葉樹が少なくなって、森が明るくなってくる。ついとばしすぎた罰で膝が笑いはじめるところだ。熊笹にかくれて何度も脚を撫でさすり、なだめてやらなくてはならない。ある年、私は手白沢への分岐点を見落として日光沢へ駆け下りたばかりに、泣きべそをかきながら膝を抱くようにしてブナ平を大まわりした。

辻まことが奥鬼怒を愛したのは深い谷間の自然とともに、そこに骨太い山の人々がいたからだ。手白沢小屋の宮下老人とお賀代おばさんを、彼は次のように書いている。

このすばらしい夫婦は、どういう理由でか都会を離脱して、この深い山奥で一生をおくる決意をした夫婦だった。……本当に立派な大人におもわれた。人間が自分の力でどこまで独立した王国を創れるかを、言葉ではなく、実践している姿を、私はここで生まれてはじめて見たのだった。

(「奥鬼怒の谷のはなし」)

奥鬼怒の宿はどこでもそうだが、温泉の湯量がおそろしくゆたかだ。ザアザア音をたててあふれている。露天風呂につけたとたん、膝の痛みがウソのように消え失せるのはどうしてだろう。まわりの森が霧を吐いている。その上に黒と紫をこきまぜたような夜空がひろがっている。となれば、湯の中で腕組みしてウソブきたくもなるというものだ。天下のぜいたく一人じめ。石川五右衛門なんざあ、チイセエチイセエー。

手白沢小屋の食堂の壁には、辻まこと描くところの宮下老人像がかかっている。知恵深い頭骨を示したような頭と、長い眉毛。口元がことばと笑いを噛みしめたぐあいだ。その下でお酒をいただきながら、私はたいていぼんやり考えている。明日けどちらに出たものか。鬼怒沼から物見山を経て大清水に出るのはどうか。なにしろ鬼怒川と片品川の分水嶺である。気分もまた微妙な平衡のなかでゆれている。となれば、いつまでもグズグズすわっているのはいただけないとは知りつつも、壁の宮下老に会釈して、あらためてもう一杯となるわけだ。

（『山の朝霧　里の湯煙』一九九八年）

山道の湯小屋で国際交流？

湯西川温泉
栃木県日光市

滝ノ原温泉
宮城県黒川郡大和町

アメリカ人と一緒に温泉に行くことになった。ロバート・ネフさんといって、「ビジネス・ウィーク」東京支局長。上州の秘湯で温泉に開眼したのだそうだ。以来十数年、仕事の合間にせっせと通って、今では在日ジャーナリストのあいだで温泉博士として知られている。

「どこにしましょう？」

「サア、ドコニシマショウネ」

「ひなびた所がいいですよ」

「ハイ、ヒナビタトコロ」

日本語はペラペラなのだが、ネフさんにはやはり外国語であって、話し方が幼くて拙い。そんな相手の弱味につけこんで、こちらの意思を通そうというのである。

「栃木の奥はどうですか」

「ハイ、イイデス。トチギノ奥トイウト、ドチラデスカ？」

「湯西川」

「ユニシガワ？　ハイ、イイデス、イイデス」

電話での日米交渉は圧倒的な日本有利のうちに進行した。

日曜のお昼に浅草・東武電車改札口で落ち合うことにして、会談は終了。私はいそいそと地図をひらいた。温泉だけではものたりない。近くの山に登ってこよう。ついては、かねがね目をつけていたのがある。七《なな》ガ岳《つ》といって山王峠をこえた福島側、その名のとおりピークが七つあまりつらなり、かてて加えて沢あり、滝あり、岩場ありで、さらに会津田島寄りの山麓は、かつて木地師の里であったとか――。

同行のニッポン人がそんな目論見をとっていると

はつゆ知らず、ネフさんはショルダーバック一つの軽装でやってきた。こちらはリュックサックに登山靴の重装備。こんな二人づれが電車にゆられ、バスを乗り継ぎ、夕刻、湯西川着。平家の残党が住みついたといわれる山里で、宿の建物も重厚なカブト造りの二階建て。温泉好きが、温泉にきて、温泉の話をするのだから、日米間に何のもめごともない。語りつくしたあげく、カラス、カアで夜があけた。宿の人にせがんで、そもその元湯に入らせていただいた。山道を登ったところにある簡素な湯小屋で石造り、ふちをコンクリートで固めて足元は砂、そこからこんこんと澄んだお湯があふれている。昔はこれが唯一の共同湯で、村の人々がタオルと桶をもって通っていたのだろう。そんな隠し湯に二人してそっと入った。

「昨日カラ何度入リマシタカ?」

「ぼくは八回、ネフさんは?」

「ワタクシ、十回」

大男のアメリカ人が赤うでになってニコニコしている。

東武電車は途中で野岩《やがん》鉄道と名が変る。湯西川駅から五つ目に「七ガ岳登山口」という駅があるが、これは正確にいうと「七ガ岳眺望駅」とでもいうべきで、はるかに峯々を仰ぎつつ、山のとっつきまで三時間ちかく歩かなくてはならない。

——まあ、なんとかなるだろう。

いつもの流儀で、明日のことは明日にして、この日は滝ノ原温泉に泊まった。荒海《あらかい》川支流沿いの急な斜面に小さな宿がポツリと一軒。窓をあけると部屋中が川音につつまれる。窓を閉めると音がいちどに低まって、しずかにささやいているように聞こえる。

会津田島からタクシーを呼んで林道づたいに登山口まで行きたいのだが……。夕食のとき、そんなふうにきりだすと、宿のおばさんは顔をくもらせた。タクシー会社にはあまりよろこばれないコースらしい。

「タケさんにたのんでみっか」

「タケさん？」

「車をもっていて遊んでいる人。明日はどうかナ」

何だかよくわからないが、とにかくその人にたのむことにして、安心したとたん、もっとお酒が飲みたくなり、熱カンで二本追加、しみるような川音を聞きながら早々と寝てしまった。

翌朝、食事をすませて玄関に出てくると、陽だまりに色の黒い、痩せた男がしゃがんでいた。上はシャレた背広で、足はセッタばき。前方に白いカローラが待機している。車のかたわらに赤茶けた老犬が寝そべっていた。ご近所の飼犬だが、この玄関先がお気に入りで、のべつここにいる。名前はアカ。

「そういえば毛が赤いですね」

以前はもっと赤味がかっていたとタケさんはいった。それが年とともに茶色になった。

「そのうち白くなる」

「ホントですか」

「ああ、年をとると何だって白くなる」

タケさんは自信ありげに断言して、ヨッコラショと立ちあがった。アカもつられたように立ちあがり、しきりにシッポを振っている。

ゆっくりと斜面を走りくだり、右に曲って山裾づたいにのぼっていった。中山峠への道とわかれてしばらくすると、左上方にツンと突き出た先っぽがのぞいた。

「七ガ岳だナ」

タケさんが顎で示した。一番岳とよばれる峯で、そこから下岳まで実際は十いくつものピークをもつ尾根がのびている。

「山登りかネ」

「ハァー？」

いや、山登りであることはわかっている。しかし、なぜわざわざ苦労して山になど登りたがるのか、そのところがサッパリわからん、とタケさんはいうのだ。

「ま、人間、好き好きだわナ」

〈車をもっていて遊んでいる人〉は、つぶやくようにいうと、コックリ一つうなずいた。

登山口の標識の前で降ろしてもらって歩き出した。しばらくはシラカバ林を縫っていく。羽塩の森は南会津随一と聞いていたが、なるほど、ほっそりしたのや、ほどよくのびたのや、林立した木々が目に痛いほど白々としていて美しい。木洩れ陽が金色の矢になって降ってくる。

やがて沢にかかった。ヒラナメサワといって、岩の表面に透明な水の膜をはったように水流が走っている。両側からの枝葉を払いながら真一文字に登っていった。快適な秋の沢風が適度に汗をひやしてくれる。つい調子にのっていてナメ状の岩に足をすべらせ、一度スルリとすっころんだ。

源頭部にちかづくにつれて水が消えた。倒木が重なり合っている。本来の登山道にもどり、ブナの原生林の中の急登にとりついた。

木の根につかまったり、岩にはりついたり、息を切らすこと三十分。尾根にとび出し、火山岩のようなゴロついたのを踏みこえていくと、そこが山頂だった。一六三五・八メートル。つっ立ったまま、しばらくボンヤリしていた。すぐ近いのは荒海山《あらかい》だろう。雲間にのぞいているのは日光連山にちがいない。南西の山は帝釈山地。西にまわってうっすらと見えるのは、どうやら飯豊《いいで》連峰らしい。

十いくつものピークに恐れをなして、尾根づたいはあきらめ、針生《はりゅう》への沢を下ることにした。途中にゴマ滝とよばれる数段の滝がある。沢の上りは快適だが、下りはいつも足がふるえる。ロープにすがりつき、あるいは四つん這いになり、針生側の登山口に下りてきたのは午後四時すぎ。

砂利道を歩いていると、「針生木地師跡」の標識が見えた。カッコして「木地師観音像」とある。この奥にお像が祀られているらしい。たしかめてきたい気がしたが、秋の日がはや昏れかけている。背後から追ってくる薄闇に追われるようにして、私はトットとゆるやかな林道を下っていった。

（『山の朝霧　里の湯煙』一九九八年）

山頂の湯は宇宙遊泳

くろがね温泉　福島県二本松市
新野地温泉　福島県福島市

「ヘェー、白虎隊ねえ」

二本松駅からタクシーに乗ったら、妙な標識が目にとびこんできた。こんもりと繁った山の中腹に〈二本松白虎隊之墓〉があるという。運転手さんに確かめたところ、たしかにそのとおりで、戊辰《ぼしん》戦争に際して佐幕側についた二本松藩は官軍に攻め立てられた。落城のみぎり、少年隊が壮烈な戦死をとげた。

「知らなかったなあ。白虎隊は会津だとばかり思っていた」

「レキシのヒウンです」

〈歴史の悲運〉ということらしい。同じことをしても、世に名がのこる者と忘れられる者とがいる。運がどうころぶか、だれにもわからない。

「少年老いやすくですナ」

「……?」

しばらくしてわかった。少年もまた年とともに老いていって、いつまでも若くない。だから若いうちに、好きなことはしておかなくてはイカンという話になった。白虎隊との関連は不明だが、それなりに一理あることなので、あいまいにうなずいていると塩沢の登山口に着いた。天気予報は曇りのち大雨。幸いまだ黒雲が垂れこめているだけで崩れるまでにはいたっていない。その上空を見上げながら、リュックサックをゆすりあげて歩きだした。

めざすところは安達太良《あだたら》山系の肩にとまったくろがね小屋。千三百メートルの高所にある山小屋で温泉つき。塩沢口からだと三時間ちかい道のりである。少年老いやすく、温泉行もまたラクではない。日曜の午後のことで、下山してくる人はいるが、これから登ろうというのは当方ひとり。

渓流沿いのしっかりした道で、たえず川音が同行してくれる。途中に「馬返」という地名があるところをみると、昔は馬に乗って湯治にくる人もいたのかもしれない。つづいては三階滝、八幡滝。わき道を少し入ると霧降の滝というのもある。天地をふるわすようにして水音がとどろいている。地下足袋の一隊がスタスタと下ってきた。まだ幼なさの残った顔ばかりで、高校生のような娘もまじっている。私など地下足袋というと、すぐ土木工事を連想するのだが、同じ地下足袋でも、こちらは優雅な色をした細身のもので、渓流を登るときのはきものである。全員、冒険をし終えたあとの虚脱感をただよわせて粛々と下っていった。

屏風岩をすぎたあたりで雨になったので、上下きりりと雨具に固めた。念のためスパッツをつけ、雨用の帽子をかぶり、リュックに覆いをつける。雨具は科学の驚異ゴアテックス製。温泉につかりにいくというより、マナスル登山に出かけるような格好である。急に周囲が暗くなって、多少とも心細い。おりよく早足でやってくる人がいる。ビニールの傘をさして、足はズック靴。高尾山ピクニックのいで立ちである。よほどのベテランらしく、足どりが軽い。

しばらくはマナスルと高尾山が前後に並行した。やがて高尾山が追い抜いた。色黒で、鼻の下に黒いヒゲ。ビニール傘で拍子をとるようにして躍るように登っていく。たぶん、足ならしに安達太良へ来たのだろう。それはいいのだが、緊張感がないせいか、鼻ヒゲは歩きながらプープーおならをするのである。せっかくゴアテックスで重厚に身を固めたのに、すぐ前でおならをされるのはやるせない。歩調を落としたとたん、たちまち姿が見えなくなった。

くろがね小屋は福島県の観光公社の運営になる。掃除がゆきとどいていて気持ちいい。お風呂はすっきりとした木造りで、白濁したお湯につかると、ドッとあふれた。全身に快感がしみわたる。

「アー！」

おもわず声が出た。

「オー！」

ひとりで占領をいいことに、うめきつづけた。ひとしきり声をあげ、それからしずかに瞑目した。からだがフワリと浮遊をはじめる。湯にしっかりつつまれたときの、あのたのしい宇宙遊泳だ。

窓をあけると雨つぶといっしょに、ひんやりした風が吹きこんできた。その風にからだをなぶらせる。それからまた湯につかる。火山帯特有の荒涼とした風景が見える。岩肌は黒ずみ、あるところはえぐれ、ただれたように波打っている。人間のからだもまたそうだ。目には見えないが、内部は齢とともに色を失い、あるいはえぐれ、あるいはただれてくる。障子の貼り替えや畳の表替えをするように、たまにはからだを湯づけにして、ハリ替えたりウラ返したりしなくてはならない。そうすれば、またしばらくはもつだろう。

着換えをして下りてきたら、薄暗い食堂で、つまらなそうな顔をして缶ビールを飲んでいる人がいる。よく見ると鼻ヒゲ、おならプープーの先生だ。聞いてみると山スキーと渓流が専門で、安達太良はやはり足ならしに来た。

「いいお湯ですネ」「いいお湯です」「湯上がりのビールはうまいでしょう」「ここの缶ビールは安くていいです」「そういえば山小屋によっては、おそろしく高いですネ」

ボソボソとそんなやりとりをした。安達太良山といえば高村光太郎の詩「樹下の二人」でおなじみだ。「みちのくの安達が原の二本松　松の根かたに人立てる見ゆ」——そんな和歌を手引きにして、詩人は高らかにうたっている。

あれが阿多多羅山、
あの光るのが阿武隈川。

かうやつてことばすくなく坐つてゐると、
うつとりとねむるやうな顔の中に、
ただ遠い世の松風ばかりが薄みどりに吹き渡り
ます。

「さて、夕食ですね」「ええ、カレーライスです」「カレーか。山小屋のカレーもいい」

せっかく智恵子の山へ来たというのに、山小屋の二人はあいかわらずそんなやりとりをしている。鼻ヒゲはあっというまにカレーライスを食べ終わると、ひとつまみの福神漬をサカナにウィスキーを飲みはじめた。

夜中に懐中電燈をつけてお湯にいった。雨は降りつづいている。世界がモヤにつつまれていた。雨音と湯の音とがまじり合って地鳴りがしているかのようだ。

あれが阿多多羅山、
あの光るのが阿武隈川。

ここはあなたの生まれたふるさと。

あの小さな白壁の点々があなたのうちの酒庫《さかぐら》。

それでは足をのびのびと投げ出して、
このがらんと晴れ渡つた北国の木の香に満ちた
　空気を吸はう。

手足を投げ出して、プカリとお湯に浮いていた。雨音がする。遠い昔の匂いがする。

早朝五時半に朝食。雨はまだやまない。低気圧が接近中とかで、さらに風が加わった。不安を隠し、しばらく、なにげなさそうに食堂に佇んでいた。美しい実測図が額に入ってかかっている。福島県立二本松工業高校土木科卒業研究班の作品。お世話になった先生二人を、名前のまっ先に立てているところがほほえましい。それによると、安達太良山は五万分の一の地図のいう一六九九・六メートルではなく、一七〇二・七七八メートルある。くろがね温泉は一三四六・七五四メートル。

入念に身ごしらえして、七時出発。安達太良、鉄山、箕輪山、鬼面山を経て新野地温泉へ至る。縦走路に出たころが風雨のピークだったようで、下から湧くようにして水滴が顔にかかり、二メートル先が見えない。安達太良は別名乳首山といって、山頂が乙女の乳首のようにポッチリとび出している。ただし、それは遠景での話であって、実際はトゲ立った石がかさなり合って、小さな峯をつくっている。つぎつぎと小さなピークがあらわれて、どれが頂上だかわからない。なにしろ見通しがまるできかないのだ。おおよそ見切りをつけてから縦走路に入ったのだが、あとで考えると、一つ手前のピークであったようだ。早とちりで、ちがう乳首を撫でまわしてきたわけである。

鉄山の避難小屋にとびこんだとき、風がヒュルヒュルうなっていた。最高峯の箕輪山には雪渓が残っていた。鬼面山をこえたころ、雨も降りあきたとみえて急にやんだ。みるまに空が明るくなり、雲が分かれていく。日土湯峠の道に入って振り向くと、うしろに雄大な裾野がのぞいていた。ブナ林が壮麗だ。雨に洗われたシャクナゲがあざやかな色をつけている。足の踏み場がないほどゼンマイが頭をもたげている。

身の丈をこえる熊笹から出たとたん、新野地温泉の屋根が見えた。噴泉が高々と噴き上げている。気のせいか、硫黄の匂いがする。とたんに人恋しくなった。お湯も恋しい。全身にしめりけが充満している。やもたてもたまらず、ころげるようにして坂道を駆け下りた。

（『山の朝霧　里の湯煙』　九九八年）

ユラユラ湯の中の庄助さん

甲子《かっし》温泉　福島県西白河郡西郷村

かつて奥州・白河は遠かった。とてつもなく遠かった。少なくともそんなふうに思われていた。だからこそ能因法師は「都をば霞とともにたちしかど秋風ぞ吹く白河の関」などと詠んだ。実際に行きもしないで平然と歌にした。遠い所のイメージを歌いこみさえすれば、それでよかったからだ。芭蕉も「おくのほそ道」をめぐるにあたり、「心許なき日かず重《かさな》るままに、白河の関にかかりて旅心定まりぬ」と書いた。ここで腰が据わったというのだ。行程一六〇日にのぼる大旅行は、実質的には白河からはじまった。

それもこれも五世紀ごろ、当地に関所が置かれたせいである。古代の大和政権のころの話であった。当時はなるほど北の果てであって、はるかな遠方だったかもしれない。しかし、時代とともに北辺はさらに北へと移動して、江戸時代の白河は、もはやなんてこともない通過地点にすぎなかったはずである。芭蕉は要するに歌まくらの作法に従って、ここに「旅心」を定めたにすぎない。それが証拠に曽良の随行日記によると、主従は肝心の関所跡を探しあぐねて、行きつ戻りつしたらしいのだ。

現在は新幹線で一時間と少し。歌一首詠むひまもない。駅前の観光案内図を見上げていて気がついた。名君として知られた楽翁松平定信がいたせいで、ゆかりの公園や碑があるのはわかるが、小原庄助さんの墓なんてのがある。朝寝、朝酒、朝湯が大好きだったあの御仁は、会津の人だったのではあるまいか。それとも、めでたく身上をつぶしたあと、白河にきて果てたのだろうか。こちらは、いまさに朝寝、朝酒、朝湯にとりかかる身であれば、さい先がいいように思えるし、いずれわが身へのひそかな警鐘のようにもとれる。案内図に描きこまれた絵によると、庄助さんの墓は徳利をかたどった上に盃形の笠がのっているらしい。

迎えのマイクロバスにゆられること三十分。左右から山が迫ってきた。谷の深さ百メートル。六百年あまり前、州安という和尚が見つけたという。その年がちょうど甲子《きのえね》の年だったので甲子温泉と名づけたそうだ。もっとも、宿でもらったパンフレットによると、慶長五年の発見で、百年ばかりくいちがう。また和尚ではなく元会津の藩士で、当地に隠棲して猟をしていた人が見つけた。まあ、そんなことは、どうでもいい。渓流沿いの大岩風呂につかっていると、どうでもよくなる。天井はガッシリした木組みで、右奥に大岩がのぞいている。そこから澄んだ湯が流れこむ。泉温五十度で湯船に入るとまさにぴったりのあたたかさ。

子づれの若い母親が、自分の母親らしい人と一緒につかっていた。となりに婦人風呂があるがグンと小さい。大きいほうを男ども専用にさせておく理由はないのだ。いれ物が大きいと心も大きくなって、混浴だからといってだれも騒がない。じっと目をつむって黙想したのが、スイカのようにあちこちポカリと浮いている。

少し開いた窓から川風が吹きこんできた。涼しいという以上にかなり冷たい。阿武隈川の源流にあって、甲子山は一六〇〇メートルをこえる。風も、木の葉も、大気の色も、すでに秋たけなわだ。母親が子を抱き上げてお湯から出た。黙想の姿勢でチラリ眺めたところによると、まだ若さをとどめたからだながら、胸や腰に多少とも秋がしのび寄っている。

食事は大広間で、ズラリとテーブルが並んでいて壮観だ。一人客にも、ちゃんと一卓があてがってあるのがうれしい。それにしても、せっかくのご馳走だというのに、みなさん、食べるのが早いですね。となりのご夫婦は、すわるなりごはんをよそって黙々と食べ、やつぎばやにおかずを頬ばり、せかせかとおつゆを飲みほして、それでおしまい。所要時間五分。その間、終始無言で、ご主人が「フー」と大息ついてから、ただひとこと「お茶」といった。こちらはまだビール一本をあけたばかりなのだ。

奥に十人ばかりのグループが陣どっている。どのようなお仲間なのか不明だが、なんてこともないひとことごとにドッと笑いがおこる。上機嫌とか、アルコールのせいというより、合いの手に笑いを入れないと話が進まないといったぐあいである。

ビールを酒に切りかえたころ、まわりは食べ終わったテーブルばかりで、こちらは孤立無援。さびしいような、満ち足りたような、所在ないような、もっと飲みたいような、あの微妙な心もち。これがいいのだ。手酌のあいまに念入りに箸袋をあらためたりする。名産白河だるまにそえて、「甲子温泉の由来と景勝」とが刷りこんである。箸袋のほうでは、発見はやはり和尚さんで六百年前に舞いもどる。「無臭無色、全国稀な石膏泉。脳神経、胃腸病などに特効あり」。脳に効き目があるというのが心づよい。「当館では親切明朗、サービスをモットーに従業員一同心からお待ち申し上げております」。古風なニホン語がふくよかだ。温泉宿のことばづかいは、かくありたいものである――などと、いつまでもすわりこんで、ひとりでしきりにうなずいていた。お宿にとっては、いちばん始末の悪い客といわなくてはならない。

夜ふけに激しい雨の音を聞いた。朝明けのなかトンネルをくぐって風呂にいくと、渓流の色が変わっていた。宿の上手で二つの沢が合流する。昔は名のある瀧だったらしいが、現在は味けない堰堤。

どういう水流のぐあいなのか、澄んだのと茶色がかったのがクッキリ二色にわかれたまま落ちてくる。そして二つの筋を引いて流れ下る。

大風呂にはだれもいない。赤味をおびた灯が湯に映っている。まん中に丸い岩が沈んでいて、通称子宝の岩、尻をのせてぬくもると子がさずかる。こちらには関係ないことだが、お尻をのせると、すわりがいい。少しむずかゆく、中空に浮いた感じと、母胎のなかのやわらかい羊水にいるかのようだ。背中をまるめ、両手を胸にそえて、顎を沈めていると、さながら胎児である。しばらくそのままの姿勢でユラユラ湯にゆれていた。温泉を称して、よみがえりの場などというのは誇張ではないのである。大の男も湯のなかでは胎児にもどる。そしてまっ赤にうだって生まれかわる。

もどってくると、ロビーに香ばしい匂いがただよっていた。

「珈琲をどうぞ」

親切明朗を絵にかいたような番頭さんがニコニコ顔で控えている。ノドにしみるようなのをいただいて、やおら大あくび。今様小原庄助さんは指を折った。朝湯、朝珈琲に、朝寝といくかナ。

（『AMUSE』一九九六年一〇月二三日号）

すべって杖もいっしょにころんで

万座温泉

群馬県吾妻郡嬬恋村

まずJR吾妻線、そのあと、バスで嬬恋村《つまごい》を走っていく。ヤマトタケルノミコトが妻を思ったという故実にちなむ地名らしい。由緒はともかく、ワケありな男女には多少とも不都合なようで、何かにつけて「妻」が介入してくる。

ヒマにまかせて観察していたのだが、隣席のアベックは、どうやら「不都合」な部に入るらしい。

「ツマゴイって珍しい名前だワ」

女性がわざとらしく追及する。

「キャベツだね。キャベツの村、キャベツの出荷量は日本一、やっぱりなア、このキャベツ畑、こりゃすごいヤ――」

課長クラスの中年は窓の外を指さして、しきりに話題を高原野菜に向けようとする。

「おっ、ハクサイだ、そうか、ハクサイもつくっているのか」

前も左右も広大な畑で、そこにうっすらと霧がたなびいている。夕方まで、まだだいぶ間があるのに、もう夕方のように薄暗い。

「どうしてツマゴイなんて名前にしたのかしら」

女は本来、意地悪なものである。なおも追及をゆるめない。

「あれはダイズかなア、ほら、あちらのあれ」

彼氏はもっぱら、野菜でコトをかわす作戦のようだった。前の席の老夫婦は、なんら不都合のないお二人で、大きな荷物を膝に抱いたまま、もたれ合ってコックリコックリ船をこいでいる。バスは一目散に高度を上げていく。万座温泉は、草津白根山と万座山にはさまれた高地であって、標高一七六〇メートル。ツガやダケカンバがあらわれた。霧が層をつくって流れていく。スケールの大きな自然は、おのずと人間の品性に影響するらしく、となりの二人は小指でつねり合うような会話をやめた。かたく口をむすび、運命を見据えるようにして、じっと前を見つめている。

バスを降りると、すっぽり霧につつみこまれたぐあいで、西も東もわからない。万座にはおシャレなホテルもあれば、昔ながらの湯治中心の宿もある。風に乗って硫黄の匂いが流れてきた。老夫婦にはおなじみの道らしく、荷物を振り分けにして、霧を分けるようにトットと歩きだした。そのあとについていくと、「万座温泉ホテル」の標識があらわれた。新しい本館と隣合って、大きな湯治棟をそなえており、窓につるしたタオルが、白い旗のように揺れている。しきりにカッコウが鳴いていた。

おそろしく湯量が多い。応じて浴場もグンと広い。全体が木造りで、大きな木造船に乗り合わせたぐあいである。あちこちから湯気を吐き出し、太い棒のように湯の柱をつくっている。浴槽ごとに源泉がちがうらしく、透明、白濁、半白濁、熱め、ぬるめ、打たせ、笹を浮かせたものなど、いろいろそろっている。大きなベランダが突き出していて、そこにも檜の風呂があって、白濁のお湯がドボドボと落ちている。

しかし、これでまだ半分なのだ。湯治棟には真湯、鉄湯、滝湯が人待ち顔に並んでいた。いちばん奥が万座最古の「苦湯」といって、薬効もとびきり高い。いちいち浴衣を着たり、ぬいだりするのはめんどうだし、それに全身が火のようにほてっている。思いきって素裸のまま廊下に出たところ、はからずも女性二人づれとバッタリ。あわてて浴衣を前にかかげてやりすごし、つづいてうしろ手にぶら下げたまま、奥の湯小屋にすべりこんだ。

万座はかつて、じつに遠いところだった。草津から白根山の峠を越えていく。昭和十一年（一九三六）というから、ちょうど六十年前、俳人種田山頭火が訪れている。五月末のことで、峠道にはまだ雪がのこっていた。知人に出した手紙によると、上り三里、下り一里を、すべったりころんだりしながら、七時間かかってようようたどりついた。苦労したぶん、それだけ熱い湯がうれしかったのだろう。

「古風で、文化的でないのがうれしく、ランプをつけてコタツにはいっています」

そのとき詠んだのが、いかにも山頭火的な一句。

すべって杖もいっしょにころんで

冬場にスキー客でにぎわうところは、ほかの季節は、どこか時間つなぎといった気分があるものだが、万座温泉には、そんな気配はみじんもない。よほど温泉を研究した人がやっているらしく、湯畑をとりこんで、大がかりな「湯の砦」をつくりあげた感じだ。山腹を廊下で結んで建物がのびている。深い霧が舞うように流れているのに、ガラス一枚こちらは、あたたかい安心感につつまれる。

翌朝、澄み返った空の下、遊歩道をたどって白根山へ向かった。本白根山の北に噴出した成層活火山といわれるもので、古くは天明年間、新しくは昭和三十三年まで、何度も噴火をくり返してきた。

いまも地底が燃えていて、あちこちで有毒ガスを吐いており、道沿いに「毒ガス注意」の標識が立っている。見わたすかぎり荒涼とした岩肌で、ポロポロと砂のように崩れる赤土を踏んでいく。

「アレレ──」

湯釜をまわっていたら、バスで同乗したワケあり組と一緒になった。一夜明けて運命のほうはどうなったのか、ことのほか仲むつまじい。カメラでおたがいを写しっこしている。

「お撮りしましょうか？」

イヤがらせのつもりはなかった。顔が合ったので申し出たまでである。

彼氏があわててモゴモゴと呟いて辞退した。とたんに女性が、つとそばからはなれ、やや険しい顔で男のほうを見返った。雄大な景色といえども、必ずしも人間の品性に影響を及ぼすとはかぎらないようである。

立入禁止の柵のところで引き返して、昼ちかくに宿にもどってきた。玄関に車を横づけにして、日帰り組がつぎつぎとやってくる。ポットと弁当の包み、なかには調理道具一式をかかえた人もいる。主客が一緒になって、毒ガスの噴き出す殺生河原を湯天国にかえたわけだ。

苦湯に行くすがら気づいたのだが、開けはなした部屋におばさん風の浴衣姿が四人、おもいおもいの恰好でおしゃべりしている。たしかしらしら明けのころ、朝一番の湯にきたときも、すでにそんなぐあいにすわっていた。白根山へ出かけるとき、遊歩道から窓ごしに黒いシルエットが見えたものだ。まる半日、同じシルエットが、永遠の影絵のように、部屋に四つのぞいている。


（『AMUSE』一九九六年一〇月九日号）

ガラメキ温泉探検記

ガラメキ温泉

群馬県

台風が近づいていた。

八丈島は暴風雨圏に入ったという。そのせいか、ここ上州の空も雲行きがあやしい。青空がのぞいたかと思うと、たちまち黒雲が走って大つぶの雨が落ちてくる。何やら前途を暗示するようなお天気である。

上州は榛名《はるな》山麓《さんろく》。正確には群馬県北群馬郡榛東村《しんとう》山子田。前日の夕方、民宿「しおざわ」で落ち合った。明日は幻の湯をもとめて榛名山の前山にあたる相馬ガ岳に登る。心なしか全員に緊張の表情が見うけられた。いでたちからして異様である。リュックに登山帽に運動靴。なかにはヤッケやポンチョ持参の重装備の人もいる。とても温泉につかりにきたといった雰囲気ではない。私は念のために愛用のステッキをたずさえてきた。

「しおざわ」のご主人塩沢利雄さんが、さしあたってのたよりである。ご親切にも榛東村の特大地図を用意くださった。夕食のとき、おいしい地酒をいただきながら地図をまわしあって作戦会議をひらいた。そのうち酔っぱらって、ウンもくもなく寝てしまった。

朝五時。早起きの私は床をけった。すぐ近くに村のおやしろがあると聞いている。武運長久、かつはこのたびの探険の無事を祈ってこようというのである。庭に出ると、前方に赤城山が見える。雄大な裾《すそ》野《の》がカミソリで裂いたように朝の空をよぎっている。お天気ぐあいが、いま述べたようなぐあいである。あわただしく雲が走って、とたんに赤城山が消え失せた。

村社は常将《つねまさ》神社といって、さる武将をまつるものだという。入念におまいりをして境内から出てくると、角の雑貨屋の店先に、いかにも人の好さそうなおばさんがホウキの手をやすめ、もの言いたげに立っている。民宿にきたのか、民宿に眼鏡にヒゲづらの男が泊っていないか、と言う。あきらかに私の相棒T氏のことだ。このたびの探険の隊長をつとめる人。どうやら昨日、ここで道に迷い、雑貨屋でたずねたらしい。

「どこから来たのか」

おばさんの質問は警察の尋問調になってきた。

「何しに来たのか」

「温泉に入りに……いえ、まあ、温泉があれば話ですが……」

つい口ごもった。おどおどした答え方がますます不審をかったようだ。

「伊香保じゃないの?」

「伊香保じゃないんです。ガラメキ――ガラメキ温泉――」

「ガラメキ温泉?」

おばさんはいっそう、けげんそうな顔をした。目がキラッと光る。私は蚊とり線香を一箱買い求め、逃げるようにして民宿にもどった。

ふつう片カナでガラメキと書くが、平ガナのときは「がら女《め》き」なども宛《あ》てたらしい。漢字では「我楽目嬉」。

明治のころ、ちゃんとした湯宿があった。明治三十五年発行の『伊香保温泉場名所案内』では、漢文調で「往古人皇十四代仲哀天皇の御宇発見し遠近の老幼入浴し効験の著しき事を知れり」などと、もっともらしい口上のあとに、「鉱泉旅舎は阿蘇山館、富士見館、扇屋等にして夏季に至れば都鄙《とひ》の浴客最も多し」と記されている。

大正七年の『伊香保案内』によると、「相馬ケ岳の東南の麓にガラメキ鉱泉といふのがある。村の人は唯ガラと呼んでゐる。『ガラに行つて来ャす』などと言って出かけていくのが例になってゐる」。

阿蘇山館、富士見館などの旅館があり、富士がよく見えるとか、池に鯉や鯈《はや》をたくわえていて、それを食膳《しょくぜん》に出すとか、山の中で感じが変わっていて面白いところだから一晩とまりぐらいで出かけるとよろしかろう、といったことが書いてある。これも大正年間のものらしいが、「上州相馬山がらめき鉱泉場真景」という一枚刷りがあって突兀《とっこつ》とした峰の下に棟を並べて立派な宿があり、〈中村〉と染めぬいた旗がヘンポンとひるがえっているのである。

しかし、もはや跡かたもない。「いま、どのような『全国温泉案内』をひらいてもガラメキ温泉は出てこない。一体どうしたというのだろう？　五万分の一に記されているところをみると源泉がとだえたわけでもないらしい。だが、〈都鄙の浴客〉はもとより、軒を並べていた旅館がすべて煙のように消え失せた。はたして何があったのか？」

朝十時。くもり、のち霧雨。

塩沢さんの車で出発。相馬ガ原を横切るようにして北西に進む。榛名山の広大なすそ野で、標高は三三〇メートル。地質学的にいうと火山性の泥流が固まったもので農耕に適さない。江戸のころは、もっぱら馬のまぐさ場。この一帯に馬のつく地名が多いのはそのせいだろう。黒々と点在するのが杉やヒノキ、ミズナラなどの雑木林。

やがて県道箕郷《みさと》—榛名線に入って北上、運転しながら温厚な塩沢さんがとつとつと話してくださる。この高原に陸軍の演習場がおかれたのが明治四十三年、高崎の第十五連隊が使用した。戦後、アメリカ軍が接収し、山林を含めて一帯を演習場にした。この間に起きたのがジラード事件。いま中年あるいは中年以上の人は覚えがあるのではあるまいか。昭和三十二年（一九五七）のこと、ジラードというアメリカ兵が日本人農婦を射殺した。朝鮮戦争のあとの第二次特需景気、いわゆる金《かね》ヘン景気のさなか、薬《やっ》莢《きょう》をひろっていたおばさんを、若いアメリカ兵が遊び半分にズドン。

裁判権をめぐって日本中がいきり立った。よく覚えている。ともに「中年あるいは中年以上の人」である温泉会メンバーは、塩沢さんの話に粛々と聞き入り、くやし涙にくれた少年時代のことを思い出していた。

十時二十分。霧深まる。

「キャンプ場入口」の標識のところで県道をすてて林道に入る。数日来の雨で道が荒れており沢が川のように流れている。まもなく通行止。危険につきの立札と並んで踏切りのような遮断機が下りている。塩沢さんと別れて、われわれだけが進むことになった。私は考えていた、もし事故でもあれば——女房は泣くだろう、同僚は怒るだろう、世間は笑うだろう。温泉道楽のために民宿のご主人まで巻ぞえにはできないのである。

横なぐりの雨になった。めいめいが身ごしらえをして歩きだす。しばらくはゆるやかな坂道。高度をあげるたびに林と道の荒れぐあいがひどくなる。道のまん中に大きな石がゴロリと転がっている。足跡はまるでない。

暗い杉林の入口に立札があった。この奥に龍神がまつってある。大正十三年、上州一円が大旱魃《かんばつ》にみまわれたとき、ここで水乞いをしたという。

十時四十分。雨少し弱まる。おそわってきたとおり、沢がもう一つあった。これまた川のようにひろがって流れている。やがて林道にきた。つづいてまたもや道が分かれている。これは聞いていなかったことで、そのつど協議して前進する。

十一時。急坂にかかった。風があるのはいいのだが、霧雨が巻くようにして顔に降りかかってくる。傘をかざすと前が見えない。雨と汗でぬれそぼりながら這うようにして登りつづける。

先頭を歩いていた隊長が力強く言った。

「温泉の匂いがする」

「する、する」

副隊長が同意した。なるほど、言われてみれば、辺りの空気が微妙に変化したけはいがしないでもない。なにやらすがすがしいのだ。期待で胸がふくらむ。疲れがウソのように消えて元気百倍、背丈ほどもある夏草を分けて登っていった。それにしても昔の浴客はゲタやわらじで、こんな急坂を歩いてあがったのだろうか?

「あっ、行き止まりだ!」

悲痛な声がした。目の前が削りとったように落ちこんでいて、下に堰堤《えんてい》があるばかり。道は蛇の尻尾《しっぽ》のように細くなって堰堤の手前で尽きる。

「さっきの分岐点で右に行くべきだったんだなァ」

力強く〈温泉の匂い〉を断言した人がなさけなさそうに呟いた。一同、雨と汗にまみれた顔を見合わせた。それから登ってきた道をトボトボと下っていった。

それから二度ばかり分かれ道にきた。こんどは入念に見定めてから決断した。視界がしだいに閉ざされてきて、あたりが暗くなってきた。風で木がゆれるたびに音をたてて雨つぶが落ちてくる。一同だんだん口数が少なくなってきた。

三叉路に来た。そっくり同じような道が三方に走っている。どれも、これといった決め手がない。途方にくれた顔を見合わせながら、慎重に協議した。三人がそれぞれ一つを受けもって、見きわめがついたら、必ず分岐点にもどってくること。

ヒゲの隊長は下手にくだった。ギョロ目の副隊長はまん中の道。ヒラのこちらは上手《かみて》にとりつく。

一人になったとたん、急に心細くなった。道に迷い、さまよったあげく、全員山中にはてた探険隊の悲劇。むかし読んだ冒険小説が頭をかすめた。

かなりの坂をのぼりつめると平坦地《へいたん》に出た。左に古びた石垣がある。右にも石組みのあとがある。あきらかに人家の跡だ。胸が早鐘を打ちはじめた。声が出かかったが、はやる心を押しとどめ、石垣に上がった。さらに上にも石垣、その上にも、もう一つ。かつての道のあとらしいくぼみがつづいていて、落葉がつもっている。そこを進むと小さな沢に出た。辺りは昏《く》れがたのようにうす暗い。うす暗がりの中に石柱が一つ。その下にまん丸いコンクリートの穴があって、鉄の蓋《ふた》がのっている。駆けよって蓋の把っ手に両手をかけて横にずらし、すきまから手を差し入れた。あたたかい！

「オーイ」

おもわず声が出た。

「あったぞォー！　ガラメキ温泉を見つけたぞォー！」

小学校の運動会以来、たえてなかった大声で呼びつづけた。

榛東村の村役場にある「温泉源泉台帳」によると、正式の所在地は北群馬郡榛東村大字広馬場字ガラメキ。所有者は大蔵省、つまり国有林の一角にあるわけだ。昭和四十九年の群馬県衛生研究所の検査報告によれば、泉温三〇・五度、無色透明、クロールソーダー、硫酸、塩水などを含む。明治三十一年、田中孫三郎、中村平作など五名が相馬温泉組合を設立、一口十五円の証券を発行。当時、御料地だったところを借地して開発したとあるが、源泉のすぐ下に大黒天の碑があって、そこには「明治二十一年・湯元・松本福次郎」とある。さらに石垣の上方に小さなほこらがまつられていて、そこにも明治二十一年の年号とともに「ガラメキ温泉」とはっきり刻まれている。温泉自体は、その前から使われていたのだろうか。伊香保近辺にあって山深いおもしろさから、それなりの発展をみたことは『伊香保案内』からもわかるとおり。

では、なぜそれが「幻の湯」になったのか。石垣の上に軒を並べていた湯宿が、どうして煙りのように消え失せたのか？

昭和の歴史のとばっちりをくったわけだ。昭和二十一年四月、アメリカ軍の進駐にともない、相馬ガ原全域が演習場に指定された。俗にいう「赤線」によって線を引かれ、いやも応もない、ガラメキ温泉は短期間のうちに強制立退きを命じられた。朝鮮動乱のさなか、かつて浴客がのんびりと歩いていた林野に演習用のミサイルがとびかった。ジラード事件が起こったのは、こんな状況下のことである。

やがてアメリカ軍が撤収して赤線は解除されたが、ガラメキには石垣がのこったばかり。そのうち旧組合員が復活陳情を行ったが成功せず、いつしか温泉は忘れられた。いわば「昭和史のなかの温泉」と言っていい。歌ばかりでなく温泉もまた世につれて思ってもみなかった運命をたどるようだ。

そんなことに思いを馳《は》せたのは、ずっとあとになってからのことである。夢にまでみた幻の湯が目の前にある。いざ、お湯に入って感激にひたろう！さっそく、めいめいが木の桶をとり出した。温泉会の名前入りで、何はおいてもこれは持っていく。

いぜんとして雨が降っている。すぐ横が沢。そんなところで、どのように脱衣したのか、われながらわけがわからない。全然おぼえていないのだ。よほどコーフンしていたのだろう。発見者の特権ということで、かたじけなくもまずはヒラが入る。コンクリートの端に両手をかけて、そのままズボンと入った。足の下に岩があって、胸のあたりまであるなまぬるいお湯で、むき出しの肩に雨つぶがあたる。

記念写真をとった。

いい忘れていたが、このたびの探険には、記録係の女性が一人、影のようにつきそっていた。カメラマン兼記録係兼現場証人である。そんな女性の前で、あられもなく全裸になったわけだ。心やさしい彼女は目を覆いつつ、にこやかにシャッターをおしてくれた。

お尻にそっとさわるものがある。ビクッとした。また一つ、そっとさわる。ヘビ⁉ハッとして、こわごわ目をやったが何も見えない。ひとり身もだえているとも知らず、あとの二人は「どう？ 湯かげんは」などと呑気なことを言っている。もう一度目をやるとプカリと泡が一つ。なんだ、そうか。長らく人の入らなかった湯壺が、人のけはいで泡立っているのだ。

つづいて隊長、副隊長が順に入った。入っているぶんには人肌程度にあたたかいが、外に出ると冷っこい。そこで狭いところに三人でひしめきあった。

「みつかりましたか」

声がして、塩沢さんのニコニコ顔がのぞいた。一度、帰ったが、やはり道のことが気になって、あとを追ってきたという。

「よかったですね」

タバコをすいながらひとしきり、隊員の喜びぶりをながめてから帰っていかれた。安心して——それにたぶん、あきれてだろう。

十三時出発。なごりをのこしつつガラメキ温泉をあとにした。来るときは気づかなかったが、途中の道を少し入ったところに「牛祖奇神　馬頭祭尊」と刻んだ碑が立っている。そのあたりに旧道があったのかもしれない。

足どり軽く林道を下って、通行止の遮断機のところに出た。おりしも雨があがり、雲間から抜けるような青空がのぞいている。吹く風がこころよい。そのときの昼食は民宿でつくってもらったふつうのおにぎりだったが、そのうまかったこと、いっきに食べおわってひと息ついた。

この日、祝賀と慰労の会をかねて四万温泉に泊ることになっていた。午後おそく、車が吾妻線沿いの道を走っていたときのこと、

「あっ、虹《にじ》!」

記録係の女性が叫びをあげた。

そう、虹だった。まちがいなく虹だった。雨あがりの空に、クッキリと七色の虹がかかっていた。何かひとこと言いたかったが、誰もが気はずかしく思ったのか、「ああ虹だねェ」、「ウン、虹だ」などと、たあいない呟きをもらしながら雨の空をながめていた。

(『ガラメキ温泉探検記』一九九〇年)

愛犬キング鎮魂の湯

清津峡温泉　新潟県十日町市

大きな不幸があった。なだれで宿が押しつぶされて、一家のうちの五人が亡くなった。のこされた者たちが力を合わせて立派なお宿をつくりあげた。

清津峡は越後湯沢の西かたにあたる。湯沢の北がスキーで有名な石打、ついで塩沢。雪国の生活誌『北越雪譜』をつづったのは越後塩沢の人・鈴木牧之《ぼくし》である。バスは塩沢の手前を左に折れて、大きな山塊を這《は》うようにしてのぼっていく。うねうねした道の左右は深い緑で、むしろ黒にちかいのは冬場の雪と夏のゆたかな水のせいだろう。山の斜面のあちこちに、なだれ止めの鉄柵が見える。

急坂を下っていくとき、まるで異境に入っていくかのようだ。左に小さな集落が幻のようにあらわれる。瀬戸口といって清津峡のはじまり。トンネルを抜けると深いV字谷に入っていった。少しひらけたところが清津峡小出温泉だ。川をはさみ、大きな山の背がそそり立っている。

昭和五十九年（一九八四）二月、この山の斜面をなだれが走り下りた。午後の二時すぎで清津館のおばあさんと二人の孫はこたつに入っていた。さらに当主と長男の嫁が犠牲になった。

なだれというより『北越雪譜』に語られている「ほうら」だったのかもしれない。なだれに似ているが、なだれではないと、鈴木牧之は書いている。山の斜面の雪が凍りつき、その上にまた積雪をみた。上の雪はまだ凍らず淡雪状態である。そんなときに頂上あたりの大木につもっていた雪が塊になって落ち、斜面をころがりはじめる。ころがりながら雪を巻きこんで大きくなり、巨大な岩が走り下るごとくに雪の津波をひきおこす。

「大木を根こそぎ倒し、大石を動かし、人家を押しつぶす。この際、きっと暴風《はやて》が起こって黒雲が空をおおい、昼間でも夜のように暗くなる」

なだれには少しは前兆といったものがあるが、この「ほうら」は突然やってくる。不意を打たれて逃げようとしても、雪に足をとられてままならない。これに襲われて一村すべてが消え失せたこともある。「ほうら」は塩沢のことばで、土地によって「おおて」「あわ」「ははたり」ともいうそうだ。

新しい建物は川べりから少し引いた高みにあって鉄筋三階建て。チョコレート色の柱の部分が和風の大屋根をのせている。秋の陽ざしに白い壁が映えて雄渾だ。お風呂は裏山に面した二階にあって、目の中に緑がとびこんでくる。単純硫黄泉で五十度。湯船に流れこむとき丁度の湯温になっていて、ビロードのようにやわらかい。

災難にみまわれたとき、まさに『北越雪譜』のいうような状況が起こったそうだ。谷全体に暴風が渦巻き、辺りが夜のように暗くなった。宿にはキングという犬が飼われていた。あちこち雪を掘ってさがしたが、どこにも姿が見えない。運命を共にしたものとあきらめていたところ、六日目にひょっこりとあらわれた。いったい、どこに身をひそませていたのか、だれにもわからない。その犬の写真がフロアに掲げてある。

すぐ右手に屏風岩がつらなっている。六角形の角材をつみあげた形をしていて、地質学では「柱状節理」というらしい。約五〇〇万年前に地底のマグマによってつくられた。火山岩が冷却するとき体積が収縮するので、冷えた岩の割れ目が柱のように分離して六角形になったのだそうだ。説明文を読むとわかったような気もするが、なぜ四角形でも八角形でもなく、六角なのか、いぜんとしてわからない。

自然はおそろしく前衛好きの芸術家であって、不思議な六角柱ずくめの壮大な壁が並び立ち、えんえんと十三キロあまりつづいている。鐘岩、臥龍峡、満寿山、鹿飛橋……。昔の風流人が杖をひいて清遊のすがらに名づけたところだが、自然は風流におかまいなしに凶暴であって、歩道は落石の危険につき立ち入り禁止。かわって昨年、往復一五〇〇メートルの渓谷トンネルがつくられた。そこにビデオホールやパノラマステーションが用意されていて、音とパネルとパノラマで観賞する。ところどころに半円形の「見晴所」が口をあけていて、天を突くようにそびえ立った六角柱群が迫ってくる。岩を輝石安山岩という。急流が気まぐれにこれをうがった。あるところは削いだように川幅が狭い。べつのところは上がすぼまって下が大きくふくらんでいる。淵はどこも深そうで濃いエメラルドグリーン。ここを棲《す》み家とする動物たちがパネルに列挙してあった。狐・狸・貂《てん》・熊・かもしか・むささび・イヌワシ・フクロウ・みみずく・仏法僧……。そういえばトンネルの出口で鋭い鳥の鳴き声を聞いた。

宿の人はみなテキパキとしている。夕方、もうひと風呂あびて川ぺりに佇んでいると、うしろから「食事ですよ」の元気のいい声がした。谷間の日暮れは早いのだ。みるまにトップリ暗くなって、部屋ごとに灯った明かりが眩しく、あたたかい。

前庭の隅に「鎮魂」の碑が建ててあった。ことごとしい言葉は一字もなく、俳句を捧げて死者を慰めているところが奥ゆかしい。顔をすりつけたが、闇に沈んでいて読みとれない。そっと手を合わせてから眩しい玄関へ、むささびのように袖口をひろげて走りこんだ。

(『AMUSE』一九九七年一〇月二二日号)

「酔ひ痴れてわめくに遠し村の家」安吾

松之山温泉　新潟県十日町市

はじめは「鷹の湯」といった。近くに鏡の湯や庚申の湯があって、たしかに名前の納まりがいい。傷ついた鷹が舞い下りてきて傷を癒やしているのを木こりが見つけた。それが初まり——よく似た開湯伝説が全国にあるが、越後の松之山の場合、いかにもと思わせるところがある。なにしろ四方は重畳とつづく山また山、鷹やトビやカラスがどっさりいる。糸のような川筋の一点から湯けむりが上がるのを見たら、傷ついていなくても舞い下りたくなるのではなかろうか。

人は鳥のように空を飛べないので、なかなか湯けむりにたどりつけない。上越線と飯山線と信越線を結んだ三角形のまん中にあって、どこから行くにしてもヒマがかかる。むろん、ヒマをかけるだけの値打ちがある。バスが幹線からそれて脇道に入ったとたん、べつの雰囲気がただよいはじめる。しだいに別天地に移っていくこころもちだ。やがて狭い道の両側に旅館街があらわれる。どれもごく小振りで、ひしと肩を寄せ合った感じ。バスの終点の小広場に「鷹の湯」の看板が出ていた。町営の温泉センターで、松之山町大字湯本とあるから、文字どおり湯脈の上にいる。

少しかみ手の川っぺりに噴泉塔が突き出ていた。コンクリートの先っぽに貯金箱のような口があいていて、何分かおきに泡を噴いて湯があふれ出る。説明板によると地下二六〇メートルあまりのところに源泉があって、湯温九十八度、噴出量毎分一六五リットル。これは第二号井で、もっと古い第一号井が旅館街の裏手にあり、そちらは八十三度。

メモをとっていると、肩をつつかれた。湯の帰りらしい、ゴマ塩頭に手拭いをのせた人がニコニコしている。

「オキヤね？」

「ハア……？」

「もうやめた」

「……？」

またもや地をゆるがすような音とともに熱湯が噴き上がってきた。意味をとりかねてボンヤリしていると、ごま塩頭はすぐうしろの建物を振り仰いだ。先年まで芸妓置屋だったが、今はやっていない。そういえば玄関にカーテンが引きまわしてある。

「ヤクトーだからねェ」

前後がはしょってあるのでよくわからないが、むかしから松之山は草津、有馬とともに「日本三大薬湯」などと呼ばれてきた。クスリ湯であり、療養にいい。しかりしこうして芸者をあげてのドンチャン騒ぎには合わないということらしい。先ほど、玄関の前でキョロキョロしていたので用向きを誤解されたのだろう。了解のしるしに大きくうなずくと、おじさんは気がすんだようにひき返していった。

松之山一帯は豪雪と棚田と地すべりで知られている。一年の半分ちかくは雪との闘いだ。棚田にうつる田毎の月は、よそ者には風流だが、耕作・収穫に何倍ものてまがかかる。地すべりには手のほどこしようがない。そんな厳しい条件のなかで、したたかに生きてきた。大きな屋根の農家のたたずまいは、どっしりとした立体感と、いうにいわれぬ威厳をもっている。取り入れの終わった棚田は、生活の知恵を絵解きしたようなみごとな絵模様だ。町役場は実質本位の古びた二階建て。むやみに立派なのをおっ建てないところがいい。

すぐ裏手の杉並木をたどっていくと、山門の前に出た。「大棟山」の額が見える。寺のようだが、そうではなく、旧家の屋敷が「大棟山美術博物館」として公開されている。もともとは村山家といって、越後に多い豪農兼造り酒屋である。作家坂口安吾は叔母や姉の嫁ぎ先であった縁で、仕事や生活にいきづまるとここに逃げてきた。のこしていった戯画の一つに「酔ひ痴れてわめくに遠し村の家」とあるのをみても、どんなふうに過ごしていたかがほぼわかる。旧家は、そんな居候が一人ぐらいいてもビクともしない。二階の一部屋をあてがって、好きなようにさせていた。

町役場で「安吾探索マップ」というのをもらった。東京からやってきた風来坊は毎日フラフラと家を出て、庚申の湯から湯峠経由で松之山温泉へ行き、同じ道をもどってくる。疲れるとバスをつかった。それがいま、安吾第二のふるさととして観光コースになっている。湯峠から温泉へ下る途中の大岩は、安吾がその前でしばしば休憩したところだそうで、見ようによるとメガネをかけた安吾の顔に見える。そんなところから「安吾岩」の名がついた。かつての酔んだくれの居候は、ちゃんと町に恩返しをしたわけだ。

「……夏も亦一瞬である。あの空も、あの太陽も、又あのうらうらとした草原も樹も」

松之山をモデルにした小説「黒谷村」に、安吾は土地の風土と人々を愛惜こめて書いてある。厳しい自然が独得の人間タイプをつくった。人なつこく、陽気な感情の背後に、それとなく「うら悲しくやるせない刻印」を押しているというのだ。

夕方になると、温泉センターの前につぎつぎと車がきて、おばあさんや嫁や孫がお風呂セットをもって降りてくる。みなさん顔なじみらしく、テラテラ顔で出てきた人と口々に挨拶している。冬になると屋根にとどく雪になるが、宿はむしろ活気づくそうだ。軒に下がったつららに灯が映えてこよなく美しい。湯上がりに飲む水がまたたまらなくうまいそうだ。あちこちに湧水があって、それは決して凍らない。

「酒のサカナになりますヨ」

番頭さんが請け合った。

酒をチビチビやりながら、あいまに湧水をしゃくってゴクリといただく。話を聞いただけでも、気が遠くなるほどうまそうだった。

（『AMUSE』一九九七年一二月一〇日号）

雪の気配に湯煙たつ

大沢山温泉

新潟県南魚沼市

名前にたじろいだ。なにしろ「高七城《たかなじょう》」といかめしい。さらに添え書きがついている。

「諸国随一　木石の館」

「真の造り　越後一の秘湯」

塩沢町の地名にひかれて腰をあげた。鈴木牧之《ぼくし》の故里である。いまから二百年ばかり前に、丹念に雪国の暮らしをつづった人だ。その『北越雪譜』を現代語訳にする仕事を引き受けていて、つい先だってやり終えたばかり。

「私の住む塩沢では……」

「わが魚沼郡は日本一雪の深いところ、その地の塩沢に生まれ……」

「塩沢の隣が関の宿、これにつづくのが関山、この村には魚野川にかかる橋がある」

きれぎれに思い出しながら魚野川にそって北へのぼった。越後湯沢をすぎると石打、ついで塩沢町大沢。その北西の高台に高七城がそびえていた。玄関を入ったところの木組みがすばらしい。太い梁が縦横に組み合って、高々と張った空間をつくっている。柏崎近くの農家が打ち捨てられているのを、もらい受けて移築したのだそうだ。

「すてておくのが惜しかったですからネ」

塩沢在の中年三人衆が、これを母屋にして温泉を思い立った。お湯は昔から大沢山にあふれている。三人の屋号の頭文字をくっつけると、めでたく「高七城」となったまで、べつに城造りを気どったわけではないらしい。

ついでに「木石」についてたずねると、「高七城物語」なる由来記を示された。読んでみると、ごく日常的な出来事がつづってあってほほえましい。三人衆の一人が結婚式に招かれて直江津に出かけたとき、時間があったので駅前をぶらついていた。そこへ「妙な石」を積んだ秋田ナンバーのトラックが来た。これが自称「日本一の化石商」・阿部小五郎翁との出会いであったとか。

木石は「珪化石」ともいって、約一億年前のもの。産出するところが限られている。小五郎翁と意気投合した結果、ふんだんに当地に運ばれてきた。

さっそく「諸国随一　木石の館」へと赴いた。母屋に合わせ、湯屋は土蔵造りで、なにやら大庄屋の当主になった気分である。湯船のまん中に木石が据えてあって、そこから湯があふれ出る。なるほど、木とも石ともつかない。頭上には力強い梁がめぐらしてあって、なんとも豪勢なお湯である。

木石がゆらいだと思ったら、そうではなくて、うしろによっかかっていた人が立ち上がったのだ。ビール腹の体型で、たしかに化石ではなく生きものだ。奥さんがアトピーに悩んでいて、毎日いっしょに車でここにくる。当温泉はすり傷、切り傷、アトピーに効く。二週間通ったら、めだってよくなった。

「もうひと息というところ」

自分にいいきかすようにいってから、あらためて木石によっかかってズブリとつかった。「――じつになんとも、みごとなもんだ」。

『北越雪譜』には「化石渓《だに》」の紹介がある。魚沼郡小出の羽川《はかわ》という渓で、そこにものを流すと一夜にして化石になるという。「亀の化石」のことも語られている。牧之の親戚筋だそうだが、先代より秘蔵するもので、近くの山より掘り出したそうだ。越後の人は、じっと土の中にいて、永い歳月をかけてできるものが好きなのかもしれない。

食事は欅の間で、うしろの床の間に甲《かぶと》をいただいた鎧が控えていた。ここにも頭上に重厚な木組みが走っている。食事をしながら宿の人とよもやま話をした。はじめは日帰り用だったが、皮膚疾患は時間を要するので、うしろに小振りの宿をつくった。湯治の人、また老人会や団体には割引制にしている。鎧武者がパクリと口をあけて、ごくつましい話に耳を傾けていた。

越後の秋は短い。全山が紅葉したあと、日ごとに寒くなって、木々が葉を落とす。空は黒い雲におおわれ、連日太陽を見ない。それが「雪の兆し」だと鈴木牧之は書いている。「やがて山のあちこちに白を点じたような雪があらわれる。里の人はこれを『嶽《たけ》廻り』という。海辺では海鳴りがして、山深いところでは山鳴りがする。遠雷のごとくで、里ことばでこれを『胴鳴り』という」。

夜中に胴鳴りを聞いたように思ったが、まだそんな季節ではない。それでも強い風が吹き抜けたらしく、お宿のほうの湯殿に二、三枚、色あざやかな枯れ葉が浮いていた。

風のせいで空がくっきりと晴れわたっていた。好天にめぐまれた旅先の朝発ちとくると、足が勝手におどり上がる。しいておさえて、入口の大提灯の下で辺りをぐるりと見廻した。それからトットと坂道を下っていった。

前方に越後三山が雄大な屏風をつくっている。石打駅のかみ手に名刹関興寺がある。むかし、上杉家の跡目争いで戦火を受けた際、寺の和尚は大般若経六百巻をみそ桶に入れて火から守った。以来、関興寺のみそは霊験があらたかなので有名だ。ひと舐めすると迷いが晴れて、ふた舐めすると知恵がさずかる。

わが頭はこのところ、なかなかもの忘れがはげしいのだ。働きのほうも、めだって落ちている。ここはひとつ、ありがたいおみそにすがるとしよう。牧之も「最上山関興寺のお上人にお願いして」と書いているから、何かあると相談に行ったらしい。

魚野川が銀色に輝いている。それが一筋の雪の帯のようにも見えた。

（『AMUSE』一九九七年一一月二六日号）

湯のにほひがしんみりと

仙石下湯温泉

神奈川県足柄下郡箱根町

ときおり、こんな宿があるものだ。レッキとした温泉地にあって、ポツリと一軒はなれている。玄関までちょっとした道のりがあり、茅葺き屋根をいただく正面にくる。足がおのずとたじろぐのだが、入ってしまうと、いたって気さくなところであって、廊下の横に卓球台が置かれていて、大人のスリッパをはいた幼い兄弟が、慣れぬ手つきでラケットを握っていたりする。

ガイドブックには、ほとんど出てこない。べつにやる気がないというのではなく、先年、新館を建て増した。といって宣伝するわけでもなく、来てくれる人を待っていて、それ以上はとりたてて望まないといったぐあいだ。

湯は硫黄泉で、白濁している。どの部屋にも専用の風呂があって、こんこんとあふれている。こんなに惜しげもなく流れっぱなしなのは、ゆたかな源泉をもつからだろう。成分が濃い。うっかり顔を洗うと、目がシクシクして涙がとまらない。

広大な庭がある。へんにいじってないのがいい。どこまでが敷地なのかわからない。山全体が持ち山なのかもしれない。こんなふうだから、せかせか客を呼び込まなくてもいいわけだ。

二間つづきの部屋に広い縁がついている。まずは戸をあけはなって、大の字に寝ころがる。文字どおりの「大」の字であって、天下を一人占めしたようにいい気分だ。畳がヒヤリとしていて、ここちいい。顔を横にすると、庭木がちゃんとタテに立っている。枝のあいだに箱根の山が、濃淡さまざまな稜線をのぞかせている。中国式のいい方では、いかにも「萬岳」を望む館だ。稜線の上には澄んだ夕空がひろがっていた。

大風呂は裏庭に面していて、赤味をおびた木造り。湯船はもとより、天井も壁も床も同じ木でつくられていて、それが湯と湯気のあたりぐあいで、色と艶に微妙なちがいがある。手品師の木箱に入ったようだ。白濁したお湯がガラス戸と、裏庭の緑とを映している。底が見えないので、さぐるように両足をそっと入れた。とたんにお湯がユラリと動いた。表面がひきゆがみ、応じて映った景色もひきゆがむ。中にいて、外の緑に沈みこむかの錯覚がする。四次元の入浴である。

箱根がひらかれたのは、いたって古い。明治二十年（一八八七）、横浜・国府津間に鉄道が開通、翌年には国府津・湯本をむすぶ鉄道馬車が登場して、足の便が通じた。大正八年（一九一九）六月、湯本・強羅のあいだに登山電車が走りだした。かつては「天下の険」だった。それが居ながらにして千メートルの高みに行きつく。西武の堤康次郎、東急の五島慶太といった抜け目のない企業家が壮絶な〝箱根戦争〟をくりひろげたのは、この土地が首都圏に対してもつはずの意味を、よく知っていたからである。

とてつもなく大きい。岩山もあれば草原もある。噴煙をあげている一方で、鏡のように静かな湖もある。超モダンな別荘地の奥に、古い写真そのままの山里のたたずまいがのこっている。別天地である一方で、期せずして歴史の移りゆきを映してきた。仙石ゴルフ場のクラブハウスには、ひところドイツ海軍将校がたむろしていた。戦争が終わると、アメリカ軍将校がやってきた。マッカーサー元帥はコーンパイプをくわえ、ジープで箱根の坂を走り上がった。

仙石原は上湯と下湯とに分かれるらしいが、上下の境界がよくわからない。いずれにしても世相とは無頓着に、ほとんど変わらず、強羅周辺の賑わいがウソのようにひっそりしている。森が深い。東京から二時間もあればこられるのに、ずいぶん遠くへきたような気がする。

「たとえばボクがですよ――」

料理を並べている宿の人に声をかけた。

「ワケありな人といっしょにきたとしますネ」

「どうぞ、どうぞ」

いつも小娘のような若いおかみさんだ。

「そういう場合、どうですか？」

「どうって、どういうこと？」

「つまり、どう対処するかってこと」

「ふだんどおりですヨ。それにわたし、アタマ悪いから、すぐに忘れる」

ま顔でこういう質問をする人は、まずもってそんなケースにはならないそうだ。

砂利のきしる音がして、車が玄関に着いた。ドアをあける音、バタンとしまる音。砂利をきしませて帰っていく。廊下に足音がして、奥の部屋に向かった。宿の人とのやりとりからして男女づれ。男の声から想像すると、ワケありなわけではないでもない。こちらはヒマな上に、湯に洗われて五感が冴えわたっている。ビールのコップを下に置いて、あらためて耳をそばだてた。戸の閉まる音がして、あとはしんと静まり返っている。

湯気にゆれた箱洋燈《ランプ》の硝子に
たれか指さきでかいたかほ

温泉が好きだった詩人の田中冬二が山の湯をうたっている。

ふしぎにさびしいかほ
おお　山のかほ
夜冷えがする

町はまだ残暑がきびしいが、山上はもう秋のけはいだ。夜明けごろは厚手のふとんがいるといわれた。

湯槽にさらさらと
すすきのさむいかげ
湯のにほひがしんみりとやせている

部屋の風呂は広い庭につき出るようになっていて、ま正面に月が出ている。すすきもある。あまり道具立てが揃いすぎると、なんだか国定忠治の芝居絵を見ているようで気恥かしい。ワケありな二人なら万感の思いがあって、湯気でぬれたガラスに相手の名前を書いたりするのかもしれないが、無風流な一人旅には、書くべき名前も思いつかない。小さな洗い場にあぐらを組んでボンやりしていた。それからガラス窓に指をつけて、へのへのもへのを書いてみた。目玉をむき出し、口をへの字に結んだ顔ができた。まだ宵の口といった時刻なのに、とっくに夜がふけたように思える。

機械虫《はたおり》が夜どほしないてゐました
青い蚊帳の上を　銀河がしらじらと
ながれてゐました
こぼれた湯に石が冷え
燈火に女の髪のやうに
ほつそりと秋がゐました

冬二がうたったのは北信濃の温泉だったが、箱根の奥にもぴったりである。へのへのもへのが溶けかかっている。目尻が垂れて、涙を流したように見える。

（『ＡＭＵＳＥ』一九九六年九月二五日号）

ミカン畑のやさしい湯宿

桜田温泉　静岡県賀茂郡松崎町

湯は、ふところ深い。不思議な力をもっている。その見本のような温泉が西伊豆にある。ほんの十年前、その辺りはなんの変哲もないミカン畑だった。いまそこにはドッシリとした風格と、里のおふくろのようなやさしさをもった湯宿がある。

下田からのバスを降りて、ほんの少し引き返した。右手は一面の田んぼ。稲の切り株からヒコバエがはえて、田植えのあとのように青々としている。伊豆は「湯イズル」が転じたともいうが、太い湯脈をかかえ、土地が年中、春のようにあたたかいのだろう。田んぼの向こうは桜並木で、その背後は、なだらかな伊豆の山々。

当地におなじみのナマコ壁の倉にそって歩いていて、うっかり通りすぎるところだった。これが目標であって、倉のある宿なのだ。倉は大切なものを収めるためにある。昔の庄屋は米を収めた。殿さまからの拝領品をしまっておいた。山芳園はお宿だから、とりわけ大切なもの、つまり客を倉に入れる。

石のたたきにそって、ゆるやかなスロープがつづいている。「おやおや」と思いながらつたっていくと、「ひらけゴマ」のように玄関の大戸が左右に開いて、気がつくとロビーにいる。スロープは板の通路となってなおもつづいている。車椅子のためである。とともに老人や足の不自由な人には、ちょっとした階段が崖のようにけわしいことを考えてのこと。いちばん近い家族風呂まで、そのままスロープづたいにいける。からだにハンディをもつ人は、他人の視線が矢のようにささる。それがここでは終始、自分のペースでお湯が楽しめる

「いやァ、こちらにも便利なんスよ。荷物を手押しで運べるかンね」

当主はてらいがない。名前を吉田新司といって、四十になるかならずの男である。ということは二十代で湯宿づくりにとりくんだ。その前は何をしていたものやら。アメリカあたりでブラブラしていたこともあるらしい。山に入り、チェーンソーをかかえて木を切っていた。おりおり、こういう人がいるものである。宿の大将か居候か、よくわからない。裏でマキを割っていたかとおもうと、三脚に乗って玄関の大時計を直している。長靴をはいて湯船を磨いていたりする。のんびりしているようでマメであり、忙しいようで怠けていて、要するにいつも人間の生理と血が通っていて、一人で独立した世界をもっている。こういうタイプは、当然のことながら、宿の経営が上手で、税金の計算がちゃんとできる、といったことは決してない。はじめの五年は赤字つづきだった。なにしろ部屋数が五つきり。近年、新館ができて、やっと十部屋にふえた。

「これ以上は、オレ、手がまわらないモン」

たったそれだけの客のために雄大な風呂がある。一つは「松傘の湯」といって、なるほど、頭上に巨大な傘がひらいている。もう一つは「入江の湯」といって、崖に面した露天風呂は、入江に太陽を浮かべるほど大きい。お湯がしぶきをあげて流れ落ちる。背面の岩をこすりまわったので、いっとき、当主の両手から指紋が消えた。全五部屋のころから、こんなお風呂のために精出していた。なんと無謀な男ではないか。

私の女友達は胆石の手術をした。そのあと桜田温泉へ行った。

「女って、お腹に大きな傷あとがあると、ひとりきりのお風呂に入りたいものなのヨ」

なるほど、そういうものか。からだについての考え方が男とはちがう。それにしても吉田新司は、どうして微妙な女ごころにも通じているのだろう？

倉をみごとにつくり変えただけではなく、そっとひとりで入りたい人のためにシャレた工夫をした。部屋専用の露天につかっていると、目の前にコイが挨拶にくる。湯のなかで腰を下ろす石のぐあいと、コイの目線とを合わせるために、ひと知れぬ苦労があったらしい。当人が何度となく腰をのっけてためしながら、石を動かした。

「水があると軽いけど、水がないと、もう重いのなんの――」

大石をかかえてコイと顔をつき合わせていたわけだ。

松崎はコテ絵で知られる伊豆の長八を生んだ。石田半兵衛といった彫刻の名人もいた。いまも腕のいい大工や石工や左官がそろっている。プレハブや合板仕立ての家がハバをきかせるご時勢では、腕の振るいどころがない。山芳園は、そういう職人芸をとどめておきたいという下心もあったようだ。ナマコ壁の軒飾りに龍と虎がいる。その下をスロープでくだってくると、トットと大きなトイレに入れる。吉田新司は何日もトイレにすわって、手すりと戸の桟《さん》の位置を思案した。

夕食のとき、料理の出し方に緩急がつけてあるのに気がついた。あたたかい小物をいただいたあと、やおら刺身がくる。前菜のあいまに活魚の料理にとりかかる。もっともイキのいい刺身の出し方にちがいない。思えばもっともな方法だが、実際にやるとなると大変だ。食事の間の位置からしてかかわってくる。その食事用の小部屋には、片隅に小さく洗面器具がとりつけてある。そうなのだ、食事の前、また食べているとき、それに食べ終わった直後、なぜか手を洗いたいものなのだ。たいていは、いじくりまわした手拭きをひろげ直してまにあわせる。

「いったい、誰が考えたのです？」

奥さんにたずねた。おどろいたあまり、どこか詰問調になっていたのかもしれない。彼女は不審そうな顔をした。

「エエ、そりゃあ、あの人――」

そっと片手で差した。カウンターの奥で当主はまた、いかなることを考えているものやら、指紋のうすれた両手をじっと見つめている。


（『ＡＭＵＳＥ』一九九六年一月一〇日号）

赤い湯でボケ防止

竹倉温泉

静岡県三島市

徳川家康は隠退後、三島に住むはずだったそうだ。どうしてそれが西の駿府に移ったのかはわからないが、隠居用にまず三島を選んだ理由ならすぐわかる。暮らしやすいからである。日本一の富士の山のお膝元で、海が近く、かつは東海道きっての宿場町・三島宿をもっていた。すぐ前に三嶋大社が控えている。

さらに、歴戦の勇として家康は、ここには水がたっぷりあって、しかもとびきり旨いことをよく知っていたのではあるまいか。町を歩くと気がつくが、三島は水の町なのだ。源兵衛川、蓮沼川、桜田川などが細い水路をつくって走っている。これも富士山のおかげである。ノーエ節のいうとおり、「富士の白雪　朝日にとける」のだ。

〽とけて流れてノーエ　とけて流れてノーエ　とけてサイサイ――

地質学者によると富士山の地下はスポンジ状になっており、雪溶け水や雨水を巨大なタンク状に貯蔵している。何十年もたった霊水がゆっくりしみ出て地表にあらわれる。

竹倉はそんな水脈の一つだが、ここは伊豆に珍しく鉄鉱泉だ。

「おっ、赤いぞ」

「知らなかったなァ」

「こんなに近いところにね」

はじめて来た人が異口同音に口にする三大セリフ。それがそのまま竹倉温泉の特徴にあたる。三島駅からほんの目と鼻のところに赤い湯が湧いていて、おおかたの人がまるきり知らない。

国道から少し下ったところに、ひっそりと宿がある。地元の人が毎日のようにやってくる。効能は神経痛、リューマチ、胃腸病、貧血。常連のあいだにグループがあるらしく、壁に連絡の紙が貼ってあった。手製の竹倉賛歌もあるらしい。

「色がつきます」

前をおさえて湯殿に入りかけたら、ちょうど出てきた人に注意された。

「……？」

「色がついて染まります」

ご当人はたしかに色がついている。ハゲ頭からつま先まで、うでたタコのようにまっ赤に染まっている。あらためて説明されてわかったのだが、鉄分が強いので白い手拭いに色がつく。だから、新品よりも古い方がよくはないか。その旨、申し出ればフロントで古い手拭いが貸与される。

話し方がどこやら軍隊口調である。古参兵が意見をするようだ。新兵はモゴモゴと、自分は赤い湯をいとわないし、またすでに全裸になっており、しかりしこうして、このまま新品を使用したい旨の返答をした。

なるほど、お湯が赤茶けた色をしていて、底が見えない。手拭いがすぐに鉄サビ色になった。湯の赤血球といったぐあいで、いかにも効き目がありそうだ。

大広間が休憩用にあてられている。お茶を飲んでいると、まわりの声が聞こえてくる。店や病院名とともに広小路や錦田橋や加茂川神社といった優雅な地名が出てくるのは、由緒ある宿場町の名ごりだろう。記録によると本陣二、脇本陣三、旅籠七十四を数えた。富士の雪はとけて流れて、その一部は粋な用向きにも使われていたようである。

「ながれのすえは、三島女郎衆の化粧の水」

宿の前の静かな通りを少しいくと、雄大な甍《いらか》と豪壮な白壁の前に出た。妙法華寺といって、当地で知られた古刹である。俗に玉沢のお宗師《そっし》さま。ここにも赤い鉄鉱泉の寺湯があるというから、もしかすると竹倉はお参りの人用にひらかれたのかもしれない。たのむと寺湯に入れてもらえるそうだが、境内は静まり返っていて、ピンとはりつめた雰囲気があり、とても「ちょっとひと風呂」などといいだせるものではない。

宿にもどって、また赤い湯につかった。よほど成分が濃いらしく、タイルも、石も、窓枠も、すべて赤っぽく変わっている。さぞかし手入れが大変だろう。湯の力が微妙に働くらしく、湯口は茶褐色の大理石のように光っていた。

鶴のように痩せた人が背中にタオルをかけて休んでいた。小田原から車でお通いだそうだ。話を交していて、「ボケ防止小唄」というのをおそわった。

何もしないでボンヤリと
テレビばかりを見ていると——

「まつの木小唄」のメロディーで歌う。

車を運転しながら口ずさんでおられるらしい。

のんきなようでも年をとり

十年はやくボケますよ

「なるほどねェ、十年はやくですか」

「ハイ、十年はやくです」

誰か思いあたる人がおありのようで、キッパリとおっしゃった。なんでも石川さんという九十三歳のおとしよりの作だそうで、むろん、こんなシャレた替え歌をつくる人だから、ボケてなどいなかった。

酒もタバコものまないで
歌も踊りもやらないで
他人のアラをさがす人
　ひとの三倍　ボケますよ

「三倍ですか」

「ハイ、三倍です」

これも誰かを思い出させるらしく、断言口調でおっしゃった。全部で六番あり、ひととおり教えてもらったのだが、風呂のなかは筆記ができないので、おそわったはたから忘れていく。それでも「異性に関心もたぬ人」は早くボケるというくだりがあって、これは即座に記憶に刻みつけた。

ロビーで「三嶋暦」というのを見つけた。桐の紋つきで、伊豆・三嶋大社発行。町に「暦御前」という家があって、何十代にもわたり暦をつくってきた。おごそかな表紙のわりには小型の薄いノートのようで、粗末な紙に刷られている。

「えェーと、今日は――」

ためしに暦をくってみると、「きのえねたつ、八白の大安」とあって、縁起のいい日らしい。ボケ防止小唄も仕入れたことだし、これでわが老後は万全である。

（『AMUSE』一九九八年四月二二日号）

「伊豆の踊り子」のまぼろし

湯ケ島温泉

静岡県伊豆市

湯ケ島温泉は、ごくめだたない位置にある。下田街道からそれて、かなりの坂道を下ったところ。本《ほん》谷川《たにがわ》と猫越川《ねっこがわ》とが合わさって三角洲をつくる辺り。チラホラと民家があって、あいまに竹やぶと柿の木畑。修善寺からのバスの中でおばあさんからおそわったのだが、昔は家のそばにも、きっと柿の木を植えたのだそうだ。

「井戸のわきに一本、それから納屋の裏に、もう一本――」

甘いのと渋いのを植える。甘柿は子供が木にのぼって食べた。渋いのは皮をむいて干し柿にした。甘い柿が枝からなくなり、軒の干し柿が白い粉をふくころ、その年はじめての霜がおりる。

道は三角洲をかすめ、急カーブを描いて下っていく。川端康成は、いつもその辺りで湯の香をかいだようだ。

「……谷に下りる路に一歩踏み出すと、瀬の音に乗って湯の匂いが漂って来る。私は懐かしさが一ぱいで駆け出す」

よほどその匂いが好きだったのだろう、宿のどてらに着替えると、袖に鼻をこすりつけて綿にしみこんでいる匂いを吸った。湯船にからだを沈め、胸いっぱいに湯の匂いを吸いこんだ。長逗留すると、孤独の思いがつのってくる。そんなとき、「眼をつぶって、どてらの袖を嚙む。と、湯の匂いがする。私は温泉の匂いが好きだ」

道がゆるやかになって西平《にしびら》橋をわたる。川の名が変わって、ここからは狩野《かの》川だ。橋のたもとに「犬猫温泉入口」の標識がある。川原にむかって小さな段階を下る途中が入口で、小さな風呂がしつらえてある。そのすぐ左手が人間用の「河鹿の湯」。土地の人は湯道《ゆみち》といったらしい。明治の末、湯本館の安藤藤右衛門がひらいたとか。小山をこえ、山裾をまわって、川原のこの共同湯に通じていた。道みちワラビをとったり栗をひろいながら人々がやってくる。井上靖の『しろばんば』の子供たちも、そんなふうにして湯に通った。

　その湯本館だが、うっかりすると見すごしかねない。通りを左に折れ、生垣にそって、ゆるやかな坂を下りきったところに小さな看板がある。ただそれだけ。玄関がさらに奥まったしも手にあって、宿全体が川ぞいの木々にひっそりと隠れたぐあいだ。

「二階に上ると渓流に向って八畳間が二つ、廊下の左側に六畳間が二つ、その外は木の扉で洋間まがいの一部屋……」

　洋間と背中合わせに四畳半の小部屋があった。当時、湯本館の二階は、この六室きりだった。四畳半の五号室は廊下をへだてて離れている。川端康成は長逗留の予定だったので、その小部屋に落ち着いた。

　はじめて湯ヶ島の湯本館を訪れたのは大正七年（一九一八）の秋である。一高の学生で、数えで二十《はたち》。このとき旅芸人の一行と出くわした。それから昭和二年（一九二七）までの十年間、彼は毎年、湯本館へやってきた。ときには滞在が半年、さらには一年に及んだ。「冬の外套、冬の着物、セルなどがみだれ籠の中ですっかりかびていた。昨日宿の者に干してもらった、冬の帽子にもかびが生えている」。

　冬の装いで来たからだ。その冬を越し、春がすぎた。初夏には帰るつもりで、質屋からわざわざセルを送らせたが、一度も着ずじまいで夏をすごした。どこへ行くにも宿の浴衣のままだった。

「今また東京に初秋の単衣を頼んでやった。これを着て帰りたいと思っている」

　顎が鋭く尖っていた。目に何か、非情の光とでもいった烈しいものがあった。小柄で、やや猫背。そんな青年だった。日陰にいると老人のように見えた。

　ある年の夏、大本教二代目教祖の出口澄子とその娘が湯本館にやって来た。二十代の青年は教祖が湯に入るのを観察している。

「不恰好にだぶだぶ太ったからだだ。貧しい髪をちょこんと結び、下品な顔をして、田舎の駄菓子屋の婆さんのようだ」

湯から上がると縁側に太い足を投げ出して、キセルで煙草を吸っている。これが、とにかく一宗の教祖だというのが不思議でならない。

河鹿が鳴くころ、狩野川に鮎が上ってくる。ある夜、フライの魚が出た。宿の女にたずねると、料理番の書きつけをもってきた。

「差し上げました魚は鮎でございます。秘密でございます」

解禁前のが、こっそりと食膳にのぼったらしい。

湯ヶ島には天城倶楽部というトタン張りの芝居小屋があって、入れかわり立ちかわり旅芸人がやってくる。法界節、旅役者、香具師、艶歌師……川端康成は軽業が好きだった。軽業師たちは一つまちがうと首の骨を折りかねない芸当をする。そんなとき、どんな女、子供もすこぶる真剣な顔をした。川端康成はそんな顔のみせる意外な美しさに見惚れていた。

あるとき、女歌舞伎がかかった。赤い着物を着た子役が小水を漏らしたので、「舞台が赤く染まった」という。その芝居小屋では――もしかすると、わざとそうしてあったのかもしれないが――見物席から楽屋風呂が見えた。

「女優達は舞台では普通の男以上にあばれていたが、舞台裏へ引っ込むと貧しい乳房の下に薄黒い肋骨が数えられた」

玄関からとっかかりの階段をあがると、左手の柱に矢印つきで「川端さん」の小板が打ちつけてある。かたわらに山口百恵主演第一作「伊豆の踊子」のポスター。人ひとりがやっとの細い廊下をまわると、五号室の前にくる。ま四角な四畳半に、小さな床の間。天井が小亭風に葺かれている以外は、とりたてて特徴はない。小振りのテーブル、右にガラス戸つきの書棚。『雪国』『抒情歌』『少年』『掌の小説』『名人』。小部屋の住人の形見のように、ひっそりと並んでいる。『川のある下町の話』『海の火祭』『みづうみ』『美しい日本の私』……。

たえまなく川音がひびいてくる。伊豆の山村は秋が早い。まだ青みどりをのこした木々のなかに、血のように赤い葉が一ひら、二ひらまじっていた。その葉うらをながめていると、空のいろも、何もかもが冴えざえとしてくる。

そんな山の宿で見たことを、川端康成は一冊の本にあまるほど書きつづった。ある夜の三時頃に共同湯へ下りていくと、美しい小娘の女中が湯船の縁に頰をくっつけて眠っていた。

「葉漏れの月が差し込んで、硝子戸の中の湯気は霧の夜の瓦斯燈じみたほの明るさだ。河鹿の声が月の光に浮んでいる。桃割れの鬢《びん》が溢れる湯に濡れている」

ゆり起こすと、二本の指で瞼をむりに開いてみせながら、明るく笑った。またいつもの乾物屋が来たのだそうだ。沼津から掛け取りにくる商人で、必ず酒に酔い、必ず女中部屋に入りこむ。女たちは手をかえ品をかえ寝床を守ってきた。戸の錠ぐらいはちぎり取る。つっかえ棒をすると、物干し台をよじのぼって裏窓づたいに上ってくる。甲羅をへた女はともかく、神経のこまやかな小娘は湯殿に逃げてきて眠らなくてはならない。

その胸には、湯のために「赤い輪」がはまっていた。それを笑いながら、娘は身の上話をした――。

思いつめた駆落ち者が隠れていたこともある。女は部屋を一歩も出たがらず、夜中の湯船で抱き合って泣いていた。

長逗留中にみたのだろう、十六の村娘だった。宿の内湯へ忍んできた。張りのあるからだの線が美しい。次の年、彼女は沼津の牛肉屋の女中になっていた。村に帰ったとき湯船で会うと、からだの線がいたいたしくくずれている。

「好色的な通俗医学書そのままの変化を娘の体に見ることは、湯の悲しさの一つだ。それから女の体に幻滅することも」

小さな部屋にもどってくる。

机の上はきちんと片づいている。読みさしの本が置いてある。冬にはインクの壺が凍りかけた。そんななかでこの孤独な「老青年」は、いつも思っていたのではあるまいか。夜も昼も、こんこんと眠りたい。深い眠りにつきたいばかりに、昼間、彼は峠までてくてくと歩いていった。わざわざ山道をよじ登ってみたりした。鉢窪山といって下田街道に出るとよく見える。鉢を伏せたような草ばかりの山で、下から見るとやさしく見える枯草は、登ってみると胸までうめるススキだった。

「その辺を散歩していると、人の姿がなく、家が一軒も見えないばかりか、宿屋の泊り客が私一人のことがある」

猫が一匹いた。ある村に一匹の猫、一匹の犬しかいないことがあり得るかしらと、若い男は考えた。とすると、その猫や犬は、ほかの猫や犬を一生一度も見ないで死んでしまうことになるではないか。そんな思いが彼を眠らせない。疲れはてて帰ってきて、しずかに眠ろうとする。とたんに、早々と啼きはじめる小鳥の声に目がさめる。次の日、今日こそこんこんと眠ろうとして、またもやハッと目がさめた。理由は書いてないが、もしかすると読みさしの本の、こんな一行だったかもしれないのだ。

――われは　わが　ながきねむりをば　はじたり。

いま、その部屋の窓は閉めきったままだ。水の底にいるように空気がひんやりしている。遠い昔に何かが終わってしまった、そんなふうにひっそりかんとしている。押し入れの上に赤茶けた写真があった。晩年の顔だ。白い髪に和服。目は若いころと同じように大きく見ひらかれている。

ある日、そっと彼はこの部屋を出ていった。むしろ、やにわに消えたぐあいだ。その人を思い出させるものは何もない。飛び立つ鳥のように、あとに毛羽一つのこさなかった。にもかかわらず、この部屋は、この人にしか似合わない。ほかの誰があとに入って、茶を飲んだり本を読んだりできるものではない。ポックリとこの部屋だけが、その人のために空いている。

（『温泉旅日記』一九八八年）

旅人みな平生入浴す

下諏訪温泉　長野県諏訪郡下諏訪町

ここは下諏訪・旦過《たんが》の湯。入口の自動販売機で一八〇円のキップを買った。下駄箱に靴が一足と、ちびた下駄が二足。しかし、中にはなぜか二人だけ。小さな建物のわりに天井が高い。はるか上の天窓から、奇妙に明るい、ほそい光が降ってくる。お湯がキラキラ光っている。

「おっ、すいてるな」

肥ったおやじさんが勢いよく入ってきた。

「さっきまで誰もいなかったヨ」

と、番台のおばさん。

「ならば本日休業の札をかけときゃいいに」

「もったいないヨ、お湯が流れっぱなしなんだから」

みなさん、ご近所まわりの人らしい。口々に挨拶している。やりとりのあいまに同じことばがこぼれ出た。

「すっかり秋だねェー」

仕切りの壁にタイル絵の天女が舞っている。下に豚のような顔がついていて、その口から澄んだお湯がドボドボと流れてくる。かなり熱い。ほてった体をタイルの床に休ませる。ひと休みしてからまたつかる。

由緒あるお湯なのだ。江戸のころの名所図会には、「下諏訪駅中に三所あり。旅人及び駅中の人、みな平生《へいせい》入浴す」などと書かれている。甲州街道と中仙道とが合わさる近辺にあって、一つが綿の湯、もう一つが児湯、それにこの旦過の湯。児湯は泉源が絶えた。綿の湯は標識のみあって湯殿はない。そのなかで旦過の湯だけが、このとおり健在だ。

思いきりよく湯船を出て、しばらく扇風機の前で涼んでいた。それからトコトコと歩きだした。低い二階建てがつづいている。「出梁造《だしばり》り」というらしいが、梁がつき出ていて、そこに彫り物がしてある。名所図会にはまた桔梗屋《ききょう》、みなとや、といった宿の名前が見えるが、どちらも同じ所に今もつづいている。菓子の新鶴も変わらず繁昌している。塩ようかんと新鶴まんじゅうが名物。

そのまま諏訪神社に入りこんだ。下社のうちの秋宮で、同じ下諏訪に春宮があり、八月一日、お舟祭りとともに諏訪大明神が移ってくる。なるほど、神さまがおられるふぜいで、境内全体がゆったりしている。氏子らしい白服の人が拭き掃除をしている。それから太鼓をドンと叩いた。お祓いを受ける人が一列になって奥に消えた。

ブリキの柄杓がなん十となく並んでいる。底がないのは、安産用で「軽く抜けるように」の意味。

「丈夫な赤ちゃんが生まれますように　俊一・由美子」

いかにも初々しい若夫婦の姿が浮かんでくる。

あまり初々しくないご婦人たちがつれだってやってきた。関西のお仲間のようだ。

「ほんでネ、うちのトウちゃんにいうてやったン、いいかげんにしてや……」

「そらそやデ、たまにはガンというたらんとナ」

「さすがにシュンとしてはりました」

飾り立てたアクセサリーがものすごい。若妻由美子も三十年の星霜をへると、かくのごとし。

まぎらわしいのだが、上諏訪温泉は諏訪市で、下諏訪温泉は下諏訪町にある。上・下は諏訪明神の上社、下社にちなんでいて、それぞれ別個の町である。温泉もまたガラリとちがう。上諏訪には八階建て、十階建てのホテルが並んでいて、ポーチにソテツが植わっていたりする。制服の従業員が団体バスを迎えている。

下諏訪にはまだ古い街道筋の雰囲気が残っている。秋風の吹く季節には秋宮のある界隈がよく似合う。

ほしがれひをやくにほひがする
ふるさとのさびしいひるめし時だ

詩人田中冬二がうたったのは北陸の町だそうだが、中仙道の旧宿場町でも悪くない。「電気ラジオ器具一式・北川屋商店・電話十九番」。雄大な庇《ひさし》にそんな古看板が下がっている。

がらんとしたしろい街道を
山の雪売りが　ひとりあるいてゐる

新湯、菅野温泉、矢木温泉、みなみ温泉……。町にはいたるところに公衆浴場があって、どこも一八〇円也。好きな人は、お湯のはしごができる。「遊泉ハウス児湯」というのに寄ってみた。打たせ、ラドン、泡立て式と、いろいろ揃っている。こちらは先ほどの旦過の湯でひととおり洗ったので、何にもすることがない。湯船につかってボンヤリと他人の背中を眺めていた。丸いのや、痩せたのや、シミ・アザが散ったのや、同じ人間の背中でも同じものは一つもない。ましてや顔となると、実にもうあきれ返るほどちがっている。地上の平面のうち、もっとも変化に富み、とりわけ娯楽性がゆたかなものは人間の顔であることに気がついた。つまらない発見であるが、これはこれで大手をふってボンヤリしていられる温泉の効用にちがいない。

外に出ると、日が暮れかけていた。ポリの洗面器をかかえた洗い髪の女性が、人待ち顔に立っている。そばを通りすぎるとき、しみるようないい匂いがした。

暗い戸口に何のしるしか、かしわの葉のようなものが束にしてぶら下げてある。それが冷っこい風にゆれて、カサカサ音を立てている。昔の茶屋が復元されて、町立今井邦子文学館になっていた。写真を見たことがあるが、清楚な顔立ちの人だった。下諏訪に縁のある人だとは知らなかった。「真木深き谷よりいつる山水の常あたらしきいのちなりけり」。そんな一首を覚えている。

裏通りの用水路に、きれいな水が走っていた。灯の下にくると、手拭いをのせた自分の頭がイカの頭のように壁にうつった。歌の一つもひねりたかったが、ちっともことばが浮かんでこない。

「ビールにイカ刺しはうまいだろうな」

そんなことを思いながら宿に向かった。

（『AMUSE』一九九五年九月二七日号）

国境の尾根をめぐり歩く

霧積温泉　群馬県安中市
鳩ノ湯温泉　群馬県吾妻郡東吾妻町

左右から山が迫っていて、谷のどんづまりは分水嶺だ。うす暗いなかに水音がひびいていた。しも手がえぐれたように落ちこんでいて、そこから水流が矢のように走り出る。岩にぶつかった水沫が霧のように立ちこめる。そこから「霧積《きりづみ》」の名がついたのかもしれない。

宿のまわりをひと巡りしてもどってくると、裸でパンツだけの男の子が玄関に立っていた。風呂あがりで金太郎のようなまっ赤な顔、丸いお腹をつき出している。少し出べそぎみで、小さなへそが横向きにのぞいていた。

「おっ、へそ曲がりだナ」

指でつつくと、くすぐったそうにからだをよじらせた。シャツとズボンをかかえている。ズボンのバンドにお守り袋がぶら下がっている。

「おじさん、どこいくの」

「おじさんはハナ曲がりだ」

きょとんとしていた。階段の上から声がして、一目散に走っていった。

霧積温泉の湯は澄んでいて、少しぬるい。音をたてて流れこみ、こちらがつかると、川のようにあふれ出た。

「……泉となり湧出て永生に至るべし」

聖書『マルコ伝』の一節らしいが、苔むして石に彫りこまれ、渡り廊下のかたわらに据えられていた。何かの因縁あって建てられたのだろうが、上州の山深い湯宿で聖マルコに出くわすとは思わなかった。

夜中に雨音を聞いた。さいわい朝には上がっていて、モヤモヤした霧の中を歩きだした。しばらくジグザグの急坂を登っていく。とぎれとぎれに沢音がした。それがとだえたころ尾根に出た。眺望のひらけるところがあって一名「霧積ノゾキ」。繁り合った青葉ごしに屋根が見えるはずだが、まだ霧に沈んでいた。

天狗坂でひと汗かいて峠に出た。風の通り道らしく冷風が全身をつつんでくれる。しきりにカッコウが鳴いている。そこへブッポーソーがまじりこんだ。べつに急ぐ用もないので、小半時ばかり聞きほれていた。

「この辺りが境界だろうナ」

地図で確かめると、峠から鼻曲山《はなまがり》へと県境の線が走っている。さらにたどると文字どおりの「国境平」である。これが小浅間山を抱きこんで浅間の噴火口を横断する。

昔風にいえば上州と信州の国境《くにざかい》だ。それを出たり入ったりするのが目的というのだからのんきな山旅である。鼻曲峠付近は金山ともいうらしい。昔は金がとれたのかもしれない。南には熊野神社が祀られており、北の峠は「二度上峠《にどあげ》」の名をもっている。もし金山だったとすると、かつてこの国境は熱い目で見張られていたわけだ。

鼻曲山は山頂ちかくが鼻のようにとび出し、かつ少し曲がっているのでこの名がついたのだろう。その鼻柱を汗みずくになってよじ登り、アゴがあがりかけたころ鼻のトンガリに出た。二つに分かれていて大天狗は団子鼻のように丸い。ススキの向こうに浅間山がのびやかな稜線を引いている。その右は上州の山また山、左かたは信州の山並み。夏の雲が巨大なソフトクリームのようにのび上がっている。

弁当を食べ終わると急に眠気に襲われた。リュックを枕にゴロリと横になると、山と一体になったようないい感じだ。母胎につつまれたようなやすらぎがある。ハンチングを顔にのせると、縫目を通して小さな光が洩れてくる。鼻先だけを外に出した。鼻曲山の鼻出し男は、そのままスヤスヤと眠ってしまった。

この日は小瀬《こせ》温泉へ下りた。上州のあとは信州で一泊というわけだ。古い世代は草軽電鉄の「温泉駅」に降り立ったのだろう。ロビーにそのころの写真が掲げてある。宿は改築されたが、どこか古きよきたたずまいがしみついているようで、しっとりと落ち着きがある。さんざめく夏の軽井沢の一角であるのがウソのようにもの静かだ。

お風呂は黒い石づくりで、まん中から盛り上がって澄んだ湯が流れ出ている。窓から顔を出すと、目の下は小川で、橋のたもとにコック姿の人と竹籠を背負った人とが立ち話をしていた。とりたてのキャベツを届けにきた。お宿の自家製のハムの味が話題になっている。湯の中で耳をすませて、今夜のわがメニューを盗み聴きした。

あくる日も快晴。ふたたび上州に入って二度上峠から歩きだした。「浅間隠《あさまかくし》」の名はあきらかに上州人の命名だ。地形からして前にドンと立ちはだかり浅間山を隠している。

振り返ると鼻曲山がトンがった鼻を空に突き出していた。これもまた上州側の人が名づけたのだろう。こちらから見ると、ひと目で名前の由来がわかる。碓氷《うすい》峠を鉄道がつらぬいて信州側がひらけたのは明治以後である。それまで上信近辺の街道筋は、もっぱら上州人の世界だった。絹商人や木工職人、あるいは国定忠治といった上州博徒がお山を目じるしにして往き交いしていた。

黒い火山岩が大入道のようにあらわれた。土も火山質でパサついた感じだ。鼻曲山とは指呼の間だが、浅間隠山は土質も植生もちがうらしく、どの木も背丈が低い。すぐ頭上にかぶさってきて、そのため空が水を流したように動いて見える。木の葉ごしに稜線が一つのぞいていた。こんもりとした峯の頂きがポツリと赤味をおびていて、まるで天に吸わせる乳首のようだ。

東にのびるのはトッコナラ尾根とある。意味は不明だが、その名が正確にデコボコした形をつかんでいる。右につき出たのはトドメキノ頭だ。さらにムッセン沢、塩壷沢、鬼神岩……。いかにも生活感があふれている。退屈な街道歩きのあいだ、人々は地名をタネにひそひそと逸話や伝えばなしを交しあったにちがいない。器用な人が、もっともらしい話をひねり出した。浅間隠山を富士に見立てて川浦富士である。矢筈《やはず》山ともいうのは山頂が二俣になっていて矢じりに似ているせいらしい。すぐ西の山が鷹繋《ようけい》山、東南にあるのが角落《つのおち》山。いつのまにか雲が出てきて、雄大な山並みに光と影のしま模様が走っている。

昼すぎ山頂に着いた。ハゲハゲのところに小さな祠《ほこら》が祀ってあって、どこから登ってきたのか、グループが数組、めいめいちがう方角に向いて食事中。おばさん組は多少にぎやかすぎるので、なるたけはなれてひっそりとおにぎりを食べた。

浅間山の山裾にゴルフ場がひろがっている。小学生の色紙を貼りつけたような安手の緑色で、さらに色紙を小さくちぎったような植林で区分している。あんなこせついたところで小さなタマをひっぱたいたり、つつついたりしているのかと思うと、多少とも気の毒でならない。

色紙の上は重量感のある黒い樹海で、浅間の頭は大きな山高帽をのせたように厚い雲をかぶっていた。

ひと休みしてからシャクナゲ尾根を走り下った。五合目ちかくで小さな沢があらわれた。これが下って湯川になる。鳩ノ湯に着いたのは午後まだ早いころで、宿はひっそりしていた。「三鳩楼帳場」の古い看板がお出迎え。文政十年の年号入りの湯札が残されている。

お湯は鉄分質でやや赤っぽい。湯船に何枚もの細い板がわたしてあって、入るとき取り去る。出るとき、また並べておく。それが面倒な向きは二枚ばかり取りのけて、首だけ出してつかっている。

少し東へいくと旧大戸の番所で、国定忠治は上州から信州へ逃れる際、この番所を押し通った。日光の円蔵といった腕こきの子分をつれた忠治一行が、三度笠姿でやってきたとき、番所の小役人は肝をつぶして見て見ぬふりをしたらしい。そのあと一行は峯づたいに上信国境を縫うようにして西へ進んだ。

どうやら鳩ノ湯ちかくの高台で合議のすえ、それぞれ別々になって落ちていったらしい。

「赤城の山も今宵かぎり……」

お風呂の中でみえをきった。板の湯船はやわらかくてここちいい。思い出したように湯口からお湯が流れてくる。そのうちはたと湯音がとだえて、あたりがしんと静まり返った。

「さて、どうしたものか」

湯船の忠治が腕組みをした。さしあたり今夜どっさりお酒をいただく。ことのついでに明日は大戸経由で、赤城山の山裾をうろついて帰ろうか。

（『山の朝霧　里の湯煙』一九九八年）

湯の町はカラン、コロン

渋《しぶ》温泉　長野県下高井郡山ノ内町

吉井勇はうたったものだ。

「かにかくに祇園《ぎおん》はこひし寝《ぬ》るときも枕の下を水のながるる」

河岸の宿の仇《あだ》し寝というやつだろう。枕に通う水の音を聴きながら、作者が何を夢みていたか、だいたいのところ察しがつく。

枕の下を流れるのは水ばかりとはかぎらない。ここ信州・渋温泉では、もっと豪勢なのが流れている。かにかくに渋の湯こひし寝るときも枕の下をお湯がながるる。

どうやら地下には縦横に湯脈が走っているらしいのだ。それは宿ごとにふき出し、共同湯にあふれ出て、辻ごとに湯けむりをあげて流れている。

もよりの駅名にすでに「湯」がついている。終点が湯田中駅、近辺に湯田中、穂波、渋、安代《あんだい》、角間《かくま》といった温泉町がつらなっている。つまりは巨大な湯川の上に町があると思えばいい。渋には一番場の初湯にはじまって、九つの共同湯がある。中心街の大湯が結願《けちがん》湯、巡礼式に巡浴して、手拭いに記念のスタンプをもらってあるくのがおたのしみ。

それはともかく、湯の町は歩くにかぎる。町全体がお湯の川の上にあるからには、そぞろ歩きが入浴にひとしい。近年、大ホテルすじが館内にソバ屋もスナックもバーも土産屋も、はてはストリップまでも開いて客をかかえこみ、一歩も外に出さないのが流行だが、もってのほかと言わなくてはならない。

温泉町をあるく歩き方――これを知らないと、単に疲れるばかり。すなわち、次の二点である。

湯の町はゲタをはいて。

湯の町はステッキついて。

これもまた近年のはやりだが、スリッパを厚手にしたようなゴム製が玄関に並んでいたりする。甲のところに旅館名が入っている。その名前もろとも地面にペタペタはりつくだけの悲しい履き物である。なぜゲタにかぎるのか？　カラン、コロンと快適な音がする。歯の分だけ背が高くなる、それだけでどんなに世界が違って見えることだろう。そして中空に浮いたようなあのこころもとなさ、あのくすぐったいような不安定感が温泉町にぴったり。

なぜステッキがいいのか。

チャンバラごっこをしたときの昔を思い出していただこう。棒きれを握ったとたん、急に力がわいてこなかっただろうか。全身に勇気がみなぎり、やにわに肩をいからせ、外まで歩きだしたりしたものである。

ステッキは杖《つえ》ではない。ときには寄っかかりもするが、おおかたは振りまわす。あるいはサッと突き出す。あるいは手のとどかないところをつついてみる。だから細身のものがいい。握りが女性の乳房のように丸いのが、より願わしい。ズドンと太いのは座頭市の仕込杖のようでいけない。

渋温泉には歩くのにいい道がどっさりある。坂、抜け道、石段、露地、行きどまり、辻ごとに澄んだお湯があふれている。しも手の橋に立つと、飯綱や黒姫、妙高の山なみを見はるかす雄大な展望がひらける。

浴衣にゲタばき、ステッキの先生は、たのしく歩きつかれて、この夜、あんまさんに来てもらった。もみしだかれて下におりてくると、わが愛用のステッキが、あんまさんの、黒光りする、いかにも使いこんだ威厳のある杖と並んで、仲よく下駄箱によりかかっていた。

（『ガラメキ温泉探検記』一九九〇年）

軽井沢の奥座敷へ

小瀬温泉

長野県軽井沢町

時期はずれの軽井沢はいい。雄大な浅間山麓《さんろく》にひっそりと静かな町が眠っている。人影のたえた通りにカサコソと落ち葉が舞っている。古い別荘のつづくあたりは空気まで前世紀の風格をもつかのようだ。

目のいい外国人がひらいた。諸国をまわってきたツワモノたちだ。碓氷峠を越えたとたん、ポンと膝を打ったのではなかろうか。とびきりの別天地を見つけたからだ。よほど地理的条件がそなわっていたからにちがいない。

以来、地理的条件は少しも変わっていない。ただ人的条件が大いに変わった。ちゃんとした別荘地に不似合いな人種がやってきた。周縁にスズメの涙のような地所を買いこみ、三角屋根の小屋を建てて、せわしなく訪れ、せわしなく帰って行く。

旧軽井沢のまわりにひろがっている別荘の九割は、正確にいうと空き家である。なかには廃屋に近づいたのもある。そもそも留守を守る人がいてこその別荘なのだ。じいやが庭の手入れをしている。ばあやが丹前をととのえている。運転手が駅に迎えにきた。執事が玄関で待っている。フロアにはどよく暖房が入っていて、小間使いがにこやかに香りのいい珈琲《こーひー》をはこんでくる。着替えをして風呂にいくと、むろん、大きな湯船に湯があふれている。

軽井沢に小瀬というとびきりの温泉のあることは、ほとんど知られていない。ためしに町の観光課に問い合わせても、曖昧《あいまい》な返事しか返ってこないのではあるまいか。

「ええ……まぁ……温泉があるにはありますが……」

高級別荘地に温泉があるのはメイワクといった口ぶりである。品格を損うと思い込んでおられるふしがある。

しかし、こちらが、そもそもの本家なのだ。軽井沢が別荘地として開かれるはるか前から、とめどなく湯があふれていた。なにしろ地下に大火山脈をかかえている。小瀬温泉がいかに由緒正しいものであるか、宿の玄関につくまでの道のりからもわかるはずだ。小川沿いにゆっくりすすんでいく。川も、左右の山も、すべて宿の敷地である。車庫がある。並木がある。郵便ポストまである。そして別荘本来の大きさと清楚《せいそ》さをもった建物がもの静かに控えている。

「お車で?」

「ええ、運転手とよもやま話をしながらきました」

タクシーのことだ。駅前に制服姿で待機していた。宿のフロント係は年輩の紳士で、いかにも年季の入った執事そのもの。口数少なく、ほほえんでいる。喫茶室から甘い珈琲の香が漂ってくる。

ゆったりした丹前をはおって風呂に行った。無色透明、まん中が小さな泉のようになっていて、湯の帯をつくって落ちている。首までつかったまま窓を細目にあけた。すぐ下がせせらぎで、冷たい風がここちいい。住みこみのじいやといった感じの人が、落ち葉を掃いている。両手に籠《かご》をさげた人が、頭にコック帽をのせた人と立ち話をしている。小瀬温泉特約の牧場と畑があって、毎日、そこから肉や野菜が届けられる。

目を閉じて、ひとり黙考した。軽井沢に別荘をもつのは誇らかなことかもしれない。しかし、土地、建物、家具類の費用はもとより、年ごとの税金や維持費を合わせると、少なからぬ金額にのぼるのではあるまいか。そのくせ一年のうち、使える期間は限られている。さらにやってきたからといって、すぐに、別荘生活がたのしめるわけではない。掃除、買い出しにはじまり、一切の準備を自分でしなくてはならない。運転手や掃除夫やコック役その他をすべてやり終えたのち、ようやく別荘生活がはじまるはずだが、そのときはすでに疲れはてているのではなかろうか。

一つの別荘を手に入れる金額を預金したとしよう。その金利で十分、小瀬暮らしができるのだ。ここを自分の別荘と思えばいい。それも運転手、執事、コックそのほか、あらゆるスタッフつき——。多少ともセコい思案にふけっていたら、全身がタコのようにうだってきた。

夕食に出る肉料理が絶品である。入念に煮込んであって、舌にやさしい。噛むと、のどをくすぐるようないい味がにじみ出る。歯ごたえがあって、しかし綿のようにやわらかい。作り方は秘密。というよりも肉がよくて、丁寧に煮込めば、誰でもつくれるそうだ。ビールのあとワインをもらった。あとの料理はそれほど特別のものでないのに、小瀬温泉にはワインがよく似合う。

廊下に昔の写真が掲げてある。草軽電鉄という軽便鉄道が走っていて、「温泉駅」というのがあった。牧場の牛がやってくると、停車してやりすごす、そんなおもちゃのような電車だった。

「あれからずいぶん変わりました」

宿の人から昔ばなしを聞くのはたのしみの一つである。まわりのたたずまいは変わったが、おなじみのお客さまは変わらない。小瀬温泉は渥美清さんの定宿だった。そっとやってきて、ひっそりと家族水入らずで数日すごす。年に何度か、そんなことがあった。そしてまた、そっと立ち去っていく。

私はそのことをタクシーの運転手から聞いただけで、口のかたい宿の人はなにもいわなかった。

「そんなことも、ございましたね」

問いただすと、にこやかにうなずいただけである。当然のことながらフーテンの寅さんでも渥美清でもなく、田所ナニガシという一市民できて、そして市民の余暇をたのしんだまでのこと。お宿もむろん、一市民として迎えた。色紙をかかえて挨拶《あいさつ》にまかり出たりしないのである。

「とても品のいい方でしたね」

老執事が思い出すようにしていった。

早朝、小瀬のあたりは深い霧につつまれる。ただ足元が見えるだけ。川づたいにのぼっていくと、渓流のおもむきになり、地の底からひびくような水音がした。十時すぎ、陽がとどくようになると、霧が虹色をおび、ゆっくりと流れはじめた。そのうち、魔法使いが杖《つえ》で一打ちしたように、やにわに消えた。


（『AMUSE』一九九六年一二月一一日号）

枕の下を水の流るる

霊泉寺温泉

長野県上田市

　バスを降りて脇道に入った。ゆるやかなCの字の形にカーブしている。途中で振り返ると、正面にヌッと山がそびえている。古くから信仰の山として知られ、名前も密教僧が修行のとき手にもつ聖具にちなんで独鈷山《どっこさん》。全山が秋の色に染まって神々しい。

　道すがら何度も振り返った。独鈷山に見守られて霊泉寺《れいせんじ》へ行く。お寺参りのコースのようだが、レッキとした湯の道で、それが証拠に道沿いの小川からモヤモヤと湯気が立ち昇っている。

やがて寺の甍《いらか》が見えてきた。桜の古木が土塀ごしに枝をのばしている。うしろはこんもりとした山。つづいて数軒、旅館というよりも「湯宿」といった感じのお宿が肩を寄せ合っている。白壁がすがすがしい。「静かなお部屋　テレビつき」。ハゲハゲの看板からして故里に帰ったようになつかしい。

　もとは寺湯だったのだろう。寺のほうがさびれて、温泉がのこった。共同湯の軒に「大湯」と彫りこんだ板が掲げてある。戸を押すとカラリと開いて誰もいない。大きなコンクリートの湯船に澄んだ湯が波打っている。湯気出しの小窓から枯れ葉が舞いこんだらしく、黄色っぽいのが二つ三つ、笹舟のように浮いている。横手の窓から西日が射しこんで、お湯が鏡面のように光っている。

　湯券といったものも無用のようで、「整理整頓」の貼り紙があるだけ。ひんやりとしたコンクリートをつま先で跳んで、ザブリと沈んだ。知らず知らずのうちにからだが冷えていたらしく、沈んだ一瞬、感覚がなかった。つづいて全身がヒシとぬくろみに包まれた。快感がからだのシンを走り抜ける。吐息ともおめきともつかない声が、ガランとした天井にこだました。

　宿に荷物を置いて散策に出た。三方を山で囲まれた、ごく小さな平地であって、ものの十分もあれば歩きつくせる。共同湯を八軒ばかりの宿が取り巻いた昔ながらのスタイルで、入口にあたるところに霊泉寺がある。こちらに来る前、そんな湯治場を想像していた。あまりにピッタリ想像どおりなので、かえってへんな気分である。現実のことなのか、それともひょっとすると、まだ想像のなかにいるだけなのか。

　寺は無住だが、お堂が再建されている。境内の隅に古い石塔がのこっていて、室町の頃の年号が見える。礎石に腰を下ろしてボンヤリしていた。裏山から肌寒い風が吹いてきて、桜の古木がザワザワと騒いでいる。杉の木からパラパラと音をたてて茶色の朽ち葉が落ちてきた。風が吹き下りてくるとき、ある種のリズムがあるらしく、一定の間隔をおいて桜が騒ぎ立ち、杉の朽ち葉が落ちてくる。妙に静かで、なんとなく心細い。所在ないという以上に、自分が頼りなげな気がしてならない。旅先に特有の、あの惚《ほう》けたような旅ごころだ。

　宿のお風呂で、湯治にきて三日目という人と一緒になった。近くの丸子町の織物工場に三十八年勤めて、昨年リタイヤーなさったとか。腰を痛めて、季節の変わり目がつらい。霊泉寺は腰痛に効く。リューマチ、痛風、高血圧にもいい。胃腸病、神経痛、中風……。

「何にでも効くのですネ」

「とりわけ腰痛だねェ」

　湯船の横であぐらを組んで、桶で湯をしゃくっては腰にかけている。奥には鹿教湯《かけゆ》があって、これは大きい温泉場だ。霊泉寺と山一つへだてたところに大塩温泉というのがあって、これはごく小さい。三つ合わせて近年は丸子温泉郷というそうだ。

「丸子というと絹織物の町でしょう」

「ああ。昔はネ」

今はトンと駄目だという。

「丸子というと、丸子実業ですネ」

「ああ。あれは今も強い」

高校野球の名門校だ。会話はこれでとだえた。こちらはべつに腰痛ではないが、まねをして桶の湯を腰にかけてみた。やわらかい布を添えてるようで、ホンノリとしてここちいい。

しばらくのあいだ、かわるがわる湯のしゃくいっこをしていた。それからまた口がほぐれた。鹿教湯も大塩もためしてみたが、ここ霊泉寺がいちばんいいそうだ。

「やっぱしお寺サンがついているからだネ」

リタイヤーの先生によると、お湯のつかり方で人柄がわかるという。せかせかした人は、風呂の中でもせかせかしている。からだをきれいに洗ってからでないと入らない人もいれば、反対にせっかちは、前も洗わずにとびこんでくる。このごろは脱衣場でひと目見ると、ピタリとあてられる。人それぞれ、ちゃんとそのけがあるからだ。フロイトならいかめしく潜在意識というだろう。シャーロック・ホームズなら理屈っぽく職業や性格を推理するところを、丸子町の住人はこともなげにいった。

「本性《ほんしょう》というもンは隠せンもンだねェ」

裸になるとき、からだだけでなく、「本性というもン」もおのずからあらわれるらしい。意味深いことばにちがいない。

夕食は山菜に鯉料理。古風な膳にのっている。古看板にいつわりなしで「静かなお部屋　テレビつき」。そうとう年代物のテレビで、重厚なつまみをカチャカチャ回してチャンネルを合わせる。ひととおり回してプツンと切ると、ふたたび辺りはしんと静まり返った。かすかに水の音がする。窓の外は小川で、これに沿って野道が走っている。

宿でもらった地図によると、標高七五〇メートル。そのせいか、夜はもう初冬のけはいで、コタツの置いてある理由がわかった。吐く息がこころもち白い。丹前の襟を合わせて、コタツにもぐりこんだ。

城山、氷穴、月見堂、稚児ヶ淵。近くにそんな名前の見どころがあるらしい。バス停からの道の途中に「稚児ヶ淵」の道しるべがあったのを思い出した。なんてことのないその辺りのたたずまいからすると、由緒はともかく、現実に足を運ぶより、コタツのなかで想像しているほうが利口なのではあるまいか。ズボラな人間は行動力の不足を空想力でおぎなって、これはこれでけっこう華麗な時をすごしているのである。

コタツに首まで入って、天井を見つめていた。鼻のあたりが冷えびえしていて、クシャミが出そうになる。「かにかくに祇園はこひし寝るときも枕の下を水のながるる」と歌人の吉井勇はうたった。こちらはべつに祇園を恋しいと思うような理由も体験もなかったが、たしかに枕の下を水が流れていた。まっ赤なコタツぶとんから首だけ出した珍妙なスタイルで、しみるような霊泉寺の水音を聞いていた。


（『AMUSE』一九九六年一一月一三日号）

山の幸どっさりの湯宿かな

小渋温泉

長野県下伊那郡大鹿村

お風呂への通路の入口にボードがあって、「夕食の献立」が掲げてある。おとうし三品、酢のもの、山菜。

「山菜というと、何だろうナ?」

なにしろ伊那谷の奥深い所である。さぞかし、いろいろとれるのだろう。それが証拠に、べつに山菜の天ぷらもある。コイの洗い、コイのうま煮……。

「ビールがうまいゾ。お酒もどっさりいただこう」

期待と喜びがこみあげてくる。横に「特別メニュー」があって、欲しければ追加ができる。シシ鍋、鹿刺し、イワナの刺身、骨酒。どれも驚くほど安いのだ。

「鹿もいいがイワナもいい。イワナの焼いたのはおなじみだが、刺身とは初耳だ。骨酒ももらうかナ――」

気もそぞろに浴衣をぬいで、一歩浴室に入ったとたん、息を呑んだ。すぐ前が露天風呂で、その前方は広大な空と山。小渋川がゆっくりとうねっている。中央アルプスがくっきりと見える。斜面に大河原地区の家々が点在している。石燈籠に囲まれたのは福徳寺だろう。えぐれたように白いのは大西公園だ。昭和三十六年の集中豪雨で土砂崩れを起こし、四十人にあまる死者が出た。今は桜千本の美しい公園になっている。

湯船にアゴをのせて陶然と眺めていた。こんなに広い空間を、そっくり目玉に収めることができるなんて不思議でならない。身一つで天下を一人占めしたようなこころよさ。実際、身一つにちがいない。なにしろお風呂の中なのだ。澄んだ湯が竹の樋から流れ込み、キラキラ光りながら盛り上がって落ちていく。湯船の中に微妙な湯水の流れがあって、それがやさしく体をくすぐりにくる。

村の観光協会発行のパンフレットには、いかにもリチギに冒頭に述べてある。

大鹿村の位置
東経一三八度二分
北緯三五度三三分
標高六四五メートル
面積　二四九・四七平方キロメートル
最寄鉄道駅からの距離
伊那大島駅から一七・五キロ
飯田駅から三六キロ
県庁所在地から　一六九・六キロ

ただの山国ではない。ここには、わが国最大の断層谷が走っている。何億年も前に海底が移動して列島の土台をつくった。九州、四国中部、紀伊半島と日本列島を縦断する大断層が、伊那谷を北上する。いうところの「中央構造線」で、ことわっておくが、これは「フォッサマグナ」とはちがうのだ。

私の拙い説明にご不満の向きは、新しく大河原地区につくられた村立中央構造線博物館をお訪ねになるといい。学芸員の好青年が実にわかりやすく教えてくれる。

「そうか、ナルホド、うん、ナゾがとけた！」

私はあやうく叫び出すところだった。大鹿村には宗良《むねなが》親王の墓碑といわれる宝篋《ほうきょう》印塔がある。小渋温泉の奥の御所平は親王居住の跡という。南朝の皇子が、どうして伊那谷までやってきたのか、かねがねいぶかしく思っていた。遠州の井伊谷《いいのや》にも宗良親王の言いつたえがあって、親王を祭神とする井伊谷宮が祀られている。博物館で説明を聞いていてハッとした。中央構造線はピッタリ吉野から遠州、伊那を結んでいるではないか。ちょうどその上を伊奈街道や秋葉道が通っていく。それと知らず太断層の上を南朝の志士たちは駆け抜けた。

昼間のコーフンがよみがえり、鼻息荒くお湯から出ると、余勢をかって特別メニューを追加した。

「鹿刺し、イワナ、それにマス！　そうだ、シシ鍋ももらおうか」

おばさんがあきれたように笑っている。

翌日、片桐登さんにお会いした。村につたわる大鹿歌舞伎を支えてきた人だ。芸名が竹本登太夫。ながらく教育長をなさっていた。

「三味線を奏《ひ》く教育長とはイキじゃないですか」

「なアに、道楽モンですよ」

小柄で、目もとがやさしい。顔もやさしい。いかにも好々爺だが、戦後の困難な時期にも、ねばり強く伝承芸を守ってきた。先年は一座を率いてオーストリアやドイツ公演をした。ウィーンのコンツェルトハウスでは、三味線をピンと鳴らしたとたん、音がワッと返ってきて、「おっそろしいナ」

と思ったそうだ。そんなことばにも竹本登太夫の芸の深さがみてとれる。

昔は集落ごとに十三もの舞台があったが、現在は四つ。春と秋に神社の前宮として演じられる。

「もうすぐですね」

秋の公演は十月十五日の日曜日。この小柄な人が奏き語りで三時間、浄瑠璃をうなりつづける。

「トシですからヘコタレます」

なんの、なんの、つやつやした顔がうれしそうだ。舞台部長は大工さん、農協の組合長が女役をこなしたり、役場の係長が荒武者になって目をむいたりする。そのたびにヤンヤヤンヤの声がかかる。「ふるさと創生一億円」の使い道のアンケートをとったら、歌舞伎用にあてろというのが一位になった土地柄なのだ。

「おかげで念願の衣装が買えました」

強い味方がついている。当日、村の衆は、「ろくべん」とよばれる重箱式の弁当をもってやってくる。最後の一段がハネになると、舞台一面が白いおハナで、文字どおり花に埋もれる。

ブラブラと旧秋葉街道を歩いていった。東南の奥に赤石岳がのぞいている。小渋の河原で子供たちが遊んでいる。河原の石が白いのは、白亜紀の火成活動によって花崗岩ができたからである。ニワカ地質学者は足をとめ、思案深げに腕組みをした。大西公園の背後の黒いところは、崩壊によって現われた「鹿塩マクロナイト」の大露頭だ。温泉にくると、こんなにもモノ知りになる。

村の観光案内所「ビガーハウス」でお茶をいただいた。柳下修平・敏子夫妻が管理人。もともと神奈川の生まれで、ふたりとも新劇の俳優だった。その後、俳優は廃業、縁あってこちらに越してきて住みついた。修平さんは切り絵画家として知られている。ビガーハウスの片すみで背を丸め、汗みずくになって来年のカレンダーをつくっていた。観光案内所は集会所を兼ねており、夜になると若い人専用。大人は一切タッチしない。

「若い人というと、いくつまで若者ですか？」

敏子さんはムニャムニャといってからニコリとした。それは、まあテキトーでいいのだそうだ。自然がいいと、人間はこんなにも知恵深く、やさしくなる。

（『AMUSE』一九九五年一〇月一一日号） a

金沢の仙境

湯涌温泉　石川県金沢市

「仙境」という言葉がある。奥深いところにあって、仙人が棲むような幽邃《ゆうすい》の地といった意味。むろん、簡単には往きつけない。折れまがった険しい小径をどこまでもたどっていくと、やがて不意に木洩れ陽のあいだから、眠りこけたような小さな里があらわれる——。

湯涌《ゆわく》温泉はどこか仙境を思わせる。しかもこれはごく簡単に行きつける仙境である。金沢のバスターミナルからおよそ四十分、浅野川沿いに走っていたのが、やや高度を上げて左右にカーブを切りながらいく。以前はけっこう幽邃の地であったのだろうが、整地されたところに建売り住居が並んでいたり、某大学入り口の標識があったりして、なかなか俗界をはなれない。江戸村というのは江戸時代の建物をあつめた文化園らしい。壇風苑とは何のことかわからないが、とにかくそんな大看板が目にとびこんでくる。

少しウトウトしかけたころ、やにわに仙境に走りこんだ。いかにもそんな感じだ。バス道の右手は丘状にせり上がっている。そのふところに抱かれて、古風な旅館街が眠ったように並んでいる。温泉の名が「湯涌」とは、これ以上ないストレートな命名にちがいない。「金沢の奥座敷」がキャッチフレーズらしいが、同じことなら仙境といってもらいたい。それほど色濃く特有の雰囲気をもっている。古都金沢には若い娘や半ズボンに茶髪組が目抜き通りにたむろしていた。支店管理職風や県庁役人風が忙しげに往き来している。刻々と現代の時間がすぎていく。

そこからバスでひとっ走り、こちらは仙人の時間である。仙人向きの超然とした時間がフワフワと浮いている。丘の上が白雲楼とは、これまた仙人の里にふさわしい。

温泉街のほぼまん中に共同湯がある。小づくりの平家建て、アルミサッシの戸口を入ると、入浴キップ自動販売機がデンと控えている。実利一方で、ヘンに由緒ぶらないところが気楽でいい。来る人もおおかたゴムのサンダルにプラスチックの手桶、ステテコにランニングといった超気安いいで立ちもおられる。定連にはおのずと自分の流儀があるらしく、手早く洗うと、あとはのんびりとおしゃべりしている。

ひと汗流して通りに出た。ゆるやかな一本道で、上がりきったところに温泉管理組合の建物がある。源泉からの湯がここにストックされて、それからパイプで配られるのだろう。少し塩っぽい食塩泉、ぬるめなので季節によって加熱するとか。旅館の主人たちが、そのつど組合事務所で寄り合いをする。用もないのにわざわざ腕組みをして寄り合い衆の姿を想像した。ひと風呂あびたあとは心身ともに陶然として、まるで脈絡のないことが頭をかけめぐるものである。

細い小路のつきあたり、急な石段の上に温泉神社が祀られていた。猫の額のような境内に大きな石臼が鎮座している。かつてここから湯が湧いて出て、それにちなんで名がついた。おとなりに竹久夢二の歌碑。夢二絵が一世を風靡していたころ、彼は何度か金沢へやってきて展示即売会を開いた。その間、湯涌に逗留していた。むかしの文人や画人は行く先々で土地の宣伝役を買って出て、シャレた歌を詠んだ。なかには宿代差っ引き、小づかい稼ぎをもくろんでいたのもいるようだ。巷の仙人はおりおり、杖ならぬソロバン片手にしてやってくる。

白雲楼は雲を押しひしぐような豪壮なつくりで、大型観光バスや黒塗りのハイヤーが客を運んでくる。見学自由、珈琲を飲むだけでもかまわない。古い湯治街に、どうしてこんな巨大なホテルができたのかは知らないが、それなりに目算あってのことだろう。いかにも豪勢な建物ながら、どことなく仙人が杖を一打ちして出現させたようなあどけなさがある。

下にもどって小さな宿に入った。廊下ごしに部屋が見える。湯治客が畳に腹這いになって本を読んでいた。手すりに手拭いが干してある。前は坪庭で石に緑の苔が生えている。屋根のどこかから反射した金色の夕陽が筋をひいて苔の上に落ちていた。

奥は裏山につづいていて、斜面にのっかる形で部屋がつくられている。夕食のあと畳に寝ころんでいると、耳の下に虫の声を聞いた。夜の虫は遠慮がちに、とぎれとぎれに鳴く。窓から草いきれのような匂いが流れてきた。夜風は涼しいというよりも肌寒い。半眠りのまま全身が深い穴に沈んでいくような気がした。不安なようでもあれば心地いいようでもある。羽虫のようにからだが軽く、沈みながらも浮いてる。あたりを見回したいのだが、それもおっくうな気がして、沈むがままになっていた。

自分のクシャミで目がさめた。ふとんを敷きにきたおばさんの話によると、根太が少しはゆるんでいて、部屋が北に「かたがって」いるのだそうだ。だからふとんの向きにひと工夫が必要だ。穴に沈んでいく夢をみたのは、微妙な傾斜をからだが感じとったせいかもしれない。

北国の秋は早い。裏山でかさこそ枯れ葉が舞うような音がした。ヒンヤリした空気が流れこんでくる。ふとんの上に大の字になって、草の匂いを嗅いでいた。日常の時間を、まるで次元のちがう時間が横切って、その交わりの一点にいる。だからいましばらくは、このままじっとしていよう。

――立ち上がって窓を閉めたり、ふとんにもぐりこむのが面倒なので、なにやら意味ありげにいいかえただけである。せっかくおばさんがふとんの向きを工夫してくれたのに、やはり微妙な傾斜があるのかもしれない、またしても深い穴に落ちこむような夢をみた。

（『AMUSE』一九九七年九月二四日号）

こんにゃくえんまの縁が招く鬼の里

鬼ヶ嶽温泉・鷺の巣温泉・月の原温泉・般若寺温泉

岡山県

はやくも鬼がいた。

二本のツノに、ザンバラ髪、大きく横に裂けた口から牙のような鬼歯がみえる。火のようにまっ赤な赤鬼が派手なハッピを着て、「鬼びっくり饅頭」というのをかかえている。

ここは岡山市の西北部、吉備津《きびつ》神社門前のお土産屋。鬼退治で知られる吉備津彦命を祀る。お参りしてきたあと、店に入って桃太郎うどんを注文した。

「どっからきたわけ？」

ワイシャツにヤッケを着た色の黒いおじさんが話しかけてくる。吉備だんごを買ったかどうか。買うならここだ。同じようでも味がちがう。出来たてのホヤホヤが運ばれてくる。

「工場から直《ちょく》にな」

見本を食べさせていただいたが、なるほど、うまい。淡い甘味をもっていて、やわらかく、舌の上でとけるようにして消えていく。ほかで売っているのと「えろうちがわん」が、しかし、ちょっとしたちがいが大きいとか。なかなか含蓄のあることをおっしゃる。きいてみると神社前で客待ち中のタクシーの運転手さん。ついでのことに鬼ヶ嶽ラドン温泉へ行く道をたずねた。

「天然でのうて、わかし」であるが、いい湯だそうだ。鬼ヶ嶽は人を泊めちょらんが、今夜はどうするのか。浮田《うきた》泊まりというと、ポンと膝をたたいた。

「ええなァ、わしも温泉へェりてえなァ」

桃太郎うどんがきた。山菜にまつたけ、キジ肉のつみれ、それに吉備だんごが入っている。中身たっぷりのかやくうどんである。

「明日はどうするわけ？」

好奇心旺盛なおじさんだ。

「鬼めぐり、鬼の戸籍しらべ。えんまさんに言われましてね」

「えんまちゅうと?」

「こんにゃくえんま」

「しらべて本をこさえるわけ?」

「まあ、そういうとこ」

「男三人に女ひとりか、こら勘定が合わんがな」

いぶかしげな目つきをした。指を折って、しきりに首をひねっている。

しばらく前のことだが、同じ男三人が東京・小石川の源覚寺で落ち合った。別名「こんにゃくえんま」といって、眼病に効く。江戸のころ、目の悪いおばあさんが、こんにゃくをそなえてお参りしたところ、目がなおった。代わりにえんまさまの右目がつぶれた。

なぜ中年男三人がこんな所で落ち合ったのか。話せば長いことながら、簡単にいうと、すぐ近くの銭湯・初音湯に入りにきたまでのこと。くだんの三人は名うてのお湯好き。月に一度は自前の木桶をもって温泉へいく。温泉行がままならないときは銭湯で間に合わせる。みずから称して温泉《ゆぜん》会。会員は三人ぽっきり。会長、名誉会長、幹事長と、ミニ政党さながら全員役づきというところが頑是《がんぜ》ない。

暗いお堂で老眼鏡をかけて、こんにゃくえんまの由来記を読んでいると、いきなり上から声がした。

「コレ、そこな亡者ども——」

まっ黒なえんまさまが、眉をいからせ、カッと口をあけて睨んでおられる。

鬼はどこへいったのか。酒呑童子や安達ヶ原、鬼ヶ島や羅生門。かつてはいたるところに鬼がいた。家々の屋根ごとに、鬼瓦が目を剝いていた。もはや見る影もない。当源覚寺にしてからが、マンションに変じて、本堂は一階に間借りの身。

「鬼棲む里へいけ」

えんまさまがおっしゃった。つぶれた右目がおいたわしい。心の闇にふみ迷う、現在の鬼をさがしにいけ。

まあ、酔狂といわれても仕方がない。正気とも狂気ともつかない、いわば超気のなせるわざ。かくして一同、ザックに木桶という珍妙な格好で羽田空港に集合、吉備路へとひとっ飛び。このたびはやさしい秘書役がお伴くださる。

「全山奇岩累々ト天ヲ指シ、松風俄ニ起テ《ショウフウニワカ》鬼気肌ニ迫ル——」

とかなんとか、昔の紀行文作者なら書くのではあるまいか。

会長運転のレンタカーで県道づたいに美星町《びせい》に入った。川沿いに上っていくと、しだいに両側の山が迫ってきた。山肌一面に針のような岩がひしめいている。名勝鬼ヶ嶽、鬼の温羅《うら》一族が棲んでいて、大和朝廷から派遣された四道将軍吉備津彦命と戦った。傷ついて鬼がつかったのが薬師の湯。見上げるような赤鬼のお出迎え。金棒をもち、虎の皮のふんどしならぬパンツをはいてござる。

「短足というところがうれしいねえ」

幹事長がしみじみといった。この人、つねづね自分の短足を気にしているのだ。いわれてみればなるほど、鬼には短足がよく似合う。

ラドン温泉鬼の湯荘はゲンジボタルで知られる美山川のほとりにあって、白い瀟洒な二階建て。第三セクター方式の経営とか。天然ラドンが豊富なアルカリ泉で、湯舟は鬼の行水にはじまり、鬼の河原、鬼の指圧、鬼の釜、鬼の肩たたきなど計八種の鬼づくし。うでたり、もんだり、冷やしたり、ほぐしたり。つい欲ばって、湯にのぼせた。三人が三様にロビーのソフアに倒れていると、秘書役が美星銘菓「イカリソウセンベイ」というのを見つけてきた。中国の伝説に淫羊という獣がいて、一日に百回も交尾をする。それというのも「藿《かく》」という草を食むからで、この草が世にいう淫羊藿《いんようかく》、つまりはイカリソウ。星の降る町美星にはオオバイカイカリソウが自生しており、そのエキスを加えて焼いたのがこのセンベイだ。ごく薄手ながらシンがあって、パリリと香ばしい。精力絶倫の獣にあやかってか、いままで倒れ伏していたのがガバと起きあがった。はや日も暮れかけている。のんびりしてはいられない。

とっぷり暮れた山道を走って峠をこえた。浮田温泉はメロンの実る町足守《あしもり》の北にあって、浮田川のほとりの一軒宿。玄関を入ると、いかにも年代物の大きな鬼の面が二つ、壁にかかっている。いつの頃の作ともわからない。裏の倉から出てきたという。ここにも鬼伝説が、つい昨日のことのようにして生きている。吉備津彦命の征伐に際し、鬼たちは傷つくと霊泉につかって傷を癒しては、頑強に抵抗する。やむなく命は秘法をもって霊泉を封じ、ようやくのことで退治した。そんなわけで一度消えていたのを、当地の住職がさがしあてた。

玉肌にしみるほのかな湯のかおり一日の幸を誰につげまじ

先人の作を拝借、壁一つ向こうの女湯を思いつつ、つつましやかに湯につかった。

やがてテラテラ顔が四つそろった。夜は当地名物のキジ鍋。ふつふつとお鍋が煮えてくる。まずはビールで乾杯。まさに「幸せを誰につげまじ」の思いがこみあげてくる。板さんが御亭主で、若妻さんが送迎、案内一切を切り盛りしている。そのお酌で一献いただいたばかりというのに、にわかに座の雲行きが怪しくなった。いつもはとりわけにぎやかな幹事長が、目をしばたいている。口数も少ない。そのうち、しきりにあくびをしはじめた。つづいてゴロリと横になると、座ぶとんを枕に、アッというまに寝てしまった。そこまでは私もまだ覚えている。このあとが、きれいさっぱり記憶にない。あとで知ったのだが、幹事長落命のすぐあと、名誉会長は「ワー、ねむい、モー駄目だ」とひと声叫ぶなり、這うようにして出ていった。秘書役が心配して見にきたところ、二つ頭をつけ合うようにしてゴーゴーといびきをかいていたそうだ。

いかにわれら中年が、日ごろ激務に追われ、疲労困憊しているか、おわかりだろう。とりのこされた会長ひとり、さみしく髭を撫でながらお酒を飲んでいたという。

鬼を助けた浮田のお湯が　今じゃ病の鬼退治
これは先代の御当主の作。なかなかコピーライターの才がおありになったとみえる。熟睡したせいか疲労もすっかり退治されて気分爽快。

おだやかな朝である。まっ青な空のポカポカ陽気。川の向こうは、ゆるやかな段々畑がつづいている。石垣を築いた上に白壁が見える。風ひとつない。天地が静まり返っている。「鬼の会」会長の中村光行氏の本によると、鬼という字には「ム」がついているが、この「ム」は「私」の古字で、「公私の別」などという私にあたる。おおやけごととわたくしごと、私は公に対するうちうちの内緒ごと。要するに、公然とか公正を否定した秘めごとで、それ故に「ム」がついており、すなわち鬼は「見えない存在」ということになる。たとえば魂はどうか。私に属して、目には見えない。だから鬼がつく。悪魔の魔、魔術の魔、正体のわからぬ魔物にも当然のことながら鬼がつく。

もっとも、公私の「公」にもムがついているではないか。これについて「鬼の会」会長は次のように考える。公の字の上のハは、「なきこと」を意味している。

「ムをハで否定することで反対の意味に化しているのである」

魅力の魅はどうだ。ひきつけ、化かし、まどわすもの。「魅入る」といえば、執念かけて取り入ること、神や霊が乗り移ること。ともあれ、しょせんは心の世界のことであって、見えない存在であり、だからして鬼がついている——。

とつおいつ高邁な思想を展開しつつ、散歩からもどってくると、朝風呂から出てきたばかりの「温泉会」会長が、赤鬼のような顔で地図を睨んでいた。先代が丹誠こめて造ったという庭を眺めながら朝ごはん。若奥さんに見送られて鬼の山へと出発した。

吉備高原の南端に標高四百メートルばかりの山がある。すり鉢を伏せたような形をしていて、その頂上近くを鉢巻状に石垣がとり巻いている。全長二・

八キロ、下は石積み、上は盛り土で高さ六メートル、立派な城塁といっていい。谷筋には水門がもうけられ、遺構から考えるに城門が三つあった。

城内は二十九ヘクタールにも及ぶ広大なもので、礎石から判断すると食糧庫や武器庫があったらしい。いつの頃、何のために造られたのか、文献一つのこっていない。人呼んで鬼の城。

車一台がやっとの道をゆっくりと上っていった。途中に「鬼の釜」がある。五人は十分入れそうな鉄の釜だ。つづいては鬼の雪隠、鬼の差上げ岩、温羅《うら》の屋敷跡。目には見えないが、そこら中に鬼がいる。松風だけがサワサワと鳴っている。かつてあったもの、もはや見えない存在の威厳といったものが漂っている。

一説によると、六世紀の昔、大和政権を乗っとろうとした吉備の豪族が反乱をおこしたときに、大和の軍勢を迎えうつために築いた山城だという。別の説によれば、紀元七世紀の白村江の戦いで、わが国が大敗を喫したあと、新羅からの侵攻を防ぐために大和朝廷が築いたという。さらに別の説では、朝鮮から渡来した人々が、いざというときの逃げ込み城として故郷にならって造営した。それが証拠に土の盛り方が朝鮮式だという。諸説フンプンとして、いまだ定まらない。ただ謎めいた石垣と伝説がのこった。

一同ぼんやりと眼下の吉備高原を見下ろしながら山風に吹かれていた。ふと時計をみると十一時ちかい。

「アラ、いけない」

秘書役がすっとん狂な声をあげた。賀陽町の鷺の巣温泉に電話が入れてあって、十一時にお邪魔する手はずになっている。

道路わきに古風な看板が立っていた。鬼に由来の隠し湯の一つで、かつて頼山陽も来たことがある。いかにも羽織袴にぴったりの旧家である。ただお風呂はモダンにしつらえてあって、サウナもある。アルカリ性フッ素泉。

湯あがりに座敷でひと休みした。ひんやりとした空気が心地いい。重厚な床の間に梅一輪。違い棚に品のいい人形が並んでいる。鴨居にダルマの額。なんだか御当地の名士になったぐあいだ。

「鬼のことだけどね」

幹事長が顎を撫でつつ、おもおもしく口をきった。吉備の枕詞は「真金（鉄）吹く」である。『古今集』巻二十に歌がある。

真金吹く吉備の中山　帯にせる細谷川の音のさやけさ

吉備の国は豊かな鉄によって富み栄えた。その財によって強大な軍事力を擁し、瀬戸内海を掌握していたのが吉備王国だ。

「釜鳴り神事も製鉄とかかわりがあるのじゃないのかしら。たたらの技法を思わせるね」

つい昨日、吉備津神社で見てきたばかり。長い廻廊を南に渡ったところにお釜殿がある。上田秋成の『雨月物語』でおなじみだろう。伝わるところによると、鬼の温羅を退治して、首をさらしたが、いつまでたっても吠えつづける。そこで吉備津彦命は、首を犬に食わせ、どくろをお釜殿の下に埋めて、温羅の妻阿曾女《あそめ》に火を焚かせて慰めさせた。いまにいたるまで釜鳴り神事がとりおこなわれている。竈《かまど》に鉄の釜をかけ、巫女が松葉を焚《た》いて米を蒸す。釜が鳴る音の高低や長短で吉凶を占う。

「出雲にも火鑽《き》り臼と杵でつくる神火の行事があるじゃない」

『出雲風土記』にも鬼が出てくる、と会長が口をはさんだ。目一つの鬼で人を食う。出雲族もまた鉄で栄えた。玉造温泉に近い野たたらの跡をはじめ、製鉄の遺跡がいくらもある。野天で炭を燃やして砂鉄に含まれた鉄を溶かす。火の粉で目をつぶした人も多い。一つ目の鬼もまた色こく鉄とかかわっている——。一同、腕組みして首をひねった。

「お待ちどおさま」

入れかわって湯あみした秘書役が、匂うようなほてり顔でやってくる。とたんに鬼談義はけしとんで、目尻を下げたみやび男とたおや女に早変わり。

若奥さんの話だと、ここは長逗留が多いとか。商用や何かでひと月、ふた月、なかには半年ちかくいる人もいて、まるで親戚みたいなおつき合い。そんな方からのお土産のおいしい和菓子をいただいた。それにしても今回、のべつきれいな若奥さんと出会うのはどうしてだろう？　鬼棲む里は美人ぞろいである。

余勢をかって同じ賀陽町の月の原温泉へとやってきた。古いお湯である。やはりここにも鬼退治の伝説がある。文化文政のころは土地の人が汲んで帰って薬湯にした。泉源は「温《お》ドミ」と呼ばれて、いかなる旱天にも涸れない。ひところ左前になって、某電鉄が経営を投げ出したのを、母と娘が買いとり、女手ひとつで立派にたて直した。「やはり気くばりがありませんとね」

品のいい母親がおっしゃる。

「美人だゾー」

幹事長がコーフンして報告にきた。調理場をのぞいたところ、板前兼任の娘さんがいたという。さっそく会長と名誉会長がのぞきにいった。くり返しいうが、鬼棲む里に美人多し。

大きな湯舟の窓ごしに、広々とした吉備高原が見える。「月の原」の名前どおり、夜にはお風呂から月が仰げる。

少し早いが昼食ということで、待つほどにキジ鍋が出た。二日つづきながら、昨夜は精神がモーローとしていたので、晴れてまじまじと御対面。昼間から美しい人のお酌でビールを飲む。まさしく天下のぜいたくひとり占め。運転役の会長ひとり、浮かぬ顔でお茶をあおっている。よく煮えた刺身こんにゃくを頬ばったとたん、カッと睨んだこんにゃくえんまの顔が頭をかすめた。何のために、はるばると吉備路にきたのだ？　心の闇にふみ迷う現代の鬼をさがしにきたのではなかったか。ここはひとつ、般若《はんにゃ》でもってカツを入れよう。衆議一決、そのまま備中路を突っ切って北へ北へとひた走り、午後おそく美作の国は般若寺温泉へと走り込んだ。カヤぶきの庫《く》裏《り》の前に橋がかかっている。これを渡ると別棟で部屋が三つ。サラリと障子をくると、目の下は奥津川。

お風呂は橋を渡って下手の川っぷちにある。岩屋の中に、少しぬるめのやわらかいお湯があふれている。日がな一日つかっていても飽きがこない。目をつむると川音が天地に轟いて、しみるように耳を打つ。

夕食は釣りたてのアマゴにウグイ。ほかにもいろいろ、いかにも手のかかった御馳走をたっぷりいただいた。旅の途上に出くわした美しき女あるじに、ゲーテは有名な詩を捧げたが、心の闇にふみ迷うわれら俄か鬼にはそれができない。ただいつまでもいじましく、お代わりのお酒をせびるばかり。鬼棲む里は——の前言をくり返す。古人いわく、鬼神に横道なし。鬼はウソをつかない。

（『雲は旅人のように　湯の花紀行』一九九五年）

学問のススメ、温泉もススメ

別府温泉　大分県別府市

　ここは別府の明礬《みょうばん》湿泉。湯けむりの立ちのぼる湯の町にあって、もっとも高所にある。すぐうしろは扇山、眼下には町のあかりが星のようにまたたいている。そこではいまごろ、白い指が三絃の糸をつまびいたりしているのだろう。栄華の巷を低くみて酒をいただくなど、なんと豪勢なことではないか。私はお大尽さながら、悠然と脇息によりかかった。とたんに飛行機の中で読んでいた本の出だしが頭をかすめた。

「天は人の上に人を造らず、人の下に人を造らずと言えり……」

　にわか大尽はあわてて盃を下に置いて、すわり直した。

　ごぞんじ、福沢諭吉の『学問のすゝめ』である。明治五年（一八七二）に書きはじめ、四年がかりで全十七篇を刊行。三百数十万という前代未聞の売れゆきを示した。山本有三の『路傍の石』にえがかれているとおり、丁稚に出された少年たちは「天は人の上に」のはげましを胸にひめ、歯をくいしばって奉公した。

　別府のお湯につかりにいくのに、どうして『学問のすゝめ』が必要なのか？　理由は簡単だ。地図をひらくと、別府のかみ手の国東《くにさき》半島の首ねっこをよぎる形で国道が走っている。半島の向こう側が豊後高田市。そこからほんのひと走りで、福沢諭吉の生まれた中津に行きつく。別府のお湯で身を浄めたあと、仏教の聖地国東をめぐり、あわせて『学問のすゝめ』の故里を訪れ、わが学問の大成を祈ってこようというのである。わずか一日でそのすべてをはたそうというのだから、多少とも欲ばりのきらいがあるが、それにしてもじつに殊勝な心がけというものではなかろうか。

世に称して別府八湯。鶴見岳をいただく扇状の台地に別府、浜脇、鉄輪《かんなわ》といった温泉町がひしめいている。湧出量日本一、源泉数日本一、泉質数日本一、宿の数は大ホテルから小さな湯治宿まで合わせて約四百七十軒。

大むかしから栄えた湯の町とばかり思っていたが、べつにそうでもないらしい。江戸のころは海辺の寒村で、粗末な湯小屋がある程度だった。明治七年(一八七四)、大分県令森下景瑞が県費でもって浜脇の浴場を改築、衛生思想の普及かたがた「入浴のすすめ」を説いた。どうも九州の人はすすめるのが好きらしい。

油屋熊八といった知恵者がいた。ご当地の亀の井バスの創設者であるとともに地獄めぐりを考え出した。別府観光に欠かせない。金竜、鬼山、坊主地獄に血の池地獄。その命名に、いかにも明治的心情がこもっている。三十分に一度、湯を吹き上げるのが竜巻地獄、かまど地獄でボイルしたのが地獄卵。この熊八は地図で使う♨マークをつくったといわれるが、まったく湯の町の申し子のような興味深い人物である。

朝、明礬温泉の坂道をトコトコと下ってきた。岩風呂、石風呂、砂湯、筋湯、蒸し湯、湯滝。別府にはありとあらゆる種類のお風呂がそろっている。聞くところによると共同湯が約八十五。さしあたり鉄輪のひょうたん温泉がよかろうとのこと、主だったのがひととおり体験できる。

まずは打たせ。昨日から、のべつ服をぬいだり着たりしている。またしても脱衣しながら、巨大な石組みの上から、いくつもの太い筋をひいて湯が落ちているのをながめていた。入ってみて気がついた。うっかりすると、はじきとばされかねない。歯をくいしばるようにして、ひとりポツンとすわっていると、なぜかまたしても『学問のすゝめ』が浮かんできた。

「……されば天より人を生ずるには、万人は万人皆同じ位《くらい》にして、生まれながら貴賤上下の差別なく……」

福沢先生に太鼓判を押されたかのようだ。いかにもこれは学問以上に入浴のすすめにぴったりである。そこでは万人皆ハダカにして、生まれながらの姿であれば、もはや貴賤上下の差別なく――。

急に元気になって、あわてて服を着ると、ゆるやかな坂を走りくだり、竹瓦温泉までやってきた。砂湯ならこの竹瓦の共同湯がおすすめとか。古風な温泉館の玄関を入った左手、脱衣所の奥に黒ずんだ砂の山がひろがっている。その前方に、たくましいからだつきのおばさんが二人、片手にクワをもって鬼のごとくに仁王立ち。上からの明かりが砂の山のあちこちをピカピカ光らせている。おばさんが手まねで、そこでハダカになってこちらに下りてこいと指示している。さながら針地獄にひかれていく亡者のごとしだ。ついグズグズと二の足を踏んでいた。だが、まてよ、『学問のすゝめ』の一節になかったか。何であれ新しいことに好奇心をもち、人とよくまじわれ。人間、鬼でもなければ蛇でもない。

「心事を丸出しにして颯々と応接すべし」

ともかくも前を覆って砂の中におりていった。おばさんがクワで手早く人のかたちに砂を掘る。横になった上からそっと砂をかけていく。とたんに熱いような冷たいような、重いような軽いような、土中にいるような虚空をただよっているような、なんとも不思議な存在感につつまれた。やにわに全身の肌に生気がよみがえったかのようで、ヒリヒリとくすぐったい。

「熱すぎないかネ」

おばさんはクワをおくと、上にまたがるようにして肩や胸のところの砂をならしていく。鬼などと思ったとはもったいない。慈母のような柔和なお顔は、さながら如来さまだ。ほんのりした熱気につつまれ、おもわず口からつぶやきがもれた。

「あー、ゴクラク、ゴクラク」

お昼すぎに別府を発った。タクシーをとばしてやってきたのは、豊後高田市来縄《くなわ》の報恩寺。ここを第一番にして国東半島一円に三十三ヵ所、末寺あわせて六十をこえる寺院がある。宇佐八幡の化身といわれる仁聞《じんもん》の開創にして、いうところの六郷満山の霊地めぐり。

六郷満山の「六郷」とは、読んで字のごとく六つの郷のこと。むかし、この半島を、安岐、武蔵、国前《さき》、伊美などの六つの郷《くに》に分けたのに由来する。「満山」は山岳仏教の用語で、山のすべて、全山を浄域と考え、そこに満ちみちた寺々のあつまりをいった。全部をまわるとなると一週間ですまないだろう。大分交通おすすめの霊場めぐりのバスに乗っても三泊四日かかる。こちらときたら先にもいったように、温泉・霊場に加えて福沢先生生誕地訪問の欲張り旅だ。それも一日で廻ろうというのだから鬼神も恐れぬ仕ワザといわなくてはならない。

田染郷のはずれの富貴寺にきた。地名は蕗《ふき》、富貴はあて字、本堂の阿弥陀堂を称して「蕗《ふき》の大堂《おおどう》」。

とはいえ、いたって小振りの建物である。単層宝形造の屋根がすっきりと美しい。円陣の壁に浄土変相図が描かれていたらしいが、彩色が落ちて淡い幻のような形だけがのこっている。それがいっそう生々しく「変相」の姿をおもわせる。本尊は寄木造、伏目がちで半開のまなざし。頬がふっくらとやさしい。作者不詳、藤原時代の作という。

鋸山の麓に出た。国東半島から臼杵《うすき》にかけては多くの石仏がのこされているが、そのなかでも熊野の磨崖仏が傑作とされている。観光バスから降りてきたおばあさんの集団にまじって、かなりの坂道をのぼっていった。

やがて石段にさしかかった。「乱積み」といって、自然石を黒々と積み上げたもの、鬼が一夜で造ったという伝説がある。なるほど、人間わざとは思えない。勝手気ままに積み上げたようでいて、人間の歩幅とピタリと合う。おそろしく急な勾配なのに、いっこう疲れを覚えない。

木の間ごしに二つの石仏が見えてきた。深いレリーフ状の顔を刻んで、ともに六メートルにある。大日如来と不動明王といわれ、一方はおだやかな微笑を浮かべている。もう一方はキッと口をへの字にむすんでいる。誰が彫ったのかわからない。大日如来の頭上にある文字が何を意味しているのかもわからない。謎といえば、そもそも平安朝の昔、岩盤からこれほどの石仏を刻み出した技術者集団が、都から遠いこの国東にいたわけがわからない。

「昔の人はエラかったねェ」

おばあさんが腰をのばしながら、感にひたったようにいった。なるほど、そう考えれば謎も即座に解決がつく。

「なせばなる、なさねばならぬ、なにごとも――」

ここでおばあさんはひと思案した。あとのくだりを度忘れなさったらしい。

「なさぬはならぬ、ならぬなりけり」

自分でもヘンだと思ったのだろう。もう一度いい直した。

「なさぬは人のなさぬなりけり」

「そうだねェ」

つれのお仲間が神妙な顔でうなずいた。

陽がかげったとたん冷っこい風が吹きおこり、ころなしか如来さまの顔がけわしくなった。雲が流れて陽ざしがもどると、もとの柔和なお顔。アゴのはりぐあいが先ほどの砂湯のおばさんとそっくりである。

午後おそく、中津についた。お城に近い留守居町に福沢旧宅が復元されている。もとはややちがったものであったらしい。間口二間、奥行十五間のウナギの寝床のように細長い。典型的な下級武士の住居だった。諭吉少年は、もっぱら土蔵の二階で勉強した。頭がつかえそうな天井に、明かりとりの窓が一つ。手製の書見台がポツンと置かれている。

「学問をするには分限を知ること肝要なり」

その「分限」とは何であるか？　天の道理にもとづき、かつは人の情に従い、他人の妨げをなさず、その上で「我一身の自由」を獲得することだという。

中津市と同じような地方の城下町に育った私には覚えがある。とかく保守的で、新しいことには臆病だ。たがいがたがいを見張るようにして、他人を横目でうかがっている。東隣りに名うての神仏の里を控えて、福沢諭吉はよほど郷里の因習に悩まされたのだろう。ここを去るにあたり、友人に「留別の書」を書きのこした。そのなかでもくり返し、自主自由をよびかけている。「願わくば、我が旧里中津の市民も今より活眼を開いて、人の自由を妨げずして我が自由を達し……」

彼は維新の動乱のなかで前半生をすごした。勤王の志士とやらが天下国家を論じ、人斬りざたに狂奔していたころ、せっせと英語を勉強した。幕府崩壊の前夜、江戸市中にデマがとびかい、疎開さわぎでごった返している最中に、出入りの大工に塾を普請させ、いつもどおり授業をしていた。維新後、誰もがわれ先に新政府にむらがって官途についたとき、自分はさっさと野に下った。

この小藩の下級武士の二男坊は、前近代的なものがハバをきかしている土地に生まれ、新旧両極のあいだでもまれながら、たえずみずからを鍛えていった人物である。やがてはじまった記憶力中心の教育を批判して彼はいった。それは「半死半生の青瓢箪」をつくるだけであると。

復元された旧宅の東に福沢諭吉記念館が建てられ、遺品や資料が展示されていた。私にはとりわけ、晩年の写真がおもしろかった。鳥打帽にハンテン、下は股引にセッタばき。そんな職人のような格好でコーモリ傘を杖がわりにこの近辺を歩いていたらしい。みずから述べているとおり、ことをなすにはこれを諭《さと》すにしかず、これを諭すは「我よりその実の例を示すに若かず」というわけである。

（『雲は旅人のように　湯の花紀行』一九九五年）

へんろう宿の旅人

松葉川温泉　高知県高岡郡四万十町

井伏鱒二《いぶせますじ》の短篇「へんろう宿」は、こんな風な書き出しをもっている。

「いま私は所用あって土佐に来ているが、大体において用件も上首尾に運び、まず何よりだと思っている」

安心したせいかバスのなかで居眠りをしてしまい、安芸町《あきまち》というところで降りるのを遍路岬《へんろう》というところまで乗りすごした。引き返そうとすると、もう終バスが出てしまったあとだという。用件も上首尾のことだし、急いで引き返す必要もないので、遍路岬の集落で宿をとることにした。宿屋は何軒あるかときくと、へんろう宿が一軒あるだけ。

「この土地では遍路のことを、へんろうという。遍路岬も、へんろう岬といっている。街道の傍《かたわら》にある石の道しるべにも〈へんろう道〉と刻んである」

宿屋の入口に「へんろう宿、波濤館《はとう》」と書いた看板が下がっていた。客間が三部屋しかない貧弱な宿だのに、意外にも女性従業員が五人いる。そのくせ、おやじもおかみさんも息子もいない。つまり「従業員がいるだけで、宿屋の経営者に該当する人がいない」という変てこな宿である。

四国の地図をひらくと、土佐湾に面して安芸という町はあるが遍路岬などはない。町から六十ロほどの岬というと土山岬である。この辺りをモデルにして井伏流の変形がほどこしてあるのだろう。

そのへんろう宿の土間に入って泊めてもらいたいというと、まず五十ぐらいの女が現われた。居間には八十ぐらいのしわくちゃのおばあさんと、六十ぐらいのおばあさんが火鉢を囲んですわっていた。さらに十二ぐらいの女の子と十五ぐらいの女の子が向かいあって書き取りの勉強をしていた。五人が五人とも捨て子だという。嬰児《あかご》のときにこの宿に捨てられた。宿に泊った客が捨てて行った。

三つの客間はふすまで仕切っただけで、天井の黒い梁《はり》がまる見えで、そこに千社札のようなものが何枚もはりつけてある。壁の定価表には「御一泊一人前、三十銭。御食事はお好みによります」と、わりあいに達筆な字で書いてあった。だれか宿泊人が書いてやったものらしい。部屋の隅に脚のない将棋盤が置いてある。それが部屋で唯一の装飾品で、かえって物悲しい気持をそそるのである。

あらためて集印帖をひらいてみると、四国二十四番最御崎寺《ほつみさき》（東寺）から始まっている。名号と朱印に加えて、寺ごとに違ったデザインで「四国霊場御開創千百五十年記念」のスタンプが捺してある。昭和三十九年（一九六四）夏のことだ。夜の船便で神戸を発った。夜明け前に高知と徳島の県境にある甲浦《かんのうら》という港に着いた。朝一番のバスで室戸岬まで行って、そこから寝袋とリュックをかついで歩きだした。二十九番四天王護国寺、三十番安楽寺、三十一番竹林寺、三十二番禅師峰寺、三十三番雪蹊寺。

べつに室戸から足摺《あしずり》まで歩き通そうなどと決めていたわけではない。当時、大学を出たあと大学院に籍を置いて、もっぱらアルバイトに精出していた。要するに若さをもてあましていた男が呑気《のんき》な旅に出ただけである。急ぐ理由はどこにもなかった。懐の所持金の心細いことだけが気がかり。途中、おおかた寝袋に入って野宿した。ときおり宿に泊った。

遍路宿、もしかするとそんな宿だったのかもしれない。とにかくおそろしくオンボロだった。壁も天井も襖《ふすま》も黒々とすすけており、割れた曇りガラスに古い障子紙の目張りがしてあった。天井からぶら下がっている明りに手をのばした拍子に電燈の笠から埃《ほこり》が降ってきた。庭の風呂場の電球が切れているとかで、まっ暗な五右衛門風呂にしゃがんでいた。外に出ると、上半身裸のおばあさんが縁台で涼んでいた。

井伏鱒二の「へんろう宿」の主人公は、頭の上にハンカチをのせ、その上に「ぞうきんを大きくしたようなふとん」をかけて寝たそうだ。疲れていたのか、すぐに寝入った。やがて隣りの部屋の話し声で目をさました。三番目の五十ぐらいのおばさんが、隣りの客と酒の相手をしながら話し込んでいるらしかった。

「……きっと、この遍路岬《へんろうみさき》に道中して来る途中、嬰児を持てあましているうちに、だれぞにこの宿屋の風習を習いましつろう。たいがい十年ごっといに、この家には嬰児が放《ほ》ったくられて来ましたきに。」

「でも、みんな女の赤んぼちゅうのは不思議やないか。」

「男の子は太うなってしくじりますきに、親を追いかけて行《い》て、返します。もしも親の行くえが知れんと、役所へとどけてしまいます。」

「戸籍面はなんとするのやね。女の子でも戸籍だけは届けるやろう。嫁にも行かんならんやろう。」

「いんや、この家で育ててもろうた恩がえしに、初めから後家のつもりで嫁に行きません。また浮気《うわき》のようなことは、どうしてもしません。」

「はてなあ。よくそれで我慢が続いて来たものや。」

高知市近辺の札所を巡りおえて、土讃線沿いに南下した。窪川《くぼかわ》まで下って、三十七番岩本寺へ行くために北へ上った。高岡郡窪川町日野地というところの松葉川温泉で一泊した。川沿いにある療養所のような建物だった。自炊客用らしく大きな炊事場のある古い木造の離れがあった。久しぶりにお湯につかり、白いシーツの上で寝たせいか、興奮していつまでも寝つけなかった。

それから二日がかりで三十八番の足摺山金剛福寺に行きついた。南国特有の黒々とした樹林の向こうに白い燈台が見えたとき、身体のシンから突きあげてくる感動を覚えた。

真宗の寺の縁すじの生まれなので、ひととおりお経も読める。本堂に参って手を合わせる。といって格別の信心があるわけではない。由緒深い建物や本尊にもさして心を動かされない。むしろ私はどちらかといえば、古寺の荘厳さをそこなうたぐいのゴタゴタしたものが好きなのだ。壁や柱や天井にところ狭しと貼りめぐらされたお札や、昔ながらの起請文や、たわいのない奉納品や、たどたどしい手で綴られた願立ての文である。そういったものに惹かれてならない。

境内のあちこちに結願記念の碑が立っていたりする。ある人は五輪の塔型に刻んだ板碑を背負って札所全部にくばり歩いた。別の人は写経千巻を奉じて八十八ヶ所を八十八度まわったという。こうなると信心というよりもモノ狂いといった方が正しいかもしれないだろう。いったい、どのような情熱あって、このようなばかばかしいことができるのか。いや、それはもはやばかばかしさをとおりこして感動的ですらあるのだった。

四十番の観自在寺まで来て所持金が尽きた。宇和島でうどんを食べたきり。今治《いまばり》港から瀬戸内海を渡り、夜行で東京に帰りつくまで、ひたすら空腹をかかえていた。

（『温泉旅日記』一九八八年）

西郷どん湯治場

栗野岳温泉　鹿児島県姶良郡湧水町
新湯温泉　鹿児島県霧島市

鹿児島神宮にお参りした。御祭神はアマツヒダカヒコホホデミノミコトとトヨタマヒメノミコト。大隅《おおすみ》一の宮で、旧官幣大社だとか。そのわりには簡素な建物が石垣の上にのっている。

急な石段をのぼっていった。足下に景色がひらけてくる。ひろびろとして、のどかな南国の風景である。前が国分平野、鈍く光るのが鹿児島湾。天気がいいと桜島から、さらに向こうの開聞岳までよく見えるそうだ。古い伝説によると、ホホデミノミコトの皇居のあったところ、つまりは高千穂宮である。神武天皇はここで東遷の軍議を開いたという。

山の幸、海の幸を前にひかえ、いかにも伝説の地にふさわしい。それにしても、こちらは何ともないのに、説明役のタクシーの運転手さんは、息を切らしてあえいでいる。現代の薩摩隼人は東遷はおろか、小山一つですらおぼつかない。

「国分というと何でしたか。何やら聞き覚えがありますが」

「タ・タ・タバコでしょう――国分は、ハア、――タバコの産地です」

自分でもチョッキのポケットからタバコをとり出して、カチリとライターで火をつけた。一パクすると落ち着いたようで、いかめしい金の紋章入りの帽子をあみだにして、くつろいでいる。

並んで石段の上につっ立って、しばらくホンヤリしていた。つい今しがた鹿児島空港に降り立ったばかりである。

ジェット機からこぼれ出て、その足で神武天皇軍議の場にやってきた。古代と現代が強引に結び合わされたぐあいで、すべてがまるきりとりとめない。

「ここが大隅の一の宮とすると、では二の宮はどこですか？」

近くに蛭子《ひるこ》神社というのがあって、そこが二の宮。はじめは漁業の神さまだったが、いつのころからかエビス、大黒が祀られ、商売の守り神になった。

「ハイ、福徳の神サンです」

近くにはまた石体《しゃくたい》神社といって、安産の神がいる。伝説の国は神さまでいっぱいだ。

「お参りしますか？」

「安産ねェ。まあ、関係無いからなァ」

陽が西に傾きはじめた。イワシ雲がたなびいている。神々の里の空は、はてしなく広い。

車にもどって北へ走った。めざすは栗野岳温泉である。神の里はまた湯けむりの里でもあって、安楽、日当山《ひなたやま》、林田、新燃《しんもえ》などの温泉が目白押し。

「サツマというとサツマイモですね」

いまだに時間の感覚がズレているせいか、思考が停止したようで、何も頭に浮かばない。

「サツマイモはサツマだ」

「こちらではカライモといいます」

薩摩地方ではサツマイモといわずにカライモといい、筑前あたりになるとトウイモという。「唐」の字の読み方がちがうわけだ。

「なるほど、なるほど」

思考停止の先生は、しきりに合槌を打って感心している。振り返ると山が一つ、たなびく夕景のなかにポッカリと浮いている。高屋山上陵といって、「神代紀」に「後久しくましまして、彦火火出見尊《ヒコホホデミノミコト》崩《あが》りましぬ。日向の高屋山上陵《たかやのやまのへのみささぎ》に葬《おさ》めまつる」とあるところ。異説もあるが、『古事記』にいう「御陵は、即ち其の高千穂の西にあり」にもとづいて同定されたらしい。山上に人工の大石があって、古代の土器が発掘されたりする。山というより丘といった感じの小さなものだが、上がまるまっていて、下にくだるにつれ大きくなり、平野に一つポッカリとあるので、やんごとない山陵にぴったりである。このとき道路標識が目にとまった。

「牧園というと、馬を飼っていたのかしら？」

「ハイ、馬の改良所があります」

正確にいうと農水省所管の国立九州種馬所で、馬のタネづけ、馬種改良をおこなっている。戦前は軍馬を多く産した。鹿児島産のアラブやサラブレッドが満州の野を疾駆した。

「競馬はやりますか？」

運転手さんが訊いてきた。

「やりません。そちらは？」

同僚に好きなのがいて、すすめられてときどき買うが、儲かったためしはないそうだ。まるでアキマセンといった意味のことを鹿児島弁で二度くり返した。よほどツキのないおひととみえる。

「高千穂の神がいてもダメですか」

「あれはウマの神サンじゃないからなァ」

この点、栗野岳はいい、栗毛の馬が保養にいく、それほどよく効く温泉だと、運転手さんは力説した。

「西郷隆盛も湯治にいったってネ。キンタマがハレたので行ったそうだがネ」

温泉で療養したが股間のハレがひかず、西南戦争のときはカゴに乗って指揮をとらなくてはならなかった。それで戦さに負けたのだそうだ。

「ヘエ、そうですか」

「まあ、そんなふうにいう人もおるがネ」

神武天皇と御陵《みささぎ》とタネ馬と西郷隆盛がごっちゃになって収拾がつかない。東の山並みが夕焼けを受けて薄紅色に染まっている。右から順に高千穂峰、新燃岳、韓国岳《からくにだけ》、えびの高原をはさんで栗野岳。ゆるやかな坂をのぼりつめ、日暮れ前に栗野岳温泉に着いた。すぐうしろが硫黄の谷で源泉がフツノツと湧いている。

「きいおいやもうしたなら、またおさいじゃったもんさいな」

気に入ったらまたおいでください、といった意味らしい。薩摩ことばを置き土産にタクシーは勢いよくUターンして坂道を下っていった。

温泉は霧島火山群の西端、栗野岳（千八十七メートル）の西南の山ふところにあって、標高七百四十メートル。横に長い木造の校舎のような建物で、渡り廊下をわたってお湯にいく。裏手にあるのが八幡大地獄とラジウム地獄、そこからあふれ出たお湯がドボドボと音をたてて流れこむ。いちばん奥が蒸し風呂で、小屋が二つに仕切ってあった。まる裸でヌルヌルした板の上に横たわると、下から熱い湯気がふき出てくる。熱いことは熱いのだが、長くいても平気なのは不思議である。そのうち、全身に汗がふき出したので這い出てきた。宿の自慢は鳥の蒸し焼きだそうで、小屋の入口の囲いの中に、羽根をむしられた鳥がうだっていた。赤うでの男が同じく赤うでの鳥を、しげしげとながめている。

運転手さんのいったのはウソではなかった。西郷隆盛はたしかにこの栗野岳温泉へきた。愛犬をお伴に狩りをしていたというから、股間のハレのことはいささか怪しい。しかし、ここは含硫化水素炭酸泉で、皮膚病や性病にも効能がある。西郷ドンには征韓論の一件のほかに何やら苦に病むことがあったのではなかろうか。

寝入る前にもう一度湯につかった。もどりがけに庭先の白い明かりの下で、ほてったからだをさましていると、白いかたまりがフワフワやってきた。老犬で頰が垂れ鼻がすわっていて、どこやら西郷隆盛と顔が似ている。股間がダラリと垂れている。ヨタヨタと歩いてきて、こちらの足元にペタリと腹這いになると、そのうちスースーと気持ちよさそうに寝てしまった。

男くさいだけのところでもないのである。床の中で持参の本を開いたら、与謝野晶子が当地の温泉をうたっていた。

霧島の渓より出づる湯の霧に
　曇るけしきのさつま潟かな

つぎの歌は一つ東の温泉で詠んだのだろう。

霧島のからくに岳の麓にて
　わがしたしめる夏の夜の月

翌日、新燃荘に行く途中にその韓国岳（千七百メートル）の麓を通った。遠目にはのっぺりとした平凡な山だが、近づくとズングリしていて、いかにも雄大である。山腹は緑の原生林、その上に赤茶けた岩肌が盛り上がっている。古書にいわく「東ハ日向諸県郡ニ属シ、西ハ大隅贈於《ソオ》郡《グン》ニ属ス。一名ヲ霧島山トイフ。一山ノ中ニ東西ニ峯アリテ、東ノ方ナルヲ東嶽マタハ矛峰《ホコノミネ》トモイヒ、西ナルヲ韓国岳又ハ西嶽トイフ」

二つの峯が一里ばかりへだたってあい対している。それで二上峰《フタカミ》ともいうそうだ。奥に大浪池があって、海抜千四百メートルの高地に位置している。

この日は霧島神宮にお参りした。湯と神さまを交互に詣でたわけで、身も心もこれ以上ないほど清浄である。この上なく消らかな身でさて何をするのかというと、べつに何もしない。石垣にもたれて、通る人をボンヤリとながめている。曇り空で、空気がひやっこい。「奉仕団」の腕章をつけた中年女性数人が境内の掃除をしていた。正確にいうと、ホウキやチリトリを手にもって、おしゃべりしている。何度も「キリシマ」の一語がかわされたが、神宮のことではなく相撲の霧島のことらしい。大関から落ち、さらに十両にまで落ちそうだが、引退するかどうか。親方株がどうとか、タカノハナがどうとか、話題はつきない。

「奉祝会」のタスキをつけた団体がやってきた。なかの一人が「霧島神社」といったのを、となりの人が訂正している。口ぶりよりすると関西方面からおこしらしい。

「神社ではのうて神宮です、霧島神宮!」

「へえ、神社とばかり思《おも》とりました」

「ようヤラカスまちがいですネン」

「どこがちがいますか」

「さあ、どうでっしゃろなァ。神宮のほうが格が一つ上とちがいますか。ホレ、お伊勢さんは神社やのうて神宮です」

ついで高千穂の古宮趾を見にいった。よくはわからないが、欽明天皇創建による社殿のあったところとかが火災で焼失したらしい。かなりの高所にあって、霧のようなものがレース状に流れてくる。展望はまったくきかない。首すじにハンカチを巻いたおばさんたちが写真をとりっこしていた。ハナ水が垂れてきたので早々に山を下った。

　この夜は新湯温泉霧島新燃荘に泊まった。かつて山崩れで埋もれたのを、宿の主人が独力で再建したとか。創意工夫が好きな人らしく、いたるところが改善中で、露天風呂の上がり口にセメント袋がつんである。半露天の屋根は手入れの最中で、内風呂の脱衣室にベニヤ板が立てかけてあった。いたるところに一生懸命な雰囲気がみなぎっている。大木をくり抜いた中に湯が流れ込むようになっていて、ひとりスッポリとつかることもできる。

　黒々とした岩が軒近くに迫っていた。いかにも火の国の岩肌である。巨大な火の流れが永い歳月のなかで、黒く、かたく固まった。ここでは地の下に、いまなお焦熱の地獄があって、やにわに溶岩をふき出し、安らぎの村を埋めるのだ。

　ミルク色をした外湯はプールのように大きい。タオル掛けの下にツルハシとスコップが立てかけてある。風音と谷の水音がまじり合って、どこか遠くの叫喚のように聞こえる。夕方、雲が消えて、紫色に日が暮れた。（『雲は旅人のように　湯の花紀行』一九九五年）

冬

五頭のお山の湯のわく里

出湯《でゆ》温泉

新潟県阿賀野市

お宿の前に句碑がある。当地の旧家に生まれた人で俳名が念腹、虚子に師事した。中年すぎてからブラジルへ渡り、開拓のかたわら「パウリスタ新聞」の文芸選者をしていたというのだから変わっている。石に刻まれたのは、「ブラジルは世界の田舎　むかご飯」。

当地には風雅なたしなみの伝統があるのかもしれない。山を少しのぼったところは「やまびこ通り」、別名を、「句碑の道」といって、左右に大小さまざまの句碑が二百ちかくもズラリと並んでいる。国道沿いに看板が並んでいる感じがしないでもないが、それだけ俳句をたしなむ人が多いせいだろう。前方に広大な越後平野を控えている。音に聞こえた越後米の大生産地で、それだけ生活がゆたかなのだ。

越後平野を東でさえぎるのが五頭《ごず》連峰だ。標高はたいしてないが、南北に長々とのびて、西の斜面は春おそくまで雪をのこしている。そのため銀の屏風を立てたように見える。

えちごの国の
かんばらの
五頭のお山の
山もての

湯のわく里の……

と相馬御風はうたった。毎年、石水亭にやってきて主人と碁を打っていた。

玄関の古風な明かりに心がなごむ。白いチューリップが空中に浮いているようだ。板間に半分がた畳が敷いてある。昔はそこで訪問客にお茶を出した。秋艸道人の額が見える。会津八一である。竹久夢二の絵がのぞいている。旅好きの夢二は、まるで自分の家のようにしてやってきた。廊下の向こうは広い中庭で、池に鯉が泳いでいる。かたわらに石灯籠。どれもしっくりと合っているのは、もともと、庄屋さんの家であって、長い歳月がこれらをつくったからだ。そこへフラリと文人墨客がやってくる。さんざ永逗留したあげく、お礼に絵や書を置いていった。戦後、文人の道がとだえたとき、主人は旅館業を思い立った。パンフレットがつつましい。

「石水亭は越後山脈中の五頭山麓にある、ひっそりとした、小さな旅館であります。都会の皆様方も、ときには、こんな古びた忘れられた様な宿に、泊ってみられるのも楽しいことではありませんか」

丸い湯船から川のように湯があふれている。ガラス戸をへだてて目の前はほんものの川。小川を見ながら湯の川につかっていた。

「あけくれそばにいないと、どんな様子だか心もとない……」

夢二はここから東京の女性に手紙を出した。はなれているのは寂しいといいつつ、ご当人がいっこうに腰を上げようとしない。

「嗚呼、浪漫ノ宵

五頭ノ夜ハ楽シ」

と書いた人もいる。その気持が手にとるようによくわかる。湯殿の入口に花がある。洗面所にも、廊下にも、階段の手すりにも花。

「たくさんランプがありますね」

以前はもっと多かったが、求められるままに人にゆずったので、だいぶ少なくなったそうだ。なんともおうようなものである。会津八一もせびって帰った一人だったらしく、手紙でランプの礼を述べている。

「出湯《でゆ》」の名は、弘法大師が五頭山を開山したみぎり、杖で突いたところから湯が出たのに由来するとか。真偽のほどはうけあえないが、いちばん奥にお寺があって、全体に寺湯の雰囲気がある。お堂のわきに木造三階建ての旅館が粛然とたっている。

あきらかに旅行者でないのに、テラテラ顔の人がいきかいするのは、二つの共同湯が家々の風呂を兼ねているからだ。口々に挨拶をかわしながら、桶をかかえて通っていく。ここでは朝六時から、いつでも好きなときに、湯につかれる。

少し下ると水原《すいばら》町で、江戸のころは代官所が置かれていた。幕府直轄地として越後の米にニラみをきかせていたわけだ。新米を一手に集めて外港の新潟から積み出した。新潟県に併合されるまで、このあたりは水原県といって立派な独立国だった。ゆたかな財力を背景に湯けむりの里を拠点として五頭文化圏といったものが形成されていた。

ひとまわりしてもどってきた。前庭の竹やぶに浮き彫りの石ぼとけがおわします。いつのころのものともわからないが、とにかくずっと昔からここにあった、といった意味のことが説明板に書いてある。ホンモノはつねにこんなふうに、ごく自然で、さりげないものである。

あらためて気がついたが、上がりがまちの上の軒に、一筆描きのような墨絵が掲げてある。よほど

腕のいい人とみえて、線がほれぼれするほど美しい。銘は「千波」。宿の人にたずねると、きっと恐縮したような答えが返ってくるだろう——どういうことから手に入ったのでございましょうか、ずっと以前からここにのせてありまして……。お目にとまっておそれ入ります。

またもやお風呂に入り、湯船のわきで寝そべっていた。耳の下をぬるめのお湯が流れていく。ビロードのようになめらかで、肌にやさしい。外の清流と水音がまじり合って、からだがそのまま、どこか遠くへ運ばれていくような気がする。「三年寝太郎」だったか、小学生のときの学芸会で、ずっと寝そべっている寝太郎の役をやったことがある。先生にいわれるままに両手を額にあてがい、目をつぶって片足を膝にのせていた。遠い記憶が幻のようによみがえる。

うとうとしていたらしい。クシャミ一つで目が覚めた。平成のものぐさ太郎は、あわてて湯船にとびこんだ。

（『AMUSE』一九九六年五月二二日号）

温湯《ぬるゆ》の共同浴場へ

温湯温泉

青森県黒石市

岩木山は変な山だ。弘南鉄道で弘前から黒石まで行くあいだ、右に見えていたかと思うとやにわに左に移っている。ふと目をはなしたすきに掻《か》きけすように消えていた。あわてて辺りを見回すと、思いもかけない所に端麗な三角錐《すい》を空にえがいて、つつましやかにそびえている。

津軽の黒石市は人口四万あまりの古い町である。旧黒石藩一万石、津軽藩十万石の分家としてみちのくの奥の間といったところで、ご政道はほどほどにして、もっぱら風流をたのしんできたようだ。おいしい酒を産する。こみせといって昔風のアーケードをもった落ち着いた家並みが残っている。町を流れる浅瀬石川づたいに山間《やまあい》を上っていくと、温湯、落合、板留、青荷といった温泉がある。

黒石の町からバスで三十分ほどのところに猿賀神社がある。この地方では岩木山神社、小栗山神社と並ぶ三大社として信仰が篤いそうだが、いつ行ってもひと気がない。玉じゃりの奥に小振りの神殿がひっそりと控えている。拝殿の左手に石造りの鳥居があるのが奇妙である。裏の池を鏡ガ池といって見事なハスが一面にしげっていた。

柳田国男の『日本の伝説』には、この池がほんのちょっと、次のくだりに顔を出す。

「青森県では南津軽の猿賀神社のお池などにも、今でも片目の魚がいるということで、〈皆みんなめっこだあ〉という盆踊りの歌さえあるそうです。私の知っているのでは、これが一番日本の北の端でありますが……」

目が片方だけの魚といった言い伝えがどうして生まれたのか。柳田国男はいろいろな説をあげている。名僧と関係があって、病人の求めに応じて禁断の魚を食べ、食べ残しを池に放したところ一切れずつが生き返ったが、みな片目だったとか、勇猛な武士が池の水で目の傷を洗ったせいだとか。しかし、どれも魚が片目になった理由にはならず納得がいかない。むしろこうではなかろうか――と、柳田は考察している――昔の神様は、目が一つのものがお好きであったのであって、当たり前に二つ目を持ったものよりも片目の者の方が一段と神に親しく仕えることができたのではあるまいか。目が一つしかないということは不思議なもの、また恐るべきもののしるしであったわけで、だからこそ人は恐れもし、とうとみもしたのではなかろうか。

そういえば子供のころのマンガに一つ目小僧や提灯《ちょうちん》のお化けがよく出てきた。唐傘のお化けもあった。みんな一つ目だった。こわがりだった私は夜中に暗い便所へいくたびに、闇夜にカッとひらいた一つの目玉を想像して足がすくんだ。

温湯温泉は後陽成天皇の御世というから十七世紀初め、慶長年間のころらしいが、大納言花山院忠長が黒石に左遷されたとき、たまたま入浴したところ温気を長く保つので温湯と命名したのだそうだ。広場の中央にかなり大きな共同浴場がある。これを守るようにして四方に古い木造の校舎のような客舎が並んでいる。一、二の旅館を除き、客舎にはどこも内湯がない。湯治客はつれだって共同浴場に入りにくる。なるほど温気のもちのいいお湯であって、からだ中がおどるようにホコホコする。手拭《てぬぐ》いをぶら下げて散歩したくもなろうというものだ。だから温湯にいる間、たえずあちこちから、時ならぬときに下駄の音が聞こえてくるのだった。

枕の下でカタカタと下駄の音がしたような気がして目が覚めた。ふとんの上で片肘《かたひじ》ついたまままうたた寝をしていたらしく、頭の下の腕がくびれて、首がつったようで動かない。しかたなしにそのまま、なおのこと片目をあけてじっとしていた。その間、自分が平べたくなますにされた片目の魚のような気がして落ち着かなかった。

(『温泉旅日記』一九八八年)

千人五欲を制す

城ヶ倉温泉・猿倉温泉・酸ヶ湯温泉・蔦温泉

青森県

かつて、八甲田に仙人がいた。そんなに遠いむかしではない。「高度成長」とやらが口にされはじめた頃のこと。金儲けに狂奔する世の中にイヤ気がさしたのか、ひとり山にこもった。好みの山があった。

「どこですか?」

城ヶ倉温泉の支配人は背が高く、手足が長い。顔も長い。八甲田のことなら何でも知っている。ご当人自身、半分がた仙人じみている。

「風呂あがりの散歩にいいですよ」

大きな湯船と露天風呂とがガラス一枚で仕切られていて、前方は広い草地、それがそのまま大きな山へつづいている。裸になると、ちっぽけなわが身ひとつが地球上におっぽり出された感じで、なんとも心細い。お湯にすがりつくように沈んでいた、それから全身もみじ色になって這い出てきた。

古い紀行記に「酸カ湯の仙人」が出てくる。バスが着くと高々とラッパを吹き鳴らして歓迎した。歳をとってから愛した山が石倉岳だ。城ヶ倉から猿倉に向かう途中の左手、少し奥まったところに赤い鳥居がたっている。これが目じるし。八甲田山は数かぎりない峠や沼や湿原をもっているが、そのなかで石倉岳は例外的に岩山である。巨大な岩が突兀《とっこつ》として重なりあっている。さすが仙人が愛しただけのことはあって、一歩ごとに展望がひらけ、三十分たらずで天地をひとり占めしたような大岩の上にとび出した。

「ウーム……」

景観があまりに雄大だと、形容のことばが見つからない、ただ大息ついてうなっている。南八甲田の駒ガ峰、櫛ガ峰、乗鞍岳、左手が猿倉温泉、その前方がひろびろとした仙人平。

「やっぱしなァ」

道案内の支配人に、ひとり合点してうなずいた。

「いいところでしょう」

「俗人には立派すぎます」

あらためて気がついたが、仙人は人篇に山、俗人は人篇に谷と書く。身の位置と心の高さが仙と俗とをわかつようだ。

この夜は猿倉温泉に泊った。浴室の一方が横長の一枚ガラスで、パノラマを眺めるぐあいだ。お湯は白濁していて、そこに首だけが浮いている。木組みの天井が塔のように高く、湯気がもつれ合いながら、ゆっくりと昇っていく。眺めている自分もまたパノラマの一点であって、うっかりすると湯気につつまれて昇天しかねない。

夢見ごこちで出てくると、金髪に青い目、いかにも健康そうな娘が、キリリと絣《かすり》の上下を着てニコニコしている。

「オ食事、ドウゾ」

「……」

まだ夢のつづきを見ているようだ。名前をたずねると「キャシィ」といった。キャサリンかもしれない。

「たしかキャサリン・ヘップバーンという女優がいたなァ」

山深い青森の宿で、そのかみのハリウッド女優を思い出すとはおもわなかった。ニュージーランドのお嬢さんで、アルバイトにきている。こちらの冬は、あちらの夏だ。帰ると緑の野と、眩しい太陽が待っている。

「私どもも家族そろって参ります」

猿倉の主人は根っからの国際人だ。冬の休みは奥さんともども南半球の海にもぐって写真を撮っている。人篇に谷が幅をきかせるわが国の、チマチマした慣習にとらわれないところが気持ちいい。

翌朝は快晴。風が強い。ロープウェイ山頂駅から歩きだした。

「この字は何と読むのですか?」

冬　城ヶ倉温泉・猿倉温泉
酢ヶ湯温泉・蔦温泉

「萢」、つまり草かんむりに泡の字。

「ヤチで……」

あとのところが聞きとれない。生粋の青森の人。

「ヤチデ?」

「ヤチと……」

「ヤチト?」

風の中で押し問答をした。最終的に「ヤチ」と判明。字づらの示すように、泡の上に草が生えたような湿地帯。広大な山容と、雪や風や太陽が、何千年がかりでつくり出した。

どこまでも歩道の板がつづいている。そこを足でリズムをとりながら歩いていく。耳の横で風が渦巻いて、湿地の枯れ草がいっせいに波打っている。水のたまったところが地にひらいた目玉のようだ。

赤倉岳の東の側面は切り立った崖になっていて、海からの風がぶつかるのだろう、もうもうと霧が湧き立っている。細い尾根づたいに井戸岳の噴火口をめぐっていると、突風でからだが浮いた。

「あ……も……き……」

なおのことわからない。足元に気をつけろということらしい。山の写真家として知られている。雪穴に一週間こもって朝焼けの山頂を撮ることもある。風の扱いにもコツがあるのだろう、同じ吹きさらしの中に立っているのに、また私よりずっと細身のからだなのに、カメラを構えた姿勢がピタリときまって動かない。突風をこともなげにやりすごす。こちらひとり、右や左によろけながら避難小屋から大岳を、鼻息あらく往復した。


酸ヵ湯にモダンな新館ができたが、大湯の風景はついぞ変わらない。巨大な湯けむりのなかに男女とりまぜて数十の裸がやすんでいる。大半が湯船のふちにお尻をのせてボンヤリしている。あるいは呆然としている。ときおり思い出したように湯につかるが、すぐまたもとの姿勢にもどる。

しかし、人間はどこであれ、それぞれの個性に応じ努力するものらしい。勤勉と研鑽を欠かさない。仔細に眺めていると——これは男性群の場合だが

──視線の方向性と集中度に、ある種の傾向といったものが認められる。片寄りといってもいい。それが何によって生じ、時間とともにどのような変化をおびるものか、おおよそ究明できないでもないような気がしたが、その前にこちらの頭がノボせてきて、湯煙の外へこぼれ出た。

広い玄関に人があふれている。全員が息をのんで外を見つめているのが異様である。半開きの傘をもったままの人もいる。午後まだ早いのにあたりは夜のように暗く、前の広場がまっ白に変わっていた。

雪ではなく雹だった。こちらがのんびりと湯の中で人間の視線と特性にまつわり、あらぬことを考えているあいだ、天地にわかにかきくもり、激しい雹がみまったらしい。ところどころは厚い層をなして積もっている。やがて黒雲が二つにひらいて明るさがもどってきた。避難していた車が氷片をはねとばしながら、つぎつぎと走り出した。

蔦《つた》温泉にも新館と新しい風呂ができていた。せっかくだから新旧両方につからせてもらった。どちらもブナとヒバ材をふんだんに使って、木づくりのマジック・ボックスに入ったぐあいだ。からだがヘナヘナとゆるみ、とろけていく。いつのまにか、手のひらがシワシワ。早朝から強風にもまれ、汗をしぼり、下りてきては念入りに湯につかったので体内の水気が失せたらしい。水気とともに五欲も失せた感じで、すでに神仙に近づいている。中国の古書にあるとおり、五欲を制するのが仙人のはじまりなのだ。

幼いころに読んだ『西遊記』を思い出した。孫悟空が魔王の金角大王、銀角大王と術くらべをするくだり。そのあと仙人中の仙人といわれる老君じいさんが登場する。じいさんはひょうたんに魔王を吸いこませて、どろどろに溶かしてしまった。それからさかさまにして息をふきかけると、溶けていたのがまた生きかえった。神仙の域に達すると、生死また自由自在、仙そのものがすなわち術であって、かつは妖であり、幻である。つまりは、人為をこえたものだ。

民宿「又兵衛」に着くと、十和田市在のナチュラリストが待機していた。撮りだめた膨大な写真から『日本フィールド博物記』をつくったばかり。風格のある白髪がうしろになびいて、はやくも老君じいさんのおもざしである。

　夜のごちそうはキノコ鍋。ムキタケ、ナラタケ、アミタケ、キヌメリガサ、ハナビラタケ、クヌギタケ、ハナイグチ、ハツタケ……。すべて又兵衛一家が手ずから採ってきた。大地に生え出すキノコの変《へん》化《げ》自在ぶりはどうだろう。まったく途方もない。そのかたちからして、どこやら魔性をおびており、なんともたのしい植物界の魑魅魍魎《ちみもうりょう》というものだ。いろりにのった鉄鍋のなかで躍りあがり、バッコしている。そいつをつまみとって、パクリと腹に収める。にわか仙人、老君じいさんともども、習いたての仙術並びに秘蔵の金丹水を駆使して、あまさずきれいに溶かしてしまった。

　又兵衛当主は尺八の名手でもある。この夜、二本目の一升瓶がカラになるころ、山麓一帯に喨々《りょうりょう》と尺八の音色が流れた。なるほど、八甲田には尺八がよくにあう。

（『山の朝霧　里の湯煙』一九九八年）

注文の多い花巻温泉

台《だい》温泉

岩手県花巻市

むかし、花巻から二本の軽便鉄道が走っていた。一つは花巻線といって花巻温泉行、所要時間三十分。もう一つは鉛温泉線といって、志戸平、大沢、鉛温泉を結んでいて、終点まで約一時間。詩人の高村光太郎がエッセイのなかで、「……今はラッセルがあるから心配はないが、私がいた頃は雪が降ると電車が止って厄介だった」と書いているから、冬は難渋したらしい。おもちゃのような機関車が、マッチ箱のような貨車や客車をひいていく。道端には、四角な柱にトンガリ帽子のような頭部をもったシグナルが立っている。

「ガタンコガタンコ、シュウフッフッ」

宮沢賢治は毎日のように、そんな機関車をながめていた。「シグナルとシグナレス」といった童話は、花巻の軽便鉄道から思いついたのかもしれない。

　鳥がなき出し　木は光り、
　青々川は　ながれたが、
　丘もはざまも　いちめんに、
　まぶしい霜を　載《の》せていた。
　ガタンコガタンコ、シュウフッフッ。

花巻温泉には宮沢賢治が設計した花時計や花壇がある。もともと賢治と縁の深い温泉であって、いち早く目をつけ、町会議員だった父親に、あの辺りの土地を買っとくようにすすめていた。温泉が具体化したのちは設計に加わった。「メモ・フローラ」と題したノートに、日時計や、「ティアフル・アイ」と称する目をかたどった花壇のくわしい設計図をのこしている。いまにみる桜並木や植物園なども賢治のプランにはじまった。

しかし、「銀河鉄道の夜」のイメージで花巻温泉を訪れた人は、目を丸くして立ちすくむだろう。三つの巨大なホテルが整然と並び建っている。さらには、いかにも高級そうなお宿が三軒。事実、目玉がとび出るほど値が高い。

「お客さまがた、ここで髪をきちんとして、それからはきものの泥を落してください」

うっかり入ると、あの「注文の多い料理店」の紳士のようなハメに陥りかねない。

「どうか帽子と外套をおとり下さい」

「ネクタイピン、カフスボタン、眼鏡、財布、その他金物類、ことに尖ったものは、みんなここに置いてください」

「壺のなかのクリームを顔や手足にすっかり塗ってください」

「早くあなたの頭に瓶の中の香水をよく振りかけて下さい」

いちばん奥は一枚扉になっていて、大きな鍵穴が二つ、そこに銀色のナイフとフォークの形が切り出してある。

「いや、わざわざご苦労です。

大へん結構にできました。

さあさあおなかにおはいりください」

とどのつまりは、どうだったか？

おどろきのあまり、くしゃくしゃの紙くずのようになった紳士の顔は、東京に帰ってからも、またお湯に入っても、もう元の顔にはもどらなかったということだ。

左手に台川が渓谷をつくっている。川沿いに桜の古木がつづき、道がゆったりとうねりながら上がっていく。人も車もめだって少なくなる。川音だけがひびいている。

台温泉は海抜四八〇メートル、旧字の「臺」の字がよく似合う。近代的な花巻温泉と打ってかわって、こちらは谷間にひっそりと、むかしながらの風情をとどめている。

今風の旅館のあいだに亀ノ湯や松ノ湯がある。古い案内記には、金ノ湯、雀ノ湯、五郎湯、薬師ノ湯などとあった。食塩泉、酸性泉、硫化水素、硫黄泉など、泉質が豊富な上に、お湯がおそろしく湧いて出る。花巻温泉の大浴場は、すべてこの台から引いている。知名度の点でいうと、庇を貸して母屋を取られたぐあいだ。

なにしろ狭い谷あいに宿がぎっしり立てこんでいるので、思いがけないところにお風呂がある。どんづまりだと思ってガラリ窓をあけ放つと、すぐ前の渡り廊下にご夫婦が佇んで、こちらを見ている。あわててしゃがみこむと、もうもうとした湯けむりにつつまれる。蟹のように這いつくばっている姿は、さながら賢治の「やまなし」である。

「クラムボンはわらったよ」

「クラムボンはかぷかぷわらったよ」

「クラムボンは跳《はね》てわらったよ」

「クラムボンはかぷかぷわらったよ」

天井にびっしりと水滴がついている。ときおり光の筋を引いてポタッと落ちてくる。「やまなし」に出てくる蟹の子供も、頭上のつぶつぶをながめながら、自分でもポッポッと泡を吐いた。クラムボンというのは何のことだかわからないが、わからなくてもかまわない。

「クラムボンは死んだよ」

「クラムボンは殺されたよ」

「クラムボンは死んでしまったよ…」

なぜ殺されたのかと兄さん蟹がたずねると、弟の蟹は、平べったい顔をふり上げていった。

「わからない」

銀色の腹をひるがえして魚がツウと泳いでいったそうだ。タイルの床にゴロリと横になり目を閉じていると、目の底にたしかに白々とした一つの魚体が見えた。ひらひらのびたりちぢんだりしながら、ポッポッと泡つぶを吐いている。

高村光太郎は詩人仲間の草野心平と台温泉に来たとき、さっそく二人で飲み出した。すると帳場から、お客なんぞ呑み倒しちまうという屈強な仲居さんが送りこまれてきた。負けじと張り合って飲んだものだから、たちまち何十本とお銚子が並んだそうだ。詩人は温泉にくると、たいてい大酒をくらっている。家にもどってから、やおら美しい讃歌をつづる。

（『AMUSE』一九九六年四月二四日号）

二列目の湯治場

後生掛温泉

秋田県鹿角市

ひとつ、てまえ。席でいえば、二列目がいい。一列目は肩肘張って腕組みしたりしている。そのうしろで、二列目はのんびりしていられる。ソッポを向いていてもわからない。となり同士でつつき合っていてもいい。

むかし、フジヤマのトビウオが、つぎつぎと水泳の世界記録を打ちたてていたころ、ハシヅメという選手がいた。「千五百メートル決勝、第四コース、フルハシ君……」

ハシヅメはたいてい、となりのコースを泳いだ。とてもきれいな泳ぎだった。古橋が水しぶきをあげ、まわりをたたきのめすように泳いでいくのに対して、橋爪は、もの静かに、音もなく泳いだ。ほんの少し差ができる。でも、べつに、そんなことはかまわない。自分の泳ぎをすればいい。そんな感じだった。

「イッチャーク、フルハシ君、ジカーン、十九分十九秒。ニチャーク、ハシヅメ君、ジカーン、十九分二十一秒……」

二秒差が糸を引いたようなきれいな泳ぎをつくった。

八幡平は巨大な大地のかたまりである。秋田と岩手の県境にひろがって、山の数は、さあ、いくつあるだろう。主だったものだけでも、茶臼岳、畚《もっこ》岳、源太ヶ岳、焼山《やけやま》など、十いくつを数える。那須火山帯に属して、地の底がゴーゴーと燃えている。とうぜん、温泉がどっさりある。秋田県側には志《し》張《ばり》、トロコ、赤川、蒸ノ湯、後生掛、玉川。岩手側に藤七、草ノ湯、安比など。さあ、どこにするか。地図をにらむ。一番はしのドンヅマリにあたるところにあるのが玉川温泉だ。では、ひとつてまえの後生掛にしよう。とたんにマイクの声がよみがえってくる。「ニチャーク、ハシヅメ君、ジカーン……」

盛岡で花輪線に乗り換えた。左に雪をかぶった岩手山が見える。雄大に盛り上がり、傲然と大空にそびえている。右は姫神山、キリリとして美しい三角錐だ。どちらかというと、やはり私には二つ目の山がいい。

　そらの散乱反射のなかに
　古ぼけて黒くえぐるもの
　ひしめく微塵の深みの底に
　きたなく白く澱むもの

詩人宮沢賢治は、そんなふうにうたった。

無名の歌人の作に「姫神山」と題した一首がある。「ウサギつるすももんじい屋の店に見る――」。姫神山で獲れたケモノに、お山のまっ白な雪を見る思いがするといった歌。

山間に入ったとたん、辺りが雪になった。冬の陽ざしが射し落ちていて、いちめんに眩しい。ローカル線の走りぐあいが絶妙だ。ゆっくりと風景が移っていく。ひとつてまえ、ひとつてまえ、ひとつてまえ……。つぶやくようにして走る。

「すぐ南の乳頭温泉郷だと、どうだろう?」

ぼんやりと考えていた。蟹場がドンヅマリだとすると、ひとつてまえの鶴ノ湯。さらに南の山形県だと姥湯のてまえにある滑川温泉。きれいなおかみさんがいる。雪が深いので、宿をしめて里に下りたろう――。そのうち、ウトウト寝てしまった。

後生掛一帯に見られる地勢を、地質学では「後火山現象」というらしい。もとは噴火口だった。いまでも泥火山といって、泥状の山が、しきりに盛り上がったり、へこんだりしている。オナメ、モトメの大噴泉がある。なんでも、ある男が、オナメ(妾)とモトメ(妻)の二人に愛されて困惑していると、オナメ、モトメは互いに相手を立てるため、ともども湯沼に身を投げた。のこされた男が後生を掛けて二人を弔ったので、「後生掛」の名がついたという。たぶん、湯治客のなかの噺上手がこしらえたのだろうが、いかにもそんなふうに、一つが噴き出すと、一つがしずまる。一つが湯気にかくれると、やにわにもう一つがあらわれる。

外は荒々しい風景だが、中は地上の天国だ。なにしろ、ふんだんにお湯がある。地熱で床がホコホコあたたかいオンドルのほか、蒸し風呂、サウナ風呂、泥風呂、湯滝、火山風呂、露天風呂。神さまの恵みが肌までしみわたるという神恵通のお湯もある。誰がいいだしたのか、〝馬で来て足駄で帰る後生掛〟。足腰の立たなかった人が、湯治ののちは、カラカラと下駄の音をひびかせながら帰っていく。そんな話をおかみさんからうかがった。

「ハイ、湯治村です」

それにしても、いい宿の奥さんは、どうして美人ぞろいなのだろう?

「村民手帳を発行しております」

手帳をもって事務所へいくと割引がある。

廊下に「後生掛自衛消防隊編成表」がかかっていた。山の中だもの、もしものとき、町の消防車を待っていられない。消防隊長以下、総勢五十数名を、通報連絡班、消火班、避難誘導班など計六班に編成。赤マルのついた人が班長である。お名前のなかに、トシ、テヤ、タケ、チエなどの片カナのまじっているのが、ほほえましい。かすりのモンペ・スタイルの班長さんが、せっせと床を磨いている。

「どうぞ、あがってたんせ」

湯上がりの珈琲は、気が遠くなるほどうまいものだ。水は奥の毛せん峠の湧泉が引いてある。

からだの保養と、ふところの予算とが、きっちり明示されているので気持いい。「湯治村料金表」より、少し抜き書きをする

◆オンドル個室
一人の場合　三〇〇〇円
二人の場合　五〇〇〇円
大人三人以上は大部屋料金

◆オンドル大部屋
大人　二〇〇〇円
小学生　六〇〇〇円
中学生　九〇〇〇円
高校生　一〇〇〇円

小学生と中学生が三〇〇円違いなのに対して、中学生と高校生とは一〇〇円の差であることに注意を払っていただきたい。村民全員の熱心な議論のあとがうかがえる。そののち村長が深い英知をもって断を下した。

自炊の電気・ガス代が一日二〇〇円、毛布も丹前も鍋もテーブルも貸してもらえる。身一つでやってきて、五年居ついている人がいる。息子一家が旅行を兼ねて父親を訪ねてくる。

この日三度目のお風呂へいった。浴槽のふちに頭をのせて、流れこむお湯の音を聞いていた。目を閉じると、湯気がまぶたの裏にまで沁みてくる。目をあけると、ハゲ頭のじいさんが、蒸し風呂から首だけ出しているのが見える。蒸し風呂にはハゲ頭がよく似合う。

「これだけの温泉は、日本中にも、そうないだろうナ」

ひとつてまえは、わが道を行けるのがいい。ちょっと道をそれるだけで新鮮な驚きがある。素朴で親切な魂がのこっている。

ただただ気分がいい。肌とお湯とが、ピッタリ一つになった感じだ。辺りがボーとかすんでくる。そのなかにじっとしていて、そしてただそれだけで、この上なく満ち足りた気持でいられるのだから、温泉とは、まさしくフシギの世界である。

この夜、月が出たら、銀世界が海の底のような色にかわった。屋根の雪が音をたてて落ちた。地上をズンとふるわすような、意外に激しい音だった。

（『ＳＩＮＲＡ』一九九六年二月号）

湯のホトケに感謝！

二岐温泉・岩瀬湯本温泉

福島県岩瀬郡天栄村

福島の二岐《ふたまた》温泉は奇妙なところだ。千年以上も古くからある温泉なのに、いまだに温泉宿以外の何一つない。平家の落人が住みついたといわれるが、不文律といったものがあって他所《よそ》者を拒んできたのか、それとも分家を許さなかったのか、あるいはまた、べつの理由があってのことなのか。

ほかにもフシギなことがある。先祖をたどると、みな関西で、奈良の奥に墓があるそうだ。背後の二岐山は峰が二つそびえていて、大和の二上山《にじょう》とそっくり。私はあらためて地図をひらいた。郡山の西、会津の奥深いところにあって、東北本線の須賀川からバスで二時間、会津若松をまわっていくと半日がかり。村名が天栄《てんえい》村、いかにも優雅な名前である。村の中央に天栄山という山があって、それにちなむらしい。

バスを降りると川音がした。すぐ左が深い渓谷で、盛り上がるように木が繁っている。音だけがひびいて水面は見えない。かわりに冷々とした川風が吹きあげてくる。道端に三つばかり、小さな石のホトケが寄りそうようにして並んでいる。一つは斜めに倒れかかっている。もう一つは半ば枯れ葉に埋もれていた。

宿は、それぞれが境界を守るようにして、ポツリポツリと建っている。どこも川っぷちにあるので、道路からだと屋根しか見えない。つんのめるような急坂を下っていく。水底をくぐるようにしてひとまわりすると、玄関に出た。明るい灯がともっている。ストーブの上のやかんが湯気をたてている。湯あがりのおばあさんがテラテラ顔でテレビを眺めている。

「平将門がきたそうですよ」

宿の主人が得意そうにいった。

「マサカドが？　まさか！」

「まあ、そのヘンはあやしいです」

いたって正直である。ただ奥に御鍋《おなべ》神社というのがあって、大きな鉄の鍋が祀られている。将門が追手に追われたとき、鍋の中に身をひそめて助かったとか。そんないわれがある。これも真偽のほどはたしかでないが、しかし鍋を本尊にする神社は、全国的にみても、やはり珍しいのではあるまいか。

木橋を渡ったところに露天風呂があった。湯は透明で、少し塩っぽい。枯れ葉が浮いていて、その上に夕焼けが木洩れ陽になって射し落ちてくる。あざやかな抽象画を見ているようだ。対岸の川っぺりにもう一つ露天風呂があって、そちらにはおばさんが三人、おしゃべりしながら入っている。話し声と水音がもつれ合って、さえざえとした白っぽい空に吸いこまれていく。少しぬるめで、いつまでも入っていられる。みるまに薄闇がせまってきた。白いタオルが宙に浮いて、おばさんたちが上がっていく。意識がモーローとして夢見ごこちになってきた。はて、いま自分はどこにいるのだっけ……ここはどこだっけ……どうしていまここにいる？　やわらかい母胎につつみとられたかのようだ。地球という広大な胎内のヘソのところに浮かんでいる。千年が一瞬に過ぎ去ったような気がする。あるいは時がはたと停止したかのようでもある。

宿の主人の説明は明快だった。なにしろ痩せた土地なので大勢が住むとなると共倒れになる。だから宿を継ぐ者以外は、暗黙のうちに外へ出ていった。郡山、若松、白河、東京。指を折って数えていく。

「ホラ、こんなものがありますよ」

九十歳で亡くなった祖母は、いたって筆まめな人で、ずっと家計簿をつけていた。戦前のある年のくだり。インクが紫に変色している。端正な字体が、人柄をしのばせる。

八月　新聞代　　一円二拾銭
　　　七夕の紙　　拾銭
　　　盆花　　　　二拾銭

盆供物　　　　五拾銭
平家物語上下　一円
九月　新聞代　一円二拾銭
　　便箋　　　拾五銭

「ずいぶん、つましいですね」
「まあ、みんな、こんなものでした」

つましさと貧しさを取りちがえてはならないだろう。主人は、祖母が若いころに愛用したという日傘を取り出してきた。握りのところがくすんだ銀色をしていて、細かい彫刻がほどこしてある。東京に行ったとき、銀座あたりの高級な店で買ってきたのだそうだ。

「年をとってもモダンな人でしたネ」

顎を撫でながら、思い出すようにしていった。家計簿には「講習会バス賃　十五銭」とか「映画　五銭」といった記述がみえる。上品な、三十がらみの女性が思い浮かんだ。日はまだ高い時刻、宿の若い女主人は若松まで買物にいく。バスを待つあいだ、やわらかな陽ざしの下で、銀の握りのついた日傘をさしている。ボンネットバスが白い砂ぼこりをたてながら坂道をのぼってくる。車体をふるわすように停車すると、日傘がすぼまって中に消えた。

翌朝、おにぎりをつくってもらって宿を出た。二岐山の南面を巻くようにして村道が走っている。登山口の手前に御鍋神社があった。思ったよりも小さな社《やしろ》で、上を覆うようにして老杉が枝をのばしている。拝殿からのぞきこんだが、薄暗いだけで何も見えない。目が慣れてくると、まっ黒な釜のようなものがボンヤリと識別できた。底に三つの出っぱりのある、なるほど古そうな大鍋である。平将門が中に隠れたというのはデタラメで、将門の将に永井平九郎という者がいて、朝廷から下賜されたのを宝物としたらしい。それにしても将門の家臣がなぜ大鍋をいただいたりしたのだろう？　その「三本足の鍋」を、どうしてこの辺境の地に祭神として祀ったのか？　まるきりわけがわからない。わからないなりに、いかにもありがたそうなので、ひと拝みしてから山にかかった。

しばらくは急坂がつづいた。八丁坂というらしい。ミズナラの樹林帯で、土が湿っている。おおかたの木が葉を落としたなかで、カエデがまっ赤な葉をのこしていた。シャクナゲが茶色にかわっている。やがてブナ平とよばれるところに出た。伐採された余波を受けて、まわりのブナも枯れたのだろう。累々として白骨のように、尖った先端を天に差しつけている。

深い笹原をかき分けるようにして登っていった。汗が冷気に吸われていく。振り向くと小白森、大白森とよばれる大きな山塊が眼下にひろがっていた。晩秋の空は途方もなく高い。ダケカンバの幹の白さが、「白森」の名をつくったのだろう。茶ばんだ葉が白と褐色の広大なしま模様をつくっていた。

山頂には古ぼけた木の標識が倒れかけて立っていた。そのそばに腰をおろして、しばらくまわりの山並みを眺めていた。那須連峰に雲がかかっていた。大白森につづくのは甲子《かっし》山、北西にあって大きなお椀を伏せたようにまん丸いのは小野岳にちがいない。

膝を組み、肘をついて、さも沈思黙考しているような格好だが、べつだん何も考えていないのである。途方もないパノラマのなかで、丸つぶのような一点のシミになった。シミには、とりたてて深遠な思想も出てこない。目の前がだんだんボーッとして、全身が溶けかける。晩秋の山頂は冷えている。汗がみるみるひいて、水のようなハナが垂れてきた。あわてて私は腰をあげて、もう一つの峰に向かった。

午後、まだ明るいうちに二岐温泉へもどってきた。宿は無人のようにしんかんとしている。汗をしぼってきた肉体には、お湯がこんなにもやさしい。半開きの窓から弱い陽ざしが射しこんでいる。湯気が逃げるようにしてすべっていく。

日頃、私たちはこのからだを、ずいぶん邪険に扱っていないだろうか。ひたすら酷使して、ろくに面倒をみてやらない。背広でかためて、バンドで締めつける。電車で立ちん棒で、階段を駆け上がり、かたときも休ませない。忙しく電話をとる。豆つぶのような数字や文字を見つめている。呑みこむようにして昼食をかっこみ、タクシーにとびのり、ひと息つくとアルコールを流しこむ。一日の終わりは、石けんをなすりつけ、そそくさと湯水につかるだけ。

だからたまには湯びたしにするのも悪くない。思うさま湯につける。何度もつける。これは日常とはちがった聖なる時間だ。浄めの時であって、なるたけジッと我慢している。すると気がつかないか、いとしむようにして湯が体内にしみ入ってくるということ。地下から湧き出るフシギの泉なのだ。当然のことながら、ここには霊泉をつかさどる神がいる。湯浴《ゆあみ》の好きなホトケがいる。

二岐川沿いに六キロばかり下ると岩瀬湯本に出る。二岐と同じく古い温泉で九世紀はじめの開湯伝説をもっている。もうずいぶん少なくなったが、独特のカヤ葺き屋根で有名だ。羽鳥《はとり》湖に下る途中を鳳坂《ほうさか》峠といって、千メートルに近い峠道は、太平洋側の阿武隈水系と日本海側の阿賀野水系との分水嶺にあたるので知られている。峠をこえて、会津まわりで帰るとするか。それにしても、この辺りはどこも、いい地名を持ってるな——、そんなことをボンヤリと考えていると、ガラリ戸が開いて、小柄なじいさんが入ってきた。ザブリと湯につかると、手拭いを頭にのせて目を閉じた。口のまわりに、まばらに白いヒゲがはえている。黄色っぽい陽ざしが横顔に射し落ちている。

残念ながら、じいさんにはかなわない。温泉には年寄りがよく似合う。じいさんが大あくびをした。湯のホトケが笑ったぐあいだ。

（『山の朝霧　里の湯煙』一九九八年）

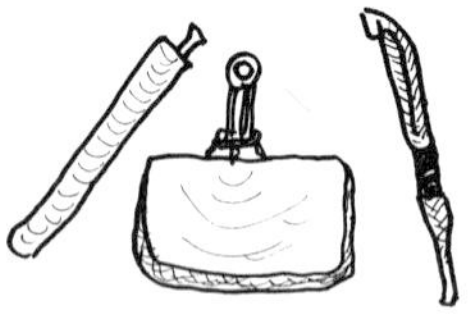

この白き天然の恵み

熱塩《あつしお》温泉　福島県喜多方市

蔵の街、会津喜多方。ちかごろはラーメンの町としても知られている。

なるほど、あちこちに重厚そのものの蔵がある。古ぼけた蔵のあいだに、まっ赤な「らーめん」の旗がひるがえっている。ともに昔からあったものながら、このところ宣伝の妙で脚光をあびている。その喜多方ラーメンを食べ、蔵をながめつつ歩いていると、背中でカタカタ音がした。つい今しがた、まるきり忘れられたような下駄屋で会津桐のみごとな下駄を、ただのような安値で手に入れたばかり。そいつがリュックの中で歯ぎしりするように鳴っている。

時代の脚光と縁のないのが大好きなすね者は北へ向かった。みるまに雪が深まっていく。会津大仏で有名な願成寺《がんじょうじ》の境内に、細い踏みあとが一本走っていた。凍りついたその道を歩いていて二度ころんだ。しらじらとした雪明りの夕方、大きな宿の広い湯殿にとびこんでひと息ついた。

会津盆地が尽きて山形との県境の山並みがはじまるところ、かなりの高台に何軒かの宿がある。名前からもわかるとおりの食塩泉、唇にふれるだけで塩からい。鉄分があるのか、色は少し茶色がかっている。

雪一色の庭をながめては湯をたのしむ。世にこれほどの贅沢《ぜいたく》があるだろうか。目と鼻のさきは氷地獄だ。ものみな死に絶えたような白皚々《はくがいがい》の世界である。死者のハナ水のようにつららがたれている。

いっぽう、ガラス一枚内側は湯天国。もうもうとけむる湯気のなかに、昇天さながらの裸身が赤エビのようにうだっている。窓をあけると、刺すような冷気がドッと流れこむ。うだった腹をほどよくなぶって、なんともいえずここちいい。

ほんらい、庭がなくては部屋ではないのだ。庭のない部屋は単なる四角い箱である。

ここは二代にわたって趣味人をもった古い宿。庭が秀抜。ツツジが雪よけの風雅な三角帽子をかぶっている。松にはムシロの腹まき。幹をくねらせたやつは腰まき状にずらしていて結構なまめかしい。風雅な灯籠《とうろう》が白いベレーをかぶっている。

由緒ある宿を見わける秘訣《ひけつ》であるが、私はもっぱら電話番号を手がかりにする。手軽に売り買いされる都会とちがって、里では電話も屋号のような来歴をもつ。無趣味な四ケタになっても、すぐにわかる。この宿もかつてはこう言っていたはずだ。

「会津熱塩、電話一番」

洗面所の鏡にいわく、「ヘチマクリーム・ヘチマコロン／純国産品・入浴後の御化粧料／発売元・天野源七」。子どもごころに、どうやってヘチマからクリームがつくれるのか不思議でならなかった。年経ても、いまだによくわからない。

雪景色に見入っていると、そのうち足元が冷えてくる。そこで湯につかる。湯上がりにたたずんでは、またひとつかり。食事のあと、寝入る前、夜半の目ざめ、そのたびに湯につかる。

白い雪は天の塩、地にフツフツと塩の湯がわく。入口に味のある達筆で張り紙一つ、「当温泉ハ天然ノママノ薬湯デス」。石けんがきかないことのおことわりだが、心の安らぎには絶妙のききめがある。

夜明けちかく、一度に軒の雪がすべり落ちたのか、部屋をゆるがす轟音《ごうおん》をきいた。

(『ガラメキ温泉探検記』一九九〇年)

ときには女湯にゆうるりと

西山温泉　福島県河沼郡柳津町

ＪＲ会津柳津駅は丸い山の中腹に軽くとまったぐあいだ。白い小さな無人駅で、前の広場に桜の古木、目の下に只見川がゆっくりとうねっている。町の商工会のアーチが迎えてくれた。名物あわまんじゅう、銘菓聖牛最中、名物念力羊羹、名菓栗饅頭、地酒夢心、末広、栄川、米春。御参詣のお宿あづまや、みなとや、月見亭……。そんな看板からも、ここが虚空蔵さまの門前町であることがみてとれる。

正確には福満虚空蔵尊といって、駅から徒歩十分。日本三大虚空蔵尊の一つで、ウシとトラ年の守り神だ。だから今年はことのほか人出がある。巨大な岩山の上につくられていて、木造りの大きな建物がなおのこと雄大にみえる。会津の工匠が腕によりをかけて刻んだのだろう、軒の彫りもののみごとなこと。前方がテラス状につき出ていて、足下は川。まさに虚空にのり出したぐあいだ。天地がパッとひろがって、悩みや煩いをかかえた人も、ここに立つと気持が晴れるのではあるまいか。昔の宗教者はなかなか演出をこころえていた。

中に入ると賽銭箱のかたわらに、米俵に乗り、打ち出の小槌をもった大黒さまと、釣り竿をもち、大魚をかかえた恵比寿《えびす》さまが控えている。満面に笑みをたたえたふくよかな顔で、誰もがつい撫でたくなるのだろう。ご両人の頬も、おでこも、プックリとしたお腹もテラテラに光っている。打ち出の小槌と大魚とが一段とつややかなのは、人の思いがとりわけそこにあつまるせいらしい。

見上げると欄間に大きな絵馬が掲げてある。どれも百年ちかく前のものなのに彩色がちっともうすれていない。牛若丸と弁慶が五条の橋の上で戦っている。虎が半月に吠えている。木刀を捧げた一刀流門弟の飾り額。いずれも畳何枚分もの大きさで、かつての日本人は、よほどスケールが大きかったらしい。

外に出てくると軒の雪が音をたてて落ちてきた。べつに注意書きといったものもないのは、みなさん、雪に慣れているからである。頭には耳かくしつきの帽子、首元はマフラー、厚手のジャンパーに足は長靴。女性はショールで頭を覆っている。足は同じくゴム長。雪国はなんといっても長靴にかぎる。

西山温泉は只見川の支流滝谷川のほとりに五軒ばかりの旅館が点在している。同じ会津でも東山は賑やかな温泉町だが、西山はひっそりしていて、家族の手づくりといった感じだ。

「浴槽の内に湯の花が入っています。健康に大変よいものです。店主」

手書きの紙がピンでとめてあった。

「男湯と女湯では泉質が異りますので、空いている場合は両方をおためし下さい」

いたって寛容だ。それだけ湯量が多いからだし、おかげで一つの宿で二つの温泉がたのしめる。目のすぐ下を澄んだ川が水量ゆたかに流れていく。雪一色の対岸に二カ所ばかり地肌がみえて湯気が立ちのぼっているのは、そこが源泉だからだ。まさしく湧き立てというものだ。丸石が雪につつまれ雪だるまのように見える。露天風呂とそのまわりだけが黒々と口をあけて夕空を映している。

玄関の長靴を拝借して橋の上まで散歩に出た。角の民家の軒下にまっ赤な箱型のポストがみえる。

かたわらに同じくまっ赤なトウガラシの束がつるしてある。ゴム手袋や軍手や袋や傘がつるしてある。干し大根と干し柿がつるしてある。雪から守るには、つるしておくのがいちばんだ。

空気は冷たいのに、からだは湯のぬくみをいつまでも持っている。それとも近くに地熱発電所があるように、地中から目に見えない熱が昇ってくるのだろうか。東山とくらべて西山はかなり不便だが、この不便さが財産だ。東京資本がやってきて、バカでかいホテルをつくる気づかいがない。大温泉地の大旅館はバブルのころに新築・拡張をつづけたあげく、いまや青息吐息がどっさりあるそうだが、ここ西山では誰もそんなことは思いつきもしなかった。明治のころの書院づくりの部屋がちゃんとのこされていて、そこに団体客がくりこんでくることもない。

食事の前に、こんどは女湯に入った。こちらのほうが見晴らしがよくて、湯船も大きい感じだ。湯の質が微妙にちがう上に、かてて加えて女湯にいることの想像が働いて、全身がくすぐられたようにここちいい。人間というものはこのように、いたって繊細な生きものなのだ。

若夫婦がテキパキと料理を運んでくる。母親は後見役兼子守りといった役まわりらしい。魚は焼きたて、天プラは揚げたて、野菜は刻みたて。つまり料理ほんらいの食べごろぴったりにあらわれる。家族経営のいいところだ。大旅館のように、紫の着物と白タビの仲居さんが、いつ、どこでつくられたかしれないものを、手押し車にのせてゴロゴロと押してきたりしないのだ。私はいつも不思議でならないのは、大店の当主たちは、あの奇妙な食事どきの光景を、ほんとうに奇妙だとは思わないのだろうか。

まわりは雪につつまれているが、部屋はストーブ一つで十分あたたかい。これもついでながら、大きな宿の温風暖房はまやかしだ。音がして、たしかに温風がくるかのようだが、ぬくみは天井に浮遊して、畳はいぜんとしてひえびえしている。形ばかりのスイッチがあるだけで、調節がきかない。格好よさと火の安全の名のもとに、自分の都合を押し通しているだけである。おかげで客は大金を払って凍えていなくてはならない。

夜ふけに二度ばかり、雪が落ちる音を聞いた。

朝食後も入念に二つのお湯につかった。発ちがけに、いいお宿ですねといったら、若い奥さんはけげんそうな顔をして、田舎の宿ですからと小声でいった。

「おかまいもできませんで――」

玄関先で家族が見送ってくださった。赤ん坊のふっくらした頬ぺたが虚空蔵の大黒さまとそっくりだった。

（『ＡＭＵＳＥ』一九九八年三月二五日号）

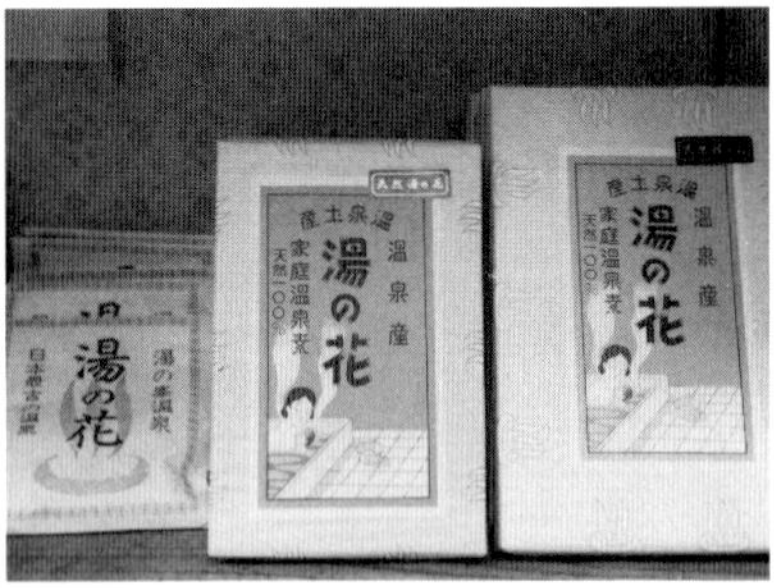

霊長類の愚かさを抱いて……

四《し》万《ま》温泉

群馬県吾妻郡中之条町

かたちは長方形で、子どもの背たけほどの高さ。色は灰黒色、小さな台座にのっている。そんなつくりの石碑である。ＪＲ吾妻線中之条駅より歩いて五分ばかりのところにある。寺の石段を上がった左手。そこに立つと見晴らしがいい。

全国に何万、何十万とある碑のなかで、もっともユニークで貴重なものではあるまいか。いかなる句碑や由来碑でもない、ただ「おろかもの」と刻まれている。昭和二十年代の建立。戦中の自分たちは、きちんと考えることもせず、いかに時流にながされていたことか。みずからの愚かさを忘れないがために、地元有志がこれを建てた。

ドイツにはナチ時代の愚行をしるし、犠牲者を悼む碑があちこちにある。イタリアの町でファシズムへの反省を述べた銘板を見た。わが国には、いたって少ない。ずっと時代が下って、公の場に建てられた慰霊碑ならいくらもあるが、食べものにもこと欠いていた敗戦直後に、自分たちを「おろかもの」と名づけて石に刻むのは、ずいぶん勇気のいることだったのではあるまいか。

神社の境内のはしにあって、もろに風を受ける。雪の日でも、雪が風にふきとばされて石碑の黒いあたまをのぞかせている。境内に何の木ともしれぬ大きな木があって、梢に巣のようなものがのっていた。風にあおられて枝がゆれ、鈍い音をたてる。虚空で何ものかが呟いているような気がした。

駅前に戻って四万行のバスに乗った。四万川にそって、ゆっくり高度を上げていく。とにかく古い温泉である。坂上田村麻呂が東征のみぎり、老翁に教えられて湯につかったというから、とんでもなく古い。源頼光の四天王の一人が山中で往き迷い、童子におそわって発見したともいう。四天王の一人が、何用あって上州の山奥まで来たのかわからないが、つたえばなしがあるからには、多少とも根拠があるのかもしれない。すでに江戸のころ、胃腸に効く温泉といえば、四万が第一にあげられた。のんびりした太平の時代を思いがちだが、江戸人にもそれなりにストレスがあって、胃かいようや腸の異常に悩む人がどっさりいたらしい。

源泉三十五カ所、湧出量毎分五千リットル、地中に巨大な湯桶があって、無数の蛇口から湯があふれているぐあいである。手前から順に、温泉口、山口、新湯、ゆずりは。地区の名はかわっても、どこが境なのかわからない。渓谷沿いの狭いところに、大小とりまぜて旅館がひしめいている。

そのなかで日向見《ひなたみ》地区は少しはなれている。ゆるやかな坂道を、一つ大きく迂回して上がったどんづまり、高台にとまったような薬師堂が目じるし。小振りながら、いかにも腕のある工匠が丹精こめてつくった感じで、がっしりとして、たくましい。軒の彫り物が美しい。だれが建てたとも、だれの手になる彫刻ともわからない。署名といった奇妙な習慣を知らなかったころの人々は、できあがると祝い酒をくみかわし、手じめを置き土産にして立ち去った。

同じ四万でも、日向見はべつの温泉のようにひっそりとしている。気流にのって、しも手の霧が湧くようにのぼってくる。露天風呂の脱衣所に、雨よけ、雪よけ用のすげ笠が並べてあった。雨でも雪でもなかったが、せっかくなのでのっけて入った。頭に特製の屋根をいただいたようで、なおのこと安心感が深まる。お湯のなかで思いきり手足をのばした。快い疲労感がある。陶酔感ともつかないのは、湯の霊気につつまれているせいにちがいない。すぐ裏が赤沢山。サルも湯治にくるというから、湯の中で思いのまま手足をのばしたので、手は手長となり、足は足長の、あのサルの体形ができたのだろうか。

ふしぎに同じ思いとみえて、となりの人から、突然、サル酒を飲んだことがあるかときかれた。

「サル酒？　サルの酒ですか？」「ああ、サルが酒をつくる。サルの酒は実にうまい」

同じくすげ笠をかぶっているので顔はよく見えないが、山関係の仕事らしい。かなりの年だが、湯から盛り上がっている肩の筋肉がみごとである。

サルは秋の終わりに木の実をあつめて、岩の窪みや、木のうろなどに隠しておく。それが自然に発酵して酒になる。犬など餌が食べきれないと、地面に穴を掘って埋めておくのと同じ習性らしい。

「サルの上前をハネるんですか？」「まあ、早くいえばそうだナ」

遅くいってもそうである。もっとも、サル自身が隠し場所を忘れてしまって、うっちゃらかしているそうだ。

「毛が三本足りないというが、やはりバカだでなァ」「バカですか？」「ああ、バカだ、バカだ」

すげ笠ごしにくり返されると、何やら身につまされる。

「何か目じるしをつけておくのではありませんか？」「山の者《もん》は星というがネ」「星が目じるし？」

山ぶどうは秋に熟《うむ》ので、秋の夕方に出る星を覚えておく。星はしかし、季節とともに移動するので、それでわからなくなるのだろう。

「やっぱし毛が三本足りないというからなァ」

ザブリと湯から立ち上がった。夜の明かりの下に、すげ笠をかぶった黒い影ができた。

（『AMUSE』一九九六年三月二七日号）

アンコウ鍋のしあわせ

平潟港温泉

茨城県北茨城市

アンコウという魚がいる。深海魚で大きいのは一メートルちかくあり、口が大きく、平べたい。背中にアンテナのようなものがついていて、それで魚をおびきよせ、パクリと飲みこむ。たいていは海藻の間で大口あけて餌のくるのを待っている。そんなノンキな魚である。

アンコウを食べに平潟港へきた。茨城県の北のはしで、山一つ越えると福島県というところ。むかしから底引網の漁港として知られており、小さな入江を、前方に突き出た二つの岬が抱きこむようにして守っている。左手が魚市場で、日に二度、船が帰ってくるたびに市が立つ。ピンピンはねる魚がセリにかけられ、四方にちっていく。

二年前、ここに温泉が出た。温度が六十三度少しあって、湧出量毎分三百二十三リットル。ナトリウム泉で、少し塩っぽい。澄んだ、いいお湯である。イキのいい魚と、温泉と、そして冬場はアンコウ鍋。観光の「三種の神器」を手にしたぐあいだが、べつだん大さわぎしないのは、古い港町のふところ深いところだろう。

お宿「まるみつ」のご主人は武子光男。

「タケコ・ミツオ?」

タケシと読んで、レッキとした男子である。当年とって七十六歳。魚屋の見習いから魚の行商、一人前になったとたんに従軍で、フィリピンのジャングルを這いずりまわった。干物のように痩せ細って復員。おそろしくワリをくった世代である。戦後五十年、努力と才覚で生きてきて、立派な「魚の宿」をこしらえた。いただいた名刺の裏には、「北茨城市軍恩会会長」「平潟信用年金友の会会長」など、十五ほどの肩書が並んでいる。下にすべてのエネルギーの素《もと》のような♨マーク、「平潟港温泉64度」とゴチック体でうたってある。

「四捨五入すると、こうなります」

いたってリチギな世代なのだ。「県北西部十七市町村地域経済活動活性化推進委員」という長い名前のお役目も引き受けておられる。たのまれると断れない性分らしい。

「人間、不可能はありません」

ナポレオンのようなことをおっしゃる。一代で何ごとかなしとげた人の特徴だが、顔に風格があって、笑うと、あどけない。

お風呂は奥にあって、アンコウのお腹に呑みこまれたぐあいだ。外は白い花びらのような雪が舞っているというのに、たちまち汗がしたたるほどうだってきた。

「さア、お鍋、お鍋――」

人間は罪深い生き物である。哀れ吊るされ、切り裂かれた魚を、とことん食べつくす。まずはアンコウの胆、通称アンキモの胆刺し。トロリとしていて、口の中で溶けるようだ。ついでアンコウの「とも酢和え」。水だきした胆を、酢に味噌と酒、砂糖を加えてすり合わせたタレにつけて食べる。つづく大一番がアンコウ鍋。

こちらにきて初めて知ったのだが、アンコウは長らく、網に引っかかる厄介もので、市場の隅に捨てておかれていた。せいぜい漁師さんが船の上で、からだをあたためるため鍋に放りこむ。人よんで「ドブ汁」。これがアンコウ鍋のルーツらしい。「まるみつ」のオヤジがこの厄介魚に目をつけて、胆を箱詰めにして東京へ送ったところ、高値でとぶように売れた。

「アンキモで旅館を建てだっぺヨ」

当人が太っ腹でないとできないことにちがいない。

アンコウを丸ごと腹中に収めたいきおいで、夜の港にとび出した。すぐ後ろが山。岬はそびえ立つ大岩で、赤い鳥居が白々とした明かりのなかに浮いている。この天然の良港は江戸のころ、大洗の祝町や那珂湊とともに、東まわり廻船の寄港地として大いに栄えた。海が荒れると、何日も風待ちをする。十数軒の娼家が並んでいて平潟遊廓とよばれていた。近くの海徳寺に「娼妓々夫供養碑」がひっそりと立っている。明治四十五年の建立。「まるみつ」の主人は「北茨城市観光協会副会長」でもある。ひまをみては足を運んで、石碑のお守りをする。

雲が切れて、満月にちかい月がのぞいた。夕方のにぎわいがウソのように市場は静まり返っている。ひたひたと波の音がして、もやった小舟が鈍いひびきをたてている。お碗のような入江にそって、点々と白銀灯がともっている。

「滄海誰《た》が為に月魂を招く」

岡倉天心の七言絶句。前の三行は忘れたが、終わりの一行は、たしかこうだった。天心はかなりの期間、すぐとなりの五浦の海辺に住んでいた。やはりこんなふうに、怖ろしいほど蒼い月をながめて詠んだのだろうか。

こちらは悲しいかな、ふところ手して月をにらんでも、詩の一行として生まれてこない。ただ寒いばかりで、鼻先が凍りつく。滄海は天心先生にまかせ、きびすを返すと、宿に駆けもどって、あたたかい湯の海に一目散にとびこんだ。

夜ふけに目が覚めた。一段と冷えこんだらしく、窓からのぞくと、またもやチラチラと雪片が舞っている。地図を見ると、勿来《なこそ》の関が近い。吹く風をなこその関と思へども——。人間の記憶というのはフシギなもので、突然、古詞が頭をかすめた。——道もせにちる山桜かな。「なそ」の係り結びのなかに「くる」の未然形「こ」が入って「なこそ」、「くるな、こないでほしい」の意味。たしか高校の古文の時間に、そんなことを学んだ。大人であることのいい点は、もう古文や未然形に悩まされたりせず、悠々と温泉につかっていられることである。

（『AMUSE』一九九六年二月二八日号）

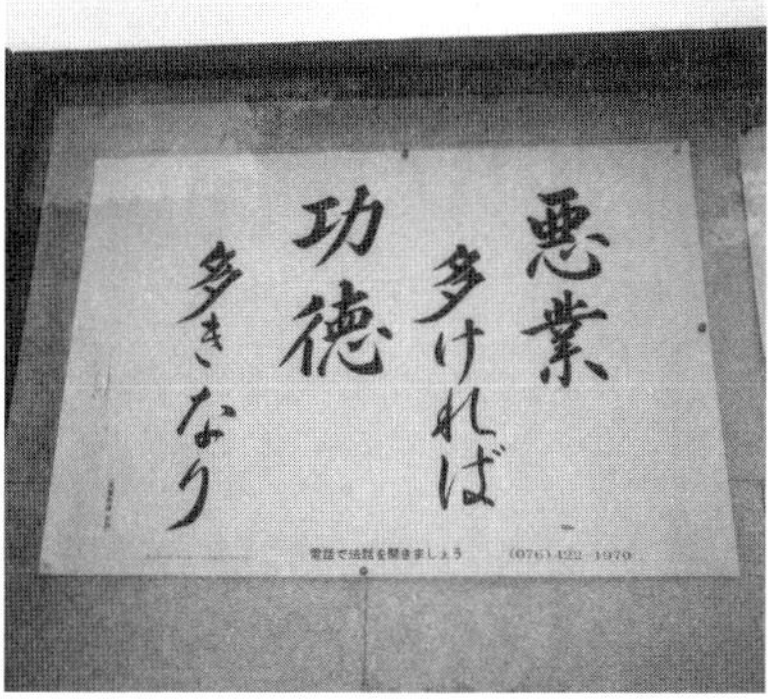

インターナショナルと迫力！

草津温泉

群馬県吾妻郡草津町

草津にくると即座に気がつく。ここはちがう、特別だ。同じく「温泉」といっても、草津温泉はあきらかに別格である。

湯量が並外れている。湧出量は標準時一分間に三万五千リットル、湧出個所二十七カ所、共同浴場十七カ所。そのものすごさは湯畑のたたずまいが如実に示している。

単に量の点ではない。温泉には十五通りの入浴法があって、おおかたの場合、そのうちの二つ、三つを兼ねているのがせいぜいだが、草津温泉は十二の入浴法をそなえている。ちなみにいうと、次のとおり。

打たせ湯　うすめ湯　目洗い湯
飲み湯　あわせ湯　かっけの湯
熱湯　温湯　浅湯
深湯　蒸し湯　時間湯

草津にないのは、長湯、砂湯、地蒸しの三つだけ。

そういったこと以上に、もっと根源的な何かがちがう。いわば温泉の迫力である。草津温泉は恐るべき「ド迫力」といったものをそなえている。真剣で、一心不乱で、わき目をふらない。

草津はとくに時間湯で知られてきた。時間差を利用した入浴法であって、かつては一日に五回の時間をきめ、三分間ずつ集団で入った。一番湯、二番湯、三番湯といって、それぞれ二度ぐらいずつ湯温がちがう。一番湯がとびきり熱い。入浴の前に湯もみをした。板でかきまわして熱をさます。それでも、おそろしく熱かった。『大言海』の著者大槻文彦は明治十二年に草津を訪れて、時間湯に肝をつぶした。『上毛温泉遊記』に報告しているところによると、その熱度は華氏百二十五度（摂氏五十一度）。「余かつて東京市中銭湯の熱湯を試みし事ありしに、かの侠勇と呼べる鳶の者らのなお熱を忍びて入るものは百十五六度なり」

勇み肌だって悲鳴をあげてとび出すだろう。出てきた姿は、毛をむしられた因幡《いなば》の白兎とそっくり。そんなにまで難行苦行して諸病を治した。とりわけ当時、癒しようのなかった梅毒を根治させた。ひところ、時間湯はラッパで告げられていたようで、昭和のはじめに草津に滞在していた詩人高村光太郎は、毎朝その音で目がさめた。一番ラッパは午前六時。すると三々五々、宿々から客がやってくる。湯もみの板の音がする。

朝霧ははれて湯けむりははれない。
湯ばたけの硫気がさっとなびけば
草津の町はただ一心に脱衣する

今はもうラッパが鳴ったりはしないが、湯畑にはすでにしらしら明けから人がいる。とりたてて何を治す必要があるのでもないが、なぜか宿にじっとしていられないのだ。土地の霊気にちがいない。「地霊」といったものがいて、人間の体内の奥深い何かに働きかける。ドイツ人医師エルヴィン・ベルツは「この恵まれた造化の賜物《たまもの》」といったことばであらわした。日本の温泉の特長であって、こればかりは世界のどこにもない。神が気まぐれに、この島国一国にくだしおかれたとしか思えない。

上州の冬は実に寒い。ましてや草津は高地にある。朝の大気は凍りついたように冷えている。そのなかを用もなく人がゾロゾロ歩いている。客がいれば商売人の血が騒ぐのだろう。饅頭蒸しのセイロから勢いよく湯気がふき出している。お土産屋はとっくに店開き。どういうわけか朝っぱらからゼンザイを食べている人がいる。信心あってのことではあるまいが、若いアベックが寄りそって温泉寺の石段をのぼっていく。

町にはきっと知恵者がいるのだろう。草津は伝統の上にあぐらをかいていない。「この恵まれた造化の賜物」を生かすために、いろいろ工夫をこらしている。お風呂を開放していて、超一流旅館の湯船にも大手を振って入ることができる。温泉史料館でお勉強。あるいはモダンな共同浴場で湯遊びしながら一日寝そべっているのもいい。山裾の露天風呂ときたら海のようにひろい。

裏通りには小さな湯治宿が軒をつらねている。「せがい出し張り造り」といって、湯宿におなじみにつくりである。軒に腕気を出して小天井を張り、二階を「出し梁《はり》」にして縁側をめぐらせた形式で、どのようなルーツによるのか知らないが、京都の町屋とそっくりだ。小天井がふねの「せがい」に似ているのでせがい出しの名がついたらしい。

少し歩くと風景が一変する。ヨーロッパの保養地にきたかのようだ。遊歩道が走っていて、あちこちに彫刻が据えてある。建物は明るく、空が大きくとってあって、晴れた日には雪の草津白根山が大きな稜線を見せる。

こちらは西欧派といったところで、ドイツの名湯バーデン・バーデンを手本にして雄大なクアハウスをつくりあげた。よほど深く温泉に通じた人が考えたのだろう。たくみに湯と運動が結びつけてある。ヨーロッパ風のなかに、ちゃんと時間湯がとりこんであって、何でも西欧式というのではない。むしろ草津にひそんでいた性格をあざやかに引き出したといったぐあいだ。

あらためて湯畑を見直すと、ヨーロッパの広場とそっくりである。「せがい出し張り造り」はドイツ・バイエルンなどの農家に見かける建築様式であって、大胆なデザインで屋号をしるすところもまた瓜二つ。高度の点でも大気のぐあいでも、上州・草津はヨーロッパ的な特性をそなえている。ドイツ人ベルツが草津に往きついておどりしたのも、思いがけず自分の故里を見つけたせいかもしれない。西の河原に記念碑があるが、つねに第二の郷里のごとく草津に親しみ、町民また慈父のごとく敬慕し——といった意味のことが雄渾《ゆうこん》な石に刻まれている。

温泉は、わけても冬がいい。湯でホテったからだを帽子やマフラーや手袋でつつんで散歩に出る。なにしろ寒いので、異性がかたわらにいると、ごく自然に寄りそっている。犬が鼻をつき合わせるようにもつれ合える。

旅館の並びから少し外れたところに、へんな装置がある。斜面に巨大なタンクが並んでいて、白濁の湯がもうもうと湯煙をあげて流れ下っていく。当地の湯は酸性が強烈で、そのまま流すと下流の土地を荒らすので石灰で中和しているのだそうだ。草津がいかに特異な湯どころかがわかるだろう。

高台の小さな公園に、ひっそりと一つの碑が立っていた。横文字の名前に不審をいだいて、なにげなく近づいた。明治・大正にかけて草津郊外にハンセン氏病のための施設をひらき、そこで生涯を終えたアメリカ人女性である。またひとり、地から湧くゆたかな湯を活用しようとした人がいた。はるばる海のかなたからやってきて、ここに第二の郷里を見出した。草津にはフシギな国際性といったものがある。夏の国際的な音楽祭が、もうすっかり根づいたのも、ひそかな土地の力があずかってのことではあるまいか。

もどりの道すがらに二つばかり、気の向いたところの湯につかっていく。新手の時間湯であって、早朝の一つを数えると、これで三番湯。

「よろしくば上がりましょう」

昔の湯長のように自分に声をかけて這い出てきた。ゆでだこになって飲む珈琲がまたうまい。

（『ＡＭＵＳＥ』一九九六年一二月二五日号）

魚沼の「仙境」で冬ごもり

栃尾又温泉

新潟県魚沼市

雪の多い地方にあって、とりわけ大量の雪にみまわれる地域がある。山と地形、それに日本海から流れてくる気流のせいである。「豪雪地帯」などといわれるが、新潟県の魚沼や上越地方がそれにあたる。日本で最初に雪国の暮らしをつづった『北越雪譜』が魚沼で生まれたのも、偶然ではないだろう。「暖国」の人にはとうていわかるまいがと断って、著者鈴木牧之は長い冬のあいだの「雪ごもり」を述べている。

「雪が降りつづくと、積雪が屋根にとどく。あかりがさえぎられ、昼間も夜のように暗く、灯火をともすので昼夜がわからなくなる。雪がふとやんだとき、雪を分けて小窓を開く。あかりがさした瞬間、仏の国の光明を浴びた思いがするものだ」

その魚沼で雪ごもりならぬ「冬ごもり」をしよう。やはり昔ながらの日本のお宿がいい。軒からつららが垂れている。近くに渓流が走っていて、こたつでゴロリと横になると、耳の下に川音がひびいてくる。ときおりドサリと屋根の雪の落ちる音——。

栃尾又温泉にやってきた。旧魚沼郡《ごおり》の東のどんづまり。山を越すと福島県の桧枝岐《ひえのまた》に出る。字はちがうが、トチオマタとヒエノマタ。たぶん、地形の特長から名づけられたのだろう。山深いところの奥にあって、どちらもながらく「秘境」といわれていた。

ちかごろは秘境も秘湯も、やたらに宣伝に使われて安っぽくなったが、画家であり登山家であった上田哲農が述べている。ひと口に秘境といっても、おのずと条件があるというのだ。

一、どちらから入るにしても必ず峠を越えること。

二、峠を境にして、「かつ然とひらける風景」があること。

三、古びてはいるが、がっちりした構造の大きな家が、少なくとも数軒はたむろしていること。

里の小道は、子供たちが鬼ごっこをする道であり、星の夜はタヌキが酒を買いに行く道であり、月の晩はキツネの親子が通る道だというから、たのしいではないか。

上越線小出駅からのバスは、旧湯之谷村（現・小出市）の谷あいの道を、まっすぐ東に走って行く。「湯之谷」の名のとおり、折立や大湯といった温泉が点在している。栃尾又は一応の終点だが、さらにいくと灰ノ又、そこから一気に高度を上げて標高千メートルあまりの枝折《しおり》峠を越えると銀山平《だいら》だ。福島側から峠越えをしてくると、秘境・栃尾又にぴったりである。上田哲農のいう条件どおり、「かつ然とひらける風景」があり、「がっちりした構造の大きな家」が悠然とたむろしている。自在館、神風館、宝巌堂《ほうがんどう》と、宿の名も建物に似つかわしい。お宿はこの三軒きり。もともと自在館一軒だけだったが、何十年か前に分家したようだ。

今年（二〇一八年）はとくに雪が深かった。山も渓谷も木立も屋根も雪一色。宝巌堂への細い坂道に、薄い膜をつくって水が流れている。おかげで凍らず滑らない。玄関に入ると、やわらかな木造りに暖房がきいていて、一気にこわばっていた顔がほころんだ。館内は桐の床にしつらえてあって、スリッパ不要。冬ごもりを素足で過ごせるとは、願ってもない。

栃尾又温泉は三軒の宿が共同湯を使っている。内湯が普及する以前、どの温泉も共同湯中心だった。

古式が守られているのは湯の性質にもよるのだろう。源泉は三十七度の泉温で、いわゆる「ぬる湯」である。宿へ引くと冷たくなって、かけ流しというわけにはいかない。

三軒が知恵をしぼって、「したの湯」「かみの湯」「おくの湯」に整備した。男女を日替わりで割りふって、一泊朝夕で、どの湯にも、男女別々に、よけいな気づかいなしに入れる。ぬる湯の特長だが、一時間、二時間とつかっていると効能がある。泉質は放射能泉。日本有数のラジウム含有量をもち、時間とともにじんわりと全身にしみてくる。

三十年ちかく前に、いちど訪れたことがある。自在館横手の長いトンネルのような階段を下っていった。谷底に共同湯があって、ガラリ戸を開けると、薄暗い中から、いくつもの顔に見つめられた。湯舟の壁にそってズラリと並んで、白いタオルを巻いたり、白い湯衣のようなものを身につけたりの人がいた。男女混浴で、おおかたが女性だった。建物と同じく荘厳に古びた女性たちの注視をあび、場ちがいなヨソ者の感じで、おそろしくぬるい湯に途方にくれて浮かんでいた。

なんともありがたい変わりようだ。長い階段を下りていくのは同じだが、清潔な、大きな、明るいお湯に行きつく。ぬる湯は同じだが、このたびは時間がたつうちに、あたたかい、やわらかな布で包み込まれた感じ。湯舟のへりが丸まったつくりになっていて、頭をのっけていられる。ホンワカと全身があったまって、こころよい眠気に襲われる。実際に寝ている人がいて、首が傾いて顔が湯につかりそうになると、自動人形のように元にもどる。ながらく栃尾又に親しんできた人の特技と思われる。

湯の質と温度の保護のため、日帰り入浴をしていない。これまた、なんとうれしいことではないか。車で乗りつけ、前も洗わず湯にとびこんでくるやからは、いっさいお断り。混浴の気づまりもなく、無作法者への腹立ちもなしに、気がつくと二時間ばかり、何おもうでもなく湯につかっていた。

お宿のほうも、目をみはるような変わり方だ。三十年ちかく前は定番の湯治宿で、トイレと部屋のつくりと、ふとんに難点があった。

「若女将です。このたびは宝巌堂を選んでくださってありがとうございました」

部屋で見つけた「旅のしおり」に述べてある。自分たちが、たまの旅行で「こうだったらいいな、ああだったらいいな」と思ったことを取り入れて「宝巌堂スタイル」をつくりあげた。

「あまり仰々しいお出迎えはなんだか照れちゃう」

「最低限に必要なものは、とりあえず何も言わなくても揃っている」

「私の事は放っておいて。でも、見ててね、さりげなく」

「さりげなさ」がまさしく宝巌堂スタイルをつくっている。ティッシュ箱のとなりに、さりげなくもう一つ小箱があって、ビニール袋が入っていた。「必要な方は、どうぞお使いください」とある。たしかに旅行中は、なにかとビニール袋が重宝なときがあるものだ。

部屋のトイレの明かりは自動式で、はき物はおシャレな塗り下駄だった。わが意を得た思いがした。トイレのスイッチに手をのばすときの、またトイレにそなえつけの、ややくたびれたスリッパに、足を入れるときの不快感なしにいられる。四代目主人と若女将が十年あまり前に改築かたがた、スタイルを改めたという。さらに「365日、一人泊歓迎」をうたっているのがスゴイのだ。日本の宿のおかたはひとり客お断り。あるいはせいぜい大目に見るぐあいで、何かと制限をつけている。

われながら昔の記憶が信じられないほど、さま変わりした。湯上がりのからだに、畳のひやっこさがここちいい。あたたかい部屋の外は一面の銀世界。『北越雪譜』の著者は、小窓を開いて「仏国の光明」を見たように思ったが、窓の外の雪明かりが光明のように思える。

食事にわたっても、一つの驚きが待っていた。食前酒に始まってデザートまで、お料理は全十四品。そこにお好みプランがあって、献立のうちの肉料理、揚げ物、生もの（刺身）など、四品のうち二品まで除いてもいい。その分、一品につき千円あまり引いてもらえる。

身に覚えのある人も多いのではなかろうか。旅館の盛り沢山な料理に食べ疲れして、もう十分に満腹というのに、やおら肉料理が出たりする。さらに宝巌堂では二泊以上に「湯治プラン」というのがあって、おかず五、六品＋ご飯セットで、うんと安く過ごせる。かてて加えてチェックインが一時四十五分からというのに感服した。小出からのバス便に合わせたというが、なかなかできないことではなかろうか。

すっかり雪に埋もれかげんだったが、宿のうしろに小々な薬師堂がある。かたわらの大杉は二つの幹にわかれ、子のない人がこれをくぐると子宝をさずかる。そういった言いつたえのある古木はつねに、なんともリアルに人体をなぞっているものである。

窓の外は雪がせり上がっている。春を待ちつつ、魚沼の冬ごもり――いかにもそんな感じだ。秘境よりも「仙境」であって、仙人向きの超然とした時間が流れるともなく流れていく。少しウトウトしかけたころ、さてもうれしい夕食になった。

（『魚沼へ』二〇一八年春号）

ほうとう三昧の湯煙

下部《しもべ》温泉　山梨県南巨摩郡見延町

昔は「おはうたう」と書いたようだ。現在は、ほうとう。甲州の煮込みうどんである。信玄公由来の戦闘食ともいうが、これはどうだかわからない。野趣あふれた食べものであるところは戦闘食に打ってつけ。そのせいかテレビの連続ドラマにあやかって信玄ブームが起こっても、こちらの方は一向にパッとしなかった。

甲州下部温泉。

昼すぎに用事が終わったりした日など、新宿駅に特急が入ってくるのを見るとヒョイと跳びのりたくなる。中央線をまっすぐ西に走る間、みるまに景色が変化する。山また山、勝沼に出て一面のぶとう畑。身延線に乗り換えて、のんびりと南に下る。やがて下部駅。駅前からバスが出ているが、歩いてもたいしてかからない。川をはさんで山あいの狭いところに古びた温泉宿が肩を寄せあうようにして並んでいる。

なかでも源泉館のお風呂はおすすめだろう。上にはあたたかい沸かし湯、階段を下った地下に、ほのかなぬくみをもった源泉がひろがっている。ポツリポツリと言葉をかわしながら目をつむっているのは定連客にちがいない。うす絹につつまれたようにしてボンヤリと一、二時間。いや、そもそもここには時間などないのである。時計はとっくの昔から止まったまま。

ぬくもったのか、冷えたのか、われながらあやふやな心もちで表に出る。甲州の冬の風は刺すように冷たい。目にとびこんでくるのが「ほうとう」の看板。エプロン姿のおばさんが老眼鏡を鼻のあたまにずらしぎみにして新聞を読んでいる、そんな食堂兼飲み屋が、この食べものにはふさわしい。

大根、ニンジン、里いも、葱《ねぎ》。要するに何でもよろしい。何を使って悪いというわけのものでもなく、あり合わせの野菜を適宜に用いればいいのだろう。お汁はこれはまた、いたって手軽な普通のミソ汁。煮立ったところに茹でてない打ったままのうどんを入れる。ほうとうの要点は、この一点、うどんを茹でないで煮込むこと。生のまま入れると、ついている小麦粉のせいで、おつゆがトロッと特有のねばりをおびる。調理場のおばさんの手つきを見ていると、太いうどんを一本ずつ落とし込むように入れていく。でないとくっついてしまうからである。

煮え立つ小鍋《なべ》を抱くようにしてすすりこむ。合間にこぜわしく熱カンで一杯、とたんに汗がふき出してくる。ハナ水がたれてくる。なぜか涙までにじんでくる。顔中おしるだらけにして至福感にひたっている。

ふと目をやると窓の外は湯川、冬枯れの川面に次々と赤茶けた木の葉が舞い落ちている。汗とハナ水と涙のセンセイは俗のかたまりながら、これはこれで俳諧《はいかい》の風情《ふぜい》がなくもないのである。

とっぷりと昏れた下部駅にふやけぎみの体を運びこむ。待つことしばし、暖房のきいた電車がやってくる。あとはうたた寝の戻り旅。ほうとう記、あるいは、わが放蕩《ほうとう》記。見る人がみれば、しみったれた遠出にすぎないだろうが、当人は大満足なのだ。座席にゆったりと腰を沈め、顎《あご》に手をあて、みちたりた顔で窓外の夜景をながめている。こころなしか、その顔が福々しい。

いま気がついたが、もう何度となく、このようなブラリ甲州ほうとうと温泉日帰り旅をやってきた。その間、一度として女性がほうとうをすすっているのを見たことがない。女性方が汁かけごはんを犬の食べものとして嫌悪なさるのは、よく知られている。ほうとうも同類というのだろうか。主食と副食とおつゆが一遍にいただけるなど、この上ない恵みというものだが、まさにその安直さがお気に召さぬのか。

いずれにせよ――ともあれ、わが放蕩三昧《ざんまい》は今後とも、女っけなしに終始するしかなさそうだ。

（『ガラメキ温泉探検記』一九九〇年）

山親爺と湯宿の対決！

道志温泉　山梨県南都留郡道志村

丹沢山塊のうちでも北のはしの大群山《おおむれ》と加入道山《かにゅうどう》は、図体がグンと大きい。北側が急角度で落ちこんでいて、山裾をうかがうように川が流れている。この川に沿って道志七里とよばれる細長い村がある。毎年、冬になると、そこの鉱泉宿へ出かけていく。建物はオンボロ、部屋はひえびえしていて、コタツに入ってもなお寒い。

じいさん手製の岩風呂は、お世辞にも立派とはいいにくい。そんなところだが、雪が降ったと聞くと、やもたてもたまらない。

「おや、ひさしぶりだネ」

小柄なおかみさんは二十年前からちっとも変わらない。あいかわらずおかっぱ頭で、若い娘のようだ。靴をぬぎながら、玄関にチラリと目をやる。特製の長靴と黒光りする猟銃がなければ、おやじは山だ。

「熊かい、それとも鹿かナ」

「両方と」

「欲ばりめ」

そういえばバスを降りて、橋の上から川筋を眺めていたとき、犬のなき声を聞いた。山里は日暮れとともに音もなく霧が這い上がってくる。宿の玄関に赤い灯が一つともっていて、夜霧の中に黒い漁船が浮いているように見えた。

ひと風呂あびてストーブにあたっていると、玄関にノッソリと黒い影があらわれた。あとの手順はいつも同じ。全身の雪と土を払い落とすと、裏手の桶の水で顔を洗う。それから無精ひげを撫でながらストーブのわきへやってくる。

しばらくは知らんぷりしてタバコをふかしている。口がほぐれると猟の話をしてくれる。三年このかた追っかけていた熊をしとめたときは、肝をフライパンで炒《い》って食べさせてくれた。崖のところまで追いつめて、ほんの十メートルばかりのへだたりでにらみ合ったそうだ。

「どっちも意地っぱりだでな」

「どっちもというと？」

「そりゃ、オレっちと熊よ」

ボクサーが息をひそめて殴りかかる、そんな感じ。一瞬おくれても、おくれた方が負け。クロがくらいつく。甲斐犬はこんなとき、なおのこと勇み立つ。いったい、どれほどにらみ合っていただろう。生涯の長さにも思えたそうだ。

「底知れないやつよ」

おやじは英雄の熊をそんなふうに形容した。

夜は囲炉裏の火でヤマメを焼きながら酒を飲む。東京の大資本が村にゴルフ場を計画したとき、じいさんは反対の急先鋒になった。泊り客があると、夜ごと食事の席で演説した。すっかり演説が上手になったころ、バブルがはじけて計画はとりやめ。いまは元どおり、背中をまるめて竹細工を作っている。囲炉裏ばたの一升瓶が空になると、フラつく足で二階にあがり、そのままコタツにもぐりこんで寝てしまう。

夜が明けると、南の斜面からゆっくり陽ざしが下りてくる。神社の老杉に鷲か何かが棲みついていて、何げなく見上げていると、大きな羽音をのこして飛び立った。ひとまわりして帰ってくると、おかみさんが桶の水をコップにくんでくれる。これに輪切りのレモンを浮かべる。天然のレモンスカッシュだ。氷のような山の水からスッパイような匂いが立ちのぼる。

「西洋ではレモンのような女というと、冷たい女のことなんですよ」

どうして、と問われたので、たぶんレモンを妬んで、そんなふうにいうのだろうと私は答えた。

（『山の朝霧　里の湯煙』一九九八年）

旅は道づれ二本足

陣馬の湯　神奈川県相模原市

子規によると「旅は二日、道づれは二人、旅行道具は足二本」にかぎるのだそうだ。明治半ばのころだが、彼は俳人仲間と二人して、二日の予定で高尾山へ出かけた。八王子までは汽車で行った。それからは「足二本」でテクテク歩いていった。

　店先に熊つるしたる寒さかな

当時、西の郊外町は、そんな光景であったらしい。今日のコーヒーといったところだろうか。茶店に立ち寄って渋茶をすする。店のバアさんも、茶碗も、店先の枯れ尾花も、おそろしく古びている。それから高尾山によじ登った。山頂から甲州の山々がよく見えたそうだ。「前は八百里の平原、眼の力の届く迄広がりたり」などと、子規は書いている。明治の人は大げさな表現を好んだが、景色もまたたくましく、雄大であったのだろう。

高尾山につづくのが小仏峠、景信山から明王峠を経て陣馬山。ほかにも底沢峠、関場峠、和田峠などが、山あいの村を結んでいる。そんな峠道を、旧正月の村廻りをする万才と才蔵の二人づれが、ふざけて鼓を打ちながら歩いていく。

そのころは、どこにも馬がいて、うっかりすると、あたたかい馬糞を踏みつけた。荷馬の並ぶ新宿を経由して家にもどると、客が来ていて、旅の感想を問われたので子規はいった。「風流は山にあらず、水にあらず、道ばたの馬糞累々たるに在り」。

馬糞もともにやかるゝ枯野かな
馬糞のぬくもりにさく冬牡丹

息もつかず五句ばかり披露した。

陣馬山から陣馬の湯まで四十分。藤野駅に出て電車に乗れば、一時間でわが家に帰りつくが、そんなモッタイナイことはしない。こちらは子規のことばをモットーに、どんなに忙しくても「旅は二日」、道づれはともかく、旅行道具は足二本。のんびりとした山里で、斜面にどっしりとした古い家が点在している。あちこちで枯れ葉を焼く白い煙が立ちのぼっている。足が何やらやわらかいものを踏みつけたが、馬糞にあらず、捨てられて、しなびた大根だった。霜ばしらが凍りついている。

陣馬は「陣場」とも書く。一説によると、武田氏と北条氏がツノ突きあっていたころ、ここで山岳戦が演じられ、そのとき陣が置かれたのでこの名がついたそうだ。なるほど、眺望がいい。眼下に栃谷川が流れていて、山裾が急角度でなだれ落ちている。川は下手で沢井川と合わさり、相模湖にそそぐ。

陣馬の湯には、陣地に築かれた見晴らし台のようなぐあいに半露天の風呂がある。大気は冷えきっているが、湯けむりはあたたかい。ザブリとつかると、はやくもからだが湯につつまれて手足から順に溶けていく。

「ウー、寒《さぶ》い寒い寒い」

たいていの人は、こんなふうに呟きながら、とびこんでくる。

「ウー、あったかい」

「ウー、ありがたい」

何かにつけて〝ウー〟がつく。よろこびがきわまると、人間はことばを失うからだ。ただうめくしかないからだ。ひとしきりうめきつづけて、やっとふだんの自分に立ちかえる。

「サーテ、今夜のビールは、きっとうまいぞ――」

高尾山も陣馬山も千メートルにみたない。子どもづれがピクニックにやってきて、おにぎりを食べて、にぎやかに帰っていく。大人はバカにするが、しかし、なかなかいい山である。小さな山をバカにしてはいけない。小さな山には特有の人間味がある。山並みが無数のヒダと深い陰影をつくっている。そして山ヒダにはりつくようにして、昔風にいえば「鉱泉宿」といった素朴な宿がある。一つ、また一つとはなれて建っていて、ひっそりと静まりかえっている。

陣馬鍋がフツフツと煮えてきた。熱カンのお酒が、からだのすみずみにまでしみとおる。壁に短ざくがかかっている。句会がひらかれたときの置き土産らしい。行政でいえば神奈川県。首都圏へ通勤もできる。そんなところなのに、どこか遠い山国にいるかのようだ。浴衣に丹前をはおって、いま自分がここにこうしていることすらが現実の出来事でないかのようだ。そんな気持ちがしてならない。

夜食がわりにお餅をもらった。橡餅《とちもち》であって、地元で一軒だけ、いまもつくっている店がある。歯切れがよくて、ほのかな風味がある。以前はどこの家でも手づくりだったが、いつのまにかつくられなくなった。橡の実は渋が強い。皮をむいて、核をつぶして、それを冷たい水にさらさなくてはならない。そんな手間をかけるのが面倒だからだ。

八時すぎに床に入り、静けさにつつみこまれて、ぐっすりと眠りこけた。

早朝、ひと風呂あびて、川向こうの山を眺めていると、けたたましい音をひびかせて新聞配達がやってきた。玄関前に乗りつけると、バサリと新聞を放りこみ、またエンジンの音をひびかせて、急な斜面をとばしていく。黒いジャンパーの背中が、みるまに小さな点になった。

とたんに現実に立ちもどった。時刻表を見ると、朝は十分間隔で電車が走っている。隠れ里から、そのまま勤め先に行くのも悪くないかナ……。そんなことを思いながら、そそくさと着替えをした。

（『AMUSE』一九九六年二月一四日号）

コミューンの湯あたたかく……

千鹿谷鉱泉

埼玉県秩父市

まず名前に惹かれた。千の鹿の谷と書いて「ちがや」、谷あいに千頭の鹿が群れているようで、いかにも豪勢だ。下に「鉱泉」とつく。いまもガイドブックに鉱泉と名のっている。温泉法によると、泉質が一定の条件をみたしてさえいれば冷泉でも温泉といってかまわない。実際、名の知れた温泉のかなりが沸かしているが、たいてい口をぬぐってそしらぬふりをしている。そんななかでリチギに鉱泉で通しているところが気持いい。

古くは秩父山塊といわれた。武甲山にはじまって山また山、いきつくところが甲武信《こぶし》岳に両神山。山あいに点々と小さな盆地があって、それを秩父往還が結んでいる。同じ埼玉県でも別天地の感がある。ずいぶん足の便がよくなったが、いまでも色濃く風土性をとどめている。

お宿は往還から少しわきに入ったところ、簡素な冠木門があって、田舎のおじさんの家を訪ねたぐあいだ。玄関で挨拶すると、少し間をおいて声が返ってきた。エプロン姿のおばさんがいそいそと出てきて、寒いから上にあがって、サア、早くコタツに入れ、ではストーブをつけましょう――と、このあたりのやりとりも、おじさんとことまったく同じ。

秩父七湯といわれるなかで、千鹿谷鉱泉はもっとも古い。寛政十年（一七九八）官許の書き付けがのこっている。武州に近いので、寄居の殿様が湯治にやってきた。いろいろ由緒があるのに、それをいいたてないのが旧家の奥ゆかしさというものだ。

お湯はアルカリ性単純泉。硫化水素がまじっているらしく、少しヌルッとしている。リューマチ、神経痛、胃腸に効く。お肌が若返る。そういえばエプロンのおばさんの頬ぺたがつるつるしている。

明治十七年（一八八四）、この秩父で大きな出来事があった。ふつう秩父事件といわれている。秩父困民党が一斉蜂起して、ほんの数日だが民衆国家をつくりあげた。

くる途中にも桑畑が点在していた。絹笠神社といったお社《やしろ》が在所ごとに祀られている。かつて秩父は養蚕で生きていた。夜祭で有名な秩父神社の大祭は、もともとは大宮（現秩父市）で開かれる絹市の一年最後の大市だった。

明治十年代に生糸が暴落した。耕地が少なくカイコにたよっていた農民はひとたまりもない。土地、家屋いっさいが借金のかたにとられ、そこへ相場師や高利貸やブローカーが暗躍した。時の政府には、むしろ好都合だったのだろう。おのずと土地が大地主に集中して、天皇をいただき、大地主制にもとづいた中央集権国家へと再編できる。

法律も政治もまるきり助けてくれないとわかったとき事件が起きた。困民党はここ吉田町の椋神社に集結、甲隊、乙隊二手にわかれて出発した。記録には、「白き帽子、白き鉢巻、白きタスキ、皆一様のいで立ちにて、長剣を佩《は》き、鉄砲組を前に進め、槍、長刀、竹槍等き携え……」とある。お上（かみ）は暴徒と称したが、整然と統率されていた。出発に先だち、軍律五カ条が読みあげられた。
一、私ニ金円ヲ掠奪スル者ハ斬
一、女色ヲ犯ス者ハ斬
一、酒宴ヲ為シタル者ハ斬

一、私ノ意恨ヲ以テ放火其他乱暴ヲ為シタル者ハ斬
一、指揮官ノ命令ニ違背シ私ニ事ヲ為シタル者ハ斬

リーダーたちにはっきりとした理念のあったことがみてとれる。「斬《キル》」の一語に無限の重みがあるではないか。

千鹿谷のお宿の大広間は、いまも集会につかわれている。困民党の主だった面々はここに集まって相談した。その点、湯治宿はめだたない。そんななかから軍律五カ条がかたまっていったのだろう。大宮の役場、警察、裁判所などを制したとき、本部では総理、副総理、会計長、参謀長……と役割がきちんと決まっていた。みごとなコミューンを実現した。

冬の秩父はとてもいい。山国の大気は冷たいが、陽だまりに入ると風がなくポカポカしている。冬山のハイキングや札所巡りにちょうど手ごろな大きさで、ひと休みしたいところに、はかったようにぴったりの神社や寺がある。

吉田町は困民党の会計長をした井上伝蔵の故里だ。実質的にはこの人物が実務をすすめたのだろう。蜂起が軍隊によって制圧され、幹部たちが処刑されたのちも彼は生きのびた。町の人々が守ったからである。土蔵に二年、かくまわれていた。それから北海道へ渡り、名を変え、ひとりの市民になった。大正七年(一九一八)、没。死の直前に、はじめて家族に過去を話したという。潜行三十五年、なんとあっぱれな男ではないか。

椋神社には樹齢二百年といわれるケヤキの大木がある。広い境内に枯れ葉が散らばっていた。困民党三千人はここに集結、それから千の鹿が走るように出ていった。ケヤキの大木がそれをじっと見つめていた。

乳母車を押した親子がやってきた。犬をつれた人、トレパンのおやじ。人がとだえると、しんとしている。古い石柱に刻まれた文字に凜乎《りんこ》とした風格がある。裏を見ると正徳四年（一七一四）甲午九月吉日建立。なんとなく納得した思いで境内を出た。

南の巣掛峠をこえると旧の宿場の小鹿野である。東へ転じて小鹿坂峠をのぼると、音楽寺という風雅な名前のお寺がある。その寺の鐘を打ち鳴らして、千の鹿が眼下の大宮郷へと走り下った。私はいつか、千鹿谷の宿で湯治をしながら、のんびりと困民党の跡をたどってみたいと思っているのだが、夢みるだけで、いまだに実現していない。

（『AMUSE』一九九八年一月二八日号）

山菜ざんまいに冷気もとぶ

葛温泉　長野県大町市

底冷えというのだろう。信州の冬は空気が尖《とが》りをもっている。キリリと刺すようで、寒いというよりも、むしろ痛いという感じ。ふだんは衣服につつまれているから顔だけだが、湯に入るときは全身を外気にさらす。思えば不思議な行為であって、つい最前までヤッケと首巻きで固めていたのが、いまやまっぱだか。そのくせ、さほど寒さを感じない。

「オッ……」

ぐっと寒気が全身に襲いかかる一瞬、身をかわすようにして湯けむりにとびこんでいく。

葛温泉はおそろしく湯量が多い。来る途中の信濃大町には大町温泉郷があって、ホテル式の大旅館が二十軒ちかくある。どこも趣向をこらして結構な繁盛のようだが、その湯のすべては葛温泉のおあまりである。聞くところによると、木崎湖畔につくられた木崎湖温泉も、こちらからの引湯らしい。大町ダムから高瀬ダムを経由して高瀬川をさかのぼると、北アルプスへ入っていく。野口五郎岳、鷲羽岳、三俣蓮華岳……。巨大な山塊が途方もない水脈をやどしており、となればお湯の方も無尽蔵だ。

地味な温泉である。ちょっとした隠れ湯といった雰囲気がある。オリンピックを前にして長野市近在はどこも浮き足立っているのに、葛温泉はちっとも変わらない。簡素な建物とタップリの湯があるだけ。オリンピックに招かれたお歴々も、ここにはやってこないだろう。

着いてすぐにひと風呂あびた。横長の建物のまん中、ヘソがとび出たようにして露天風呂がある。外気にちぢみ上がったからだには、入った一瞬、ぬくみがわからなかった。からだと湯とが薄い膜でへだてられているぐあいである。しばらくすると膜が破れてドッと熱気が押しよせてきた。こころよく肌を刺激して、それがじんわりと内側にしみてくる。ちょうど内臓にとどいたところで、「ウー」とか「アー」とか「フー」とかの声が出るようだ。お湯の中のおめきは、いのちのナマの声である。いかにもぶざまな音声だが、生きもののセレナーデというものだ。

夕食はナメコとクリの茶碗むし、ぜんまいのミソあえ、岩魚の塩焼き、漬物、マイタケ、麩《ふ》の吸物。地酒の熱カンには、どれも格好のサカナになる。最後に漬物をのこして、小声で熱カンをもう一杯。丹前にふところ手をして玄関口をうろついた。湯とお酒にあったたまったからだが冷気に触れてここちいい。温泉にいるときのダイゴ味である。からだの内側と外側とをキヨめたわけだ。

籠にリンゴがつんである。「もってけ」といわれた。形は悪いが味はいい。「いいの?」「いいとも」。ひやりと冷たいのを二つ、左右の袂に入れて部屋にもどった。

時計をみると、まだ八時前。さすがに寝るには早すぎるので、こたつに入って勉強用の本をひらいた。袂がいやに重い。先ほどいただいたリンゴである。手拭いでゴシゴシこすってかぶりついた。味をうけあうだけあって実にうまい。汁けたっぷりなのに、サクサクと歯当りよくて、ひと嚙みごとに白いモヤのような匂いが立ちのぼる。汁けといっしょになって、それが鼻の奥をくすぐっていく。むずがゆいような快感がある。タネのところをのこして、きれいに一個たいらげた。こんなに威勢よくリンゴにかぶりついたのは、はたして何年ぶりのことだろう。

内側が少し冷やされたぐあいなので、また湯にいきたくなった。なにしろ時間はタップリある。夕食後のひととき、湯殿はきまってガランとしていて、桶などがちらばっている。わが家では使ったものはきちんと元にもどすだろうに、旅先となると、どうして人はだらしないのだろう？　手早く桶をあつめて、それからまたお湯に沈みこんだ。

先ほどは気づかなかったが、露天風呂の前は木が繁っていて、うっそうとしている。枯れ葉が舞い落ちてきて、まわりの石にはりついている。オレンジ色や紅色が夜の明かりに映えて、シャレた模様をえがいている。顎まで湯につかり、目を細めてながめていた。湯けむりがまといついて、まわりがまるで夢見の風景のようにみえる。実際、ねむ気が襲ってきて、湯のなかでコックリコックリしかねないのだ。フラフラと這い出て、よろけながら廊下をすすみ、ゴロリとふとんに横になると、そのまま寝てしまった。眠りに沈む前にとりあげた腕時計は九時十分を指していた。

朝風呂のあと、セーターにマフラーを巻いて散歩に出た。葛温泉は慶応年間に発見された古い湯場である。里の人が葛の根を掘っていて、湯脈にいきついたそうだ。それだけの由緒があるのに、どの宿も小学校のような素朴なたたずまいなのは、何度か洪水の被害を受けたからだ。ダムが造られてその恐れはなくなったが、奥まっていて不便なぶん、人の足がとどかない。ゆったりした時間がある。

朝もやがたちこめていた。川音が高い。冷気が身にしみて、むしろここちいい。早足でダムに向かって歩いていった。もやのあいだから、うすネズミ色の雲が見えた。帯状に垂れこめている。いずれそこから雪が舞い落ちてくるだろう。辺りはしーんとしていて、自分の靴音だけがする。吐く息が白く流れて、フワフワと漂っていく。

一時間ばかりしてもどってくると、朝食の膳ができていた。まっ赤な頬ぺたのおばさんがエプロン姿でニコニコしている。形は悪いが味のいいリンゴを思い出した。もうひと風呂あびようかと思ったが、なんだかそれは欲ばりのような気がして、そのままお膳の前にすわりこんだ。
気がつくと襟元に枯れ葉が一つはさまっていた。先ほどツタの蔓をひっぱったとき、こぼれたのをもち帰ったらしい。あざやかな黄色を見やりながら、炊きたてのご飯を食べた。湯気が目や鼻にしみるようで、涙がにじみでる。みるまにツタの黄色がぼやけてきた。

（『AMUSE』一九九八年一月一四日号）

五年越しの湯孝行

崖の湯温泉　長野県松本市

二十年ちかく前に初めて知った。以来、五年おきぐらいに出かけている。どうして五年おきなのか、自分でもわからない。たぶん、そんな間隔で再会したくなるせいだ。松本へ出てくるとつい崖の湯が頭に浮かぶ。古い友人や親戚の叔父・叔母を思い出すのと似ている。

「元気にしているかなア」

久しぶりに寄ってくか。ヤマジョーさん、ヤマニさん、ヤマヒチさん……。

洒落《しゃれ》たホテル風の宿もできたが、つい昔ながらのほうに足が向く。そろって「山」がつくのは、何かのいわれがあるのかもしれない。いつも気になりながら、いまだに聞きそびれている。宿は少しずつ手直しされているが、この二十年間、ほとんど変わらない。ちょうどこちらが二十年分、年をくったのと同じである。たがいに同時にフケていくので、変化に気づかないのかもしれない。いつまでも最初の印象のままでいられる。

バスでいくと、終点だから安心だ。さしあたりは南へ走る。国道沿いに精密機械や時計、コンピュータでおなじみの工場がつづいて、山間の街がまっしぐらに現代を疾走していることがよくわかる。「オリンピックまであと〇日」の標識がのべつ目にとびこんできて、なおのこと気ぜわしい。

やがて左に折れて、こんどは一路東へ走る。とたんに最先端とオサラバしたぐあいだ。ゆるやかな坂道をのぼるにつれて、現代が稀薄になっていくようで、コンピュータの看板にとって代わって農業機具や肥料の広告があらわれる。工場はあっても町工場風、ついで農協風。バス停のそばに公民館があって、ガラス戸ごしに、ストーブにあたりながらお茶を飲んでいる人の姿が見える「オリンピックまであと○日」が消えて、軒下の掲示板に「消防団新春出初式」のお知らせが貼ってある。

坂の傾斜が増すとともに、人家が消え山に入る。エンジンの音だけが高まっていく。振り向くと、大きく視界がひらけ、松本平が眼下に見える。坂道を上がるというより、背後の世界が急速に沈んでいくといった感じである。一段とエンジンが高まったとおもうと急坂を上りつめ、目の前が崖の湯。不意に叔父さんちの前にきたかのようだ。エプロン姿のおばさんが、赤い頬ぺたの顔をくずして、いそいそと出迎えにやってくる——。

気分をかえてタクシーを走らせたこともある。そのときは山側の旧道をいった。どっしりとした民家が点在していて、道端に石燈籠や二十三夜塔が見え、江戸以前にひらけていた土地であることがわかる。崖の湯に近い奥まったところにあるのが名刺牛伏寺《ごふくじ》だ。別名、うしぶせ厄除観音、天平勝宝七年（七五五）、唐からつたえられたお経六百巻を二頭の牛の背にのせて信濃の善光寺へ運ぶ途中、牛がこの地で伏せてしまって動こうとしない。前のお堂を普賢院といったのを、それ以来、牛伏寺とあらため、大寺につくり直したという。そんないわれはともかく、千二百年以上も前から、すでにひらけていたわけだ。深い杉並木のなかに、まっすぐ参道がのびている。私が訪れたときは冬の終わりで、両側に背をこすほどの雪が積み上げてあった。まっ白な世界に山門、如意輪堂、観音堂などがスックと建っていて、木造古建築のもつ崇高なまでの造形美を思い知らされた。

本尊の十一面観音は寄木造で、等身大の大きさ。ただし、パンフレットにあるだけで、秘仏のため見ることができない。三十三年に一回の御開帳。この前は昭和五十九年（一九八四）だったから、二十一世紀もかなりにならないと拝めない。四年ごとにあたふたと開帳されるオリンピックなどとはちがって、三十三年に一度と大らかなところがいい。むろん、こちらは「御開帳まであと〇年」などと、前景気をあおりたてたりしないのだ。

崖の湯の古くからの旅館は、どれも急斜面に身を寄せ合っている。うしろが鉢伏山から高ボッチ山につづき、その崖状のところに湯が湧いているので崖の湯だ。同じ長野県の、すぐ北東にあたるところに鹿教湯温泉がある。鹿が教えた湯と書く。その種の伝承もあるが、もともとは同じくかけ（がけ）の湯といったらしい。事実、川に落ちこむ崖状のはしに共同湯がある。鹿による開湯伝説は、あとからつくられたようだ。一方、こちらは元のまま崖の湯で通している。商売っけのないのが、ご時世がら、なんとなくうれしいではないか。

地形のせいで、宿によっては玄関が一階、ついで二階以下は順に下にさがっていく。お風呂は二つばかり階段を下がり、渡り廊下をまた下がり、もう一つ小さな階段を下りた正面のつき当たり。マジック・ボックスに入りこんだぐあいで、いつも不思議な感じがした。浴室全体が地球の凹状の一点に、すっぽりおさまっている。さらにその中に凹状の湯船が、またその中にはだかの自分がしゃがんでいる。人体はさまざまな突起やへこみをもつもので、やわらかいお湯がじんわりと凹状部にしみわたる。

オリンピックをあてこんで、あわてふためいたりしない。帳場にはファックスやコピー機と並んで、昔ながらのダイヤル式黒電話が重厚に光っている。いかにも年代物の黒板に白墨で予約が書き入れてある。たとえ下にさがっていっても三階は三階で「３Ｆ角」などとしるされている。

旅館の並びのすぐ上で道路が大きくC字形に曲がっている。曲がりきった山の鼻に立つと、北アルプスがよく見える。雄渾な自然の衝立を立てまわしたぐあいだ。蝶ケ岳、常念岳、有明山、燕岳《つばくろ》……、ななめに西日を受けているときなど、この世の景色と思えないほど神々しい。

「スキー客は？」

「ええ、まあ、少しはネ。でも、ここはスキー場に遠いですから」

赤や黄や青のケバケバしい集団と縁がない。玄関の下足棚に、いかにも中高年愛用の靴が並んでいる。はき慣れして、ほんのちょっぴり右か左に片寄っており、生活者の威厳といったものをもっている。

「お食事は？」

「エート、もう一回、あったまってきてから」

またもや地球のくぼみへと下りていく。

古風な塗りのお膳で食事が運ばれてきた。徳利も古風、指に収まるような可愛いおチョコがついている。係りの人は親戚のおばさん風で、白いエプロンをつけ、頬がリンゴのように赤い。

「山ン中だから、何にもなくってねー」

あくまでも商売っけがないのである。

西の正面にあたる角度に松本空港があって、一日数回、飛行機が発着している。先だっては宇宙からの信号を流すように、夜空に明かりが点滅していた。「オリンピックまであと○日」のマルの数字が少なくなるにつれ、夜空の点滅があわただしくなるのだろう。しかし崖の湯は、べつにとりたてて変わりもせず、崖の湯のままにちがいない。地球の凹部にしゃがんで、にぎやかな世相をながめているのも、これはこれで悪くないものである。

（『AMUSE』一九九七年二月一二日号）

寝ころんで蝶泊まらせる外湯かな

道後温泉　愛媛県松山市

お堀の水に午後の陽ざしが降り落ちていた。上を仰ぐと松山城。城山の松ごしに天守閣がのぞいている。

「思ったよりも小さいですね」

「レンリツ式ヒラヤマ城じゃけに――」

字で古くと連立式平山城。タクシーの運転手さんが言いわけするようにいった。それから胸を張った。

「日本三大名城の一つでありまして、東に石鎚《いしづち》連峰を望み、西に瀬戸内海を眺め、市街を一望のもとに収めております」

どうやら観光用のパンフレットを暗記なさったようだ。

古い県庁の建物の上に、海坊主のような青いドームがのっている。参加・創造・未来が県の合言葉。スローガンにいわく〈夢をかたちに、いきいき愛媛〉。つづいてポスト・モダン風のビルがあらわれた。万国旗がひるがえっている。

「国際会議場です。日本で三つしかない五ヵ国同時通訳をそなえとります」

「五ヵ国というと?」

「英語と――ほかに何だったかな」

運転手さんは口ごもった。

つづいて再び胸を張った。

「マイクロフォンは日本一といわれとります」

郷土愛あふれたこの方のご推奨は萬翠荘《ばんすい》。旧松山藩主・久松定謨《さだこと》が大正十一年(一九二二)に建てたもので、フランス様式の西洋館だ。門を入って、ゆるやかな坂道を上がっていく。両側は椿の生け垣。星をちりばめたように薄桃色の花が咲いている。

明治二十九年、夏目漱石は松山中学の英語教師として赴任してきた。当市一番町の下宿愛松亭に入る。

萬翠荘の左手の高台がその跡らしく、漱石の手紙を刻んだ碑が立っている。そのまわりもいちめんの椿。

「ここで夏目漱石と坊っちゃんが句会をしとりました」

　運転手さんの記憶力は少々混乱しているようだが、熱意は何ものにも勝るのである。

　萬翠荘はパリのヴェルサイユ宮殿を何百分の一かに縮小したぐあいの建物だ。玄関を入った正面のステンドグラスが美しい。久松定謨は永らくフランスにいた。大正期モダン殿さまの夢をのせたように、淡い光の中を洋風の帆船が走っていく。美しいものを見ると、なぜか腹がすくものだ。それにこれからたっぷりと道後の湯につかる。体力をつけておかねばならぬ。食べ物のほうのおすすめをたずねると、言下に「ジャコ天」の声が返ってきた。魚のスリものので、揚げたてがうまい。

「松山のジャコ天は日本一です！」


　世に聞こえた道後温泉。『万葉集』には、「熟田津《にきたつ》の岩湯《いわゆ》」や「伊予の湯桁《ゆけた》」の名でうたわれている。大国主命《おおくにぬしのみこと》が病に苦しむ少彦名命《すくなひこなのみこと》を、この湯につけて治したというから、とにかく古い。鷺が傷を癒していたという開湯伝説にちなみ、温泉本館の楼閣や柵に白い鷺がとまっている。料金が複雑だ。神の湯、霊《たま》の湯、ほかに個室があって、さらに休憩室の位置によって値段がちがう。

「マタシン殿もおくれ」

「見るだけですよ」

　ハゲ頭のおじさんと窓口がやりとりしている。皇族専用だった又新殿《ゆうしん》は見学のみ。

「下着の上から浴衣を着てください」

　休憩室のおばさんから指示が出た。浴衣に着換えるとき、ハダカになるなということらしい。道後の共同湯、温泉本館は市営につき、カスリを着たおばさんたちは市の職員だ。私は本来、浴衣に着換える際にパンツまで取りさる主義だが、公務員の御前では畏れおおい。

「写真はダメ！」

「休憩は一時間以内」

「下でキップを買ってきて頂戴！」

小指ほどのキップの色が休憩室の区分を示す。老紳士が立ち往生して、しきりにポケットを探している。お湯をたのしみにして心がおどっていたのだろう、どこに入れたかわからない。

松山市当局に、ひとことモノ申したい。身分制度そのままの料金体系までは立ち入らないにしても、せめてあのキップぐらい、どうにかならないものだろうか。言いたかないが、二階、三階ともなれば映画なみの結構な料金を払っているのだ。カスリのおばさんたちは客にはそっけないが、仲間うちでは愛想がいい。いつはてるともないおしゃべりをなさっている。

ともあれ、お湯はいい。石の湯釜から澄んだ湯がトウトウと流れこむ。遠いむかし、聖徳太子もここに来られた由。そのころ浴室のまわりはいちめんの椿だった。「あたかも五百の天蓋がかかっているよう」と書かれている。そういえば波郷の句にある。

寒椿、つひに一日のふところ手

湯あがりは、お茶にセンベイ。重厚な文福茶釜から注いでくださる。

「茶ガマの湯はうまいなァ」

マタシン殿のおじさんが幸せそうにいった。

外に出ると、いつのまにやら日がとっぷりと暮れている。はじめて気がついたが、今宵は満月、まん丸なお月さまが中央にポッカリと浮いていた。

ブラブラと湯神社の方へ歩きだしたとたん、人差し指を突き出した看板に目がとまった。指先の赤いマニキュアが可憐である。

「80M先左、ネオン坂歓楽街」

湯の神はあとまわしにして、いそいそとやってきましたネオン坂。

「ややっ、何だ、これは?」

思わず足がとまった。目の前に、かなりの坂がせり上がり、点々とネオンがともっている。だが、ひとっ子ひとりいないのだ。そもそも人のけはがない。道半分は白々と月光、もう半分は黒い影。影の中にうずくまっていた犬がゆっくりと立ち上がり、大儀そうに歩いていく。

色里や、十歩はなれて秋の風

子規の句を思い出した。同じ明治二十八年の十月、子規は漱石とともに道後にきた。入浴後遊郭松《まつ》ヶ枝《え》町を通って、一遍上人ゆかりの宝厳寺へ行った。山門の石段に腰を下ろして詠んだのが右の句である。いまは湯月町と改名しているが、かつての松ヶ枝町にちがいない。下は今風につくりかえられたが、よく見ると二階に張り出しの手すりがついていて、古風な障子が見える。軒端に板飾りがついている。スナック・フロリダ、バーあつみ、スナック花蝶……どれもひっそりと闇に沈んでいる。「女性急募」の貼り紙が破け、色あせている。

月明かりを踏むようにして宝厳寺の山門にきた。眼下に旧色街が死に絶えたようにしてひろがっている。古句に託すと、こうか。

散《ちる》と見し　幻消えて花に月

早朝六時。白い息を吐きながら宿を出た。あたりにはまだ闇がのこっている。軽い下駄の音がする。小さな竹の籠にタオルを入れた人々が、あちこちの辻からやってくる。共同湯の前には、すでに十人あまりが肩をすぼめて立っていた。みるまに列がのびていく。しらしら夜が明けてきた。

開門は六時半。一同、なだれ込むようにして湯に向かった。走りながら半てんの紐をほどく。浴衣の帯をとく。脱兎のごとく浴室にとびこんだが、常連にはかなわない。すでにしてイモを洗うがごとく。

「手拭いは湯につけない！」

牢名主然とした老人から叱声がとぶ。朝風呂の作法といったものがあるようだ。突き出た湯口に桶を立てかけ、二度パンパンと柏手《かしわで》を打つ。祈りを捧げてから、やおら桶に湯を受け、ザブリと頭にかける。ついで肩、胸、背中。手早くすませて、おあとと交替、桶を抱いた白髪あたまがズラリと待っている。

呉服屋の主人は、朝湯通いが三十年目、酒屋の隠居は五十年来の常連客。洩れ聞いたところによると、昭和二十一年十二月、南海地震のあおりをくらって湯がとまった。サンシチ二十一日の湯祈禱をした。湯垢離もとったが効き目がない。一心不乱に祈ること三十八日目、ふたたび待望の湯が湧き出した。翌三月、営業開始、再開の日を湯祈禱の日と決めた。

休憩室の床の間に軸がかかっていた。達筆すぎて何が書いてあるのかわからない。それでも辛うじて「温泉之術」の四文字を読み出した。温泉之術――さて、これはどうあるべきか？

寛政のころ、小林一茶がきて「寝ころんで蝶泊《とま》らせる外湯かな」と詠んでいるところをみると、そのころは野天があったらしい。ゴロリと横になったとたん、カスリのおばさんに叱られた。

「そこで寝ないでネ」

あわてて起きなおる。ぼんやりと膝をかかえてすわっていた。

「一月さざんか、二月はつばき――」

幼いころに覚えた花ごよみが切れぎれによみがえってくる。三、四がさくらで、五月がぼたん……。ネオン坂の夜の花は、しおれて散った。

（『雲は旅人のように　湯の花紀行』一九九五年）

湖水に抱かれて宍道湖七珍

松江温泉　島根県松江市

人はパンのみに生くるにあらず――しかし、パンなしには生きられない。

旅はどうだろう？　パンのみが目的ではないにせよ、はるばる出かけてきたからには、ちがったパンと出くわしたい。目の愉悦とともに舌のほうもたのしませたい。見モノは人をとらえるが、それ以上に食べモノは人間を魅了する。なにしろ食は、とりわけゴマカシのない、もっとも人間的な生のいとなみなのだから。

所かわれば品かわる。なるほど、人間社会には奇妙な食の習慣があるようだ。ある文化圏ではもてはやされる食べものが、別の文化圏では厳しく禁じられている。あるいは歯牙にもかけられない。たとえば牛肉の供給がとまると、西欧ではきっと暴動がおこる。いっぽうインドでは、おいしそうな牛が用もなくウロウロ町中を歩いている。イスラム教徒にとって豚肉はおぞましい。

このところ久しくお目にかからないが、それにしても牛肉がどうして肉の王様になったのだろう？

されば旅に出て、ガラリとちがう食文化を味わってこよう。「食道楽」にあたるガストロノミーは、ギリシア語で「腹」を意味することばからできた。旅行はまた腹のひっこしである。このところ、ややボーチョーぎみのわが腹は、ちがう土地に行って、いかなる風味に遭遇することだろう。

いきおいこんで出かける矢先に不吉なことを耳にした。より正確にいうと目にしたのだが、著者の名にひかれて、その名もゆかしい『郷土風味』（魚谷常吉著）という本をひらいたところ、巻頭に書いてある。

「郷土風味とは限られた一地方に生まれ、長日月の間に洗練された特長ある料理であるが、交通の発達と人間の移動の激しい現代に於ては、特に優れたものは全国的に普及し、其の特異的存在が次第に失われつゝあるが……」

ものものしい書き方からもおわかりのとおり、いたって古い本である、昭和十一年（一九三六）刊。私の生まれるまだその前のもの。どうやら、わが誕生以前にすでに郷土の風味は、潮が引くようにして消え去りかけていたらしいのだ。それでも著者はなお百にあまる郷土料理を数えることができた。大津の子和《こあえ》、山口の萵苣《ちさ》料理、千葉の沖膾《おきなます》、阿波の焼味噌、土佐の湯鰡《ゆぼら》、会津の鮨漬、薩摩鍋、長崎鍋……。いずれもがいま辛うじて、「命運」を保っている料理だという。昭和初年にしてそうである。以来半世紀あまり、「交通の発達と人間の移動の激しさ」は、かつての比ではない。はたして各地の「特異的存在」は、いまなおすこやかに生きながらえているのだろうか？

夜明け前の湖はおそろしく寒い。

宍道湖の定置網漁に同行した。当地におなじみの「宍道湖七珍」をいただくためである。古書によると「コイ、スズキ、シジミ、シラウオ、エビ、ウナギ、アマサギ」の七品。とりわけスズキの奉書焼が知られている。

町はまだ眠っている。大橋につづく公園通りに白い灯が点々ともっている。松江温泉の旅館街は、まだ闇の中。そんな時刻に歯をくいしばるようにして、へさきにつかまっていた。冷気が刺すように目にしみる。ハナ水が垂れてくる。黒い湖水が生きもののように呼吸をしている。

水から突き出た竹ザオが目じるし。エンジンをとめ、囲い網にそってゆるやかにすすみ、ロープをたぐると網があらわれた。口をほどいて舟底にぶちまける。薄明かりのなかに白い魚の腹が跳ねる。網をもどして、つぎの網をあける。つごう三回。これでおしまい。六時出漁、もどってきたのが六時四十分だから、あっけないといえばあっけない。「昨日の風で漁が悪い」ということだったが、それでもハゼが七キロ、コノシロが同程度、ウナギ、ヘラブナ、スズキがとれた。シラウオに、アマサギ、小エビが少々。今夜の七珍のおおかたが確保されたわけだ。

　ことのついでにシジミ漁にも同行させていただいた。こちらは八時出漁。円を描くようにして舟を操りながら、「ジョレン」という箱型の道具で水底を掻く。ひと掻き四分ぐらいで、これを八回ばかりくり返す。するとほぼ八十キロのシジミがとれる。八十キロというのは一度の漁の限界で、これ以上とってはいけない。出漁日は週三日、とったシジミも十ミリ以下のものは水にもどす。ちゃんと種をのこしていく。裏庭の平台で若奥さんが魚を選びだしていた。シラウオは数えるほどしかいない。

「困ったものねぇ」

　現在の宍道湖漁業の柱はスズキではなくシジミだという。ツブのいいヤマトシジミ。そのシジミ汁をいただいた。コーヒーがわりだというが、ひえきったからだの五臓六腑にしみとおって、気が遠くなるほどおいしかった。

　かつてわが国の川や湖は多くの名物料理を産した。『郷土風味』の著書は熊野川の鮎、東郷湖の鰻、糸魚川の糸魚《いとよ》、那珂川の鮭、九頭竜川の鰍《かじか》といったぐあいにあげている。三国を河口とする九頭竜川の鰍は、別名ガクブツといって金沢のゴリとよく似た川魚で、初冬を旬とし、骨がかたいのを利用して「がくぶつ汁」にしたそうだ。つくり方はというと、ガクブツを水洗いして白焼にし、一両日陰干しにする。そのあと番茶の煎汁で骨が軟らかになるまで煮てから、これをみそ汁の実として入れる。その素朴なところに格別の味があるという。

「がくぶつ汁」といった名前もついぞ耳にしないのは、魚そのものが姿を消したからだろう。川は荒れ、湖は埋めたてられた。地理の本によると、宍道湖の最大深度は六メートル、これは日本の主な湖のなかで八郎潟についで浅い。八郎潟は四・七メートルだった。三番目が霞ヶ浦で七・三メートル。同じ汽水湖の浜名湖でも宍道湖の倍はある。八郎潟は干拓で消えた。霞ヶ浦は汚水にまみれている。そんななかで、いまなお七珍をもたらす宍道湖は、おどろくべき生殖力といわなくてはならない。コノシロとヘラブナが同時にあがるのは奇蹟にちかい。

知られるとおり、宍道湖は一時、非常な危機にみまわれた。「昭和の国引き」などと喧伝された淡水化干拓計画である。海水と淡水のまじり合う汽水湖のノド首、海水の上り口に巨大な水門をつくって外海を遮断し、淡水化して干し上げようというのだった。スタートから二十五年目の昭和六十三年(一九八八)、国家事業が凍結された。「凍結」とはお役人ことばであって、つまりは放棄、やってみてそのオロカシサがしみじみよくわかった。私はその日、夜の饗宴をこころ待ちにしながら、中海のあたりをうろついたのだが、荒涼としたノッペラポーの干拓地がひろがっていた。農地として売り出したところ買い手がつかない。といって工業地にも転用できない。かなたにコンクリートの砦を並べたような巨大な朱色の水門が見えた。文字どおり無用の長物の維持費が年間六億円。それにしても、この計画にむらがった者のうちの誰がいったい儲けたのだろう? 水門わきに「宍道湖の水を守れ」の標識があった。川をさんざん痛めつけた当人がお説教をしていた。水を汚すと県条例で処罰される。

ごちそうをいただく前に身を浄めた。松江温泉といって当地にも温泉が湧く。湖の北岸が源泉とかで、サラッとした含食塩芒硝泉、七十七度あって湯量もたっぷり。

部屋にもどると、夕陽を受けて湖が朱色に染まっていた。手前にポツンと浮いたのが嫁ヶ島。首をのばすと三方をとり巻く山々が見える。ここには山もあれば湖もあり、川、城、掘割り、さらには中海、外海とそろっている。なんとぜいたくな町ではないか。粋人が出るのも当然だ。藩主松平不昧公は茶人としても聞こえていた。さぞかし舌のこえたガストロノームであったのだろう。みずから選んだ名物料理が四百種。もっとも、無理に数えたようなものもあったようだが、なかの一つの菜飯擬《なめしもどき》がかわっている。つまりは、ちっともかわっていないのであって、簡単にして単純、土地で布《め》の葉とよばれている若布《わかめ》をあぶって粉にしたのを、熱いごはんにふりかける。それだけ。むろん、材料が最良でなくてはならない。これを誤ると、ただのふりかけめし。ゼイタクがきわまると単純化する見本のようなものである。

コイのアメだき、シラウオの酢味噌、エビ、ウナギ。七珍のメイン・ディッシュ、奉書焼の「奉書」とは、天皇や摂政、将軍などの上意をうけて、奉行や老中が下す公の文書のこと。コウゾで作った上質の和紙を使うのがしきたりだった。それほど恐れ多い紙である。宿のご当主におそわったところによると、スズキの二年魚をフッコというが、フッコの鱗をとり、エラとワタを抜いてから包丁目を入れ、少々の塩をして奉書で巻き、その上から霧を吹いて、遠火にかける。もともと湖畔の漁師たちが、スズキのとれたてを灰の中に入れ、蒸し焼にして食べていた。それが不昧公の目にとまり献上となったとき、灰まみれでは恐れ多いというので奉書につつんで差し出したのが始まりだとか。

やんごとない紙の上からスズキが顔を出している。帯をとるようにして紙ひもをとき、酢と醬油に薬味をまぜていただく。なんてことのない味であるが、てつづきが厳粛なので、おのずから押しいただくような手つきになる。

食べもののかたち――そんなことから、ご当主と話をした。料理人は材料の選び方、包丁の使い方にはじまって、食べもののかたちを大切にする。それが素材のいのちに対する感謝のあらわれであるからだ。

「何よりもいのちでございましょうね」

魚や野菜にかぎらず、ちょっとした調味料の一つ一つにもいのちがある。その機嫌をとったり、慰さめたりして味を引き出す。

「故事来歴は、じつはどうでもいいことなのですが……」

旅館業のむずかしいところだろう。何十人もが――ときには何百人もが――いっせいに食事にとりかかるようなところで、食べもののいのちが優先されるわけがない。だから客は味よりも、もっぱら歴史をいただく。故事来歴を食べたりして、ハイ、ごちそうさま。

しめくくりは鯛めし。食べすぎかげんの腹をさするようにしてテラスに出た。夜空が湖《うみ》にとけている。まるで湖水が空に抱かれているようにみえる。

（『雲は旅人のように　湯の花紀行』一九九五年）

瞼にうかぶ母の顔

寒《かん》の地獄　大分県玖珠郡九重町

ある雑誌の温泉特集には「異色の湯」という項目に入っていた。別の案内書は「個性派向き」といってすすめている。『全国の温泉・効能一覧』というリストによると、皮膚病、性病、脳病、特に精神病に卓効があるという。

久大線豊後中村駅から車で四十分、大分県玖珠《くす》郡九重《ここのえ》町田野、九重《くじゅう》連山の登山口に近い。やまなみハイウェイからそれてすぐのところ、コの字型をした木造二階建ての奥まった一画に簡素な造りの湯殿がある

湯殿とはいえ、お湯は出ない。「寒の地獄」の名前からもわかるように冷泉浴で知られており、冷たい源泉のまっ只中につかる。古い案内記には「稀《まれ》に見る寒冷泉」とある。その傍に佇むと盛夏でも「忽《たちま》ち冷気肌に迫るを覚え」というのだから恐ろしい。

正面に石の薬師様がまつってある。お燈明が燃えている。横手に貼紙、墨痕《ぼっこん》あざやかに文字が躍っている。

「堪え忍ぶ力を示せこの地獄」

「寒の地獄は夏極楽よ、暑気も病もどこへやら」

夏はあるいは極楽かもしれない。それでも五分もつかっていると体がしびれてきて、我慢できずにとび出したあと控え室のストーブであったまるのだそうだ。それでやっと息がつける。ところで私が出向いたのは冬のさなかである。十二月十六日、アルバムにはそんな日付が入っている。むろん、寄り道をして見ていくだけ、目的地はすぐ近くの筋湯だった。そんな予定で豊後中村からタクシーを走らせた。

つまりが宿のおかみさんにそそのかされたのだ。肥ったおばさんはニコニコと酔狂な冬の客を迎えてくれた。問われるままに私は来る途中の話をした。やまなみハイウェイは冬枯れで、白いススキが一面

に地上を覆っていた。もう一段寒さが襲ってくると木の枝一面に霧氷ができる。お陽さまに光って、それはそれは美しい。おばさんからはそんな話を聞いた。今はひとけないが、夏になるとドッと人がやってくる。シーズンは六月から九月まで。でも、外が寒い今の季節は——と、おばさんは訛まじりに声をひそめた。かえって水の中はあったかい。

「入ってしまうとホコホコして、とってもいい気持！」

ふっくらした綿入れのちゃんちゃんこの袖口に両手を入れたまま、細い目をなおのこと細め、そんなことを言うのだった。そういえば、たった今、湯から上がったようなまっ赤な顔である。

「冬の方があったまるというお客さんもおりますですよ」

タクシーの運転手が神妙な顔つきでうなずいた。

四角い小さなコンクリートのプールといったところ、真中が仕切られていて養魚用の水槽を思わせる。湯の花のこびりついた石が白々と底に沈んでいた。冷水は澄みきっていた。燈明が二つ、これだけがあたたかげに映っている。

おばさんから借りたバスタオルを体に巻きつけて控え室を出た。

「はだをさすこの霊泉が病をなおす」

別にいま是非ともなおしたい病があるわけではないのだが。ともかくも貼り紙の下にしゃがんで人差し指をつけてみた。

「希望は忍耐を生じ

忍耐は困難をのりこえる」

水面が割れて小さな輪がひろがる。おばさんの言ったとおりだ。たいして冷たくない。むしろあたたかいと言っていいほどである。とにかく感覚が指先に集中しすぎたぐあいで、何がどうなのかさっぱりわからない。

「がんばれ、今ひとときがんばれ

忍耐、頑張れ」

ソーと片足を水に下ろした。

仕切りの上に「冷泉行進曲」が掲げてある。

なおしてくるぞと勇ましく
誓って家を出たからは
根治《こんち》させずに帰らりょか
冷い水《み》の面《も》見る度に
瞼《まぶた》に浮かぶ母の顔

両足をそろえて降り立った。下腿《かたい》程度の深さである。あとはソロリソロリとつかりこむしかない。話し声がする。タクシーの運転手と宿のおかみさんが何やら土地訛で呑気《のんき》そうに話している。あとの経過は省くとして、かわりに「冷泉行進曲」の二番を書いておこう。

石も木片《こっぱ》もみな凍る
果てなき寒さかみこらえ
進む日の本男《お》の子じゃと
両の腕《かいな》をなでながら
あとのふるえを誰か知る

（『温泉旅日記』一九八八年）

根雪凍てつく湯の桃源郷

山田温泉

長野県上高井郡高山村

いい名前である。「山田」の文字もいいし、音もいい。すなおで、てらいがなくて、スクスク育った娘のようにのびやかだ。数ある温泉名のなかでも、とりわけ秀抜な一つだと思うのだが、観光業界ではそうでもないらしい。ちかごろは南志賀温泉郷などという。いたってツマラナイ名前である。もの欲しげで、いじましい。

そんな人間の小細工とはかかわりなく、山田温泉は泰然としている。川沿いの台地に共同湯をとり囲んで、がっちりスクラムを組んだ感じだ。文字どおり湯の里であって、バスを降りたとたん、湯けむりとともに安心感につつまれる。

二十年前にはじめて来たときもそうだった。以来、夢のような時が流れた。大半の旅館が建て替えられて立派になった。ガラリと雰囲気が一変したのもある。しかし、共同風呂の「大湯」は変わらない。この大湯の名前がまたおおらかでいい。唐破風をいただいて、入母屋づくり。しっかり者の祖母のように、リンとした気品がある。

木の湯船が好きだ。やわらかくて、やさしい。木肌がヒフのようになめらかで、淡いぬくみをもっている。人間のヒフが年とともに古びていくように、木の風呂は年とともに朽ちていく。シワシワになる前の適度に年期をへたのがいい。天窓から細い明かりが落ちてくる。湯けむりがもつれ合って流れていく。

共同湯の定連は、みなさん地元の人で、人間の素《もと》といった感じがある。のんびりしているようで、洗うにもつかるにも手ぎわがいい。話し方に一定のリズムと間合いがある。「五色」や「七味」といったことばが出てくるが、べつに唐辛子が話題になっているのではないのである。奥に、五色温泉や七味温泉があって、万座峠をこえると上州草津へ出る。

「雪はどうですか？」

ゴマ塩あたま、背中とお尻が超シワシワのじいさんにたずねたところ、今年はえろう多いとのこと。万座峠は通行止で、しも手の鳥居峠から長野原へ抜けるのがよかろう。

しばらく雪談議がつづいていたが、急に須坂から毎日バスで共同湯に入りにくる人の話になった。お風呂では、なぜかいつも話題が突然、変化する。頭脳が湯気でフヤケているせいだろうか。それともふだんのしこりがとれて、頭がやわらかくなっているので、連想力が速いのだろうか。あるいはまた、もっと深い生理学的根拠があってのことなのか。超シワシワがおもむろに、昔はみんな歩いてきたものだと断言した。

「昔というと、いつごろですか？」

なにしろ開湯が元暦元年（一一八四）という由緒ある温泉なのだ。あるいは江戸時代のことかもしれない。須坂藩一万二千石。ビリから数えて何番目といった小藩だが、繭《まゆ》で栄えた。いまでも繭蔵をもつ町家がのこっている。当地のうたい文句が「近代シルクロードの町」。生糸商人が金にあかせて温泉三昧にふけっていたのだろうか。

「戦後だナ。おととしもみんな歩いてきた」

なんだかよくわからないが、異議がないところをみると、事実なのだろう。頭のフヤケすぎと思ったのはこちらの早トチリ。戦後のあるころまで、バスが不自由で、もっぱら自転車か歩きであったし、一昨年、地元の「万歩会」主催の徒歩ラリーがあって、みなさん、須坂〜山田を往復した。頭脳がやわらかいと、最少のことばで意味が通じる。

外には根雪が凍《い》てついている。壁一つへだてて、こちらは湯けむりにつつまれた桃源境。しかし、外来者が、いつまでも目ざわりになるのは申しわけない。ご定連の背中をまわって、そっと抜け出した。雪片がキラキラ光って、足下に星雲がひろがっているかのようだ。少しよろけながら、その中へ踏み出した。霜ばしらが氷菓子を並べたようにつづいている。

山側の一方はガクンと落ち込んで渓谷になっている。二十年前は、その川っぺりの露天風呂に入った。ハタオリ虫が鳴いていた。こぼれ湯が糸を引いて落ちていた。そんなことを思い出しながら、ゆっくりと大湯のまわりを一巡した。温泉にはお湯とともにフシギの時間もわいてくる。すっかり忘れていた昔と、バッタリでくわしたりする。臆面もなくおセンチになれるのがいい。「風景館」などといった風雅な名前のお宿がある。文政年間の開業というから、旅まわりの絵師や俳諧師がやってきて、宿代がわりに絵を描いたり、句をひねったりしたのだろう。そんな一人が手なれた筆をとって名づけたのかもしれない。

若いころ森鷗外もここにきて、何日か逗留している。夜食に酒を注文したところ、「燗をなすには尿壺《しゅびん》の形をした陶器にいれて炉の灰に埋む」のを見ておどろいたそうだ。尿壺などを連想するところが、いかにも軍医総監の卵らしい。

「朝起きて、顔洗うべき所やあるかと問えば、家の前なる流を指しぬ。ギヨオテが伊太利紀行もおもい出でられておかし」。
ギヨオテはオレのことかとゲーテいい――同じくドイツ文学畑にしたしんだというのに、こちらの頭には、たあいない駄ジャレしか浮かんでこない。屋根の雪が弱々しい夕陽を受けて、こはだの鮨のように光っている。そういえば腹がへった。おセンチな回想はこのへんで切りあげ、長野へ出て鮨でもつまんで帰るとしよう。

（『AMUSE』一九九六年三月一三日号）

あとがき

最後のキメ手は神さまだった。温泉神社のあるところ——いい温泉を問われたときの答えにしていた。湯の神が見守っているのだから、ヘンな温泉であるはずがない。

実際、いい温泉には、きっと神様がいた。高台の一角とか山裾の奥まったところ。宿の人にきいて小道をたどっていくと、赤い鳥居と小さな社《やしろ》に行き着いた。まわりが掃ききよめてあって、癒《い》えた人がお礼にきたのか、奉納の旅の供物や松葉杖がそなえてあった。

ポンポンと拍子を打って、お参りをする。これではじめて温泉に来た実感がした。あとは天下晴れて、お湯三昧である。いそいそとお宿にとって返した。

熱心に温泉通いをしていたのは、いつ頃のことだろう？　三十代半ばから五十代にかけての十五年あまり、一九七五年あたりから九〇年にかけてのことになる。

まったくのところ、神の意向によったかのようにフシギなことなのだ。冷たい土の中、ときには雪中からも、煮え立つような熱い湯が沸いて出る。しかもタダものではないのである。ありがたい効能のあるエキスをどっさり含んでいる。やがてほどよいあたたかさになって、疲れたからだや故障した器官を、やさしくつつみこみ、撫でまわし、もみほぐし、元気づけてくれる。現代医学のように、チューブでつないだり、大がかりな機械や、身も凍るような注射針などを必要としない。手拭い一本あれば用が足りる。

ところがあるころから、様子が変わってきた。温泉神社が姿を消した。あることはあっても、鳥居が傾き、社が壊れたままに放置され、まわりに雑草がしげっている。廃物置き場に転用されたところもあった。

湯を司るのは、いまや神様ではなく土木技術である。どんどんボーリングして湯量をふやし、いたるところにあふれさせる。山を崩し、川をねじまげ、海を埋め立て、たたずまいが一変した。もはや温泉町ではなくて「リゾート」地だそうだ。観光協会が走り出し、行政があと押しをする。となれば、神の意向など、あったものではないのである。

とたんに多くの温泉が個性をなくして、つまらなくなった。何年かぶりに再訪して、あまりの変わりように、しばらく、ぼんやりと佇んでいたこともある。宿の主人も代がわりして、いまや押しも押されもしないオーナーである。

しだいに温泉に行くのが間遠になった。ひところ月に一度は出かけないと「湯切れ」と称して悶々としたものだが、やがて切れっぱなしでも平気になった。それが何年もつづいた。

この本には、熱中期の温泉エッセイと、その後のものとが、まじり合っている。熱中期には主として、次の五冊を本にした。
『温泉旅日記』 河出書房新社 一九八八年
『ガラメキ温泉探検記』 リクルート出版 一九九〇年
『雲は旅人のように——湯の花紀行』 日本交通公社 一九九五年
『山の朝霧 里の湯煙』 山と渓谷社 一九九八年
『湯めぐり歌めぐり』 集英社新書 二〇〇〇年

そこから全体の三割程度が選ばれている。ここでは罫《けい》で囲って区別している。そのほかの七割は発表後、未刊のまま眠っていた。熱が冷めて何年かしてのことだが、そのころ毎日新聞社から「毎日グラフ」の後継誌「アミューズ」が出ていて、編集長の青野さんに誘われた。温泉をお見限りのようだが、伝統ある日本の温泉が、そうたやすくコマーシャリズムの軍門に下るとは思えない。あなたの今の目で、これというのを見つけ出したらどうか。タイトルも用意してあって、「池内紀の温泉とっておき」。

一九九五年の春先に始めて、七〇回以上つづけただろうか。それでわかったが、バブル期の狂態は、邪険に湯の神を捨てたものが、神に見捨てられる結果に終わったらしいのだ。しっかり世の中を見つめ、自分流儀を崩さなかったところが、荒波をくぐり抜けて、もちこたえている。そんなお宿をさがし当てるのがたのしかった。

とともに、おおかたの宿の主人や家族が、以後は自分たち一代限りを覚悟しているのも、うすうす感じとれた。メディアの急速な変化に、メール予約をはじめ、これまでとはまるでちがった方法で、全く異質の人がやってくる。自分たちには応対できないし、無理に応対する気もない――

　廃業寸前のお宿に泊まり合わせ、それをいつに変わらぬ温泉風景の中で綴ったところもある。実際にそうであって、滞在中は毛ほども気配がなかったのに、我が家にもどって、しばらくすると、廃業の挨拶が届いた。プロ意識の凄さをあじわった。

　変わらぬ風景として綴ったのは、日本の温泉場の一つとして記録にとどめておきたかったせいである。「とっておき」の多くが、体験記としての記録性を意識して書き継いだ気がする。寛容な青野さんはそのことは承知の上で何も言わず、ときおり自分も証人役として湯の旅に同行してくれた。

　おもえば温泉大国ニッポンに生まれ合わせ、恵み多い体験をした。「全書」と名づけて、これで全部の意味を勝手に含みこませている。友人の石井紀男さん（「文源庫」主人）に、読み手として選択し、その縁で新しく各編のタイトルをつけてもらった。一冊の本として珍しく書き手よりも読み手がつくった本になった。その後の手厚い編集とまとめは、山川出版社の手をわずらわしている。ここに記して、あつく感謝したい。

二〇一八年十一月

池内　紀

掲載温泉一覧

編注：本書に登場する温泉宿で、現在営業していないことが判明しているものについては可能なかぎりその旨を注記しましたが、リニューアルされたり経営が変わった施設などもありますので、事前にご確認ください。（2018年11月現在）

倉真温泉	静岡県掛川市倉真 掛川観光協会ビジターセンター　Tel. 0537-24-8711
河内温泉	静岡県下田市河内114-2（「金谷旅館」の一軒宿） 金谷旅館　Tel. 0558-22-0325
蓮台寺温泉	静岡県下田市蓮台寺 下田温泉旅館協同組合　Tel. 0558-22-2108
修善寺温泉	静岡県伊豆市修善寺（伊豆修善寺温泉郷） 修善寺温泉旅館協同組合　Tel. 0558-72-0271
やいづ黒潮温泉	静岡県焼津市 焼津市観光協会　Tel. 054-626-6266
梅ケ島温泉	静岡県静岡市葵区梅ケ島 梅ケ島温泉観光組合　Tel. 054-269-2525
蔵王温泉	山形市蔵王温泉 蔵王温泉観光協会　Tel. 023-694-9328
温海温泉	山形県鶴岡市湯温海 あつみ観光協会　Tel. 0235-43-3547
岳温泉	福島県二本松市岳温泉 岳温泉観光協会　Tel. 0243-24-2310
高湯温泉	福島県福島市町庭坂 高湯温泉観光協会　Tel. 024-591-1125
板室温泉	栃木県那須塩原市板室 黒磯観光協会　Tel. 0287-62-7155
北温泉	栃木県那須郡那須町 那須温泉旅館協同組合　Tel. 0287-76-2755
湯河原温泉	神奈川県足柄下郡湯河原町 湯河原温泉観光協会　Tel. 0465-64-1234
白久温泉	埼玉県秩父市荒川白久 秩父旅館業協同組合　Tel. 0494-24-7538
田沢温泉	長野県小県郡青木村 青木村観光協会　Tel. 0268-49-0111
別所温泉	長野県上田市別所温泉 別所温泉観光協会　Tel. 0268-38-3510
吉野温泉元湯	奈良県吉野郡吉野町吉野山902-2（「吉野温泉元湯」の一軒宿） 吉野温泉元湯　Tel. 0746-32-3061
弁天鉱泉	千葉県南房総市小浦487（「弁天鉱泉」の一軒宿） 弁天鉱泉　Tel. 0470-57-2528
地鉈温泉	東京都新島村式根島 式根島観光協会　Tel. 04992-7-0170
松が下　雅湯	東京都新島村式根島 式根島観光協会　Tel. 04992-7-0170
登別カルルス温泉	北海道登別市カルルス町 登別国際観光コンベンション協会　Tel. 0143-84-3311
恐山温泉	青森県むつ市大字田名部字宇曽利山 むつ市観光協会　Tel. 0175-23-1311

峩々温泉	宮城県柴田郡川崎町大字前川字峩々1番地（「峩々温泉」の一軒宿） 峩々温泉　Tel. 0224-87-2021
白鳥温泉	福島県いわき市常磐白鳥町勝丘 118（「春木屋」の一軒宿） 春木屋　Tel. 0246-43-2724
斉藤の湯	福島県田村郡三春町（斉藤の湯には「上の湯」「下の湯」がある） 斉藤の湯　元湯　上の湯　Tel. 024-944-2137 斉藤の湯　元湯　下の湯　Tel. 024-944-1158
日光湯元温泉	栃木県日光市湯元 奥日光湯元温泉旅館協同組合　Tel. 0288-62-2570
沢渡温泉	群馬県吾妻郡中之条町 中之条町観光協会　Tel. 0279-75-8814
宮城野温泉	神奈川県足柄下郡箱根町宮城野 箱根町総合観光案内所　Tel. 0460-85-5700
駒の湯温泉	静岡県伊豆の国市奈古谷 1882-1（「源泉　駒の湯荘」の一軒宿） 源泉　駒の湯荘　Tel. 055-949-0309
寸又峡温泉	静岡県榛原郡川根本町 寸又峡美女づくりの湯観光事業協同組合　Tel. 0547-59-1011
高天原温泉	富山県中新川郡立山町千寿ヶ原（北アルプス水晶岳麓「高天原山荘」） ロッジ太郎　Tel. 076-482-1418
高峰温泉	長野県小諸市高峰高原 高峰温泉　Tel. 0267-25-2000
赤湯温泉	新潟県魚沼郡湯沢町（苗場山5合目） 赤湯温泉山口館　Tel. 025-772-4125
小赤沢温泉	長野県下水内郡栄村大字堺 18210（「楽養館」の一軒宿） 小赤沢温泉楽養館　Tel. 025-767-2297
西山温泉　奈良田温泉	山梨県南巨摩郡早川町 早川町観光協会　Tel. 0556-48-8633
湯沢温泉	※ 閉館
嶽温泉	青森県弘前市大字常盤野字湯の沢 嶽温泉旅館組合　Tel. 0172-83-2130
鉛温泉	岩手県花巻市鉛字中平 75-1（「藤三旅館」の一軒宿） 鉛温泉　藤三旅館　Tel. 0198-25-2311
松川温泉	岩手県八幡平市松尾寄木 八幡平市観光協会　Tel. 0195-78-3500
滑川温泉	山形県米沢市大字大沢 15（「福島屋」の一軒宿） 滑川温泉　福島屋　Tel. 0234-34-2250
白布温泉	山形県米沢市大字関 白布温泉観光協会　Tel. 0238-55-2205
湯野浜温泉	山形県鶴岡市湯野浜 湯野浜温泉観光協会　Tel. 0235-75-2258
日光澤温泉	栃木県日光市川俣 874 Tel. 0288-96-0316
手白澤温泉	栃木県日光市川俣 870-2 Tel. 0288-96-0156
湯西川温泉	栃木県日光市湯西川 日光市観光協会湯西川・川俣・奥鬼怒支部　Tel. 0288-97-1126
滝ノ原温泉	宮城県黒川郡大和町宮床字高山 18-13（「ちどり荘」の一軒宿） 滝ノ原温泉　ちどり荘　Tel. 022-346-2565
くろがね温泉	福島県二本松市永田字長坂地内 くろがね小屋　Tel. 090-8780-0302（衛星電話）
新野地温泉	福島県福島市土湯温泉町字野地2（「相模屋旅館」の一軒宿） 新野地温泉　相模屋旅館　Tel. 0242-64-3624

甲子温泉	福島県西白河郡西郷村真船字寺平 1（「旅館大黒屋」の一軒宿） 元湯甲子温泉　旅館大黒屋　Tel. 0248-36-2301
万座温泉	群馬県吾妻郡嬬恋村干俣万座温泉 万座温泉観光協会　Tel. 0279-97-4000
ガラメキ温泉	群馬県北群馬郡榛東村 ※施設ではないため、自治体等へご確認ください。
清津峡温泉	新潟県十日町市 十日町市観光協会中里支部　Tel. 025-763-3168
松之山温泉	新潟県十日町市松之山 十日町市観光協会　Tel. 025-757-3345
大沢山温泉	新潟県南魚沼市大沢 南魚沼市観光協会　Tel. 027-783-3377
仙石下湯温泉（箱根仙石原温泉）	神奈川県足柄下郡箱根町仙石原 箱根仙石原温泉旅館ホテル組合　Tel. 0460-84-9615
桜田温泉	静岡県賀茂郡松崎町桜田 569-1（「山芳園」の一軒宿） 桜田温泉　山芳園　Tel. 0558-42-2561
竹倉温泉	静岡県三島市竹倉 三島市観光協会　Tel. 055-971-5000
湯ヶ島温泉	静岡県伊豆市湯ヶ島 天城湯ヶ島温泉旅館組合　Tel. 0558-85-1055
下諏訪温泉	長野県諏訪郡下諏訪町 下諏訪観光協会　Tel. 0266-26-2102
霧積温泉	群馬県安中市松井田町坂本 1928（「金湯館」の一軒宿） 霧積温泉　金湯館　Tel. 027-395-3851
鳩ノ湯温泉	群馬県吾妻郡東吾妻町大字本宿 3314（「三鳩樓」の一軒宿） 鳩ノ湯温泉　三鳩樓　Tel. 0279-69-2421
渋温泉	長野県下高井郡山ノ内町 渋温泉旅館組合　Tel. 0269-33-2921
小瀬温泉	長野県軽井沢町小瀬 2126（「小瀬温泉ホテル」の一軒宿） 軽井沢　小瀬温泉ホテル　Tel. 0267-42-3000
霊泉寺温泉	長野県上田市平井 霊泉寺温泉旅館組合　Tel. 080-1261-8432
小渋温泉	長野県下伊那郡大鹿村大河原 1972（「赤石荘」の一軒宿） 信州小渋温泉　赤石荘　Tel. 0265-39-2528
湯涌温泉	石川県金沢市湯涌荒屋町 湯涌温泉観光協会　Tel. 076-235-1040
鬼ヶ嶽温泉	※「鬼の湯荘」は閉館
鷺の巣温泉	岡山県加賀郡吉備中央町竹荘 492-2（「湯本屋旅館」の一軒宿） 鷺の巣温泉　湯本屋旅館　Tel. 0866-54-1355
月の原温泉	※ 閉館
般若寺温泉	岡山県苫田郡鏡野町奥津川西 20（「般若寺温泉」の一軒宿） 般若寺温泉　Tel. 0868-52-0602
別府温泉	大分県別府市 別府市観光協会　Tel. 0977-24-2828
松葉川温泉	高知県高岡郡四万十町日野地 四万十町観光協会　Tel. 0880-29-6004
栗野岳温泉	鹿児島県姶良郡湧水町木場 6357（「南洲館」の一軒宿） 栗野岳温泉　南洲館　Tel. 0995-74-3511
霧島新湯温泉	鹿児島県霧島市牧園町高千穂 3968（「霧島新燃荘」の一軒宿） 霧島新湯温泉　霧島新燃荘　Tel. 0995-78-2255

出湯温泉	新潟県阿賀野市出湯 五頭温泉郷旅館協同組合　Tel. 0250-61-3003
温湯温泉	青森県黒石市大字温湯字鶴泉 黒石観光協会　Tel. 0172-52-3488
城ヶ倉温泉	青森県青森市荒川八甲田山中（「ホテル城ヶ倉」の一軒宿） ホテル城ヶ倉　Tel. 0120-38-0658
猿倉温泉	青森県十和田市奥瀬猿倉1（「元湯　猿倉温泉」の一軒宿） 元湯　猿倉温泉　Tel. 080-5227-1296
酸ヶ湯温泉	青森県青森市荒川南荒川山国有林酸湯沢50（「酸ヶ湯温泉」の一軒宿） 酸ヶ湯温泉　017-738-6400
蔦温泉	青森県十和田市奥瀬字蔦野湯1（「蔦温泉旅館」の一軒宿） 蔦温泉旅館　Tel. 0176-74-2311
台温泉	岩手県花巻市台温泉 台温泉旅館組合　Tel. 0198-27-2150
後生掛温泉	秋田県鹿角市八幡平熊沢国有林内（「後生掛温泉」の一軒宿） 後生掛温泉　Tel. 0186-31-2221（旅館部）／0186-31-2222（湯治部）
二岐温泉・岩瀬湯本温泉	福島県岩瀬郡天栄村 天栄村観光協会　Tel. 0248-82-2117
熱塩温泉	福島県喜多方市熱塩加納町 熱塩温泉旅館協同組合　Tel. 0241-36-3138
西山温泉	福島県河沼郡柳津町 柳津観光協会　Tel. 0241-42-2346
四万温泉	群馬県吾妻郡中之条町 四万温泉協会　Tel. 0279-64-2321
平潟港温泉	茨城県北茨城市平潟町 北茨城市観光協会　Tel. 0293-43-1111
草津温泉	群馬県吾妻郡草津町 草津温泉観光協会　Tel. 0279-88-0800
栃尾又温泉	新潟県魚沼市栃尾又温泉 魚沼市観光協会　Tel. 025-792-7300
下部温泉	山梨県南巨摩郡身延町 下部観光協会　Tel. 0556-20-3001
道志温泉	※「道志温泉日野出屋旅館」は休館
陣馬の湯	神奈川県相模原市 藤野観光協会　Tel. 042-684-9503
千鹿谷鉱泉	埼玉県秩父市上吉田2148（「千鹿谷鉱泉旅館」の一軒宿） 千鹿谷鉱泉旅館　Tel. 0494-78-0243
葛温泉	長野県大町市大字平高瀬入 大町市観光協会　Tel. 0261-22-0190
崖の湯温泉	長野県松本市（塩尻市片丘） 松本市役所観光温泉課　Tel. 0263-34-8307
道後温泉	愛媛県松山市道後湯之町 道後温泉旅館協同組合　Tel. 089-943-8342
松江しんじ湖温泉	島根県松江市 松江観光協会　Tel. 0852-27-5843
寒の地獄	大分県玖珠郡九重町田野257（「寒の地獄旅館」の一軒宿） 寒の地獄旅館　Tel. 0973-79-2124
山田温泉	長野県上高井郡高山村山田温泉 信州高山温泉郷観光協会　Tel. 026-242-1122

〔著者紹介〕

池内　紀（いけうち　おさむ）

1940年、兵庫県姫路市生まれ。ドイツ文学者・エッセイスト。『海山のあいだ』で講談社エッセイ賞、『恩地孝四郎』で読売文学賞、訳書『ファウスト』で毎日出版文化賞を受賞。その他おもな著作に『見知らぬオトカム－辻まことの肖像』『二列目の人生』『ドイツ職人紀行』など。町歩きの本に『ニッポン周遊記』『ニッポン旅みやげ』など。訳書に『カフカ小説全集』（全６巻）、アメリー『罪と罰の彼岸』など。

編集協力／文源庫（石井紀男）

湯《ゆ》けむり行脚《あんぎゃ》 —池内紀《いけうちおさむ》の温泉全書《おんせんぜんしょ》—

2019年1月10日　第1版第1刷印刷　　2019年1月15日　第1版第1刷発行

著　者　池内　紀

発行者　野澤伸平

発行所　株式会社 山川出版社

〒101－0047　東京都千代田区内神田1－13－13

電話　03(3293)8131(営業)　03(3293)1802(編集)

https://www.yamakawa.co.jp/

振替　00120－9－43993

企画・編集　山川図書出版株式会社

印刷所　株式会社太平印刷社

製本所　株式会社ブロケード

装　幀　マルプデザイン（清水良洋）

本　文　梅沢　博

ISBN978-4-634-15128-4 C0026